KB248639

Cool
클가이 guy

쿨가이 *Cool guy*

초판 1쇄 찍은 날 § 2009년 8월 21일
초판 1쇄 펴낸 날 § 2009년 8월 28일

지은이 § 이정숙
펴낸이 § 서경석

편집장 § 문혜영
편집책임 § 유경화
편집 § 조수희

펴낸곳 § 도서출판 청어람
등록번호 § 제1081-1-89호
등록일자 § 1999. 5. 31
어람번호 § 제5-0240호

주소 § 경기도 부천시 원미구 심곡 2동 163-2 서경B/D 3F (우) 420-822
전화 § 032-656-4452 팩스 § 032-656-4453
http://www.chungeoram.com
E-mail § eoram99@chollian.net

ⓒ 이정숙, 2009

ISBN 978-89-251-1909-0 03810

Chungeoram romance novel

Cool guy

이정숙 지음

칠가이

도서출판
청어람

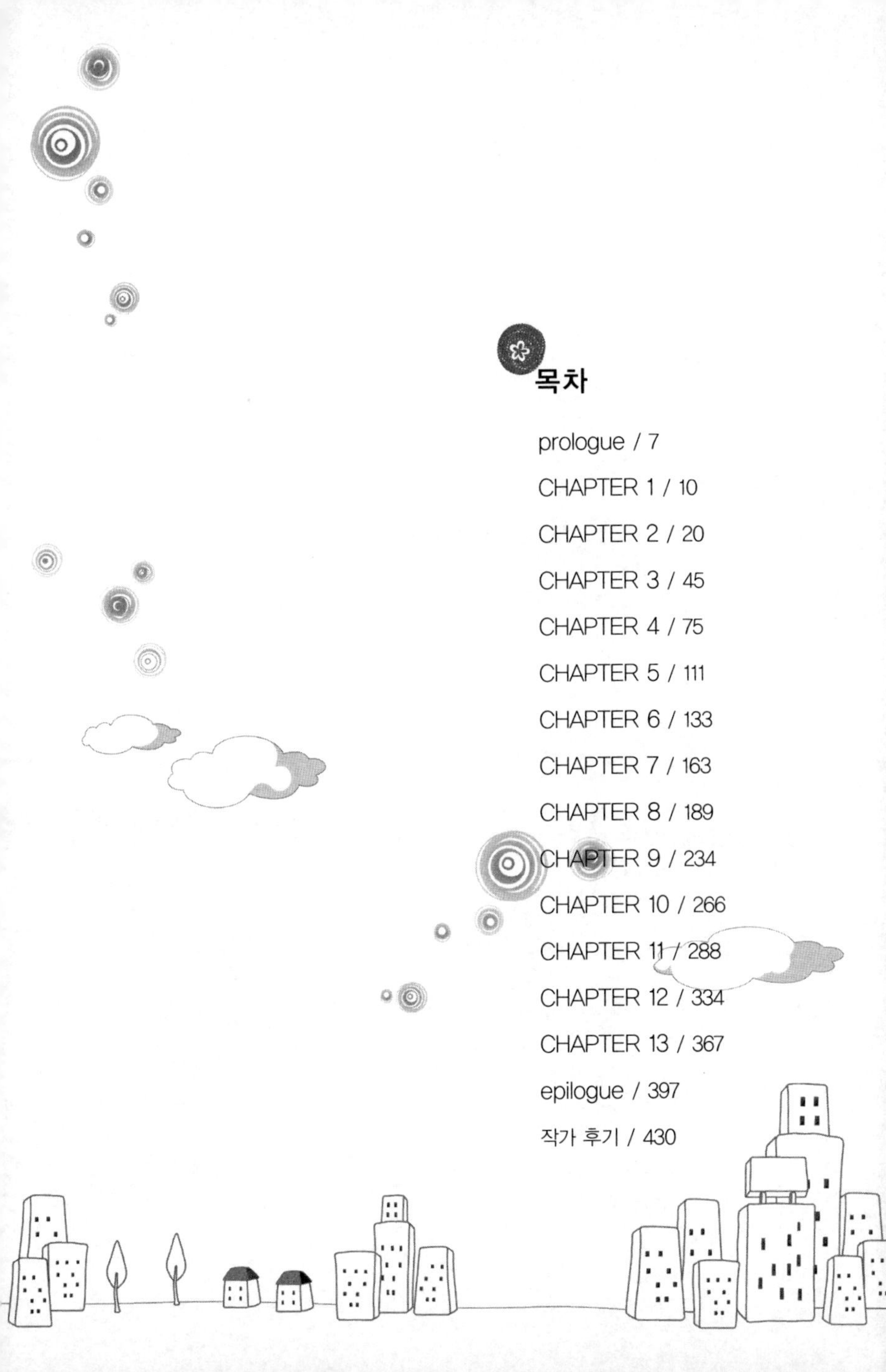

목차

prologue / 7

CHAPTER 1 / 10

CHAPTER 2 / 20

CHAPTER 3 / 45

CHAPTER 4 / 75

CHAPTER 5 / 111

CHAPTER 6 / 133

CHAPTER 7 / 163

CHAPTER 8 / 189

CHAPTER 9 / 234

CHAPTER 10 / 266

CHAPTER 11 / 288

CHAPTER 12 / 334

CHAPTER 13 / 367

epilogue / 397

작가 후기 / 430

성명 : 강이주

방년 26세 꽃띠. 현재 모 무역회사 총무과 근무

애인 : 있음

애인 상세 설명 : 이름은 김헌수

처음 만난 당시에는 근육질 몸매의 공대 복학생, 현재는 부친을 닮아 벌써부터 탈모 현상이 일어나고 근육도 물렁살이 되어 점점 살이 찌고 있는 출판사 직원.

23세부터 열렬히, 라고 우기고 싶지만 어쩌다 보니 우정 이상 사랑 이하라는 지지부진한 관계로 3년을 함께 보내다가 본격적으로 사귀게 된 건 1년 전부터. 아무튼 4년차 애인 보유.

애인과의 특기사항 : 키스 다섯 번(혀는 고이, 입술은 더없이 뻣뻣하게, 고로 성 충동을 느낄 수준은 아니었음), 당연히 섹스 경험 없음. 애인 김씨에게 아무래도 결벽증이 있는 것 같음.

현재 목표 : 애인과 불꽃 튀기는 섹스를 하는 것. 즉 남자친구를 자빠뜨리는 것.

그리하여 이주는 사귀기 시작한 지 딱 4년이 되는 그날, 드디어 남자친구와 만리장성을 쌓아보겠단 일념으로 모두가 퇴근한 회사에 몰래 잠입하여 텅 빈 대회의실에서 섹시댄스를 연습하고 있었다. 무대 복장은 시뻘건 색의 가터벨트 달린 팬티와 노출 극치의 브래지어였지만 지금은 그냥 평상복으로 만족하고서, 단지 립스틱만 쥐 잡아먹은 빨간색으로 칠하고서 발악 수준의 몸부림을 하고 있었다.

혹시 들킬지 몰라 Mp3 이어폰을 귀에 꽂은 채 손담비의 의자춤과 샤론스톤의 아슬아슬하게 한쪽 다리 꼬기, 이효리의 섹시 웨이브 등등 생각나는 대로 갖다 붙여 보는 순간 애인이 헐떡거리며 달려들 수 있게끔 손짓 몸짓, 소소한 표정 하나하나까지도 신경 쓰며 맹연습 중이었다.

우후~ 하며 입술을 쭉 내밀기도 하고, 허리를 탁 튕겨 웨이브를 넣기도 하고, 엉덩이를 손으로 스윽 쓸어 올려 도발해 보기도 하고, 가슴부터 허리까지 손바닥으로 쓸어내려 가며 섹시의 진수를 보이는 등 땀을 뻘뻘 흘리면서도 이주의 열정은 멈출

줄을 몰랐다.

남자 하나 잡아먹기 이렇게 힘들다니, 다음 세상에 태어난다면 일단은 기다려야 하는 여자 쪽이 아니라 달려드는 남자로 태어나고 싶다. 여자가 달려들면 밝히는 것이요, 남자가 달려들면 터프가 되니 세상 꼴이 대체 왜 이럴까.

하지만 이주는 모르고 있었다.

모두 다 퇴근한 줄 알았던 회사에 일중독의 어떤 남자가 아직까지 남아 있었다는 것, 그 남자가 우연히 대회의실을 지나가다가 안에서 우당탕 하는 분주한 소리가 들려 매사 무관심한 평소 성격과 다르게 문을 스윽 열어보았다는 것, 그리고 안에서 온갖 주접을 떨고 있는 여인의 행태를 처음부터 끝까지 지켜보았다는 것.

처음에는 뭔가 싶어 의아하게 쳐다보던 그 표정에 점차 황당함과 어처구니없다는 조소, 그리고 끝내는 큭, 재미있다는 실소가 낮게 터졌다는 걸, 몸부림 댄스를 지켜보고 있는 그 눈매가 살짝 가늘어지더니 점점 대놓고 이주의 몸매를 여유롭게 감상까지 했다는 걸, 몸부림에 한창 빠진 그녀는 전혀 모르고 있었다.

　그날 저녁, 이주는 드디어 애인과의 결전을 치르기 위해 만난 지 4년을 기념하는 의미로 그녀가 미리 예약해 놓은 레스토랑으로 출발했다. 인간이 탈모 조짐이 보인 후부터 모든 것에 시들해져서 이제는 여친까지 별반 신경 쓰지 않는 무료한 삶을 사는 것이다. 사실 귀차니즘 하면 강이주도 만만치 않아서 어찌 보면 딱 어울리는 천생연분이었지만, 남녀 둘 다 그 꼴 그 모양이고 보니 당최 진도가 안 빠지는 것이다. 그래서 참다못한 이주 쪽에서 어쩔 수 없이 바지런히 모든 것을 준비하기에 이른 것이다.

　주위에선 애인이라는 작자가 그 정도로 신경을 안 쓰는 건 이미 쫑난 거라고 모두들 회의적인 반응을 보였지만 이주는 그렇게 생각하지 않았다. 그녀는 한 번 선택한 건 끝까지 밀고 나가는 주의였다.

물론 그녀도 점점 갈수록 권태기 짙은 인상을 보이며 통 상대방에게 노력을 하지 않는 4년차 애인과 끝내 버릴까 생각도 했었지만, 좋을 때 만나 지금까지 지내온 남자친구를 지금 잠시 소홀하다고 해서 경솔하게 끝내고 싶지 않았다.

무엇보다 애인의 가장 좋은 점은, 요즘 남자 같지 않다는 것이었다. 남자라면 일단 상대를 어떻게 해보려고 환장하는 족속들인데, 헌수는 무리한 요구를 하기는커녕 분위기가 물씬 무르익어도 손을 안 대는 타입이다(이쪽이 열받을 정도로). 소중하게 지켜주는 건지 뭔지, 이마에 살짝 입술만 누르는 수준의 키스를 선호했다. 간염이라도 있는 건지, 그럴 땐 성질이 솟구쳤지만 성질내면 또 금세 기가 죽어버리는 타입이라 이주는 참을 인(忍)자를 씹어 먹어가며 인내할 수밖에 없었다.

좋게 말하면 상대의 육체보다 그 사람의 내면을 사랑하는 진지한 사람이요, 나쁘게 말하면……

'이쯤이면 대충 건드려 줘도 되는데 말이지. 이쪽은 손짓만 살짝 해줘도 홀랑 넘어가 줄 용의가 있는데.'

정직성과 결벽증이 도를 넘어서 오히려 여자가 환장할 지경에 이른 것이다. 매일 눈을 시뻘겋게 뜨고, 어떻게 하면 저 인간이 날 좀 잡아잡숴 줄까 기회를 보고 있는 꼴이라니. 물론 그녀도 결혼 전까지 순결을 지키는 것이 그리 나쁘진 않았다. 하지만 해도 해도 너무하니…….

'내가 너무 틈을 주지 않은 건 아닐까? 운만 띄우지 말고 아예 확실하게 내지를까? 아니면 그냥 이쪽에서 확 덮쳐? 순결을 빼앗고서, '눈화 믿지?' 한마디해 주는 전개로다가. 아니면 헉! 설마…… 내가 전혀 섹시하지 않기 때문에?'

자신의 여성성에 문제가 있는 건 아닌지, 이런저런 고민까지 드는 것이다.

아무튼 그리하여 바야흐로 오늘, 이주는 본격적으로 애인 자빠뜨리기 작업에 착수하였다. 뼈와 살이 불타는 밤을 위한 만반의 준비, 즉 섹시한 속옷과 관능적인 뇌살 작렬 댄스 등을 완벽하게 준비해 그녀는 드디어 결전의 장소로 향했다.

하지만.

"이건 무슨…….”

꿈에 부풀어 약속 장소에 도착했건만 그녀의 목에선 이상한 소리가 흘러나왔다. 두 사람만의 로맨틱한 시간을 위해 일부러 마련한 장소, 너무도 우아하고 너무도 무드있고 너무도 아름다운 장소가 되어야 할 그곳에 오 마이 갓! 애인의 친구들이, 그것도 지지리 궁상으로 빈대 행세만 해 속 뒤집기로 유명한 철판 사인방이 쫄로리 자리를 잡고 앉아 있는 것이다.

'어, 어떻게 이럴 수가……!'

이주는 뒤주 같은 걸로 뒤통수를 세차게 얻어맞기라도 한 듯 휘청거렸다.

내 속이 훤히 비치는 시뻘건 속옷은? 새벽 내내 로즈마리 입욕제를 푼 목욕물에 한참이나 담가두어 퉁퉁 불기까지 한 이 몸은? 그 몸 곳곳에 배게 한 이 향기들은? 코피 퐈~ 터지도록 구슬땀을 흘리며 연습한 내 의자춤은? 야, 빈대 사인방! 어떻게 보상할래? 어떻게 해결할래애!

"미안해. 이 자식들이 하필이면 오늘 연락을 해서 만나자고 난리들이잖아. 한규 알지? 저 자식 며칠 뒤에 중국으로 이민 간대. 오늘밖에 만날 시간이 없어서 말이야."

애인 김씨가 난처한 표정을 하며 이주를 설득하려 했다. 하지만 이주는 가자미가 누님 할 것 같은 눈으로 빈대 사인방을 죽일 듯 흘겨보았다. 이렇게 노려보고 있으면 지들이 알아차리고 슬쩍 일어나 피해주기도 하련만 저 철판 빈대 사인방은 수프에 빵을 찍어먹느라고 정신이 없었다.

아니, 주인도 안 왔는데 누가 벌써 수프를 먹으래애!

물론 이해하려면 이해할 수도 있었다. 남자들에게는 우정이 무엇보다 중요하니까. 하지만 오늘만큼은 도저히 넘어가 줄 수가 없는 거다.

"아무리 그래도 그렇지! 오빠, 오늘이 무슨 날인지 알아?"

있는 대로 얼굴을 일그러뜨리고 으르렁거리자 헌수가 손바닥을 포개더니 싹싹 빌어가며 통사정을 해댔다.

"미안, 정말 미안. 나도 어떻게든 약속 지키려고 했지만, 한규 이번에 넘어가면 몇 년은 안 돌아온다잖아. 너도 알지? 우리 대학 때부터 지금까지 오총사였던 거.”

아아…… 빌어먹을 오총사여. 빈대 사총사를 거느린 반대머리 리더인 너는 달타냥이냐!

이주는 하도 어이가 없어 머리까지 어질거렸다. 상황이 이렇게 됐는데도 애인이란 놈은 사건을 해결하긴커녕 웬만하면 이해해 달라는 식이니, 오히려 강이주가 빵점짜리 여친이 되게 생겼다. 남자친구의 개인 사정도 포용해 주지 못하는 이기적인 여자 같으니. 수프에 빵을 찍어 먹으면서 사인방이 이주를 그런 눈으로 흘끗흘끗 쳐다보았다.

생각 같아서는 식탁을 확 뒤집는 걸로도 모자라, 식탁보로 다섯 놈을 동시에 덮어씌워 구둣발로 팍팍 밟아주고 뛰쳐나오고 싶었지만, 그렇게 해봐야 스스로의 얼굴에 먹칠하는 것밖에 안 되겠고.

“그래. 이해 못할 것도 없어. 그치만 오늘은 우리한테 중요한 날이잖아. 내가 속이 좁아서 이렇게 자존심이 상한 걸까? 오빠가 한 번 잘 생각해 봐.”

분위기를 한껏 낮게 가라앉히며 헌수에게 마지막으로 기회를 줘보았다. 하지만…… 반대머리 후보 애인은 이미 자기 친구들하고 잡다한 이야기를 나누느라 이주를 잊어먹고 있었다. 한마디로 허공에 대고 삽질을 한 꼴.

‘아…… 자존심 상해. 대체 내가 여기서 뭘 하고 있는 거야!’

터질 것 같은 분노와 울분을 부글부글 삭이며 이주는 어떻게든 입을 열었다.

"그래. 오늘은 친구들이랑 할 말이 많겠네. 나, 먼저 간다. 응?"

앞으로 절대 연락하지 마, 이 짜증나는 자식아!

눈을 부라리며 헌수를 째려보았더니 그제야 헌수가 고개를 돌리곤 가뿐히 대답했다.

"가려고? 미안, 못 바래다주겠다."

아우! 이 망신을 대체 어쩔 거야아!

일단은 창피해서 뛰쳐나왔지만 레스토랑을 어느 정도 벗어나자 억울해서 속이 터질 것 같았다. 저 인간은 강이주가 상식이 있는 여자란 것에 대해 정말 감사해야 한다. 아니었으면 벌써 원 펀치 쓰리 강냉이에 재활용봉투에 꽁꽁 묶여 한강에 던져지고도 남았다.

도대체! 저런 반대머리 남자를! 대단히 좋은 직장에 다니는 것도 아니고. 저 남자와 헤어진다고 다른 남자를 못 만날 정도로 이 강이주가 못난 인간도 아니고(아닌 게 아니라 며칠 전에도 외간 남자에게 데이트 신청까지 받았다는 걸 자랑삼아 말해둔다). 아무튼 그런데도 저 자식은!

어영부영 지나가 버린 4년, 이유는 단 하나. 누가 뭐라고 해도 첫사랑이었고, 첫 이성이었으며, 처음 사귀고 1년 동안 너무도 성실하고 선하게 자신을 대해준 그에 대한 기억이 너무나 순수하게 남아 있기 때문…… 이라고 포장하면 속이 덜 터질 것 같냐?

아무리 진지하게 생각해 봐도 도통 모르겠다. 도대체 지금까지 왜 이렇게 지나온 걸까?

그냥, 귀찮았던 거다. 헤어지려면 또 그에 상응하는 여러 가지 일들을 겪어야 하니까. 어차피 다른 남자랑 사귀어봐야 뭐가 다르겠냐는 생각에 연애 자체에 회의적이었다. 그것도 아니면 자신은 그냥 연애불감증인 여자인지도.

이상, 잘못 사귄 애인 하나로 인생 전체가 우울해진 어느 여자의 이야기였다.

소주 한 잔, 두 잔.

이주는 자신의 신세를 한탄하며 독한 소주를 안주도 없이 쉼 없이 꺾어대고 있었다. 역시 소주는 깡소주야. 소주 판매율이 글쎄 브랜디를 제치고 세계 1위라잖아. 캬~ 소주를 발명한 사람은 아인슈타인보다 더 위대하다! 취해서 까딱거리다가 옆에 있는 남자가 잘생겼으면 중심을 못 찾는 척 달라붙고 영 아니면 홀로 고개만 까딱거리고 마는 이 상대성이론이야말로 아인슈타인이 관에서 벌떡 일어날 정도로 완벽한 법칙의 실제가 아닌가 말이다. 위대한 소주를 한 병 거뜬히 비우고 이어 두 번째 병마저 따서 첫 잔을 쭉 들이켠 이주는 잔을 테이블에 꽝 내려놓았다.

"이 자쉬익, 안 돼. 더는 못 참아. 강이주, 너 그동안 성질 많이 죽였다. 많이 참았어! 더 이상은 못 봐줘. 이걸 아주 비틀어 버리던지 해야지.”

이 정도면 많이 참았다. 어쩌면 이미 예전에 끝난 관계를 정리하지 않고 두었던 건지도 모르겠다. 그렇게까지 서로에게 성실하지 못한데 여기에서 더 무슨 기대를 할까. 강이주에게 남자 친구란, 있으나마나 한 존재였다. 그래서 차라리 앞으론, 깔끔하게 없는 걸로 가련다. 배신감, 허무, 무슨 미사여구를 쓰던지 김헌수와 자신은 이제 이미 더는 안 된다는 것이 사실이었다.

더는 그 반대머리 애인을 봐줄 수 없단 생각에 이주는 헌수의 주리를 틀러 가기 위해 자리에서 벌떡 일어났다. 그리고 곧장 술집의 출입문을 향해 저벅저벅 걸어갔어야 했는데…… 비틀비틀, 이주의 몸은 개펄의 꽃게마냥 휘이휘이 옆으로 걸어가고 있었다.

코끼리 코를 서른 바퀴는 너끈히 돈 사람처럼 방향 분간이 안 되는 것이, 눈앞이 어질거리며 스텝이 제멋대로 꼬였다. 강풍에 떠밀리듯 몇 걸음을 옆으로 획 날아간 그때였다. 어어! 하며 휘청거린 몸이 운없게도 한쪽 다리까지 접지르는 사태까지 겹쳐, 어느 죄없는 한 테이블을 확 덮쳐 버리고 말았다.

우당탕 쿵쾅! 쨍그랑! 어머!

온갖 소리가 난 것과 일냈다는 자각이 든 건 동시였다. 심장이 덜컥 내려앉아 겨우 고개를 든 순간, 이주는 자신이 어떤 남자의 무릎 위에 안기듯 안착해 있는 걸 발견했다. 어쩐지 말할 수 없이 요란하게 넘어진 것에 비해 쓰러질 때의 충격은 별로 없다 했더니, 이 남자가 바로 쿠션 역할을 해준 모양이구나……라고 정리하고 있을 때가 아니잖아!

본의 아니게도 취한 여자를 가볍게 받아낸 그 남자는, 주책맞게 날아온 여자와 함께 그 여자가 온몸으로 엎어버린 술까지 고스란히 덮어쓴 불운을 겪고 말았다. 시선이 마주친 순간, 이주는 깨달았다.

잘못 건드렸다…….

도끼 살인이라도 저지를 듯 무시무시한 시선으로 자신의 무릎 위에 뻔뻔하게 착지해 있는 여자를 겁나게 노려보고 있는 그 남자의 오만한 콧날을 타고 술 방울이 뚝 떨어졌다. 그게 이상하게 침대 위에서 땀방울이 툭 떨어진 모습으로 겹쳐 보인 이유는, 그 남자가 온갖 미사여구를 끌어 모아 구구절절 설명을 하는 게 오히려 지루할 정도로 잘생긴 미남이기 때문이리라.

이주의 목을 타고 침이 꼴깍 넘어가는 동시에, 불쾌한 표정으로 천천히 손수건을 꺼낸 남자는 서늘한 눈썹 위를 한 번 스윽 닦고 이어 우아한 콧날을 스쳐 뺨을 천천히 닦았다. 그사이에도 북풍이 휘몰아칠 것 같은 서릿발 내린 차가운 눈매는 이주에게 고정된 채 돌아가지 않았다. 내가 못살아…….

그때 남자가 천천히 입을 열었다. 무시무시할 정도로 가라앉은 저음으로.

"너, 뭐야."

“아…… 저기…….”

이주의 머릿속에서 시끄러울 정도의 경고음이 일었다. 반사적으로 용수철처럼 몸이 튕겨져 일어났다. 도망가야지……. 그러나 비틀거리며 일어난 순간, 천장이 한 바퀴 삥 돌았다.

불우한 하루, 결국 꽃도 피어보지 못하고서 이주는 그 자리에서 풀썩 쓰러졌다. 술을, 너무 많이 마셨다. 어쩌면 너무 쪽팔려서 기절한 건지도 모르겠다.

CHAPTER 2

"저기…… 세탁물은, 이것으로 된 건가요?"

눈을 떴을 때 이주는 낯선 침대에 누워 있었다. 지끈거리는 머리를 누르며 아무리 둘러봐도 처음 보는 곳이라 놀랐다. 어쩌다가 눈에 익지도 않은 곳에 누워 있는지 뇌도 잠깐 텅 비었다. 하지만 떡이 되도록 마신 술 덕분에 어딘가 단단한 허벅지 위에 안착했다가 그 남자의 무시무시한 눈빛 공격을 받은 게 기억나자, 이주는 고개를 절레절레 저었다. 그러나 괜히 그랬다. 아우, 머리야…….

어슴푸레하지만 기억이 돌아오기 시작했다. 그렇게 필름이 끊길 경우엔 아예 기억까지도 날아가 버려주면 고마운데, 필름은 끊겨도 기억장치는 고장나지 않는다. 잊고 싶은 기억일수록 더 또렷하게 뇌에 박혀 있으니 주접 떨지 말고 인생을 살아야 할 이유가 있는 거다.

"깼군."

남자의 목소리가 들렸다. 죽은 척했다. 하지만 갑자기 침대를 쿵 걷어차는 통에 소스라치게 놀라 벌떡 일어나고 말았다. 생긴 인상만 봐서는 젠틀맨인 줄 알았더니 하는 꼴을 보니 조폭 두목쯤 됐던 걸까.

그리고 현재 이주는 그 남자의 앞에 무릎을 꿇고 앉아 있었다.

숙취도 가시지 않은 이 가련한 몸으로…….

이주는 기어들어 가는 목소리로 자신의 앞에 고이 내팽개쳐진 남성 정장 상하 플러스 드레스셔츠를 챙기며 물었다. 하지만 금세 후회했다. 남자가 길게 찢어진 눈으로 곧바로 이주를 죽일 듯 노려보았기 때문이다.

"죄송합니다. 알아서 챙기겠습니다."

이주는 닥치고 얼른 옷가지를 주섬주섬 챙겨 들었다.

더럽게 잘생긴 만큼 생긴 꼴값을 하느라 성질까지 더러운 저 남자는 지저분한 건 못 참는 성격인 듯. 싸가지의 의미가 무엇인지 오늘 제대로 이해하는 이주였다. 멀쩡히 술 잘 마시고 있던 남자에게 테러를 가한 걸로도 모자라 쪽팔림과 취기를 견디지 못하고 기절한 여자를 버리고 가지 않은 건 고마운 일인데,

자기 집으로 데려올 건 뭐냐.

저 남자 나한테 꽂힌 거 아냐? 무슨 음흉한 상상이라도 하고 있는 거 아니냐구! 날 호락호락한 여자로 봤다면 오산이야!

하지만 외칠 새도 없이 남자는 그저 이주가 깨어나자마자 자신의 테러당한 옷가지를 휙 던졌을 뿐이다. 빨랑 갖고 가서 깨끗하게 세탁해 와라, 응? 안 그럼 원 펀치 쓰리 강냉이다. 이 여자야! 라는 듯.

아아, 지금 이 순간 기억상실증에 걸려 버려서 '당신은 누구?' 한다던가, 아니면 갑자기 타임리프가 되어 전혀 다른 이세계 공간으로 각자 따로 날아가 떨어지던가 그럼 얼마나 좋을까.

하지만 그 어느 것도 실현될 리가 없었고, 이주는 지금 싸가지없는 남자에게 더욱 싸가지 없는 짓을 저지른 결과를 톡톡히 받고 있었다.

"저기…… 저는 그럼 이만 집에 돌아가도 될까요?"

안 그래도 자진해서 꿇어앉은 무릎이 저리는 참이었다. 그래서 최대한 불쌍하게 보이도록 눈망울 가득 애원을 담고서 의향을 물어보았지만, 깔끔한 흰 셔츠와 늘씬한 청바지 차림의 남자가 소파에 털썩 앉아선 이주를 찌릿 노려보았다. 기다 아니다 대답은커녕 계속 살벌한 눈으로 칼날만 날리기에 이주는 참으로 난감했다. 오늘 집에 가면 칼질 좀 했다고 전해줘야겠다. 정말 겁나게 무섭게 노려보는구나.

어쩌라구. 내가 일부러 그랬니? 그러게 그냥 유치장에 집어 던지던가, 술집에 던져 놓고 갈 길 가지 왜 사람을 끌고 와서 계속 노려보고 있는 거냐? 설마 이거 하려고 사람 들쳐 메고 온 건가?

하지만 알게 되었다……. 패대기쳐져 있는 그의 양복에 술 외의 이물질이 묻어 있는 것을. 토했다. 토해 버렸던 거다. 필름이 끊긴 줄 알았더니 기절한 이후에 잠깐 부활을 해서 이 지경을 만들어놓은 모양이다. 택시 태워주려고 밖으로 데리고 나온 남자에게 그 짓을 해놓았으니, 이 깔끔하니 잘생긴 남자는 강이주를 고이 집으로 보내 버리는 것보다 끌고 와서 이렇게 눈빛 공격 복수를 하기로 결심한 거다. 택시 앞에서 토해대며 진상을 부리는 처음 본 여자를, 걷어차 버리지 않고서 집으로 데려와 재워줄 남자가 지구상에 과연 몇이나 될까?

"저기…… 잘 몰라서 그러는데, 혹시 제가 더 해야 할 일이라도 있는 건가요? 반성문이라도 쓸까요?"

뭘 더 원하는 건지. 고이 재워준 거야 고맙지만 여기서 뭘 더 어쩌라구? 물론 확실히 비싸 보이는 옷이긴 했다. 만약 이게 자기 옷이고, 또 이런 옷에 아까와 같은 그런 일이 일어났다면, 자신은 그 상대를 죽여 버렸을 것이다.

"이 옷…… 많이 비싸죠?"

"알면 묻지 말지."

헉!

확고하게 기대에 부응해 주는 알맞은 싸가지에 이주는 놀라 버렸다. 초면에 반말을 입안의 혀처럼 내뱉는 저 남자는, 분명 가정교육이 잘못된 게 틀림없다. 취해서 남의 옷에 인생의 오물이나 토하는 여기 이 여자도 마찬가지겠지만.

세상에. 저 얼굴로 조금만 더 부드러운 성격이면 얼마나 좋겠어? 밝고 아늑한 곳에서 다시 봐도 참 기가 막히게도 잘 빠진 뉘집 자식이었다. 흔히들 미남을 지칭할 때 쓰는 조각 같다는 표현도 이 남자 앞에선 맥을 못 추겠다. 다비드 상이 석고를 깨고 걸어나와 저벅저벅 돌아다닌다면 바로 저런 모습이려나.

길고 서늘한 눈은 분위기가 있고, 정질 좀 했을 것 같은 콧대는 끝내주게 잘 깎여 하늘 높은 줄 모르고 솟아서 산맥처럼 군림하고 있었으며, 그 아래에 인중은 또 얼마나 보는 사람 애간장이 타도록 뚜렷한지. 무엇보다 반듯한 이마가 남자의 준수함을 말해주는 포인트였다. 그래, 자신의 덜떨어진 애인은 저 남자의 반만큼도 못생긴 이마를 벌써부터 노출시키고 싶어 안달이 나 반대머리를 예약해 둔 상태였지.

으으…… 김헌수!

이게 다 그 인간 때문이다. 안 그래도 맘 안 좋은 날, 하필이면 주책 맞은 해프닝 끝에 이렇게 낯설고 못된 다비드상과 마주 앉아 있으려니 그 마음도 보통 심란한 게 아니었다. 정말 재수가 끝장을 보게 없는 날이다. 집에 가면 몸에 왕소금이라도 뿌리고 자야지.

"그런데 어디서 본 적이 있는 얼굴 같은데."

남자가 천천히 소파에 등을 기대더니 나른한 표정으로 물었다. 작업 거는 건 아닌 것 같고, 대체 갑자기 표정이 변한 이유는 뭐냐. 그나마 잡아먹을 듯 사나운 눈빛은 조금 사라져 있어 다행이지만, 저런 생김으로 나른한 표정을 하고 있으니 그것도 또 나름대로 고문이었다. 연예인 뺨을 왕복으로 칠 것처럼 잘생긴 남자 앞에서 이게 무슨 추태인지. 아직 자신은 꿈 많고 작은 자극에도 부서지기 쉬운 이십육 세 꽃띠란 말이다.

"전, 금시초면인데요."

저린 다리를 꼼지락거리며 성의없이 대답하자 남자가 피식 웃었다.

"소파에 똑바로 앉지그래."

참, 빨리도 알아주는구려.

"됐거든요?"

앉기는 뭘 앉아? 이제 그만 집에 갔으면 하는 소망이 있구먼.

하지만 남자가 아무런 대응 없이 그저 눈이 뒤집힐 정도로 늘씬하게 긴 다리 한 짝을 편하게 꼬고 앉자, 문득 자신도 편하게 앉고 싶다는 유혹에 이주는 슬그머니 바닥에서 일어났다. 역시 다시 생각해도 무릎까지 꿇은 건 자신의 오버였다. 아무리 양심이 넘쳐 나는 여자라도 그렇지, 처음 본 남자 앞에서 이게 무슨 추태인가 말이다. 삼대가 창피해할 일이었다.

'아유, 그러니까 처음부터 그 자리에서 대충 끝냈으면 좋았잖

아, 이 허우대 멀쩡한 남자야!'

이주가 엉덩이부터 슬그머니 소파에 붙이고 앉자 남자는 이제 본격적으로 이주를 자세히 쳐다보기 시작했다. 지금까지도 꽤나 직설적으로 구경하던데.

"뭘 그렇게 쳐다봐…… 세요?"

서투른 존댓말에 남자가 피식 웃음을 흘렸다.

"술 취해서 날아온 여자는 어떻게 생겼나 궁금해서."

윽!

이렇게 생겼지 어떻게 생겼겠어요? 라고 말했다간 몇 대 얻어맞겠지. 뭘 어떻게 해도 이 남자에게 반항할거리가 없었다. 그게 또 억울해서 속이 부글부글 끓는데 남자가 갑자기 벌떡 일어났다. 갑작스러운 행동에 흠칫 놀란 이주가 본능적으로 견제 동작을 취했지만 남자는 이주를 전혀 염두에도 두지 않고서 주방으로 휙 사라졌다.

'뭐, 뭐야……. 식겁했잖아.'

안도의 한숨을 쉬고 있는데 남자가 주방에서 돌아왔다. 우아한 긴 손으로 설거지라도 하면서 손님 돌아가기를 기다려 줄 줄 알았건만, 그의 손에는 난데없는 포도주스 빛깔의 음료수가 들려 있었다. 깨끗하고 심플한 디자인의 유리컵에 담긴 포도주스를 자연스러운 동작으로 이주의 앞에 놓아준 그가 본래의 자리로 돌아가 앉았다.

"마셔."

"······네?"

대뜸 무슨······.

"그래도 손님인데."

아하······ 라고 생각할 때가 아니다. 구박이란 구박은 미어터지게 해놓고서 지금 와서 무슨 손님 취급? 그래도 준 건 마셔야지 싶어 이주는 포도주스를 단숨에 쭉 들이켰다. 하지만 이 주스는 입에 넣은 순간부터 뭔가 이상했다. 그런데도 그걸 끊지도 않고 벌컥벌컥 마신 바람에 묘한 액체 전부를 단숨에 목구멍에 돌파시킨 후에야 이주는 헉! 빈 유리컵을 들여다보았다.

"이거······ 술 맛 나는 주스예요?"

남자가 어깨를 으쓱했다.

"와인인데."

이주의 입이 떡 벌어졌다. 아니, 와인이면 그렇다고 첨부터 말을 했어야지! 것보다, 와인이면 보통 와인 잔에 따라주지 않나? 이렇게 잘사는 집구석에 와인 잔 하나가 없어서 그래, 헷갈리게 보통 유리컵에다가 와인을 따라서 던져? 안 되겠네, 이 남자.

"주슨 줄 알았잖아요! 손님 대접 한다는 분이 와인을 와인 잔에 따라줘야지······!"

"와인 잔이 깨졌거든, 어제. 몽.땅."

하······. 그렇다면 할 말이 없지만. 도대체 마지막 두 음절을 저렇게 강조하는 속셈은 뭘까.

"집에 가려는 사람한테 왜 강제로 술을 먹여요?"

"술에 원수 진 것 같아서."

대답은 잘한다. 그게 지능적으로 비꼬는 말이라서 문제였지.

"우, 웃기지 말아요. 누가! ……혹시 뭐 이상한 생각 하고 있는 거 아니에요?"

그래도 주제에 흰 눈을 뜨고서 '나 함부로 보지 말아요!' 으르렁거렸더니, 그 남자는 대꾸할 가치도 없다는 듯 깔끔하게 무시하고서 지 할 말만 했다.

"이제 가."

"……."

이주는 급기야 벙 찐 얼굴로 남자를 바라보았다. 급기야 천천히 얼굴이 구겨졌다. 이 남자, 사람을 무슨 개 끌 듯 끌고 오더니 지금은 뭐?

이주는 잔뜩 열이 받아 소파에서 벌떡 일어났다. 그리고 그대로, 꾸벅 인사를 하고서 잽싸게 돌아섰다. 한심하게 보여도 어쩔 수 없었다. 생각 같아선 이단 돌려차기라도 날려주고 싶었지만 이제 그만 하루를 끝내고 싶다. 그래서 오늘 하루 동안 벌인 주접의 훈장인 남자의 옷가지와 핸드백을 손에 건 채 현관문으로 걸어갔다. 남자는 이주의 그런 모습을 그저 흐릿한 웃음기를 띤 채 쳐다보기만 했다.

그렇게, 반질반질한 바닥을 몇 걸음 밟아 갔을까. 무슨 생각이 들었는지 걸음을 우뚝 멈춘 이주가 몸을 홱 돌려 남자에게

되돌아가자, 남자는 무슨 용건? 이란 눈으로 이주를 흘끗 쳐다
보았다.

“나 오늘 4년 된 애인한테 흑심 품고서 유혹 좀 해볼까 하고
연습 좀 했거든요?”

남자의 눈에서 흐릿하게 돌던 웃음기가 서서히 사라졌다. 소
파에 팔을 넓게 벌려 느긋하게 기대더니 눈을 가늘게 뜨고서 차
갑게 대꾸했다.

“그래서?”

“근데 그 애인이란 작자가 4년차를 기념하는 우리 둘만의 소
중하고 무드있는 공간에 지 친구들을, 그것도 빈대 사총사를 우
르르 데리고 나왔거든요?”

잠시 째려보는가 싶던 남자가 일순간 낮은 웃음소리를 냈다.

“그게 웃겨요?”

“웃긴 소릴 해놓고 웃으니 뭐라 하는군.”

“그래요. 웃기겠죠. 얼마나 웃기겠어.”

남자는 가타부타 말없이 그저 이주를 물끄러미 쳐다보기만
했다. 그 눈에, 이건 뭔 생물체? 라는 뜻이 가득 담겨 있었다.

“나도 알아요. 그래서 더 자존심 상해 미칠 것 같아요. 그런데
그 재수 옴팡 없는 하루의 끝이 그게 아니란 거였어요. 마감까
지 아주 신경질나게 화려했죠. 모르는 남자 옷에 술 쏟고 무릎
에 올라타고, 정말 뭐 이런 날이 다 있지? 그쪽만큼 나도 황당하
지 않겠어요?”

남자는 여전히 아무런 반응도 없었다. 황당하겠지. 하지만 이쪽은 억울하고 열받는다는 말이다. 고작 세탁거리 안고서 고분고분하게 돌아갈 정도로 정신 상태가 온전할 수 없다.

"……다른 친구들을, 데리고 나왔다는 건가?"

이주의 안면 근육이 움찔했다. 창피해서 미칠 것 같지만.

"그랬죠. 그거 정말 이상하지 않아요? 그쪽은 어때요? 남자는 보통 여자친구가 있으면 둘만 같이 있고 싶거나, 가령 안고 싶다거나, 그러지 않아요? 설마 그쪽도 안 그래요?"

헉, 말해놓고 보니 놀랐다. 입, 너 왜 이러니? 뭐 하는 거야! 무엇보다 이건, '나 애인도 손 안 대는 불량품 여자요!' 라고 자백하고 있는 꼴이나 다름없잖아! 위화감이 번쩍 들었지만 입은 이미 터진 후였다. 입신이 내린 것이다. 한 번 터지면 그 누구도 막을 수 없다는 그 입신이.

눈물 없인 들어줄 수 없는 이주의 처절한 외침에 남자는 나른한 웃음을 입가에 띠더니 동정하듯 대답했다.

"내 경우를 묻는 건가, 일반적인 남자의 경우를 묻는 건가?"

이주의 눈에 번쩍하고 불이 일었다.

"둘 다요!"

"흠……. 내 경우엔, 안고 싶다?"

"……."

"다른 일반적인 남자의 경우까지 내가 어떻게 알아."

하……. 깔끔하게도 단출하고 무심한 대답이었다. 세상에 이

렇게나 지 생각만 하고 사는 인간이 있다니, 너무 대단해서 뺨
까지 날려주고 싶다.

하지만 이 남자의 경우가 아마도 일반적인 경우와 맞아떨어
지지 않을까. 소중해서 지켜주긴 개뿔! 그따위로 아껴줄 거면
안 아껴주는 게 낫다! 낫지 않겠는가!

"둘 중 하나겠군."

남자가 천천히 말을 이었다.

"소중하게 지켜주는 것."

어울리지 않게 정론을 펼치고 있어 안 그래도 눌러두었던 오
기가 팡 하고 터졌다.

"그게 말이 돼요? 보석이 박힌 금딱지 손목시계를 사놓고도
차고 다니지 않으면 그게 무슨 소용이에요? 손목시계 입장에서
그게 행복할 거 같아요? 그래도 날 사준 주인이 있으니까, 내가
때가 탈까 봐 너무 아껴서 못 차는 거니까 기뻐하면서 때 타지
않아도 좋으니까 감사해야 한다구요?"

씩씩거리며 항변하면서도 이주의 다른 쪽 뇌는 급하게 돌아
가고 있었다. 너, 이쯤에서 그만 해라. 니가 지금 하고 있는 짓
은 종로에서 뺨 맞고 한강 가서 눈 흘긴다는, 요즘엔 하라고 해
도 안 한다는 바로 그 짓이야! 그런데도 어째서 자신은 지금, 뜨
거운 물에 손을 담근 듯 질색을 하면서도 이 남자에게 바락바락
화를 내고 있는 걸까. 이건 뭐…….

안 그래도 남자의 눈빛이 점점 싸늘해지고 있었다. 골치가 아

픈지 손가락으로 관자놀이를 꾸욱 누르곤 입을 열었다.

"다른 하나도 마저 들어."

당장 나가! 라고 할 줄 알았더니.

"소중하게 지켜주는 거라던가, 손대고 싶지 않다거나."

……괜히 들었다. 이주는 대못이 박힌 심장을 쿡 움켜쥐었다.

"이미 예상하고 있는 바 아니었나?"

안 그래도 심하게 예상하고 있는 바라서 더 가슴이 찢어지는 거다. 어쩜 저렇게 무심하고도 포악한 언변을 자랑하는 인사가 다 있을까.

"소금에 상처 뿌리는 게 취미예요?"

"뒤집혔군."

"뭐가……?"

헉! 이런…….

"사, 상처에 소금 뿌리는 게 취미예요?"

"남의 상처에 소금까지 공수할 정도로 친절한 인간이 못 돼서 말이지."

아니 다행이시다.

"그럼 그 불친절함으로 한 번 책임져 보시죠?"

순간 남자의 고개가 반대편으로 살짝 기울어졌다. 조소가 짙게 배었다.

"뭐?"

"그깟 술 좀 튄 거 봐줬으면 좋았잖아요. 안 그래도 심한 패닉에 빠져 있는 여자를 괜히 데려와서 더 감정 상하게 한 책임, 그쪽도 지는 게 어때요?"

이건 합리적인 요구다. 이쪽은 혼자 사는 노파를 도끼 살인한 죄를 저지르지도 않았는데 이 남자에게 너무 많은 벌을 받았다. 그러니 공평하게 이 남자도 자기가 지은 죄만큼의 대가를 치러야 하는 거다.

"취했나?"

"아니…… 요?"

"취하지 않았으면."

"……."

"나랑 장난하자는 건가?"

"그것도 아닌데요."

믿어주진 않겠지만, 전 지금 엄마 젖을 빨던 때를 제외하고 가장 진지하거든요.

"취한 것도 아니고 장난하자는 것도 아니다. 그럼 뭔데."

남자가 싸늘하게 내뱉은 말에 이주는 하마터면 잘못했다고 싹싹 빌고 줄행랑을 놓을 뻔했다. 그 남자, 눈빛이 너무 탁월해서 겁나게 무서운 것이다.

"취한 것도 아니고 장난하잔 것도 아니고 난 그냥 그저 공평하게…… 하루 동안 나만 모조리 당하는 건 인간 평등의 원리에도 어긋나고…… 그러니까……."

"그걸 내가 왜 책임져야 하는 건데."

하긴 그렇지만……. 대답할 말 따위 내 뇌 속엔 일절 없으니까 물어봐야 저쪽 입만 아플 거다. 그나저나 정말이지 더럽게 정도 없네.

"책임이란 말이 싫다면, 배려를 좀 해주시면 어떨까요?"

"……."

"배려요, 배려."

"그래서. 뭘 어떻게 배려하라는 건데."

순간 이주의 눈동자가 똑바로 남자를 향했다. 억울했지만, 억울함은 승리로 상쇄시키면 되니까. 근데 어떻게 상쇄시키지?

"오늘을 위해 준비한 섹시댄스, 그쪽이 감상해 보는 건 어떨까요?"

지독한 정적이 일었다. 어찌나 살벌하게 노려보는지 이대로 공기가 쩍쩍 얼어서 유리창이 파슷파슷 터지지 않을까 걱정이었다. 유리창 값은 나한테 청구하지 마시구요…….

물론 말해놓고 자기도 놀랐다. 하지만 헌수에게는 일절 무시당했지만, 이 남자는 어떻게 한 번 자빠뜨릴 수 있을지도 모른다는 생각이 든 건 미쳤기에 가능한 일이겠지? 어디서 이런 그릇된 자신감이 인 건지는 모르겠지만, 가능성이 아예 없을 것 같지도 않았다.

이상하게도, 이 남자의 눈빛은 신사적이면서도 묘하게 관능적이었다. 다른 말로 동물적인 향기라고 할까, 남자라는 느낌이 확 풍기는 눈빛을 가진 본능에 꽤나 충실할 것 같은 남자. 그냥 단순히 쳐다보는데도 매혹하는 것처럼 느껴지기도 했다. 그래서일까 처음 본 순간부터 침대부터 떠올린 건 아마도 이쪽이 많이 굶은 탓이겠지만, 이 남자에게선 확실히 여자의 흑심을 쿡쿡 건드리는 묘한 분위기가 흘렀다.

딱히 감정 같은 게 움직이지 않아도 단지 얼굴만 마주하고 있는 것만으로도 가슴이 설레기도 하고, 자신의 여성성을 이 남자 앞에서 과시하고 싶기도 한다. 과연 이 남자는 어떤 반응을 보일까, 지독히도 궁금하게 만드는……. 이러쿵저러쿵 돌려댔지만, 한마디로 달려들고 싶어지게 만드는 남자라는 것.

마치 눈싸움을 하듯 서로를 쏘아보기를 잠시, 남자는 곧 심드렁한 눈이 되었다.

"그걸 내가 왜 봐야 하지?"

돈을 얹어줘도 안 봐주겠단 확고한 의지의 표현이리라. 그러게요. 그쪽이 왜 봐야 할까요. 왜? 라고 물으면 할 말이 없다. 다만 자신은 지금 절실할 뿐이다. 강이주가, 정말로 트럭이랑 같이 버려도 트럭만 갖고서 강이주는 내팽개칠 정도로 매력이 없는 여자냐고!

"돈을 좀 얹어드리면…… 잠깐만 봐주시겠어요?"

뭐야? 이거 속으로만 생각하려던 말인데, 남자가 황당하다는 듯 짧게 웃는 걸 보니 일 저지른 것 같지?

"뭐?"

그리고 노려본다.

"그냥, 그게 제 말은…… 얼마나 심혈을 기울여서 연습해 왔는지, 안 보고선 모르잖아요. 막말로 본다고 돈 드는 것도 아니고……."

"돈 줄 테니 그만 가라."

저 정도면 진짜 너무하는 거다.

"그럼 어떡하라구요. 아니면 이대로 뛰쳐나가서 나이트라도 가서 야한 속옷 갈아입고 스테이지에서 몸부림쳐요? 반응하는 남자 있나 보게?"

"내 알 바 아니지."

하긴…….

그래도!

"한 번만. 따악 한 번만 봐줘요. 그냥 여기서 조금만 춰볼게요."

이젠 숫제 사정을 하고 있었다. 어쩌다가, 도대체 왜, 이렇게 된 걸까. 뭘 어떻게 잘못하면 처음 본 남자에게 춤 좀 봐달라고 사정하고 있을 수 있는 걸까. 하지만 하루 내내 자존심이 꼭꼭 밟혀 걸레짝이 된 만신창이 여자다. 오로지 눈앞에 있는 애꿎은 남자를 붙들고서 세상을 향해 항변할 뿐이었다.

내 춤을 좀 봐달라구요오!

아무래도 데미지가 너무 커서 정신줄을 놓친 듯. 당연히 그 주접에 대한 반응으로 남자는 머리에 꽃 꽂은 여자 보듯 한껏 조소하는 눈으로 이주를 쳐다보고 있었다. 이 남자 진짜, 쪼잔

하고 고집스럽다. 너무 안 베풀고 사는 것도 벌받을 일이야, 인마!

불퉁한 얼굴로 노려보고 있는 이주를 한참이나 감상하듯 쳐다보고 있던 그 남자가 문득 입을 열었다.

"아스피린이 필요한 여자군."

그러게요.

"시작해 봐."

아아…… 이렇게 고마울 수가.

이게 말이 되는 일인가? 극단 입단 면접 보는 것도 아니고, 남자 앞에서 주책 맞은 댄스 좀 추게 되었다고 1차 합격이라도 한 듯 즐거워하고 있다니. 바라는 건 제발 당분간은 제정신으로 돌아오지 말기를. 그래서 이 혹독한 주책을 부리고 있는 자신을 자각하지 말기를.

하지만 기왕 이렇게 된 것, 이 남자를 뻑 가게 하고야 말겠다. 이렇게까지 힘들게 오디션을 보게 되었는데 결과도 없이 끝낸다니, 말도 안 된다. 무엇보다 이 정도 수준의 퀄리티를 가진 남자라면 평가 대상으로 전혀 모자람이 없다.

"지루하군."

아, 그래. 지금 이렇게 머뭇거릴 때가 아니었다. 하든가! 아니면 말든가! 여자가 칼을 뺐으면 무라도 채쳐야 한다!

"하죠!"

"그래. 뭐든 빨리 하고 사라져."

아우, 저 얄미운 입.

"대신 제대로 평가해 줘야 해요."

단단히 주의사항을 주는 이주를 물끄러미 보던 남자가 혼잣말인 양 중얼거렸다.

"정신은 제대로 박힌 것 같은데……."

이 남자가 지금 누굴 머리에 꽃 꽂은 여자 취급이야.

"자, 그럼 시작할게요. 눈 똑바로 뜨고 잘 봐줘요."

그리고 이주는 정말 하기 시작했다. 무엇을? 4년째 되는 반대 머리 애인을 위해 준비했던 춤사위…… 아니, 섹시댄스를. 스크래치 난 여성으로서의 매력을 다른 남자로부터 인정받고 그나마 안심하기 위해서. 아마도 술김이었을 것이다. 아니라면 이런 정신 나간 짓을 하고 있을 리가 없을 텐데.

하지만 이주의 몸은 저절로 움직이고 있었다. 순서는 회의실에서 연습했던 그대로였다. 몽롱한 표정, 아니, 관능적이라고 우기고 싶은 표정으로 양손으로 얼굴을 비껴 쓸어내리고서, 목선부터 가슴, 허리까지 손끝을 우아하게 펴는 데 집중해서 허리를 유연하게 움직여 가며 관능적으로 훑어 내려간다. 그리고 엉덩이와 허리의 곡선을 이용해 한 번쯤 몸을 튕겨주고 가슴을 살짝 털어준다. 야릇한 눈매로 남자를 똑바로 쳐다보며 한 걸음 한 걸음 다리를 엇갈려 섹시한 포즈로 다가가서, '이게 웬 괴생물체?'라는 듯 무표정하게 지켜보고 있는 남자의 턱 선을 손끝으로 매혹적으로 쓸어준 후에 부드럽게 턴을 한다.

“…….”

하지만 무반응. 무응답.

달에 사는 옥토끼에게 무전을 쳐도 이렇게까지 반응이 없지는 않을 것이다. 그래도, 니가 그러거나 말거나 나는 미친 척 끝까지 한다. 사실 그보다…… 여기까지 와서 딱 끊기가 민망했다. 끊을 타이밍을 못 잡고 있었다. 그래서 몸은 더욱 저절로 움직였다. 이제 어쩔 수 없다. 이판사판, 배는 이미 출발했고, 항구마저 지 스스로 뒷걸음질쳐서 사라진 후였다. 계속 달려가거나, 폭풍우를 만나 난파되거나.

나름대로 진땀을 흘려가며 어떻게든 자신의 현 상태를 돌아보지 않으려고 더욱 열심히 웨이브를 만들어가며 진열장으로 간 이주는 관능적인 손놀림으로 진열장 문을 휙 연 후에 되는대로 양주를 집어 들어 단숨에 허겁지겁 들이켰다. 술기운이라도 빌려야지, 이대로는 쪽팔려서 못살겠다.

처음엔 나름 자신도 있었는데 갈수록 가관인 것이, 남자의 반응이 영 시큰둥하다는 것. 무표정으로 고개를 반대편으로 옮겨 기울이는 게 그나마 보이는 움직임의 전부였다. 차라리 비웃는 것보다 더 상대방을 긴장하게 하는 진지한 무시의 진수.

깔보고 있다. 열심히 봐주는 척하면서 진심으로 깔보고 있다! 이 남자는, 실로 진상이었다.

‘제발 그만 하라고 해! 그 시선 때문에 내 몸이 더 마구 움직인단 말이야! 멈춰주지 않으면 쪽팔려서 그만두질 못하겠다구,

이 남자야!'

돌파구가 필요했다. 이대로라면 여자로서의 매력 회복은커녕 112에 신고당하지 않으면 다행이었다. 어떤 병명으로 신고할까, 남자가 고민하는 건 그 부분이리라. 생각다 못해 반 이상 비운 양주를 탁 내려놓은 이주는 섹시 의자춤이고 봉춤이고 다 때려치우고 남자에게로 곧장 돌진했다.

그리고 남자가 지켜보는 앞에서 곧장 남자의 무릎 위에 대담하게 다리를 벌려 앉고는 그것도 모자라 남자의 굵은 목을 천천히 끌어안았다. 관객의 지켜보는 눈이 지나치게 냉정하다면 무대로 끌어들여 그쪽도 연기자로 동참시키면 된다. 그럼 최대한 비웃고 앉아 있는 건 막을 수 있으니까.

단단한 목울대가 느껴지는 남자다운 목선을 살포시 끌어안았다. 단추가 두 개쯤 열려 있어 셔츠 너머로 시원한 스킨 내음이 물씬 풍기는 쇄골이 언뜻 비춰졌다. 아…… 이런 남자를 누구마냥 3초 안에 유혹할 수 있다면 얼마나 좋을까. 그렇다면 여자로서의 자신감 회복이 문제냐, 팔자가 필 것 같은데…….

하지만 4년이나 만나온 반대머리 애인에게도 어필하지 못했던 매력이 이곳에서 갑자기 펄펄 살아나 통할 리가 없었다. 남자는 목석처럼 굳어 있었는데, 그건 놀랐다거나 굳었거나 그런 의미가 아니라 그냥 반응하지 않는 것이었다. 뭐가 위에 앉아 있긴 한데 이걸 후려쳐? 말어? 그런 사소한 고민만 느껴지는, 별반 흔들릴 것도 없다는 듯 무진장 매너없고 색깔도 없는 그 반응이란.

그럴수록 이주는 더 물러날 수 없었다. 오기로 상체를 기울여, 여자들의 애간장을 녹일 작정으로 새겨진 게 분명한 뚜렷한 인중을 윗입술의 뾰족 튀어나온 부분으로 살짝 건드리고는 아래로 내려가 서서히 입술을 겹쳤다.

물론 닿기도 전에 이마를 찰싹 얻어맞아 뒤로 튕겨내질 줄 알았는데, 남자는 아무런 움직임이 없는 만큼 밀어내지도 않았다. 어쩌면, 그 상태에서 멈추는 게 나았을지도 모른다. 하지만 순간적으로 이 남자의 입술 맛이 너무도 궁금해, 이주는 대담하게 자신의 입술을 움직여 남자의 입술을 벌리게 한 다음 입안에 살짝 머금고 있던 양주를 그 입안으로 천천히 흘려 넣었다.

"……."

자, 과연 따귀가 날아올 것인가. 웃음이 돌아올 것인가.

하지만 두근두근 긴장하며 천천히 입술을 뗐을 때 이주가 목격한 건 불행하게도 둘 중 어느 쪽도 아니었다. 굳이 갖다 붙이자면 후자였는데, 피식 웃고 있는 폼이 여간 비웃는 게 아니었다.

"이건 뭐지?"

"……키스요?"

"미치겠군."

와장창! 순간 이주의 머릿속에서 유리창 깨지는 소리보다 더 시끄럽게 강이주의 여자로서의 매력이 박살나는 소리가 울렸다. 넌 틀려먹었어. 넌 안 돼. 니가 이래서 4년이나 사귄 남자가 너한테 손도 안 대는 거야! 넌 쉰밥이야! 쉰밥엔 파리도 안 앉아!

패닉으로 인한 공황상태로 이주는 고개를 푹 숙였다. 체념이 생기니 물밀듯이 수치심이 겹쳐 밀려왔다. 이렇게 창피할 수가 없었다. 아…… 이대로 조선시대 같은 데로 타임리프라도 된다면 얼마나 좋을까. 그 시대엔 나 같은 여자가 인기가 있었을지도 모르는데. 거기도 안 되면 고려시대, 아니면 후삼국…… 그것도 안 되면 삼한시대, 신석기시대라도!

허벅지에서 바닥까지는 흡사 얼마 되지도 않는 거리였다. 하지만 그 거리가 그렇게 멀 수가 없었다. 저 바닥으로 가뿐하게 내려서려면 대체 얼마나 많은 용기가 필요할까? 지금껏 되도 않는 흐느적거림도 섹시댄스라고 잘났다고 춰댄 용기로 봤을 때는 충분히 내려서고도 남을 지경인데, 어째서 지금은 손가락 하나 까딱하는 것조차 마음먹은 대로 되지 않을까.

온갖 자조적이고 고통스러운 생각에 빠져 차라리 이대로 돌이 되어 굳어버리고 싶다는 슬픈 생각에 빠져 있는 이주의 귓가로 남자의 낮은 목소리가 흘러들었다.

"도대체, 뭘 알아내고 싶은 거지?"

남자가 느끼고 있는 황당함을 이주는 똑바로 느낄 수 있었다. 그래서 염치없다는 눈으로 남자를 슬그머니 쳐다보았다.

"내…… 매력?"

어허, 케세라세라로고! 히죽 웃어 보였더니 남자는 곧장 불쾌하다는 표정을 날려주었다.

"어이가 없군."

"……그러게요."

"이런 식의 육탄 공격에 안 넘어갈 남자가 대체 몇이나 있다고 보는 거지?"

순간 이주의 눈동자가 번쩍 떠졌지만, 곧 그 말의 의미가 뼛속 깊이 이해되자 이주는 맥이 쭉 풀렸다. 남자의 말이 맞았다. 이건 유혹이 아니라 협박이었다. 이래도 안 넘어와? 하지만 목표물은 넘어올지언정 유혹한 쪽에게도 무시할 수 없는 타격이 주어진다는 치명적인 약점이 있었다.

"내 말이요……."

"못 말리겠군."

"미안해요. 처음부터 그럴 생각은 아니었고, 그냥 연습해 온 춤만 미련없이 출 생각이었는데 워낙 반응이 없으니까 오기가 생겨서 그만……. 아마 누구라도 그랬을 거예요. ……아니면 말고."

"오기로 사람도 잡을 여자야."

"반성하고 있습니다. 그럼 저는 이만…… 하차를……."

중얼거리는데 문득 남자의 목소리가 그녀를 가로막았다.

"자신의 매력이 꽤나 궁금한가 본데."

"……?"

"자기 여자를 이렇게까지 자신없게 만든 그 남자는 도대체 어떤 녀석이지?"

"난 별로 그 녀석 여자는 아니지만…… 애초에 여자가 남자의 소유라는 발상 자체는 짜증이……."

"내 대답이라면……."

목소리가, 너무 낮게 속삭이듯 흘러나왔다. 하지만 다음 순간 일어난 일 때문에 이주의 머릿속은 텅 비어버리고 말았다.

"여기보단 회의실 쪽이 훨씬 더 아슬아슬하고 자극적이었지."

분명히 무언가 아주 의미심장한 말을 들은 것 같은데…… 그것에 신경을 쓸 여유가 없었다. 엉큼하게도 남자의 손이 이주의 허리를 슬그머니 더듬고 올라온 것이다. 길고 단단한 손가락이 허리의 예민한 곳에 닿는 순간 이주는 본능적인 자극으로 소름이 오싹 돋았다. 그래서 펄쩍 뛰며 도망가려는 이주의 허리를 그가 꽉 잡아 붙들었다.

'오, 오 마이 갓! 이게 뭐야!'

이주의 눈이 휘둥그레졌다. 자신이 판 무덤에 자신이 고이 들어가 눕는다는 게 이런 기분일까. 이주는 참으로 난처하고도 복잡 미묘한 심정으로 남자를 멍하니 쳐다보았다. 그 순간 불행하게도 남자가 아찔하게도 매력적인 눈으로 이렇게 말했다.

"이제, 이쪽의 매력도 쓸 만한지 봐줘야지."

"무, 무슨……!"

심장을 벌떡거리며 이주는 남자를 쏘아보았다. 머릿속이 마구 뒤엉켰다.

왜 이런 식으로 전개가 되는 거지? 자빠뜨리고 싶긴 했지만 이런 방향이 절대 아닌데……. 잘못하면 이쪽이 녹다운 당하게 생겼다.

그쪽 매력이야 지금껏 그 잘난 얼굴을 달고 살아온 본인이 더 잘 알 거 아냐!

하지만 이주의 고민을 아는지 모르는지, 남자는 태평하게도 이주의 허리 위에 얹은 손에서 엄지만 살짝 움직여 허리선을 은

근히 더듬는 패악까지 저지르고 있었다. 원을 그리며 허리의 오목한 부분을 쓸어내리는 순간 이주는 몸 전체를 건드리는 듯한 아찔함에 흠칫 몸을 떨었다.

아, 안 되는데. 내가 이 시국에 아찔 따위를 해서는 안 되는데.

아찔이 아니라 경악이어야 했다. 흠칫이 아니라 펄쩍이어야 한단 말이다!

"이, 이거 놓죠? 아, 안 놓으면 소리 지를 거예요."

"그런 서비스까지."

"헉!"

지금 분명히, 뭔가 아주 야한 의미의 말을 들은 것 같은데.

아니겠지. 아닐 거야. 설마, 절대 아닐 거야. 이 남자는 그저 자신을 놀리고 있는 것뿐이다. 되로 받았다고 말로 갚아주려는 수작을 부리는 것이다.

"애초에 공평하지 않잖아요! 내가 당하는 걸로 끝내지 않으려고 한 보람도 없이!"

이건 명백히 내가 당하는 꼴이다.

"공평한 게 어떤 거지?"

"무슨……?"

"공평하길 원한다면, 그쪽도 내 남성으로서의 매력을 평가해야 하지 않겠나?"

"용트림을 봬줬으니 똑같이 복수를 하겠다, 그 뜻이에요?"

남자가 큭 웃었다.

"아니."

"그럼 뭐예요!"

"나 역시 내 매력이 어느 정도일지 궁금해졌거든."

그렇게 말하며 아찔하게 웃는 남자의 눈매는 이미 충분히 이쪽을 실신시킬 지경이었다. 안 해도 그쪽 승리니까 오늘은 나 좀 더 이상 괴롭히지 말라구, 제발.

"평가 같은 거 하지 않아도 충분히 매력적이에요. 너무너무 매력적이라구요. 그러니까 그만 해요."

"고마운 말이군."

"받아들여 주니 이쪽이 오히려 감사하네요."

"고마운 말이긴 하지만."

여지를 두는 그 어조에 이주의 고개가 번쩍 들렸다. 남자의 매끄러운 입술에 싱긋 웃음기가 담겼다. 어느 순간 살짝 몸을 굽히더니 지독히도 낮은 저음으로 은근하게 속삭였다.

"문제는, 지금 내 성감대가 괴로울 정도로 억압받고 있다는 거야."

이주는 화들짝 놀라 퍼뜩 몸을 떼려 했다. 그러나 오히려 팔이 꽉 잡힌 채로 끌어당겨져 남자에게 기습키스를 당했다, 라고 생각했지만 남자의 숨결은 입술 바로 옆에 와 닿아 정지했다. 마지막에 경로를 틀었다. 아…… 하느님, 부처님, 아버지, 어머니…….

어찌나 안심이 되는지 이주는 반 뼘은 앉은키가 줄어들어 안도의 한숨을 내뱉었다.

"저기…… 함부로 성…… 거기를 자극한 건 미안한데요, 난 그쪽이랑 이럴 마음 없거든요. 진짜로."

"이럴 마음이 어떤 마음인데."

이주는 말문이 막혔다. 아…… 사악한 인간……. 선동하고 있다는 걸 바보라도 느낄 수 있었다. 그 증거로, 멀어진다고 생각한 남자의 입술이 천천히 아래로 내려가 이주의 목선을 더듬더니 기가 막히게도 목덜미의 경동맥에 살짝 입을 맞췄다. 그 순간 온몸에 인 폭발 같은 충격을, 겪어보지 않은 사람은 말도 하지 마라.

"그, 그마안……! 난, 정말 싫어! 싫다구 말했어! 내 입장은 변호사를 통해서……!"

"큭."

"큭이 아냐, 큭이! 이건 수치를 주는 모독행위…… 하아……."

아니, 마지막에 저건 뭐야! 저건 절대 내 입에서 나온 소리가 아닐 것이다. 이렇게 허무하게 무너질 순 없다. 이건 합리적인 것도 아니고, 도덕적으로도, 인지상정으로도 가능할 수 없는 일이다! 일인데도, 이주의 마음은 혼란스러워지고 있었다.

말도 안 돼. 이래서는 안 돼. 이게 무슨 미친 짓이야! 하지만 말도 안 돼! 돼……. 이래서는 안 돼! 돼……. 어째서 마지막 한 음절에서 빌어먹을 메아리가 울리는 건지.

남자가 팔딱팔딱 뛰는 경동맥에 뜨겁고 붉은 살갗을 또 한 번 깊게 누르자 이주는 더는 견디지 못하고 흐물흐물 무너져 내리고 말았다. 몸을 저릿하게 하는 유혹에 몸이 이끌려 이주의 눈동자가 텅 비면서 흐릿해졌다.

애초에 욕심이 없었던 남자라면 모를까. 육체가, 아니, 본능이 확 이끌린 남자였다. 저 정도 얼굴에 안 이끌릴 여자 있으면 나와보라고 해라. 확 이끌렸다가 훅 갈 수도 있다더니, 자신의 신세가 이렇게 될 줄은 오늘 아침까지도 미처 몰랐지.

오늘 만리장성을 쌓고 싶었던 사람은, 얼굴도 본 적 없는 이 다비드상이 아니었다. 이쪽보다 외모적인 면에서는 한참 떨어질지언정, 내게는 반대머리 남친이 있단 말이다. 아무리 정이 떨어진 인간이라고 하더라도, 아직 공식적인 이별 선고도 하지 않았는데 이럴 수는 없다. 남친이 눈을 시퍼렇게 뜨고서 살아 있는데, 자신이 눈을 시퍼렇게 뜨고서 다른 남자의 허벅지 위에 겁도 없이 펄쩍 뛰어 올라와 있다니, 대체 이게 뭘 하는 짓일까. 게다가 왜 이렇게 주책 맞게 가슴이 뛰고 반응하고 난린지.

강이주, 이렇게 무대책의 여자였다니. 애인에게 아낌없이 바치리라 생각한 오늘 밤을, 다른 남자에게 아낌없이 바치기 위해 무릎에 올라타 성감대를 비벼댄 꼴이 되었다. 이런 걸 죽 쒀서 뭐 준다…… 라고 표현하면 어머나! 이 남자에게 실례겠지?

"나, 난…… 임자 있는 몸…… 이거든요?"

이주는 어떻게든 반응하지 않으려고 노력하며 이를 앙다물어 말했다. 하지만 이렇게 애쓰고 있는 게 바로 온몸이 진동하고 있다는 증거였다. 그래. 그동안 많이 굶었다. 자연스럽게 드는 이성간의 행위에 대한 호기심, 그것에 대한 관심이 없지 않다……. 뿐이랴, 오히려 대놓고 왕성하다. 아주 심하게 지대한 관심을 갖고 있다. 하지만 아무리 그렇다고 이런 즉흥적인 유혹에 몸이 와르르…… 무너져서 어쩌잔 거야!

"그 임자는, 그대에게 관심이 없다고 하지 않았나?"

목덜미에서 지분거리던 입술이 올라와서 치아로 턱 끝을 살짝 깨물며 약한 부분을 공격했다. 턱도 약하고, 그 말에 대꾸할 변명도 약하고.

으으…… 이주는 묘한 신음을 억눌러 가며 힘겹게 중얼거렸다.

"관심이 없다고 판명난 건 아니…… 라 그저 그런 해프닝이 있었다는 것뿐이지."

"같은 거다."

깔끔하게도 정리를 해주시는 저 가혹한 센스.

"지금 본인이 얼마나 비신사적인 행동을 하는 건지 자각은 하고 있을 테죠?"

"비신사의 허벅지에 뛰어들어서 앉는 건 숙녀의 행동인가?"

윽! 바로 정곡이 찔렸다.

"하아…… 나더러, 대체 어쩌라는 거야, 이 치사한……."

남자야…….

헐떡이는 것만으로도 벌써 기의 반은 다 써버린 것 같았다. 이주는 기진맥진한 눈으로 힘에 겨운 듯 남자를 쳐다보았다.

순간 남자가 손을 들어 이주의 눈을 매만지며 스쳐 지나갔다. 천천히 이마에 흘러내린 긴 머리카락을 쓸어 올리고, 볼록하니 귀엽성있게 솟아오른 이마에 천천히 입을 맞추는데도 이주는 넋이 빠진 얼굴로 정신이 탁 풀려 있었다. 쳐내야 하는데. 하지 말라고 해야 하는데, 굳이 왜 그래야 하느냐는 생각이 또 가세해서 오히려 마음이 텅 비어버렸다.

단지 지금 이 순간 사납도록 궁금한 건, 이렇게나 유혹에 약한 자신이 어떻게 자그마한 스킨십도 없는 4년의 세월을 그리 잘도 보낼 수 있었을까…….

이주는 차마 남자의 눈을 쳐다보고 있을 수 없어 눈꺼풀을 움직여 허무한 눈동자를 위의 어딘가에 대충 던져 두었다.

"싫은 건가."

이주는 대답이 없었다. 싫은지 아닌지 자신도 확실하지 않았기 때문에.

"싫다면 그만두지."

"치사한 회피, 아니에요?"

일을 이 지경까지 만들어놓고 도망가려는 거냐!

"큭…… 그런가."

남자의 손이 다시 한 번 이주의 이마를 부드럽게 쓸었다. 이주는 눈동자를 떨며 말없이 남자의 손길을 느꼈다. 싫지 않다……. 아마도 그것이 정답일 테지만 말하진 않았다. 자존심도 상하고.

멍하니 천장을 바라보고 있는 이주의 얼굴을 가만히 응시하고 있던 남자가 눈을 가늘게 뜨더니 천천히, 아주 느리게 입을 열었다.

"너는, 애쓰면서 유혹할 때보다 지금이 훨씬."

"……."

"사랑스러워."

이주의 심장이 속도를 잃고 뛰었다. 그것을 인식하며 시선을 내리는 동시에, 남자가 입술을 가까이 가져왔다. 촉촉하고 서늘한 숨결이 입술 바로 위에서 느껴졌다.

아아……

실제로는 뜨겁기 그지없는 그 온도가 서늘하게 느껴진 건 남자의 길게 찢어진 눈매의 느낌 때문이었다. 홀린 듯 남자를 바라보고 있는 이주의 입술에 남자가 깃털처럼 가볍고 짧은 키스를 했다. 키스에 취한 듯, 아니, 남자에 취한 듯 이주의 눈동자는 움직임을 잃었다. 이윽고 남자가 각도를 틀며 이주의 입술을 빨아들여 촉촉하게 혀를 감아올리자 이주는 그 부드러운 감각에 자신도 모르게 스르르 눈을 감았다.

조용한 이주의 태도에 남자는 이주의 머리카락에 손가락을 집어넣어 얼굴을 좀 더 꺾고는 말할 수 없이 농후한 키스를 시작했다. 하지만 이주는 남자의 혀가 움직이면 움직이는 대로, 빨아들이면 빨려가고, 문지르면 섞여가며 남자의 길고 긴 키스를 그저 받아들이고만 있었다. 집요한 입술과 혀의 움직임에 이미 심장은 터질 듯 뛰고 있었지만 여전히 멍한 몸은 당최 정신을 차려주지 않았다. 그래도 남자는 이주가 눈을 뜰 때까지 키스를 멈추지 않았다.

천천히 남자의 입술이 떨어져 나갔는데도 여전히 이주의 몽롱한 눈빛은 변함이 없었다. 반쯤 열린 입술이 흠뻑 젖은 채로 달싹이듯 움직였다.

"이제, 본인의 매력에 대해서 확신했나요?"

키스라는 게 이렇게 심장에 무리를 주는 행위인지 몰랐다. 지난 4년간 한 번도 겪은 적이 없는 키스의 방법이었고, 한 번도 느껴보지 못했던 감각의 술렁거림이었다. 이렇게 깊은 키스가 있으리라곤 생각지도 못했다. 거기에 속수무책으로 빠져드는 자신에게, 조금은 정이 떨어졌다.

그래서 자신도, 이 남자도 혹시 잘못된 유혹에 걸려들어 시간과 에너지만 낭비하고 있는 건 아닐까 싶어 몸이 스스로 알아서 선을 긋고 있는 것 같았다.

남자도 이주의 태도가 가히 기분 좋지는 않은 듯 엄격한 눈으로 말했다.

"아니, 아직."

이주는 피식 웃으며 고개를 저었다.

"아닐걸요. 당신은 당신의 매력에 대해 이미 잘 알아."

"난 그렇게 생각하지 않는데."

"그만 하는 게 좋을 거예요. 잘못하면 무의미한 키스에 휘둘려서 어느 순간 거기에 휘말릴지도 몰라요."

남자의 긴 눈매가 이주를 천천히 훑었다.

"그건 싫을지도."

"그러게요."

"그렇게 되면, 참을 자신이 없거든."

이주의 눈동자가 천천히 커졌다.

"지금 무슨……."

"오 분만 시간을 주지. 계속 반응이 이 모양이면 두말 않고 놓아줄 테니까."

남자는 상당히 착각하고 있다. 반응하지 않는 게 아니라 뇌가 펑 터져서 정신줄을 놓쳐 버린 것이다. 하지만 그런 거라고 내 입으로 말할쏘냐.

문득 남자가 자신의 타액으로 젖은 이주의 입술을 손끝으로 만지작거리더니 단호하게 말했다.

"뛰어든 그대의 죄겠지. 이건, 그 벌이고."

상체가 기울어지는 동시에 이주의 귓불이 깨물렸다.

하앗……!

그건 남자의 실수였다. 그 순간 이주의 몸 안에서 화르륵! 하고 정체 모를 열기의 불꽃이 지펴지고 말았다. 그것은 엄청난 열과 속도로 치솟아 이주의 몸 어딘가에 숨어 있던 스위치를 단숨에 찾아 달칵 눌러 버렸다. 이 남자의 성감대는 허벅지, 자신의 성감대는 귀의 어느 한 부분…… 단지 그것일 뿐이었다. 그것을, 애인 김씨가 아닌 다른 남자에 의해 실질적으로 자각한 순간 이주는.

"오 분이고 뭐고."

아무것도 생각나지 않았다. 억눌린 신음을 뱉으며 다짜고짜 저돌적으로 달려들어 남자의 목을 꽉 끌어안았다.

"당신, 딱 걸렸어."

이주가 선전포고를 하는 순간, 마주 보고 있던 남자의 눈매가 묘한 웃음기를 띠며 매력적으로 가늘어졌다. 그 순간 그 눈동자에 인 것은 짙은 호기심, 또한 그 검은 눈동자의 농도만큼 왕성한 욕구였다. 그렇다. 그건 확실히 뚜렷한 욕구였다. 이글이글 타오르는 빛으로, 표정 변화가 많이 없는 남자의 건조한 얼굴에 명백히 떠오른 것이다. 그리고 또한 자신의 얼굴에서도 똑같은 농도의 욕심이 발견되었으리라.

남자가 얼굴 각도를 반대편으로 틀더니 이주의 입술에 다시 한 번 가볍게 입을 맞췄다. 젖은 입술 살갗이 붙었다가 떨어지는 느낌은 말할 수 없이 자극적이었다. 마치 몇 분 전의 설욕을 갚겠다는 듯, 똑같은 과정으로 남자가 이주에게 시간을 들여 정성스레 키스를 했다.

이번에도 또, 넋 나간 여자처럼 맥없이 풀려 있기만 할 건지 두고 보겠다는 듯.

"아……."

이 사악한 남자.

욕망을 가두고 있던 마지막 빗장까지 열어젖힌 지금, 이주에게는 오히려 그것이 벌이었다. 그야말로 감질맛이 나서 미칠 것 같아, 이주는 자신의 몸을 든든하게 받쳐 주는 강인한 허벅지의 근육을 동그란 엉덩이로 꽉 누르며 스스로 남자에게 요구하며 상체를 열렬히 기울였다.

"그만 벌주고, 빨리, 빨리 키스해 줘요."

칭얼거리듯 입술을 벌리며 남자의 입술에 닿으려고 안달을 내자 남자의 눈빛이 흔들렸다.

그리고 그 순간 폭주가 시작되었다.

그대로 이주의 이마를 눌러 고개를 젖힌 채 혀부터 섞어가며 거친 키스를 시작했다. 파헤치듯 입천장을 핥은 혀가 난폭하게 입안을 돌아다니며 이주의 촉촉한 혀를 찾았다. 지분거리며 수없는 마찰을 일으켰다. 혀끼리 섞여가는 끈적한 소리가 공간을 울렸다. 이주는 미칠 것 같은 기분으로 남자의 몸에 매달리듯 찰싹 달라붙었다. 누군가가 와서 억지로 떼어내려고 해도 안 될 정도로, 설상 애인 김씨가 온다고 하더라도 아나콘다처럼 이 남자의 몸을 칭칭 감고 놓아주지 않으리라.

"하아…… 좀 더…… 좀 더."

"입, 더 벌려."

이 남자가 지금, 정신이 팔린 틈을 타서 무슨 명령을……. 하지만 기꺼이 그렇게 하지요. 이렇게? 요렇게?

각도를 틀어가며 입안을 자극하는 혀의 움직임을 맛보았다. 절대 반응하지 않을 것 같은 남자가 흘리는 욕망 섞인 낮은 소리는 이주의 청각을 온통 사로잡았다.

혀끼리 마찰하면 할수록 오감의 전부가 자극되었다. 남자는 일부러 더 단단하게 굳힌 혀로 이주의 말캉한 혀를 공격하듯 건드려 가며 마치 일부러인 듯 더욱 간질이고 핥았다가 또 세차게 빨아들였다. 뇌까지 몽창 딸려가는 죽을 듯한 기분. 패배감, 동시에 고양감이 전신을 사로잡았다. 흡착되듯 남자의 혀에 달라붙은 이주는 손을 더듬어 올라가며 남자의 넓고 단단한 등을 쓸었다. 이 무슨, 아름다운 구속일까.

드디어 스킨십다운 스킨십을 하게 된 것이다. 온몸의 신경세포가 버선발로 뛰쳐나와 쌍수를 들고 환영하고 있었다. 여자로 살아온 지 어언 26년, 남들 몰래 야동이라도 다운받아 봐야 하나 싶을 정도로 이런 섬뜩한 자극과는 거리가 먼 쉰밥 인생을 살아왔다. 이 세상엔 행복한 품절녀도 많다던데, 자신은 지금껏 자극 품절인 세상에서 살아왔으니. 돈을 주고 사려고 해도 살 수 없었던 아…… 이 자지러지는 쾌감들. 팡파레라도 불고 볼 일이었다.

이주가 벅찬 감각을 견디지 못하고 남자의 등을 손톱으로 긁어대자 남자의 목에서 거친 신음이 토해져 나왔다. 욕망이 묻은 남자의 가라앉은 숨소리를 이주는 기꺼이 환영했다. 그러자 입술 말고 다른 피부의 감각을 알고 싶어졌다. 이주는 아닌 척하면서 슬그머니 남자의 몸에 자신의 부풀어 오른 가슴을 부딪쳤다.

참 쉽죠잉?

아니나 다를까, 욕망에 절은 숨결을 토해내며 남자가 커다란 손으로 이주의 가슴을 그러쥐어 와 이주는 자지러질 듯 몸을 꿈틀거렸다. 뒤이어 블라우스 위로 남자의 손이 가슴 전체를 움켜쥐자 더할 수 없는 쾌감에 이주는 미친 듯 몸부림을 쳤다. 눈물이라도 흩뿌리고 싶었지만, 너무 밝힌다는 째림 끝에 성은을 거두어들일까 봐 참았다. 지느러미로 땅을 탁탁 치는 장어처럼, 이주는 미친 듯 남자의 애무 하나하나에 반응하고 있었다. 남자의 손톱이 움직여 블라우스 너머로 두드러질 정도로 꼿꼿이 선 유두를 긁자 이주는 급기야 비명과도 같은 신음을 뱉었다.

"아웃! 조, 좋아……. 어쩜 좋아……!"

정말이지 어쩜 좋을 일일까. 이렇게 환장한 여자는 전국을 돋보기로 샅샅이 뒤져도 찾기 힘들지니.

이주의 격렬한 반응에 자극을 받았는지, 남자가 어느 순간 이주의 입술을 놓아주지 않은 채 그녀의 몸을 그대로 덜렁 들어 소파에서 일어났다. 그리고 곧장 침대로 걸어가 그녀를 시트 위에 눕혔다. 등에 서늘한 시트의 감촉이 닿자 앞으로 일어날 일들에 대한 기대감으로 이주는 목젖까지 파르르 떨렸다. 천천히 입술이 떨어져 나가자 이주는.

"안 돼!"

염치도 모르고서 버럭 소리치며 남자를 꽉 끌어당겨 키스를 지속했다. 남자의 어깨가 움찔하더니 이주의 어깨를 확 밀어붙이며 더욱 거친 키스가 이어졌다. 쪽쪽 소리가 날 정도로 입술이 빨리고, 아플 정도로 혀가 압박받고, 남자의 혀를 정신없이 빨았다. 뇌를 강타하는 만족감에 이주는 키스만으로도 이미 극도의 쾌감을 느끼고 있었다. 하지만 그것이 아주 미미한 시작인 줄은, 아직 경험이 전무한 그녀로서는 잘 모르고 있었다.

"잠깐, 숨 좀 쉬어도 되겠습니까."

아니, 절대 안 돼요!

헐떡거리며 어렵사리 입술이 떨어져 나갔을 때, 이주의 이마에 자신의 이마를 밀어붙인 남자가 놀리듯 한 말에 이주는 입술을 삐죽 내밀며 그를 흘겨봤다.

"안 된다면요?"

"특이한 여자군."

이주의 눈동자가 또르르 굴러갔다.

"댁도 만만치 않은 것 같은데……."

이주가 숨을 몰아쉬며 항의하자 남자가 입술꼬리를 말아 올리며 웃었다. 그 연한 웃음조차도 지독히도 매력적으로 느껴져 이주는 아찔했다. 이 남자도 자신을 보고 그런 반응을 가져주었으면 좋으련만. 하지만 어쨌든 지금 이 순간은 두 사람만의 시간이 아닐까? 그녀는 이 남자와의 키스에 흠뻑 빠져 버렸다. 그러니 손해 보지 않으려면 당연히 그도 그래야 했다.

"나, 물어볼 거 있어요."

"……물어봐."

"……기분, 좋아요?"

남자의 눈빛이 멈칫했다. 또다시 '이 괴생물체는 무엇?' 하는 눈으로 이주를 쳐다보다가 곧 큭 웃으며 입을 열었다.

"그대는 어떤데."

"보면 몰라요?"

"나도 같아."

"……?"

"보면 모르나?"

아아……. 마음에 꼭 드는 대답.

살며시 웃는 이주의 콧등에 자잘한 키스를 퍼부은 남자가 천천히 자신의 셔츠 단추를 풀었다. 순간 이주의 눈이 휘둥그레졌다. 드, 드디어 올 것이 왔구나! 날생선…… 아니, 남자의 날육체를 드디어 보게 된 것이다.

이주는 설레임 반 두려움 반으로 시트를 꽉 움켜쥔 채로 남자가 하는 양을 하나도 빠짐없이 지켜보았다. 새하얀 셔츠가 어깨를 스쳐 지나며 벗겨져 떨어져 나가자 이주는 하나하나 새기듯 남자의 아름다운 몸을 감상했다. 멋지게 근육이 붙은 우아한 어깨선과, 굵은 목선에서 아래로 내려가면서 현란하게 이어지는 쇄골의 직선, 그리고 그 아래로 마음에 드는 늑골과, 황홀할 정도로 잘 잡힌 복근, 그리고 잘록한 허리, 또한 아랫배를 타고 내려가는 두 줄기의 압록강과 두만강, 그 강의 접경 지역 바로 직전에서 현란한 아름다움은 청바지의 허리 라인에 의해 차단되었다.

물론 다행이었다. 확실히 이주는 그의 몸에 넋이 팔려 있었다. 역시 이 남자는 다비드상이었고, 흉상을 감상한 거라 생각하면 충분히 눈 보시를 한 셈이었다.

그래서 아직까지는 무난했지만, 그 이상을 기꺼이 받아들이려면 아직 마음의 준비가 필요했다. 더 이상 진도가 이어지지 않는다면 충격적인 삼각지의 끝을 볼 일도 없을 것이다. 아무리 그래도 단기간에 너무 충격을 휘몰아쳐 받으면…….

저기, 잠시 실습을 중단하고 불을 끈 후에 다시 시작하는 방법은 없을까?

아니나 다를까, 남자가 청바지의 지퍼에 손을 댄 순간 이주는 꽤액 소리라도 지르고 싶었다. 자, 잠시만! 최소한 내가 눈을 감은 다음에라도……. 미개척 지구에 대한 두려움도 두려움이었지만, 이 환한 실내의 불빛에서 차마 그것을 바라볼 용기가 감히 나지 않았다.

제발, 이쪽은 순진무구한 여자란 걸 조금은 고려해 줬으면 하는 소망이 있고만.

"자, 잠……."

　그러나 성질도 급하시지, 남자는 이미 바지를 벗어버리고서 이주의 눈앞에 두둥 버티고 서 있었다. 당연히…… 삼각지의 끝도 드러났고, 놀랍게도 처음으로 눈으로 접한 남자의 그곳에서…… 엄청난 질량의 그분이 위용을 자랑하며 당당하게 노출되어 있었다!

　허억……!

　너무 놀라서 말도 나오지 않았다. 그저 입만 쩍 벌어질 뿐. 입을 벌리는 바람에 대뇌에서 내려져야 할 다른 지시가 밀려 버렸는데, 바로 눈을 감는 것이었다. 한 템포 놓친 관계로 동공이 벌어진 채 이주의 눈은 남자의 그것에 못 박힌 채 쏠려 있었다. 내가 보는 게 보는 게 아니야. 내가 웃는 게 웃는 게 아니야…….

　단지 눈 돌릴 타이밍을 놓친 것일 뿐인데, 그 덕분에 그녀는 지금 남자의 은밀한 어딘가를 아주 대놓고, 뚫어질 듯, 잡아먹을 듯 호시탐탐 노리고 있는 사냥꾼이 되어버렸다.

　용감하게 고개를 들고서, 말할 수 없이 위풍당당하게 위용을 자랑하고 있는 저 진한 색깔의 그분……. 만약 그분에게도 점수가 주어진다면 아마도 이 남자에겐 별점 다섯 개가 돌아가리라. 사이즈, 크기, 색깔…… 초보자인 그녀라고 하더라도 충분히 느낄 수 있었다. 그것은…… 퍼펙트!

　"대놓고 쳐다보는군."

　아니나 다를까, 입을 딱 벌린 채 정신줄을 놓아버린 이주의 귓가로 남자의 말이 흘러들었다. 순간 이주는 그제야 고개를 번쩍 들어 남자의 얼굴을 쳐다보았다.

"내가, 뒷전으로 밀린 건가."

아으! 그런 수치스러운 얘기는 제바알!

"아, 아니에요! 난 그, 그냥 끔찍해서."

합! 변명이라고 내뱉은 말이 이런 천지가 진동할 말이라서 이주는 망할! 자신의 혀를 저주하며 남자를 살폈다. 안 그래도 남자의 눈매는 싸늘하게 굳히기 한 판 들어간 상태였다.

"그, 그게 아니라 내 말은…… 끔찍하단 게 그 끔찍하단 게 아니라 끔찍하게도 크다는…….”

이번에도 또다시 입을 다물어야 했다. 어쩌면 좋을까. 입만 열면 헛소리가 줄줄 흘러나오고 있으니.

남자가 어이없다는 듯 가라앉은 조소를 흘렸다. 하지만 비웃음당해도 쌌다. 커서 어떻다고! 한 대 안 맞은 게 다행인 것 같기도 하고.

중얼중얼 현재 처한 상황에 대해 뜻 모를 소리를 웅얼거리고 있는 이주의 앞으로 천천히 그림자가 지기 시작했다. 남자가 다가오고 있는 것이다. 당연히 그분도 함께 뚜벅뚜벅, 자신의 의지를 갖고서 다가오고 있었다. 팽팽하게 힘이 들어간 그것은, 성이 나서 당장이라도 무섭게 그녀를 위협할 것 같았다. 이, 이걸 어쩌면 좋아.

"오, 오지 말아요. 자, 잠깐만 마음의 각오를…… 다지고, 히웃……!"

어머! 내가 왜 신음을……. 한창 거부하고 있었는데 어쩌다가…… 으읏! 하지만 어쩔 수 없는 것이, 어느새 다가온 남자의 손이 이주의 허벅지를 꽉 잡아 벌리고 있었다. 다른 한 손은 이주의 입술선을 따라 덧그리며 자극을 유도했다. 이주는 다시 침대에 발랑 눕혀진 채로 위로부터, 그리고 아래로부터 접근해 오는 감각을 도저히 이겨내지 못했다. 침대 시트를 꽉 그러쥐는 그녀의 전신이 오그라들었다. 동시에 자꾸만 오므려드는 다리를 단단하게 누른 남자가 입술선을 덧그리던 손을 내려 블라우스 단추를 톡톡 열었다.

"하아……!"

이주의 상체가 뒤로 확 젖혀졌다. 목덜미에 쏟아져 내리는 키스의 비가 그녀의 몸을 정상으로 두지 않았다.

"깨, 깨물지 말아요. 정말 죽을 것 같…… 아…… 윽!"

경고였건만 실제로는 주문을 하나 추가한 결과밖에 되지 않았다. 남자는 보란 듯 이주의 목덜미를 감질나게 깨물었다가 거친 호흡을 심어가며 이빨 자국이 남을 정도로 세게 빨기도 했다. 그리고 자신이 남긴 생채기 자국을 혀로 핥아대자 이주는 아예 진동을 하며 진저리를 쳤다.

"제발, 그만…… 하지는 말고…… 으읏……."

남자가 낮게 웃는 소리가 경고처럼 들렸다. 그러면서 주무르듯 허벅지를 힘주어 만져 댔다. 집요한 애무에 이주의 목소리와 신음은 점점 풍부해지고 윤기가 더해갔다. 이주의 입에서 의미

없는 말들이 터졌다가 사라지기를 반복할 때마다 남자의 입술 끝에 만족스럽다는 미소가 걸렸다.

천천히 정성 들여 이주의 몸을 애무하던 남자의 손이 급기야 허벅지 안으로 파고들어 가 은밀한 여성의 근처에서 배회를 하자 이주는 숫제 숨이 멎어버릴 것 같았다. 그 뻔뻔한 돌진성을 봤을 때는 단번에 안으로 침입해 들어오리라 생각했는데 그나마 여유가 주어졌다.

"후우……."

아마도, 미친 듯이 젖어들고 있는 본능에 충실한 그곳에 남자의 손이 닿기라도 한다면 그대로 블랙아웃이 될 것이다. 소설책에서도 수없이 읽었고, 또한 온갖 영상으로 수없이 접한 모든 것이 사실이라는 걸 이주는 지금 자각하고 있었다. 남자와 여자의 섹스란 건 결국 똑같다. 미친 듯이 서로의 몸에 탐닉이 되어 몸부림치는 것. 죽을 것 같은 쾌락과 죽을 것 같은 긴장이 공존하는 것.

블라우스가 열렸을 때 남자는 잠깐 움직임을 멈추고는 이주의 매끄러운 살결을 조용히 쳐다보았다. 딴짓하는 게 아닌가 싶을 정도로. 이주는 눈을 흘끗 뜨고서 남자를 올려다보았다.

"뭐, 뭘 그렇게 구경해요. 그, 그만 봐요!"

창피함에 블라우스를 여미려고 했지만 그것도 자유롭진 않았다. 남자는 행여나 이주가 막을세라 양 손목을 침대에 딱 붙여 고정시키는 치밀함까지 보였다. 이주가 눈을 부릅뜨며 원망 섞어 소리쳤다.

"당신, 선수지?"

"마찬가진 것 같은데."

"눈…… 진짜 낮네. 나 같은 여자가 선수면, 진짜 선수는 침대에 날개라도 달겠다. 하아…….”

상체를 기울인 남자가 목덜미에 얼굴을 박고는 큭큭 웃으며 입을 맞추기 시작했다. 이주는 안 그러려고 해도 저절로 꿈틀거리는 몸을 신음으로 상쇄시키며 힘겹게 말했다.

"나…… 매력있죠? 엄청 매력적이지? 빨리, 그렇다고 대답해요.”

쾌감으로 부풀어 오른 젖가슴 바로 위에서 남자의 낮은 웃음소리가 흩어졌다. 지금 그대 웃기라고 한 소리가 아니거든? 이쪽은 정말 필사적인 문젠데!

"머리가 돌아버릴까 봐 걱정될 정도로."

다행히 만족스러운 대답이 돌아왔다. 부디 저 대답이 엎드려 절 받기가 아니어야 할 텐데.

"흐웃…… 그 거짓말, 정말이죠?"

"그쪽만 힘든 게 아니야."

"……."

"이쪽도, 미칠 것 같아."

"그런데…… 어떻게 그렇게 맨 정신 같아? 전혀 하나도 안 흔들리는 것 같잖아!"

제대로 따져 주고 싶었지만 남자가 브래지어를 파헤치고 맨손으로 가슴을 감싸 쥐자 다 산산조각이 났다.

"아으읏!"

저절로 몸이 튕겨지며 맨가슴이 만져지는 생소한 자극에 터질 듯한 긴장감이 일었다. 단단한 손가락이 유두를 쥐고서 비틀자 그 쾌감은 배로 달했다. 이 이상의 자극이 있을까 싶을 정도로 이주의 몸은 팽팽하게 조여졌다.

"히읏! 자, 잠깐만……. 미치…… 미칠 것……."

안 그래도 정신줄 놓은 상태로 블랙아웃까지 되면 앞으로의 인생이 문제였다. 그러니 오늘은 여기서 제발 그만! 1강은 오늘까지만 하고 2강은 내일로 미루는 방법이 어디 없을까?

"오늘은…… 제발, 더는 벅차서…… 내일 다시…… 복습부터 차근하게……."

결국 마음 밖으로 멋대로 터져 나간 진심에 남자가 풋 웃음을 터뜨렸다. 갑자기 커다란 손으로 이주의 입을 턱 막아버렸다.

"입 좀 잠시만 닫아봐."

한마디로 닥치란 소리를 조금 돌려서 표현하더니 이주가 몸을 비틀려고 등을 허공에 띄운 그 순간을 이용해 딱딱하게 치솟아오른 유두를 치아로 잘근 씹고서 입안 가득 삼켜 버렸다.

"아, 아앗! 아흐읏!"

미친 듯 몸부림을 치는 이주의 등이 활처럼 휘었다. 일부러 그런 게 아닌데도 그 바람에 딱딱하면서도 부들부들한 유실은 더욱 남자의 입안으로 꼭 맞게 빨려 들어가고 말았다. 한마디로 마음껏 포식하시라고 접시째 이쪽에서 진상한 꼴밖에 되지 않았다.

아니나 다를까, 남자는 허공에 띄워진 이주의 등 뒤로 팔을 넣어 단단히 받치고는 힘껏 가슴을 빨았다. 쭉쭉 소리가 날 정도로 가슴과 유두가 동시에 빨리자 이주는 예민한 살갗에 통증이 느껴지는 와중에도 그 쾌감을 이기지 못해 진저리를 치며 남자의 머리카락에 손가락을 찔러 넣었다.

온몸에 경련이 일었다. 생각지도 못했던 고통과도 같은 희열에, 그 뇌가 터져 버릴 것 같은 자극에 이주는 남자의 머리카락을 세차게 움켜쥐었다. 하지만 그것 역시 자극에 박차를 가한 것일 뿐이라, 남자는 더욱 흥분해서 거칠게 이주에게 달려들었다.

"아아…… 떠, 떨어져. 떨어질 것 같아……!"

이주가 헛소리인 양 횡설수설 외치자 남자가 잠깐 주춤하더니 빨고 있던 가슴에서 입술을 뗐다. 걱정스러운 눈으로 쳐다보며 그가 물었다.

"떨어져?"

"아아…… 내 몸이 떨어질 것 같아……."

전혀 남자의 말을 알아듣는 기색이 없었다. 몽롱한 눈으로 그저 자신의 감각 상태를 설명한 것일 뿐. 남자는 못 말리겠다는 듯 고개를 살짝 젓고는 스커트 지퍼를 내렸다. 그리고 여유없이 빠른 손놀림으로 아래로 끌어 내리고는 동시에 허벅지 안쪽에 손을 쑥 넣었다.

"아웃, 거…… 거긴……!"

"괜찮아. 아프지 않게 할 테니까."

긴장으로 굳어진 듯 남자의 음색도 착 가라앉아 있었다.

"아니라, 간지러워. 하웃, 간지러워…….”

"입을 좀 닫아줬으면 하는 소망이 있군."

도저히 이주의 입방정을 더는 견뎌줄 수 없다는 듯 그가 다시 손으로 이주의 입술을 틀어막았다. 하지만 이주는 기다렸다는 듯 남자의 손가락을 있는 힘껏 깨물어 버렸다. 남자가 읏! 하며 자신도 모르게 다른 손으로 이주의 허벅지를 꽉 쥐는 순간, 이주는 신음을 터뜨리며 몸을 말았다.

"못, 하겠어. 더는 못하겠어. 진짜야, 흐윽."

감정을 다스리지 못한 이주가 결국 흐느낌을 토해냈다. 남자의 움직임이 주춤하더니 이주의 머리카락을 자상하게 쓸어 올렸다. 이주는 천천히 눈을 뜨고서 눈앞에서 움직이는 남자의 커다란 손을 보았다. 자신이 깨물어 버린 자국이 빨갛게 핏망울까지 맺혀 선명하게 나 있었다. 저 정도까지 심하게 깨물었는지는 몰랐다.

그래. 이 남자의 애무가 좋았다. 좋아서 심하게 달려들었지만, 이 정도로 수용이 불가능할 줄은 몰랐다. 계산 착오였다. 자신에게도 어이가 없고 남자에게도 염치가 없어서 이주는 눈치를 보며 사과했다.

"미안해요……. 아팠죠?"

"순간적으로 개인 줄 알았다."

헉!

"뭐, 뭐가 어째요?"

"걱정 마. 오히려 자극적이었으니까."

이주는 남자를 포기하고야 말았다. 그래. 좋았다고 하니 더는 미안해하지 않을게. 그러면서도 뭐가 억울한지 눈물을 주르륵 흘리는 이주를 남자는 응시하듯 부드러운 시선으로 쳐다보았다.

"쉬잇. 괜찮아."

어루만지듯 이주를 가라앉히며 입술에 부드러운 키스를 해왔다. 동그랗게 몸을 말았던 이주는 할 수 없이 몸을 풀고서 감미로운 키스의 비에 젖어들었다.

"무서워하지 마. 아프지 않을 거야."

부드러운 음성, 속삭이듯 다정한 목소리. 그래도 끝까지 안 하겠단 소리는 안 하는구나. 그 사이즈를 보고 그런 말이 나오니, 지금?

이 남자, 낙장불입, 임전무퇴의 소신을 갖고 있는 듯.

"안 하면 안 될까요?"

"싫다."

안 돼, 도 아니고 싫다라니. 도대체 뭐 이런 남자가 다 있다지?

"네가, 궁금해졌어."

심장까지 노곤해질 정도의 아름다운 중저음, 싸가지없게 생겨선 더할 나위 없이 상냥한 어조에 그만 마음이 풀려 버려 이주는 희미하게 뜬 눈으로 조용히 미소 지었다.

"양심이 있으면, 그만 했으면 하는데요?"

허벅지를 누르는 위협적인 그분의 위력이, 달래지다가도 이주의 정신을 번쩍 들게 했다. 남자는 뭐가 그렇게 웃긴지 이주의 어깨에 얼굴을 푹 박고는 어깨를 떨며 웃기 시작했다. 웃음 소리는 하나도 들리지 않는데 어깨가 들썩이는 걸 보니 웃는 모양이다. 설마 사이즈 때문에 구박받아 서러워서 우는 건 아닐 테고.

웃음기를 담은 입술이 귀로 다가와 귓불을 깨물자 성감대를 자극당한 이주는 바로 꿈틀거리며 반응했다. 남자는 더욱더 이주의 귀를 집요하게 핥아가며 살짝살짝 깨물어가기도 하며 진도를 다시 빼기 시작했다. 이주는 상체는 완전히 그에게 반응한 채, 어떻게든 하체의 맞닿음은 피하려고 슬금슬금 물러가며 그의 목을 만지고 있었다. 하지만 허벅지를 단단하게 누른 뜨거운 불기둥은 이미 한창 성이 나서 이따금씩 홀로 불끈거리기까지 했다. 그것을 피하느라 잠시 관심을 못 둔 사이, 남자의 손이 불쑥 들어와 다리를 벌리고 순식간에 은밀한 여성의 샘까지 도달했다.

"아웃!"

그리고 이미 흠뻑 젖어 있는 그곳을 손가락으로 그리다가 천천히 안으로 집어넣는 순간 이주는 온몸을 수축시키며 남자의 어깨에 매달렸다.

"읏! 그래, 잘하고 있어."

일부러 그런 게 아닌데, 남자의 손가락을 조여 버린 결과가 되었나 보다. 그렇다고 지금 칭찬을 하냐?

"하지 마……. 빼…….”

그래도 물러나지 않아 내친김에 어깨의 근육을 깨물어 버리자 손가락은 복수하듯 더욱 안까지 쑥 밀고 들어왔다.

"아웃! 싫다니까…… 빼…… 잠깐만 빼…….”

"큭."

"빼…… 이 자식아!"

"빼긴 뭘 빼."

임전무퇴. 남자는 냉정하게 내뱉고는 더욱 손가락을 쿡 찔러 올렸다. 눈썹을 살짝 찌푸린 채 긴 속눈썹을 내려뜨고 있는 남자의 외모는 역시 매력적이었다. 하지만 손가락은 너무나 무례하지 않은가!

내부에서 움직이는 손가락의 느낌에 이주는 아예 진저리를 쳤다. 책에서 수없이 읽었던 뇌가 뒤집힐 것 같은 쾌감 같은 건 있을 리도 없고 눈이 뒤집힐 것 같은 분노만 이글거리는 참이다.

'아, 이 싸가지없는 남자. 염치도 없는 남자. 예고도 없는 남

자. 최소한 말은 하고서 입주를 해야……'

"안 돼, 빼라구…… 제발……."

"물어."

하지만 단호하게 내뱉어진 말, 알아듣지 못한 이주가 일순간 멍해진 뇌로 자신도 모르게 남자의 손가락을 내벽으로 꽉 조인 순간.

"잘했어."

또 칭찬을…… 받아버렸다.

"이이…… 짜증나는 인간……! 허억!"

공격할 새도 없이 이주의 턱이 치켜 올라갔다. 손가락이 내부에서 크게 휘저어지자 일어난 반응이었다. 차마 어떤 말로도 표현할 수 없는 묘한 감각에 휘둘려 이주는 급기야 말 그대로 뇌가 저릿해지는 쾌감에 휩싸였다. 그리고 엄지가 이주의 톡 튀어나온 돌출 부위를 건드리자 그 쾌감은 미칠 듯이 극대화되었다.

"아웃! 아아!"

그리고 미친 듯 쉰 비명을 내지르는 그때 다행히 손가락이 빠져나갔다. 밀려드는 쾌감만큼 진저리치는 고통을 감당하지 못해, 겨우 살았다고 안도의 한숨을 내쉰 그 순간, 잠시 쉴 여유도 없이 단단하고 뜨거운 무언가가 여린 여성의 입구에 닿았다. 그게 무엇인지 인식하자마자 이주의 눈이 번쩍 떠졌다.

"하, 하지……!"

나머지 외침은 남자의 입술 안으로 삼켜졌다. 양손이 침대에 눌려지며 다리가 강제로 들렸다. 그와 동시에 사납고 딱딱한 무언가가…… 아직 받아들이기엔 겁부터 나는 그 뜨거운 무언가가…… 단숨에 이주의 몸 안으로 힘껏 밀려들어 왔다. 강렬한 전기 자극이 이는 동시에 뱃속 안쪽까지 거칠게 밀고 들어왔던 무언가가 잠시 묻어두듯 그 자리에서 정지했다.

"아아아……."

허리 아래가 꽉 차는 이물감에 이주의 몸도 팽팽하게 수축하며 멈췄다. 그제야 천천히 남자의 키스에서 놓여났을 때, 이주는 삽입의 순간 별이 번쩍하는 충격과 함께 삐질 흘려 버린 눈물을 손으로 닦아내며 남자를 노려보았다.

"이 사기꾼! 안 아프게 한다며!"

충분히 이유있는 항의에 남자가 땀범벅이 된 얼굴로 싱긋 웃었다. 부드럽게 이주의 몸을 품으며 귓가에 나른하게 속삭였다.

"울지 마. 우니까…… 내 가슴은 더 아파."

아아! 이 지경에도 니 감언이설에 녹아내릴 것 같은 내 가슴이 진짜 아프다!

몸이 안 좋다.

하긴 내내 그렇게 혹사를 당했으니 당연한 일이었다. 섹스란 황홀한 것이지만 그만큼 위험한 것이기도 했다. 아마도 지상 최고의 육체노동일 것이라고. 다이어트를 하고 싶으면 섹스를 하라, 고.

그날 이주는 그저 시트를 그러쥐며 남자의 난폭한 페이스에 맞추는 것이 다였다. 아무리 이쪽에서 주도권을 쥐려고 호시탐탐 틈을 노려도 처음 도전이라는 건 생각보다 훨씬 큰 데미지였다. 완전히 흥분해서 휘몰아치며 달려드는 남자의 페이스를 도저히 맞출 수가 없었다. 누가 그 남자를 신사라 했던가. 누군 누구야, 강이주지. 하지만 그건 틀렸다. 그는 신사가 아니라, 말이다. 색마, 종마…….

덕분에 그가 잠깐 멈추면 그저 그걸로 안심하며 잠시 재충전을 하다가 남자가 다시 사납게 허리를 움직이기 시작하면 비명과 신음을 번갈아 아낌없이 질러가며 득음의 연습을 하는 것이었다.

상대가 너무 독했다. 이래서는 도저히 남자를 리드하며 내 손안에 굴리는 건 불가능하지 싶었다. 내 손으로 굴리기는커녕 남자가 몸을 뒤집으면 뒤집는 대로 침대를 구르는 것만 하다 왔다. 이쪽은 지금껏 남자친구에게 고이 내팽개쳐진 죄로 어제가 처음이었는데 말이지, 전후좌우 알뜰하게도 방향을 써먹어주시다니.

아으…… 지독한 남자! 이렇게 억울할 수가.

그래서 이주는 분한 마음을 견디다 못해 남자가 샤워를 하고 있는 동안 도망쳐서 집으로 냅다 줄행랑을 놓았다. 창피한 것도 창피한 거였지만, 샤워를 하고 나온 남자가 'once again?' 을 외칠까 봐 겁이 났다. 그 남자의 눈빛에 넘실넘실 넘치는 동물적인 욕망은 그 짐작을 실현 가능하게 하고도 남았다. 자신은 도저히 지금 상태에선 이 남자를 이길 수 없다. 몸도 남자를 더 이상은 받아들일 수 있는 지경이 아니었다.

아니나 다를까, 집에 와서 거울을 보았더니 몸이 말이 아니었다. 치밀하게도 남의 눈에 잘 띄지 않는 곳, 가령 가슴 아래라던가, 허벅지 안쪽이라던가 숨은 곳만 골라서 수없이 남겨놓은 지독한 키스마크는 차라리 애교였다. 허리 아래가 화끈거리는 건 당연한 일이고, 유두는 쓰려서 천이 닿는 것만으로도 통증이 일었다. 또한 내내 얼얼할 정도로 빨린 입술도 퉁퉁 불어 있었다. 누가 보면 보톡스라도 맞은 줄 알 정도로.

그 영향이 아직까지 남아 있어 이주는 걸을 때마다 통증을 느껴서 입술을 깨물었다가, 깨문 입술이 또 아파서 자지러지고. 불행의 연속이었다. 이런 상황을 잘못해서 여진에게 들키기라도 하는 날에는, '너 드디어 남자친구랑 회포를 풀었구나!' 당장이라도 두 팔 벌려 만세를 외치며 가가호호 소문을 낼 테니.

아무튼 전날 밤 그렇게 토네이도가 한바탕 일었는데도 다른 날과 다름없이 출근을 한 이주는 어기적거리는 걸음으로 자신의 자리로 왔다가 책상 위에 묘한 것이 놓여 있어서 눈을 가늘게 떴다. 놀랍게도 그것은 너무나 아름답게 장식이 된 커다란 꽃바구니였다. 이주는 잠시 넋이 팔려 반벙어리 흉내로 서 있다가 천천히 손을 뻗어 꽃을 만져 보았다. 감격이 밀려들었다.

'내 박복한 팔자에, 이런 건 나중에 애나 낳아야 산부인과 병동에서 받을 수 있을 줄 알았건만.'

이주는 곧장 카드가 없나 싶어 꽃바구니를 샅샅이 뒤졌다. 그러나 '강이주 씨께'라는 짧은 말이 인쇄가 된 조그마한 메모지 외에는 카드 비슷한 것도 전혀 없었다. 메모지를 움켜쥔 채 곰곰이 생각해 보던 이주의 눈이 순간 번쩍 떠졌다.

설마…….

"김헌수?"

개가 이런 낭만적인 짓도 할 줄 알았어? 그나저나 4년 동안 안 하던 짓을 지금 와서 왜 하는 걸까.

여자에게 꽃이란 묘한 존재다. 그래서 생각하는 것만으로도 화가 나야 하는 김헌수가, 왠지 그리 미워 보이진 않는다. 드디어 김씨가 정신을 차린 것인가. 그날 화난 얼굴로 뛰어나온 게 효과가 있었던 게지. 하지만 거기까지 생각하고 보니, 그 순간 우르르 쾅쾅! 하며 먹구름이 단숨에 몰려들어 와 천둥번개까지 치기 시작했다.

'아뿔싸!'

이 착하고 심성 고운 애인님을 두고서 자신은 글쎄, 다른 남자와 만리장성을 쌓아버린 것이다. 그대로 털썩 사무실에 주저앉고 싶었다. 이럴 수가! 어떻게 그런 돼먹지 못한 짓을 저질러버렸을까!

'난 인간도 아니야! 인간도 아니야!'

머리를 쥐어뜯고 싶은 심정이었다. 애인님이 미안함에 꽃바구니를 주문할 동안, 자신은 다른 남자의 허벅지에 올라타 있었다. 애인님이 꽃바구니 값을 카드로 긁을 동안, 자신은 다른 남자의 평심을 긁어 쌍방의 몸을 욕구로 화르르 불태우고 말았으며, 애인님이 주문을 끝내고서 단잠에 빠져들었을 무렵 자신은 생판 처음 만난 남자의 침대를 구르며 고통 속에서도 환희의 비명을 내질렀다!

'뭐, 그렇게 자학할 것도 없어. 그렇게만 보면 내가 너무 나쁜 여자 같잖아?'

나쁜 여자 맞잖아! 아무리 편을 들어주고 싶어도 불가능한 일이었다. 이주는 천벌을 받을 것이 두려워 메모지를 움켜쥔 채 의자에 털썩 주저앉았다.

"아침부터 뭐 해? 전위예술이야?"

괴로움에 몸부림치고 있는 이주의 어깨를 누군가가 톡톡 두드렸다. 이주는 퀭하게 움푹 들어간 눈을 돌려 동료 여직원을 바라보았다. 전위예술이라니, 설마 상상 속에서만 해버린 그 모든 쥐어뜯는 행위를 직접적인 행동으로 드러낸 걸까.

설마…… 싶어 주변을 둘러보았더니, 남자 직원들이 신기하다는 눈으로 이주 쪽을 응시하고 있었다. 오 마이 갓!

'아…… 얼굴 팔려.'

이주는 달아오른 뺨을 손부채질로 식히며 그들 전체를 못 본 체했다.

"모닝커피 안 마셔?"

"모닝커피고 뭐고, 미스 리야……. 나 이제 어떡하지?"

울상을 지으며, 이주는 입사 동기인 여진에게 징징거렸다.

잠시 후 두 사람은 모닝커피 한 잔씩을 들고서 휴게실에 앉아 있었다. 일찍 출근한 탓에 아직 근무 시작까지 여유가 있었다.

휴게실에 앉아 동시에 모닝커피를 마시며, 여진이 황당하다는 얼굴로 이주를 쳐다보았다.

"그래서 그 남자랑 잤다고?"

순간 이주는 누가 들을세라 거북이처럼 목을 말아가며 주변을 살폈다. 다행히도 주변엔 사람이 없었다.

"야, 소리 좀 낮춰."

"지금 이게 소리 낮출 일이야? 아니지, 낮출 일이지. 4년이나 만난 남친이 눈 시퍼렇게 뜨고서 살아 있는데 딴 남자랑 원나잇 스탠드?"

그렇지. 원나잇스탠드였지. 그 남자는 세상에! 침대에 눕혀놓고 하는 걸로도 모자라 벽에다가 사람을 세워놓고서 정신없이 허리를……. 아니야! 지금 내가 무슨 생각을 하는 거야.

"내가 미친 거였어. 술 때문에 정신이 나갔었나 봐. 아니, 모르겠어. 내가 어쩌자고……."

"남자친구 생각은 나지도 않던?"

"나지 않긴! 물론 양심이 콕콕 찔려서……."

반항하던 이주는 천천히 입을 다물고서 고개를 달칵 떨어뜨렸다.

"미안. 거짓말이야. 사실은 전혀 생각 안 났어. 어느 순간 완전히 홀릭해서……."

"자랑이다."

여진이 혀를 끌끌 찼다. 여진은 1년 전부터 사귄 애인과 내년에 결혼할 예정이다. 애인도 하나, 당연히 섹스 상대도 하나, 마음도 일편단심. 이 얼마나 부러운 인간인가. 자신도 그러고 싶었다. 한 남자에게 올인해서 그 남자와 단란한 가정을 이루고 싶었을 뿐이다. 하지만 단란한 가정은커녕, 말도 안 되게 엮인 정체불명의 남자와 격렬한 침대만 이루고 말았으니.

"그 남자, 혹시 방에 몰카 같은 거 설치해 놓은 거 아냐?"

급기야 여진이 그런 말도 안 되는 소리를 하며 이쪽을 덜 떨어진 여자 취급까지 하고야 말았다.

"그런 거 아니라구. 믿을지 모르겠지만 엄청 괜찮게 생겼어. 테크닉도 끝내주는 것이…… 변태 짓까지 해서 연명해야 할 정도로는 안 보였달까."

"정신줄 놓은 주제에 니 말을 어떻게 믿어? 아주 맛이 가선, 어떤 놈팽이한테 속았을지 알 게 뭐야."

이 친구는 언제나 정직하다. 그래서 사람의 마음을 아주 대놓고 불쏘시개로 들쑤신다.

"야, 나 지금 심각하다?"

"아무튼, 무조건 숨겨."

"응?"

"몰라? 바람피운 걸 들키면 일차적으로 무조건 잡아떼라. 완전히 머릿속에서 지워 버리고 없었던 일로 해. 어차피 그 남자 다시 만날 것도 아니잖아."

"다, 다시 만나긴! 이름도 모르는데!"

자랑이라고 내뱉었더니 여진이 혀를 끌끌 찼다.

"니 애인도 사실 벌 좀 받아야 해. 여친을 그렇게 생선회 밑에 깔아둔 무처럼 젓가락 한 번 안 대고."

"무라면 그나마? 완전 해파리 냉채였지."

"그러니까 일도 일어났겠다, 이번 기회에 잘 생각해 봐. 헤어질 생각이 있는 건지 아닌지. 아님 헤어지고 그 남자랑 잘해볼려?"

"그러게. 그 남자랑 잘해보는 것도 좋겠지만 당최 만날 수가……."

깊이 생각하지도 않고 술술 본심을 흘리다가 화들짝 놀라 자신의 입을 막았다. 눈을 동그랗게 뜨고서 여진을 보았더니 황당한 눈으로 이주를 쳐다보고 있었다.

"너…… 아주 돌았구나. 완전히 맛이 갔구먼. 그 남자한테 맛이 갔어. 그렇지!"

"그, 그렇긴 뭐가 그래? 두 번 다시 만날 일도 없다니까! 그, 그냥 나도 모르게 트림처럼 흘러나온 헛소리야. 넌 뭐, 트림도 안 하고 사니?"

"연애 상담하던 계집애가 갑자기 더럽게."

"아, 몰라. 머리 아파."

"그래도 너 생각해서 꽃바구니까지 보낸 거 생각해 봐. 헌수 씨는 무슨 죄냐?"

"누가 뭐래니? 단지, 이미 다른 이에 의해 쾌락을 알아버린 몸, 은장도를 빼어 들어서 속죄를……."

"그 남자가 불쑥 나타나서 유혹하면 다시 잘 수도 있겠네?"

"당연하지! 그 유혹을 어떻게 이겨낼……."

그럴 줄 알았다는 듯 째려보고 있는 여진의 눈초리와 마주치자 이주는 간신히 입을 다물었다. 저 날카로운 것이, 사람 정신을 빼놓고 유도심문을 하고 있다. 거기에 홀랑 넘어가는 자신은 완전 슬픈 코미디인 거고.

"오늘, 헌수 오빠랑 만나서 솔직하게 대화해 볼래. 우리 사이가 뭔지, 앞으로 어떻게 했으면 좋겠는지. 제대로 얘기해 보고, 더 안 될 것 같으면 끝내는 거고."

사실 이미 끝난 것과 다름없었지만.

"그 남자 때문에?"

"야! 그건 아니거든? 자꾸 잔머리 굴리지 마라 응? 나 여기서 더 까 보일 속도 없어."

여진이 픽 웃었다.

"다른 누구도 아닌, 헌수 오빠하고 나와의 문제야. 우리 두 사람한테 산적한 문제."

"4년이나 사귀고도 아직 그렇게 희미하다는 게 바로 문제 같다. 니들 둘, 도대체 지금까지 누굴 만나오고 뭘 한 거니?"

이주의 눈동자가 세차게 흔들렸다. 여진의 그 한마디에 이렇게까지 당황하게 될 줄은 몰랐다. 도대체 그와 자신은, 지금까지 뭘 해온 걸까. 그걸 왜 지금 이 시기에 각골로 느끼는 걸까.

설마…… 어제 그 남자 때문은 아니겠지? 아니야. 그럴 리가 없어.

"근데 요즘 회사 이상하지 않아? 완전 들떠 있어. 내가 처녀 딱지 떼리란 거 사보에라도 나온 거야?"

이주는 이제 그만 자신의 문제를 지우고 싶어 화제를 돌렸다. 말하느라 정신 팔려 있어 몰랐더니 어느새 휴게실에 직원들이 가득 차 있었다. 이상한 것이, 요 며칠 내내 저렇게 묘하게 들떠서 삼삼오오 모여서 속닥거리는 것이다. 이런 건 대규모 인사이동이 있거나, 누구 중요한 직책의 인물이 잘리거나, 한바탕 물갈이가 되거나.

"몰라? 신임 상무님 발령 건으로 회사가 상당히 요란하시잖아, 요즘."

"어…… 그래? 그런데 상무님이 새로 오건 말건 그게 무슨 상관이야?"

어차피 윗분들 일이야 윗분들 사정에 의해 돌아가는 것을. 신임 상무 취임 건으로 월급이 인상된다면야 모르겠지만.

"어유, 저 귀차니즘. 윗선 문제가 바로 우리들 하층민 문제로 연결되는 거 몰라?"

"그러거나 말거나. 여직원 정리해고 말은 안 나오고 있잖아. 우린 임시직도 아닌데 그런 소문만 돌아봐. 바로 머리에 붉은 띠 차고 달려들 거니까. 내가 홍건적 한다, 해!"

"그런 것보다, 실은 상무님이 작살 미남이란 미확인 소문이

사내에 돌아서 이 난리잖냐. 게다가 독신에 엄청 젊기까지 하시
댄다.”

호오……. 미남에 젊은 독신이라. 구미가 성큼 당기는군.

“그으래? 딱 보니 낙하산이겠구먼.”

“누가 아니래. 아들이거나 아들이던가 아들이겠지.”

그래 봐야 남의 집 사정인 것이다. 상무가 젊고 잘생겨 봐야
회장이 정력이 세다는 것과 별반 다르지 않은 머나먼 제국의 문
제일 뿐이었다.

소문으로만 들었지만 본래 후계자 수업 차 경영일선에 참여
했던 회장님의 장남은 죽었다던가, 그랬던 것 같은데.

“근데 다음 후계자가 늦게 진출했네. 벌써부터 한자리 꿰차고
앉았어도 모자랄 텐데.”

“무슨 다른 일을 하다가 뒤늦게 들어왔다는 것 같아. 자세한
건 모르겠지만 우리보다야 주주들이 들썩거리겠지.”

“하긴 아무리 잘생긴 상무님이 있어봐야, 너처럼 일편단심 애
인이 있는 애 눈에 들어오기라도 하겠어?”

이주는 진심으로 또 한 번 여진을 부러워하며 중얼거렸다. 자
신도 여진처럼 오매불망 그 애인만 있으면 다른 이가 아무리 대
단한 미남자라 하더라도 꿈쩍도 안 하는 그런 여인이 되고 싶구
나.

그런고로, 애인이 있어도 좀비 상태라 눈 돌리고 싶은 마음이
굴뚝을 때려 부술 정도인 그녀는 임자 확실한 여진과 달리 신임

상무 소문에 함께 입방정을 떠는 무리들의 편에 서서 가십에 끼어들기 시작했다.

"잘생겼다면 얼마나 잘생긴 걸까? 미확인 소문이라는 건 어느 정도까지 신뢰성이 있는 거지? 연예인 중에 누구 닮았을까? 애인은 있을까?"

그날 저녁, 일찌감치 헌수와 미리 약속을 잡은 이주는 일이 끝나자마자 총알같이 사무실을 빠져나왔다.

이 손으로 들기에 참으로 염치가 없는 꽃바구니를 들고서 재빨리 엘리베이터를 잡아타고 로비에서 내려 몇 걸음 걸어가는데, 문득 저 앞에 한 떼거리로 모여서 척척 걸어가고 있는 고위직의 고급 정장파 임원들을 발견했다. 문제는 그 군단 틈에 눈에 익은 뒤통수가 있는 것 같아 이주는 먼 거리에서 눈을 가늘게 떴다. 마른 멸치 같은 다른 나이 지긋한 임원들보다 체격도 크고 머리 하나는 더 얹어놓은 훤칠한 키에 당당하고 절제된 걸음걸이가, 문득 누군가를 떠오르게 한 것은 왜일까. 낯선 남자에게서 그 남자의 싸가지가 느껴진다…….

'에이, 설마.'

하지만 더 자세히 볼 새도 없이 한 무리의 임원들은 커다란 회전문을 통과해 우르르 나가 버렸다.

"이젠 아주 대놓고 착시현상이냐?"

이주는 스스로도 어이가 없어서 고개를 설레설레 저었다. 별로 이 회사 안에서 갑자기 보고 싶을 정도로 그리운 것도 아니었고, 환상이 보일 만큼 간절할 이유는 더더욱 없을 것이다. 그런데 체격 조건이 비슷하다는 이유 하나로 무작정 이렇게 황당하게 그 남자의 모습이 겹쳐 보인다는 건.

'내가 하이에나인 게야. 너무 밝히는 게야.'

이주는 꽃바구니를 손에 꼭 쥐고서 휘청휘청 로비를 가로질러 회사를 빠져나갔다. 그 순간 옆으로 몇 개의 세단이 동시에 지나갔지만 이주는 헌수에게 전화를 하느라 앞을 쳐다보지 못했다.

그중 하나의 세단이 막 이주의 옆을 지나치면서 마침 뒷자리에 앉아 있던 한 남자의 시선이 이주에게 똑바로 닿았다는 것도, 꽃바구니를 들고서 휴대폰을 누르고 있는 그 모습에 잠시 시선이 머물렀다는 것도, 그 그려진 반듯한 입가에 호기심 짙은 낮은 웃음기가 돈 것도 그녀는 전혀 알지 못했다.

헌수는 약속보다 삼십 분이나 늦어서야 겨우 도착했다.

"헉헉, 미안. 일이 늦게 끝나서."

차라리 지하철이 막혔다는 핑계가 조금 더 위로가 될 게다. 이런 것까지 걸고 넘어가고 싶지 않지만, 자신은 1년 이상을 약속 때마다 항상 삼십 분씩 더 기다린 것이다. 그걸 다 합치면 도대체 시간이 얼마냐. 이럴 경우 억울해지지 않으려면 방법은 간단하다. 이쪽이 대놓고 사십 분을 늦어버리는 것이다! 그럼 만

사형통인데.

그래도 너, 오늘 꽃바구니 때문에 봐준다.

"뭐 마실래?"

"어? 난 그냥 주스 마실게."

주스가 탈모에 좋다든?

자꾸만 튀어나가려는 말을 겨우 억누르며 이주는 주스와 커피를 시켰다.

왜 갑자기 헌수의 모든 행동이 더욱 두드러지게 꼴 보기 싫은 걸까. 반쯤 훤하게 드러난 머리숱도, 얼마나 달려왔는지는 모르겠지만 아직까지 헉헉거리며 연신 손수건으로 땀을 닦는 저 행동도, 애처럼 주스를 마시겠다는 심보도 모든 것이 싫었다.

"오빠, 누가 오월에 하늘색 옷 입으랬어, 응?"

순간 이주는 쩡 얼어버린 채 눈을 꿈뻑거렸다. 하늘색 셔츠 차림의 헌수가 고개를 갸웃거리며 이주를 쳐다보고 있었다. 아뿔싸! 마음속의 말을 밖으로 내뱉어 버렸나 보다! 순간적으로 하늘색 셔츠를 입은 것까지 꼴 보기 싫었던 것이다! 이걸 어째애!

"오월에 하늘색 옷 입으면 안 되는 거였어? 난 그런 말은 첨 들어봤는데?"

그, 그냥 좀 넘어가 주면 될 것을 헌수가 정색을 하고서 따지고 나왔다. 이주는 이대로 쥐구멍이라도 파고들어 가고 싶었다.

"미, 미안. 내가 더위를 먹었나 봐."

"오월에도 더위를 먹어? 벌써?"

"실수를 했으면 좀 넘어가 주는 남자다움도 가져봐. 진짜 인간이 예민해선."

언제부터 두 사람의 관계가 이렇게 꼬여 버린 걸까. 굳이 여진의 말이 아니라고 하더라도 늘 이런 식이었다. 만나자고 하면 헌수는 다른 말 없이 나왔다. 하지만 두 사람 사이에 영양가있는 대화는 없었고, 채 한 시간도 채우지 못하고서 헌수는 밀린 일이 있다며 먼저 가버리곤 했다.

하지만 오래된 연인은 원래 그런 거라 생각하고 이주도 혼자 보내는 시간에 익숙해지려고 여러 가지 혼자 놀 거리를 찾아내 나름대로 알차게 보내곤 했다. 별로 헌수가 없어도 문제될 건 없었다. 도대체 지금까지 두 사람은 누구와 연애를 한 걸까.

"아 참, 꽃바구니 고마워. 난 오빠가 까맣게 잊어버릴 줄 알았는데 그래도 나름대로 미안했던 거지?"

일단 꽃바구니에 대한 고마움은 전하고 본론으로 들어가야지 싶었다. 그래서 이주가 옆에 놓인 꽃바구니를 들어 보이며 한 말에 헌수가 눈을 꿈뻑거리며 고개를 갸웃했다.

"그거, 내가 보낸 거 아닌데?"

순간 꽃바구니를 든 채로 이주의 몸이 정지했다. 고개가 스르르 옆으로 기울어졌다.

"뭐?"

"너 꽃바구니 받았나?"

헌수가 별일이라는 듯 중얼거리곤 태평하게 주스를 마셨다. 부들부들…… 하지만 이 인간이 아니라면 누구……? 아니, 지금 그딴 건 중요한 게 아니었다. 단지 이 꽃바구니를 눈앞의 김씨가 보낸 게 아니라는 것과, 자신의 여친이 정체불명의 꽃바구니를 받았다는 데도 보이는 태도가 저렇게 무사안일하다는 것, 단지 그것뿐이라서…… 부들부들 떨던 이주는 울분이 솟구쳐 올라와 자신도 모르게 그만 꽃바구니를 헌수의 이마빡에 정통으로 던져 버리고 말았다.

"으악!"

무방비 상태로 주스를 마시고 있던 헌수의 숱 적은 머리를 정통으로 들이받은 꽃바구니는 투둑! 소리를 내며 바닥으로 장렬히 떨어져 뒹굴었다. 그리고 꽃바구니 뒤에서 드러난 헌수의 얼굴은 말할 수 없이 사납게 구겨졌다.

"너…… 갑자기 이게 무슨 짓……!"

"오빠야말로 무슨 짓이야."

사람들이 쳐다보건 말건 이주는 냉정하게 헌수의 말을 잘라 버렸다.

"……뭐? 내가 할 소리잖아!"

"오빠가 보낸 게 아니었어? 그럼 누가 보냈을까? 남자가 보냈을지도 모르는데, 오빠 내 남자친구란 인간이 진짜 아무 느낌도 안 들어?"

헌수의 표정이 잠깐 당혹감으로 흔들리는 것 같았지만 곧 본래의 색을 되찾았다.

"일일이 그런 거에 반응하는 게 더 웃기잖아. 왜 그런 걸로 화를 내는지 이유를 모르겠어. 그보다 너 너무 무례한 거 아니야? 아무리 화가 나도 그렇지 사람들 앞에서……."

"사람들 앞이 창피하면 따라 나와. 운동장으로 가자. 오빠 아주 늘씬하게 패주고 싶은 심정이니까."

"점점 말하는 게 심하잖아!"

"심하긴 누가 심해! 뭐야? 도대체 난 오빠한테 뭐니? 오빤 나한테 뭐인 거 같아? 우리가 사귀는 사이야? 이런 게 사귀는 거야!"

미친 듯한 분노가 일어 소리를 버럭 지르자 헌수의 표정에 당혹감과 난처함이 어렸다. 하지만 이주는 아무것도 보이지 않았다. 무슨 일이 있어도 오늘만은 짚고 넘어가야겠어서 임전태세에 돌입하는데, 짜증나게도 헌수의 휴대폰이 품 안에서 시끄러운 소리를 내며 진동했다. 그 순간 이상하게도 흠칫 놀란 헌수가 휴대폰을 꺼내보더니 액정을 확인하곤 더욱 난처한 표정을 했다. 물론 그건 아주 찰나 동안 일어난 반응이었지만 이주가 그걸 놓칠 리가 없었다.

헌수가 휴대폰에 한눈을 팔고 있는 사이 이주는 몸을 날려 헌수의 휴대폰을 빼앗아 버렸다.

"무슨 짓……!"

헌수가 말릴 새도 없었다. 아직도 울리고 있는 액정의 이름을 확인하는 순간 이주의 눈썹이 치켜 올라갔다.

「순희」

이건 또 뭐야. 이주는 헌수가 말릴 새도 없이 재빨리 폴더를 열어 휴대폰을 귀에 댔다. 통화가 연결되자 휴대폰 저쪽에서 상대방이 곧장 말을 했다.

—오빠, 1관 영화가 매진돼서 다른 걸로 예약했어요. 늦지 않게 오시는 거죠?

순간 이주는 귀에서 들리는 멍 소리에 딱딱하게 굳은 채로 헌수를 쳐다보았다. 잔뜩 성질이 난 얼굴로 휴대폰을 빼앗으러 왔던 헌수는 이주가 휴대폰을 받는 것과 동시에 이미 정지해 있었다. 난처한 표정으로, 이주가 그렇게 뚫어져라 쳐다보는데도 그 어떤 반응도 하지 못했다. 그게 더욱더 이주의 의심에 부채질을 했다. 하지만 도대체 뭐가 어떻게 돌아가고 있는 건지 납득이 가지 않았다.

목석처럼 서 있는 헌수, 시끄러운 두 사람 때문에 불쾌하단 시선을 집중하고 있는 사람들, 말리려고 다가온 아르바이트생 등등 모든 것이 현실이었는데도 또 비현실적이었다. 무엇보다 헌수가 그 어떤 액션도 취하지 않는다는 게 더욱 이주의 마음을 잡아뜯었다. 길게 그어져 선명한 생채기가 일었는데도 이상하게도 생각했던 것만큼 따끔하고 쓰리지는 않는다는 것도 기이한 일이었다.

헌수의 행동, 표정, 그 작은 하나로도 이 상황을 이해할 수 있었다. 바보가 아니고서야 어떻게 모를 수 있을까. 그런데도 어째서 배신감이나 상처, 응당 느껴져야 할 그런 것보다 그저 놀라움만 큰 걸까.

—……오빠? 제 말 들리세요?

순희 씨는 아무것도 모르고서 여전히 저쪽에서 천진난만하게 헌수의 대답을 재촉하고 있었다. 이주는 크게 심호흡을 하고서 천천히 입을 열었다.

"매진된 영화가 더 재미있는 쪽이겠죠."

그리고 뚝! 휴대폰을 끊어버리자 헌수가 질책과 난처함이 뒤섞인 표정으로 이주를 쳐다보았다. 이주는 한편으로는 어이가 없고 한편으로는 미워서 헌수를 노려보았다.

"이거…… 였니?"

"……."

"이래서, 그동안……."

안 건드렸던 거냐고! 그렇게 소리 지르지 않은 건 자신의 자존심을 위해 정말 잘한 일이었다. 하지만 부들부들 떨리는 몸은 멈출 수가 없었다.

헌수가 천천히 자리로 돌아가 앉았다. 두 사람이 외견상 소강상태에 들어가자 다른 사람들도 각자 시선을 돌렸고, 아르바이트생도 손님의 사생활이 보통 심각한 게 아니라고 판단되었는지 카운터로 돌아갔다.

이주와 헌수는 각자 입을 꾹 다문 채 침울하게 앉아 있었다.

꽃바구니는 망가져 있고 꽃은 산산이 흩어졌다. 언제 그렇게 아름다웠냐는 듯 흉물스럽게 뭉개져 있었다.

"미안해…… 이주야."

헌수가 먼저 입을 열었다. 이주는 안간힘을 쓰며 빨개진 눈시울을 헌수에게 고정시켰다.

"뭐가?"

"너한테, 진작 말했어야 하는 건데 도저히 말을 할 수가 없었어."

"하…… 이해할 수 없어."

"미안하다."

"그게 아니잖아! 우리가 결혼이라도 했니? 오빠랑 나랑 약혼이라도 했어? 내가 오빠 조강지처야? 나 버리면 오빠 벌받아? 그런 것도 아니면서, 다른 여자 생겼으면 진작 말했어야 할 거 아냐! 그렇다면 나도 오빠한테……!"

이주는 입술을 꼭 깨물었다.

"나도 오빠한테 쓸데없는 기대는 하지 않았을 거 아냐."

"그래. 니 말처럼 우리 결혼한 것도 아니고……. 그런데도 왠지 말을 못하겠더라. 나만 보고 있는 너한테 너무 미안해서, 상처 줄까 봐 몇 번이고 말하려고 했는데 도저히 꺼내질 못했어. 나 사귀고 너 다른 남자한테 전혀 눈도 안 돌렸잖아. 너 괜찮은 녀석이고 예쁘고 똑똑해. 그래서 더 마음이 찔렸어. 니가 나한테 충실하면 할수록 더 미안해서."

이주는 기가 막혀서 미칠 것 같았다. 그야말로 고양이 쥐 생각해 주고 계시는 게 아니고 무엇인가. 악어새가 지 밥줄 끊길까 봐 악어 걱정해 주는 게 아니고 무엇인가! 이대로 테이블이고 뭐고, 저 헌수까지 덜렁 들어서 창밖으로 내던져 버리고 싶다.

"상처 줄까 봐? 나한테 너무 미안해서? 말하지 않고서 다른 여자 만나는 건 이미 날 무시한 게 아니고 뭐야? 나한테 미안할 짓이 아니고 뭐냔 말야! 그렇게 나도 위해주고 그 여자도 만나니까 마음이 편하든? 위로가 되든? 그게 어떻게 날 생각해 주는 거야! 오빠가 소심해서 망설인 거지, 그게 어떻게 날 생각해 주는 거야!"

씩씩거리며 퍼붓는 이주를 헌수는 차마 쳐다보지 못했다. 지금 이 순간 가장 기가 막힌 건, 그동안 눈치 한 번 채지 못한 자신의 우둔함, 혹은 무관심. 무관심이 아니라면 이걸 어떻게 설명할 수 있을까.

"언제부터였니."

이주가 낮게 입을 열자 헌수가 아래로 시선을 떨군 채 대답했다.

"1년쯤…… 됐어."

아, 뒷골 당겨! 1년이나! 1년이나? 가만있어 봐, 1년이라는 것은, 친구 이상 연인 이하였던 헌수를 그녀가 본격적으로 남친으로 인정하기 시작한 그때와 같았다. 그렇다는 건, 다른 여자가

생겨 강이주와 헤어지고 싶은데도 차마 그 말을 하지 못해 질질
끌어가며, 오히려 미안해서 강이주에게 잘해주기 시작한 그 시
기를 말하는 것인가! 아으, 쪽팔려. 쪽팔려서 어째. 어으윽!

"처음에 그냥 동생처럼 생각했는데 어느 날부터 순희랑 만나
면 마음이 편해지고 좋았어. 사실 너랑 나, 죽도록 좋아서 시작
한 관계도 아니었잖아. 친구처럼 시작한 만남이 애인처럼 되어
가니까 나도 이상했단 말이야. 그때 아니라고 진작 선을 그었어
야 하는 건데."

아이고, 두야!

"그럼 잘난 오빠가 그때 선을 긋지 왜 안 그랬어?"

"니가…… 무서워서."

휘청! 이 인간이 사람을 찬 걸로도 모자라서 이제 인신공격까
지?

"뭐, 뭐가 어째? 내, 내가 어디가 무서워! 어디서 사람을 공포
영화 취급이야? 내가 여고괴담이니?"

라며 소리친 순간 주위의 모든 손님들이 그녀를 겁에 질린 눈
으로 쳐다보고 있어 이주는 뜨악했다. '아하…… 그렇게 된 사
연이로구나? 그럴 줄 알았어. 저 눈초리 좀 봐' 라는 듯. 이주는
기가 막히고 코가 막혀 뒤로 넘어갈 지경이었다. 그사이 헌수는
지 말만 계속 이었다.

"넌 나로선 감당하기 힘든 상대라서…… 그럴수록 나한텐 순
희가 더 편하게 다가왔어. 그리고 어느 순간부터 개가 없으면

아무것도 못하겠더라. 그 애랑 있으면 정말 내가 듬직한 남자가 되는 것 같아서…… 넌, 기가 너무 세잖아.”

데엥~

확인사살까지 확실하게 시켜주는 확고한 헌수 씨, 결국 이주는 억울함이 북받쳐 올라와 심장을 울컥 움켜쥐었다.

“치사하게 나한테 책임전가하는 거야?”

“니가 그렇게 널 모르겠다면 내 친구들한테 물어봐. 내가 니 남자친구로 보였는지, 김 기사로 보였는지.”

커억!

“나 니 앞에서 한 번도 기 펴고 말한 적 없다.”

“그걸 왜 내 탓으로 하니? 오빠가 소심한 거잖아!”

“그래. 나 소심해. 나도 대학 땐 잘나갔는데, 점점 갈수록 내 뜻대로 되지도 않고. 외모는 망가져 가지 자신감은 사라지지 취직도 원하는 곳엔 모조리 다 떨어지고, 머리숱마저 빠지고…….”

그래…… 마지막 사항은 확실히 문제가 있긴 했어, 야…….

“그, 그래서 내가 언제 오빠 머리숱 적어진 걸로 뭐라고 구박이라도 한 적 있어?”

오히려 그런데도 끈질기게 옆에서 있어준 건 자신이다! 이게 무슨, 기껏 살려냈더니 딴 나라 공주랑 결혼하겠다고 나서는 반대머리 왕자를 봐야 하는 인어공주도 아니고.

그래, 그 반대머리. 속으로는 수백 번 심각하게 생각했지만 맹세코 입 밖으로 티낸 적은 없었다. 하지만 헌수가 찌릿 노려보며 반대 증거를 들고 나왔다.

"모자 사줬잖아."

"……뭐?"

"모자 사서 억지로 쓰게 했잖아. 순희는…… 내가 모자 쓰려고 하니까, 그런 거 쓰면 공기가 안 통해서 더 안 좋다고 했어. 더울 텐데 벗으라고 하더라. 뭘 해도 내가 멋지다고, 걔는 나한테 용기를 줬어."

'저 여자가 너무했구만' 주위에서 웅성거리는 소리. 아웃! 정말 짜증나서 미치겠다.

"모자…… 모자였다니."

좀 더 멋진 이별 사유 같은 게 있으면 안 되나? 탈모에 연관된 거 말고 좀 더 아련하고 가슴이 시릴 정도의 그런 이유가 있었으면 좋았잖아!

아니, 지금 그걸 따질 때가 아닌 것 같은데. 이쯤 되니 이주는 자신이 왜 여기서 이러고 있을까 하는 생각밖에 들지 않았다. 어제오늘, 그녀의 세상이 완전히 어긋나서 돌아가고 있었다. 무엇보다 그 순희란 계집애의 얼굴이 보고 싶다! 앤 모자 쓰는 게 어울린다고! 백번이라도 외쳐 주고 싶다, 정말이지!

"내가 심장마비로 죽으면 둘이 행복할 줄 알지?"

"이, 이주야……!"

헌수가 사색이 되어 외쳤다.

"사람 말을 왜 곡해하고 그래."

"곡해? 내가 지금 곡해 안 하게 생겼어? 이 나쁜 놈아!"

"이주야……."

"김헌수, 용서 못해. 절대 용서 못해. 그러니까 오빠도 심장마비 한 번 걸려봐."

"……?"

"진짜 웃긴 거 알아? 미안하지만, 우리 정말 못 말리는 천생연분인 거 같다."

이주의 말에 헌수는 고개를 갸웃했다. 이주는 피식 웃으며 말을 이었다.

"사실은 나도 오빠한테 어떻게 말해야 하나 진짜진짜 고민했거든. 오빠가 순흰지 영흰지 만나고 있는 동안, 나도 사실 다른 남자 만났어."

헌수의 데엥~ 하는 표정. '저것 봐, 저 여자가 나쁜 거라니까' 또한 갤러리들의 반응도 꾸준히 이어지고 있었다.

"이걸 언제 오빠한테 고백하고 찢어지나 정말 한없이 고민스러웠는데 하필이면 어제 4년차 기념일이 닥쳐온 거야. 그래서 마지못해 나갔는데 세상에 고맙게도 오빠가 다른 녀석들을 달고 나왔지 뭐야?"

'어? 저건 남자 쪽이 너무한 거 같은데?'

"그래서 얼씨구나 좋았지만 오빠한테 미안해서 아닌 척하고 나온 뒤에 그 사람이랑 만났어. 그리고 아주 불타는 밤을 보냈지.”

‘…….’

“물론 오빠한테 상처 줄까 봐 찔리기도 했지만 어쩔 수가 없는걸. 그 남자랑 나, 서로 몸이 너무 잘 맞아서 도통 헤어질 수가 있어야지. 남자는 역시 테크닉이 최고 아니겠어?”

갤러리들의 마지막 반응 ‘거기에 대해선 노코멘트’와 함께 헌수의 눈동자가 휘둥그레졌다. 입을 헤벌리고선 아예 넋이 빠진 얼굴로 이주를 쳐다보고 있었다. 이주는 차갑게 자리에서 일어났다.

“어차피 이걸로 쌤쌤이네. 각자 바람피우는 것까지 완전 천생연분이야. 그치만 우리 인연이 여기까지니 섭섭하지만 이걸로 쫑내야지 뭐, 안 그래?”

“이, 이주야…….”

이주고, 삼주고! 이주는 싸늘한 표정으로 테이블 위에 커피값 오천 원을 탁 꺼내놓았다. 그리고 상체를 기울여 헌수의 눈을 똑바로 들여다보았다.

“마지막으로 충고할 말이 있는데, 앞으론 딴 년 만나느라 정작 중요한 년이 1관 매진돼서 딴 영화 예약하는 일 없게 해라, 응?”

벙 쪄서 통째로 굳어버린 헌수를 두고서, 이주는 뒤도 안 돌아보고 카페를 빠져나왔다.

두.문.불.출.

그날 저녁부터 다음날 오후까지, 회사엔 병결로 보고를 하고는 이주는 방구석에 콕 처박혀 있었다.

아무렇지도 않다, 안 그래도 정 떨어진 인물, 오래전에 정이 떨어졌으나 자각하지 못한 인물, 제대로 뒤통수를 쳐준 인물에게서 받은 상처 따위 전혀 아무렇지 않다. 그렇게 스스로를 위로했지만 그것도 말처럼 쉽지는 않았다.

아웃…… 그놈의 모자 선물 하지 말걸.

뒤늦게 드는 후회는 모조리 그런 것뿐. 그렇다고 이쪽이 성격이 세고 무서워서 정이 떨어졌다는데 타임리프 해서 모자 사주는 걸 막는다고 한들 뭐가 달라지겠는가.

괴롭다, 괴로워. 괜히 모자는 사줘서 이 사단을 벌이며 청승을 떨고 있냐. 떨고 있길.

사랑에 상처받은 청승인가. 지나온 4년이 아까워서 스스로에게 항의하는 청승인가. 그나마 다행인 것은, 천운으로 그 이름 모를 남자를 만나서 마지막 일격을 날려줄 수 있었단 것! 요행히 그 남자의 존재가 있었기 때문에 완전히 K.O.패 당하지는 않은 거라고, 위로를 해봐야 그게 뭐가 위로일까. 결국 양쪽 다 애인 두고 딴 상대에게 한눈을 판 우스운 꼴이 되고 말았으니. 둘 다 시궁창에 3박 4일 동안 푹 담갔다가 꺼낸 냄새나는 인간들일 뿐이다.

어느 한쪽도 조금도 뒤처지지 않는, 덜 떨어진 인간들의 조합이라니. 지난 4년의 만남이란 것이.

방 한쪽 구석에 먹다 버린 빈 맥주 캔이 뒹굴고 있었다.

"내 팔자야……."

자신의 신세가 너무 요란해서 오한이 다 일었다. 어흐흐흐! 늑대 한 마리가 방구석에서 울부짖고 있다. 사랑이 그리워서 아픈 것이 아니라, 헌수를 씹어 먹고 나오지 못해서 아픈, 말 그대로 한 방에 훅 간 이 신세.

그래도 사랑하였다. 나는 그를 사랑하였다.

웃기고 있네. 단지 넌 그의 배신으로 자존심에 금 간 스크래치가 열받은 거잖아. 아니야! 난 그를 사랑했어! 모자도 사줄 만큼!

가만있어 봐. 설마…… 헌수를 자빠뜨리고 싶었던 것도 헌수에게 사랑받고 싶어서가 아니라, 단지 밝히는 이 욕구를 충족시키고 싶었던 거라면? 아으! 차라리 죽자! 죽어!

애꿎은 맥주 캔에 머리를 박아대던 이주는 빈 깡통이 전혀 위협이 되지 않는다는 걸 깨닫고는 벌떡 자리에서 일어났다. 그리고 주섬주섬 핸드백을 챙겨 들고 집을 나섰다.

이 시간엔 절대 서성일 일이 없었던 오후의 거리를 이주는 배회하듯, 백수의 심정으로 걸었다. 걷다가 보니 니가 지금 한가하게 햇볕을 쬐고 있을 자격이나 있냐 싶어 어슬렁어슬렁 영업 중인 소주방을 찾아 들어갔다. 그리고 그곳에서 길다면 길고 짧다면 짧은 이십육 년 인생을 생각하며 제대로 술을 펐다.

'그러고 보니 이십육 년…… 이젠 나이한테까지 욕을 얻어먹
네.'

세상 모든 것이 자신을 싫어하는 것 같다.

"그래도 스물여덟이 아닌 게 얼마나 다행이야."

이십팔 년…… 트웨니 에잇 이어즈…… 는 아니니까, 그것이
유일하게 그녀를 위로하는 부분이었다.

쾅쾅쾅!

"문 열어요! 문!"

몇 시간 후 이주는 잔뜩 취해서 웬 집의 문을 두드리고 있었
다.

"나와! 주인 나와!"

술에 푹 절은 술고래의 행색으로 애꿎은 문에 행패를 부리고
있기를 십여 분, 하지만 아무리 두드려도 현관문은 꿈쩍도 하지
않았다.

"어우! 당장 나오라니까아? 무시하기니? 엉? 무시하기야?"

"이봐, 거기서 뭘 하는 거야."

"오호, 드디어 나왔네. 이봅시다. 나랑 얘기 좀 하자구. 도대
체 내 인생이 왜 이렇게 꼬이는 건지 당신이 한 번 설명을 해줘
봐. 난 도오저히 모르겠으니까."

"설명은 충분히 해줄 테니까, 일단 뒤나 좀 돌아보시지."

그 순간 이주는 눈을 껌뻑거리며 불성실한 태도로 휘익 뒤를

돌아보았다. 한심하게도, 목소리는 현관문이 열리면서 들린 게 아니라 뒤쪽에서 들려온 것이었다. 주인은 집 안이 아니라 방금 귀가하는 길목에 서 있었다. 이주는 눈에 힘을 주며 고개를 까딱거렸다.

"이상하네에. 방금 앞에서 목소리가 들린 것 같았는데 언제 그 뒤로 갔지?"

그 싸가지가 어디 갈까, 상처 입은 꽃사슴이 괴로움에 지쳐 술을 좀 마시고 왔기로서니 그 남자는 냉기가 뚝뚝 떨어지는 눈으로 이주를 쏘아보고 있었다.

"초인종은 왜 달려 있는 거라고 생각하나."

이주는 고개를 갸웃했다.

"인테리어로?"

남자가 혀를 끌끌 찼다.

"술은, 또 왜 마신 거지?"

"그거야 그냥……."

"설마, 또 그 남자 때문은 아니겠지."

그냥 물어봤던 듯싶은데 긍정의 침묵 수행을 하고 있는 이주를 발견한 남자의 눈이 묘하게도 험악해졌다. 하지만 어쩌리요. 이주는 내사 모른다는 심정으로, 안주머니에서 휴대폰을 꺼내 드는 남자를 맹한 눈으로 쳐다보고만 있었다. 남자가 곧 휴대폰에 대고 더없이 정중하게 말했다.

"경찰서입니까."

허억! 스토오옵! 눈이 휘영청 떠오른 보름달만큼 커진 이주가 냅다 뛰어들어 남자의 손에서 휴대폰을 낚아챘다. 뭐, 이런 남자가 다 있다지? 아무리 그래도 그렇지, 어제 지랑 어쩌고저쩌고한 여자를, 술 먹고 깽판 좀 부렸다고 경찰에 신고를 해? 에이, 설마 그냥 거는 척 장난만 한 거겠지. 하지만, 액정의 번호는 확실히 112였다. 119도 아니고 114도 아닌 112!!

이주는 퍼뜩 전화를 꺼버리곤 남자를 죽일 듯 노려보았다.

"정말 걸었어요? 정말?"

"그럼 정말로 걸지 장난으로 거나?"

배신감에 치를 떨 지경이다, 진짜.

"이래도 되는 거예요? 허위신고 하면 어떤 벌 받는지 알아요?"

"허위신고인가? 본인의 상태를 돌아보고 말을 하시지."

"그, 그래도 너무하잖아요! 누군 상심으로 슬퍼 죽겠는데!"

정말 서운해서 노려보고 있는데 남자는 도통 표정을 풀지 않았다.

"그 상심이…… 누굴 향한 거지?"

이주의 표정이 멈칫했다. 남자는 마음에 들지 않는다는 표정으로 이주를 휙 지나쳤다. 그리고 키패드에 숫자를 눌러 짜증이 묻은 손길로 현관문을 휙 열고는 이주를 노려보았다.

"누굴 향한 거냐고 물었어."

이주는 기가 팍 죽어서 고개를 푹 수그릴 뿐이었다.

“다른 남자 때문에 술을 마시고, 행패는 나한테 부리러 왔다?”

헉, 큰일 났다. 정말 그렇게 되어버렸네. 모순의 정곡을 깨닫고 보니 이주는 얼굴 전체가 화끈거려 미칠 것 같았다. 그냥 도망칠까? 날라 버려? 하지만 남자는 날카롭게 이주를 추궁했다.

“이봐, 내 눈 똑바로 쳐다봐.”

“네에…….”

이주는 말 잘 듣는 아이처럼 고개를 들었다.

“사람 기분 상하게 하는 방법은 제대로 아는 여자군. 이런 취급은 처음이야.”

“미안합니다.”

하지만 괴생물체에 대한 면역은 이미 착실히 된 듯 남자는 썩 꺼지라고 하는 대신 이렇게 말했다.

“들어와.”

고마워서 눈물이 다 날 지경이었다. 이주는 몸을 흐느적거리며 벽에 철썩 달라붙어 되지도 않는 아양을 떨었다.

“나 좀 데리고 들어가면 안 돼요? 온몸에 힘이 하나도 없어요~”

남자가 문을 쾅 닫았다.

“으앗! 그, 그런 게 어디 있어요? 나 좀 델고 들어가! 설명해 준다고 했잖아요오!”

허겁지겁 문에 달라붙어 쾅쾅 두드렸더니 문이 철컥 열리면서 한쪽 손만 휙 빠져나와 이주를 사정없이 안으로 잡아끌었다. 휙! 바람이 귀를 스치는 소리까지 들릴 정도로 매정하게 안으로 딸려 들어간 이주는 현관문이 철커덕 닫히자마자 그의 가슴팍에 정통으로 부닥쳤다.

'아웅…… 이건 너무 빠르잖아용~ 난 그저 대화를 하러 온 것뿐이고만~'

하지만 주책을 떨고 있는 이주의 몸을 확 잡아뗀 남자는 성가시다는 표정으로 이주를 덜렁 들어 현관 복도에다 던지듯 내려놓았다. 덕분에 남자의 얼굴이 위로 휙 올라갔다. 알고 보니 그가 천장으로 솟구친 게 아니라 그녀가 철퍼덕 주저앉은 것이었다.

"걸레짝 취급하듯 이게 뭐예요? 너무하는 거 아니에요? 난 그래도 그쪽이 생각나서 한걸음에 달려왔는데."

"퍽도 감사하군. 내 집은 술 마시고 주정하라고 있는 데가 아니야."

남자의 기다란 눈초리가 이주를 싸늘하게 훑었다. 저 정도로 불쾌감에 몸서리를 치면서도 데리고 들어온 저 남자의 관대함을 높이 사는 바였다. 하지만 이주로서는 이곳이 최후의 보루였다. 지금은 누구와도 같이 있고 싶지 않았고, 또 누구든 좋으니 같이 있고 싶었다. 외로움과 처절함의 극치, 어제만 재수 옴팡지게 없는 날인 줄 알았더니 오늘은 더했다.

"또 그 덜떨어진 남자친구 때문이란 건데."

지 혼자 안으로 들어선 남자가 우뚝 정지하더니 낮개 말을 흘렸다. 재킷을 벗고는 손목시계를 풀고서 넥타이를 느슨하게 했다. 설마 한 대 치려고 준비하는 건 아니겠지?

티끌 한 점 묻지 않은 새하얀 드레스셔츠 차림으로 몸을 돌린 남자가 한쪽 손을 허리에 척 얹고서 이주를 구경하듯 쳐다보았다. 이주는 맞는 게 아니면 됐단 생각에 안심을 하며 현관 복도에 등을 기댔다. 아…… 취한다. 세상이 취해.

"어떤 놈인지 모르겠지만 꽤나 능력있는 놈이군."

"헤…… 왜요?"

"여자를 이틀이나 술독에 던져 넣지 않았나."

"핏, 그 남자가 능력있는 게 아니라 내가 씁쓸한 인생인 거죠."

"아니 다행이군."

남자는 혀를 차며 허리에서 손을 뗐다. 만사 귀찮다는 듯 찌푸린 얼굴로 이번엔 넥타이를 전부 풀어 소파에 툭 던졌다.

"좋아했나."

날카로운 어조의 낮은 질문에 이주는 물끄러미 남자를 쳐다보았다.

"무슨 상관?"

"사랑했나."

"것도 무슨 상관?"

"끝난 거, 아니었나?"

“무슨…… 상관……?”

“기분 상하는군. 그 남자, 그리고 너.”

“무슨 상…….”

뭐지? 지금 저 말 무슨 뜻이지?

남자가 피식 웃었다.

“상관도 없는 남자 집엔 왜 계속 찾아오지?”

“술이 여기로 날 데려다 놓은 걸 어떡해요.”

“술에 책임전가를 하는 건 가히 좋은 느낌이 아닌데. 난 느낌 좋은 여자에게만 흥미가 있거든.”

이주가 얼굴을 찌푸리며 남자를 노려보았다.

“누군 느낌 나쁜 남자한테 흥미 가지나?”

남자가 기가 차다는 듯 머리카락을 쓸어 올리곤 매서운 눈매를 스윽 이주에게 고정시켰다. 이러다 한 대 맞을까 술김에도 걱정돼서 이주는 고개를 달칵 떨어뜨렸다.

“있잖아요, 나 좀 소파까지 옮겨주면 안 돼요? 앞이 어지러워서 걸을 수가 없거든요?”

“스스로 오는 게 좋을 텐데.”

“왜요. 그 정도는 도와줄 수도 있잖아요.”

에 또, 우리가 시방, 그렇고 그런 사인데…….

“술 취한 여자를 건드리는 취미는 없어.”

기가 막혀서. 누가 건드려 달랬나? 옮겨달랬지. 하지만 옮기려면 건드려야지? 그치만 여기의 이 건드리다는 그 건드리다와 다른 의미 아닌가? 에라, 모르겠다. 그것보다.

"그럼, 어제는 술이 아니라 물에 취한 거였어요?"

"뭔가, 따지러 온 것 같군."

"따지는 게 아니라, 갈 데가 없어서 온 거예요."

"따지러 갈 데가 없었군."

그러고 보니 그렇네. 자신은 따지러 갈 데가 없다. 일단은 헌수에게 어퍼컷을 날려주고 순희의 머리채를 쥐어뜯어 줘야 하는데, 왠지 그러고 싶은 열정조차 없다. 무슨 말을 하면서 원 펀치 쓰리 강냉이를 날려주지? 무슨 말을 하면서 머리를 쥐어뜯지? 감히 내 남자를 건드려? 아우, 내 남자였던 남자가 오히려 닭살이 돋을 말이었다.

이주는 천천히 남자를 바라보았다.

"당신……."

이주의 엷은 눈동자가 서서히 흐려졌다.

"내 남자, 할래요?"

그대로 블랙아웃이었다.

CHAPTER 5

남의 집 현관에서 주사를 부리고, 남의 집 남자에게 행패를 부린 끝에 그대로 의식이 날아가 버린 것 같은데……. 설마, 한 대 맞아서 기절한 건 아니길 빌면서.

"으응……."

이주는 뭔가 푹신한 것에 감싸인 것 같단 생각을 하며 천천히 눈을 떴다. 흐릿하게 깨어보니 자신은 낯선 침대에 모로 누워 잠들어 있었다. 눈앞에 보이는 풍경은, 현실 같은 꿈이었으면 했건만 그 남자의 집에서 그날 보았던 인테리어와 다르지 않았다. 아뿔싸! 왜 또 내가 여기에 있는 거야!

닫힌 커튼을 통해 흘러드는 빛이 없는 걸 보니 아직은 밤, 적

어도 새벽일 것이다. 희미하게 눈을 찢어 뜨고서 벽시계를 찾아
보니 새벽 다섯 시. 딴 데서 뺨 맞고 또 여기 와서 한껏 눈을 흘
겨댄 모양이다.

그 남자는 싸늘한 표정만 봐서는 수틀리면 사람을 베란다에
서 망설임도 없이 던져 버릴 수도 있을 것 같은 못된 분위기였
는데, 하룻밤 재워주기까지 하다니 고마워라.

현실을 깨닫자 할 일은 한 가지였다. 튀자! 이주는 슬그머니
몸을 움직여 뱀처럼 스르르 침대에서 빠져나가려 했다. 한 번도
아니고 두 번이나 이러는 건 실수가 아니라 주책이다. 미필적
고의? 뭐든, 정당방위가 인정되지 않는다는 건 확실했다. 엄마
도 침투 못할 다 큰 남자의 사생활을 이틀이나 멋대로 휘젓다
니, 국자로 얻어맞고 포크로 한 대 더 찔려도 뭐라 할 수 없는
상황이 아닌가.

천천히 몸을 움직여 침대를 빠져나가려는 그때, 무언가 넓고
단단한 촉감이 등 뒤에 와 닿아 이주는 화들짝 놀라 얼음처럼
얼어버렸다. 등 뒤로 느껴지는 두꺼운 가슴팍, 남자의 튼실한
어깨, 뒤이어 허리를 안듯이 둘러오는 강인한 팔의 느낌에 이주
는 눈을 휘둥그렇게 뜬 채로 눈동자를 전후좌우로 미친 듯이 굴
렸다.

깬…… 거냐? 아니야, 죽부인 수준으로 그냥 베개 대용으로
끌어안은 거냐.

하지만 그 순간 목덜미를 파고든 뜨거운 숨결에 이주는 심장

이 철렁 내려앉고 말았다.

"깼군."

착 가라앉은 음성이 귓가에 속삭여지자 뇌의 주름이 활짝 펴질 정도로 머릿속이 저릿했다. 동시에 남자가 이주의 목덜미를 스윽 훑는 순간 머리카락이 전기라도 맞은 듯 쭈뼛 일어섰다. 그리고 동시에 일어선 것이 또 하나 있었으니, 차마 책임지지 못할 수준으로 팽팽하게 긴장해서 이주의 엉덩이를 찔러대고 있는 바로 그것이었다. 오 마이 갓!

난 안 깬 거다. 자는 척하는 거야. 아니면 아예 죽은 척하자.

눈을 질끈 감고서 이주는 숨죽인 채 자는 척을 했다. 호랑이 굴에 지 발로 걸어 들어와선 난 호랑이가 아니라 고양이를 만나러 온 거라고 해봤자 통할 리가 없다. 모르는 척, 쥐 죽은 듯 잠든 연기를 하고 있는 귓가로 큭 하는 낮은 웃음소리가 들렸다. 마치 '나는 니가 무슨 짓을 하는지 알고 있어' 라는 듯.

저쪽도 한 눈치 하는지, 숨결은 멀어지지 않았고 오히려 커다란 손이 다가와 이주의 머리카락을 집요하게 만지작거리기 시작했다. 머리카락 안으로 들어온 긴 손가락이 뺨에 닿기도 하고 귓불을 더듬기도 하고 목선을 쓸어내리기도 하면서 도통 멀어질 줄을 몰랐다.

"깬 거 아니까 자수하시지 그래."

아우, 집요한 인간.

이주는 그래도 이미 시작한 것, 승부욕이 활활 타올라 모르는

체 눈을 감고 있었다. 아무 반응 없으면 제풀에 지치겠지. 하지만 그 순간 이주는 너무도 커다란 판단 미스를 하고야 말았다. 요는, 지 몸의 문제점을 지가 너무 모른다는 것. 아니, 너의 몸이 어디 반응이 없을 수 있는 몸이었더냐!

지상 최대의 밝힘녀 군단에 쏙 들어가는 최상의 적격 조건들을 가진 주제에!

남자는 무슨 생각인지 더 이상 이주를 떠보지는 않았다. 대신 백 마디 말보다 한 가지 행동이라는 듯, 곧바로 실전에 돌입했다. 이주의 흰 목덜미에 남자가 코끝을 문지르자 이주는 자신도 모르게 침을 꼴깍 삼켰다. 그 소리는 어떤 천둥번개 소리보다 더 크게 이주의 귀를 강타했다. 그렇다는 건 한 치의 틈도 없이 밀착해 있는 저 남자에게도 똑같이 들린 것이나 마찬가지일 테니. 아니나 다를까, 남자가 여유롭게 짓는 낮은 웃음소리가 바로 느껴졌다.

남자의 숨결이 목덜미를 스윽 쓰다듬고 올라가자 심장에 욱신거릴 정도의 반응이 일었다.

"뭐, 뭘 어쩌란 말이에요!"

결국 참다못한 이주가 소리치며 몸을 돌리려는 순간, 남자가 등 뒤에서 그녀를 꽉 끌어안아 고정시켰다. 순식간에 그의 숨소리가 급박해졌다. 귀 바로 옆에 자신의 얼굴을 밀착시킨 채로 남자가 이주의 상의를 등 뒤에서 말아 올렸다. 옷 속으로 남자의 차가운 손이 파고들어 와 등을 어루만지듯 쓰다듬자 이주의 눈꺼풀이 팔락거렸다.

옷이 올라가는 대로 드러나는 하얀 등에 남자가 정성스레 입을 맞췄다. 이주는 남자에게 꽉 붙들린 채로 또다시 신음의 노예가 되어갔다.

“하아…… 으읏…… 도대체…… 또 왜…….”

“쉬잇.”

쉬잇은 무슨 쉬잇이야! 이주는 당장이라도 이 남자의 턱을 빡 소리나게 쳐버리고서 옷을 끌어 내리고 싶었다. 하지만 그와 동시에, 그의 턱에 쪽 소리나게 입을 맞추고서 자신이 스스로 옷을 훨훨 벗어 던지고서 쾌락의 세계로 다이빙을 할 준비가 되어 있다는 것도 깨달았다.

상의가 벗겨져 나가자 남자의 커다란 몸이 다가와 다시 이주의 등을 힘껏 끌어안았다. 벗은 남자의 상체와 근육질의 어깨, 힘줄이 서는 남자의 굵은 팔까지 모든 것이 고스란히 느껴졌다. 아마도 자신의 모든 두근거림도 이와 똑같이 고스란히 전해지리라.

남자의 손이 앞으로 넘어와 브래지어 위로 이주의 가슴을 덧그렸다. 한참을 만지작거리다가 속옷을 밀치고 안으로 들어와 매끄러운 가슴을 농락하는 순간, 이주는 더 이상 참지 못하고서 고개를 휙 돌려 남자의 입술을 찾아 키스를 퍼부었다. 아래에서 위로 밀치듯이 입술을 겹치며 남자의 어깨를 침대로 내리누르는 순간, 생각보다 쉽게 전복당한 남자가 황당하다는 듯 혀를 차며 짧은 웃음을 터뜨렸다. 깔고 앉은 수준으로 남자의 가슴팍에 올라타 앉은 이주를 물끄러미 올려다보며 그가 손을 들었다. 뺨을 만지려 하기에 이주는 고개를 반대편으로 휙 돌려 그의 손길을 쳐냈다.

"저런, 반항인가."

남자가 유감이라는 듯 중얼거렸다. 이주는 고개를 다시 돌려 남자의 눈동자를 찾았다. 똑바로 그의 눈을 쳐다보며 양 손바닥을 펼쳐 그의 가슴에 붙이고서 꽉 눌렀다.

"뭘 원하는 거지?"

자신이 물었던 것과 똑같은 말을 이번엔 남자가 묻고 있었다.

"이봐요, 당신 이름이 뭐죠?"

"빨리도 물어보는군."

"내 이름은 강이주, 당신 이름은?"

"강치후."

"와아, 같은 강씨네. 동성동본이면 안 되는데에……."

치후가 큭 하고 웃었다. 느긋한 표정으로 한쪽 팔을 머리 뒤에 괴고는, 얄밉도록 아무렇지 않은 표정으로 되물었다.

"왜 안 되는데?"

"그야……!"

단숨에 외쳤던 이주는 금세 고개를 갸우뚱했다. 어머, 근데 왜 안 되지? 내가 지금 무슨 주책을 부리고 있는 거야. 어유, 얼굴 빨개져.

“왜. 안. 된.다.는. 거.지?”

놀리는 게 틀림없다. 남자가 한 음절 한 음절 힘주어 다시 묻자 이주는 이 남자의 사악함을 다시금 느꼈다.

“그걸 내가 어떻게 알아요? 그럼 동성동본끼리 이 자세로 침대에 앉아 있어요?”

“이 자세가 어떤데.”

“필경 좋은 자세는 아닌 자세?”

“편하고 좋은데. 좀 더 힘을 줘서 눌러.”

이 남자가 지금 사람을 무슨 지압기 취급을…….

기분 나빠서 홀랑 내려가려는 이주의 몸이 꽉 잡혔다. 바람 같은 속도로 양팔을 뻗어온 치후가 이주의 허리를 꽉 잡아 고정시켰다.

“이거 놓죠?”

“그러든가.”

하면서 신사적으로 손을 놓은 치후가 정말이지 신사적이게도 그 손을 아래로 내려 이주의 엉덩이를 꽉 잡았다. 그리고 가슴팍으로 끌어당기는 동시에 상체를 일으키려 해서 이주는 자신도 놀랄 만큼의 힘과 속도로 다시 내리눌러 우위를 유지했다. 치후가 맥없는 척 다시 침대에 풀썩 뒷머리를 기댔다.

“용의주도하군.”

“그쪽도 만만치 않다고 해두죠.”

“그래서. 어쩔 작정이지?”

다시 느긋한 표정으로 그가 이주를 흘끗 올려다보았다. 저 태평하고도 나른한 폼은 절대 아래에 깔린 남자의 태도라고 볼 수 없다.

"협상하죠."

"묶는 건 싫은데."

하…… 기가 막혀서.

"누, 누굴 지금 변태 취급하는 거예요?"

"묶으면 변태인가? 나는 그런 테크닉, 꽤 즐기는데."

"그러니까 당신이 변태지!"

치후가 여유로운 표정으로 큭 웃었다. 아아…… 어떻게 하면 이 남자를 찍소리 못하게 누를 수 있을까. 이주가 노려보는 사이에 슬쩍 움직인 치후의 손이 등의 척추를 더듬고 올라왔다. 이주의 벗은 등을 집요하게 매만지며 엄지로 척추의 한 부분을 꾹 누르자 이주의 뺨이 금세 상기되었다. 이 남자가 진짜 해보잔 거지?

이주는 보란 듯 눈을 희미하게 풀고서 더운 한숨을 입술 틈으로 흘렸다. 붉은빛이 도는 매끈한 이주의 입술에서 옅은 신음이 흘러나오자 치후의 눈썹이 움찔했다. 일부러 엉덩이를 움직여 치후의 아랫배를 건드렸다. 탄탄한 아랫배, 그보다 더 아래쪽에서 즉각적인 반응이 일었다. 단단한 바위 같은 남자의 몸이 더욱더 긴장으로 딱딱하게 굳는 게 느껴졌다. 몸에 와 닿는 치후의 근육 하나하나가 이주마저 긴장시켰다.

“어떤, 협상을 원하지?”

치후가 한쪽 눈썹을 살짝 찌푸린 채로 물었다. 그 여유만 가득 돌던 잘난 눈동자에 어리는 조급한 빛을 이주는 만족스럽게 감상했다. 빙긋, 사악하게 미소 지은 이주는 손바닥으로 마치 피부를 인식하듯 치후의 맨가슴을 더듬으며 올라갔다. 목덜미에서 쇄골까지, 유혹해야 한다는 걸 잊은 채 어느새 자신이 유혹당해 남자의 피부를 만지고 있었다. 치후의 가슴근육이 거칠게 오르락내리락하며 반응했다.

커다란 손이 올라와 이주의 목덜미를 쓰다듬자 이주는 다리로 치후의 몸을 꽉 조이고서 상체를 뒤로 뺐다. 치후가 즉각 질타하는 눈빛을 보냈다.

“그만 선동하는 게 좋을 텐데.”

화가 난 듯 눈빛이 매서워졌다. 이주는 욕망으로 탁해진 치후의 검은 눈동자를 바라보다가 갑자기 쓰러지듯 치후의 가슴 위로 몸을 숙였다. 그리고 혀끝으로 치후의 유두를 건드리자 근육들이 살아서 날뛰는 것처럼 위협적으로 꿈틀거리기 시작했다. 이주는 단숨에 역전되는 게 두려워 가느다란 팔과 다리로 더욱 치후의 몸을 조였다.

“경고는, 한 번밖에 안 해.”

남자가 억눌린 소리로 중얼거렸다. 이주도 마찬가지였다. 경고는 두 번 하지 않는다. 딱딱해진 젖꼭지에서 혀를 뗀 이주가 치후의 몸을 기듯 해서 올라가 얼굴 바로 위에서 자신의 얼굴을 멈췄다.

"나랑 사귑시다! 그럼 당신을 만족시켜 줄게."

순간 거북할 정도로 침실을 떠돌아다닌 정적.

치후는 정지한 채 이주를 보고 있었고, 이주도 벌떡거리는 심장 소리를 들으며 남자를 내려다보고 있었다. 손해 보는 짓이야 할 수 없지. 물론 이 남자와의 섹스가 좋지만, 서로 가볍게 즐기기만 하는 식으로는 이쪽이 확실히 손해잖아? 이 남자에게 임신 능력이라도 있다면 모를까. 그럼 내 애라도 낳아서 키우게 하는 걸로 간단히 쇼부 보면 될 텐데.

"흐음……."

그래서 밀어붙인 것이었지만, 이주는 남자의 태도에 화가 치솟기 시작했다. 뭐야, 이 남자? 설마 날로 먹으려고 했던 거야? 왜 곧바로 대답하지 못해! 입이 없어? 왜 말을 못해! 이 치사하고 못된……!

"네가 말하는 만족의 선이 어느 정도지?"

하아? 기가 막혔다. 머릿속에서 미분적분 한참을 고민하는 것 같더니, 고민하던 부분이 그쪽이었냐! 그거보다 그 앞의 말을 좀 신경 쓰시지?

"뇌에서, 그 남자를 닦아낼 자신은 있나?"

딴생각에 빠져 있던 이주는 치후의 갑작스러운 말에 정신을 차렸다. 뚫어지듯 그를 바라보았다.

"난, 누구의 대용품이 될 생각은 없거든."

이주의 얼굴이 붉게 달아올랐다.

"그런 치사한 생각 안 해요! 깨끗하게 끝내지도 않고서 이쪽으로 달려올 이유 같은 거 없잖아요!"

사람을 뭘로 보는 거야. 순식간에 양다리를 걸친 여자가 된 게 민망해서 이주는 씩씩거리며 치후를 노려보았다. 하지만 치후의 눈매는 여전히 날카로웠다.

"다른 남자 때문에 술을 마시고, 다른 남자 때문에 속이 상하고, 다른 남자 때문에 위로가 필요한 여자라. 받아들이기 어려울 것도 없지. 하지만 진지한 제안을 할 생각이라면 너부터 투명해야 하는 거 아닌가?"

"……."

"그 남자를, 뇌에서 닦아낼 준비만 하고 있어."

"무슨……."

"그다음은 내가 알아서 할 테니까."

그와 동시에 남자가 이주의 몸을 덜렁 들었다. 무방비 상태였다고 하지만, 말이 안 될 정도로 맥없이 들려 이주의 몸은 곧장 침대에 눕혀졌다. 그리고 그 몸을 타고 올라온 건 치후 쪽이 되었다. 말 그대로 강적의 역습이요, 기가 막힐 정도로 간단한 입장 전복이었다.

"치, 치사하게……!"

"역시 이쪽이 좋군."

치후가 승리자의 여유를 눈빛에 묻히고는 나른하게 웃었다. 저 얄미운 얼굴에 주먹을 한 방 꽂아줄 수만 있다면.

하지만 치후는 가뿐한 표정이었다.

"자, 어떤 연애를 하고 싶은 건지 말해봐."

"왜요? 말한 그대로 해주기라도 할래요?"

"못할 것도 없지. 그게 뭐 어려운가?"

이 남자, 뭐가 이렇게 자신있는 거지? 연애란 게 침대에서만 하는 게 아니라는 걸, 언제 한 번 제대로 설명해 줘야 할 텐데.

"그렇게 쉽게 말한다는 것 자체가 진지하게 임하지 않는다는 반증 같네요. 지금 나 놀려요? 내 말에 장단 맞춰주니까 제법 재미있어요?"

"재미없진 않아."

놀리고 있단 말이잖아!

"적어도, 내 여자가 취해서 남의 집 가서 행패 부리지 않게끔만 하면 되지 않겠나?"

아주 놀리는 것에 박차를 가하고 계시다. 덕분에 이주의 얼굴은 잘 익은 홍시처럼 붉어졌다. 그동안 자신이 부린 추태가 일시에 덮쳐 와서 살 수가 없었다. 그나저나 내 여자라니…… 꽤나 좋은 느낌인걸? 해볼 가치는 있는 것 같은데.

"그 정도로 될 것 같아요?"

"흐음……."

"하긴, 부족한 거 없어 보이는 댁이 최선을 다한다, 란 뜻을

알기나 할까 몰라. 가령, 낭만적이고 아름답고 순수한 연애 같
은 거, 알기나 해요?"

치후의 입술 끝이 말려 올라갔다.

"사람을 잘못 봤군."

"……?"

"낭만적이고 아름다운 연애, 최선을 다한다. 그래, 나쁘지 않지."

"정말 그렇게 생각해요?"

"단, 순수한 연애 같은 건 자신없어."

이주의 눈이 커지는 동시에 치후의 입술 끝이 사악하게 말려
올라갔다.

"연애란 자고로, 뜨겁고 습해야 한다는 게 내 지론이거든."

"무, 무슨 소릴 하는 거예요, 지금. 됐어요. 내 말을 못 알아듣
는 것 같으니까……."

"유감이지만 잘 알아들었어. 그것도 제대로."

"그렇게 생각하지 않는다면요? 그쪽은 나하고 어울리지 않아요."

"그거야, 시작해 보지 않고서는 모르지 않겠나."

눈빛을 굳힌 치후가 이주의 입술을 거칠게 틀어막았다. 물론
자신의 입으로. 물컹한 혀가 삽시간에 파고들어 와 눈물이 찔끔
날 정도로 지독하게 이주의 입안을 파헤쳤다. 무서울 정도의 거
친 키스를 이주에게 선사해 가며 치후가 탁하게 가라앉은 목소
리로 낮게 중얼거렸다.

"협상, 성사인가?"

아……. 알게 뭐야. 나도 모르겠어. 고개를 저었다가 또 마구 끄덕이는 이주를 내려다보는 치후의 눈매가 가늘어졌다.

"그럼 그렇게 알고."

몽롱하게 흐려지는 이주의 의식을 그의 목소리가 헤집으며 파고들었다.

"다시 한 번 그 남자의 얘기가 네 입에서 나오면, 그땐 뇌를 꺼내서 내가 직접 닦아주지."

아주 무시무시한 말이.

"하웃! 자, 잠깐만…… 잠깐……."

잠시 후, 이주는 치후의 맨 어깨를 찰흙 주무르듯 쥐어뜯고 꼬집으며 미친 듯 발악하고 있었다. 벌써 땀으로 흠뻑 젖은 두 사람의 몸이 하나로 겹쳐져서 삽입 직전에서 정지한 상태였다. 치후는 눈꼬리를 타고 흘러내리는 땀방울을 살짝 고개를 틀어 털어내며 이주를 진지하게 쳐다보았다.

"긴장을 풀어. 힘을 빼지 않으면 더 아프니까."

벌써 두 번의 시도 끝에 실패해서 이렇게 서로 대치 상태에 있는 참이었다. 이주는 충분히 받아들일 수 있을 정도로 젖어 있었지만, 문제는 이 남자의 그분이 너무 거대하다는 것이었다. 어떻게 시작하기 전에 반만 잘라내고 하는 방법은 없을까? 이주 는 입술을 깨물며 사납게 으르렁거렸다.

"그러니까 아픈 짓을, 왜 하니?"

"왜 하니? 호오, 친구 먹자 이거군. 몇 살이신가."

이주는 위쪽으로 몸을 슬슬 밀어대며 치후를 노려보았다.

"스물여섯. 그쪽은?"

"서른둘! 오빠라고 불러라."

도망가려는 이주의 어깨를 강하게 잡아당겨 거칠게 끌어안은 치후가 눈동자가 팽글 돌 정도로 목덜미를 세차게 깨물고는 이주의 다리를 벌렸다. 이게 아마 그런 것과 같은 이치일 것이다. 이빨을 뽑을 때 정신을 다른 데 돌리기 위해 뺨을 치는 것, 혹은 주사를 찌를 때 아픔을 분산시키기 위해 엉덩이를 탁 때리는 것. 그것처럼 이주의 목선을 깨문 그가 이미 흠뻑 젖어 있는 그녀의 여성에 다시 자신의 욕망을 갖다 대었다.

"잠깐만, 숨을 참아."

"싫어……."

"해봐."

"못, 하겠어."

하지만 치후는 이주의 벌거벗은 허리를 안아 올린 다음 너무도 유혹적인 그곳에 이미 잔뜩 기합이 든 자신을 힘껏 찔러 넣었다.

"아웃!"

순간 눈에 불꽃이 번쩍 튄 이주가 본능적으로 뒤로 튕겨져 나가려 했지만 이번엔 치후가 빨랐다. 이주의 뺨을 핥아가며 엉덩이를 꽉 틀어쥔 채로 물러나지 않고서 끝까지 들어왔다. 두 번은

물러나 주었지만 이번엔 용서가 없었다. 마지막까지, 거대하게
부푼 치후의 남성이 안으로 짓쳐들어오자 이틀 연속으로 혹사당
한 이주의 연하고 좁은 입구가 화끈거리며 통증을 호소했다.

"아아…… 한 번만 더…… 뒤로……."

"음?"

"뒤로 빼라구, 이 자식아!"

큭, 치후는 이제 황당해하지도 않고서 오히려 웃고 있었다.
삽입을 하면 더 난폭해지는 이주의 성격을 대충 파악한 듯.

"힘 줘봐야 너만 아파."

"그런 말 하면서 미안하지도 않니?"

치후가 유감이라는 듯, 한쪽 눈썹을 얄미울 정도로 가뿐하게
찌푸렸다.

"미안하지만, 난 좋아서 말이지."

아으! 이 악마! 이 변태! 하지만 삽입감을 참기 위해 치후의
보기 좋은 이마도 한껏 찌푸려져 있었다.

"살살…… 살살……."

"하아…… 좁아."

좋다…… 라고 한 줄 알았더니 이 남자, 좁댄다. 좁아서 좋댄
다. 이걸 어쩌면 좋니.

"난 아파. 아프다구……."

"잠깐만 참아."

그러더니 훅 소리 나도록 이주를 밀어붙이며 자궁 끝까지 자

신을 찔러 넣곤 허리를 움직이기 시작했다. 뱃속에 가득 들어찼다가 빠져나가는 단단한 이물감에 이주는 헉! 소리를 흩뿌리며 상체를 뒤로 젖힌 채 흔들렸다. 달라진 건 아무것도 없었다. 어제도 내내 이렇게 난폭한 페이스에 휘둘린 것이다. 어제는 그래도 반가운 쾌락이 꽤나 일찍 찾아왔었는데 오늘은 어제의 후유증 때문인지 아직 아픈 것만 더했다.

그가 밀칠 때마다 뒤로 밀려나서 이윽고 맥없이 날아가려는 몸을 치후가 가볍게 받쳐 확 끌어당겨 안았다. 이주는 딱딱한 치후의 가슴팍에 부딪친 채 불안정한 다리를 달달 떨었다.

"이건, 불공평해. 어째서…… 이렇게 여자 쪽만 아파야 하는 거야. 아흣……. 남자도 아프라 그래. 이건 불공평해! 남녀평등의 원리에 어긋나!"

섹스를 하다가 난데없이 인권 운동을 펼치는 사이, 치후는 가슴에 안은 이주의 뒷머리를 부드럽게 쓰다듬어 주고 있었다. 그 가슴 안에서 이주는 그나마 마음이 풀렸다. 적어도 고소는 미뤄 줘야겠지?

"잘 들어봐."

"흐윽……."

"네가 너무 조이니까, 미칠 것 같다."

안 그랬어! 난 일부러 그런 게 아니라구! 아파서 몸을 사리다가 보니 아래도 같이 수축된 것뿐이란 말이야! 그런데 뭐가 좋다고 감상문까지 줄줄 쓰고 난리인 거야, 이 남자는! 어디서 망치 하나만 가져와서 이 남자 머리통을 때려줬으면 좋겠다.

"왜, 여기로 찾아왔지?"

갑자기 치후가 이주의 가슴을 어루만지며 낮게 중얼거렸다. 이주는 치후의 맨등을 끌어안으며 대답했다.

"술에 취했으니까."

"아, 그러십니까?"

무심하게 내뱉은 그가 벌을 주듯 이주의 귓불을 깨물었다. 자연히 눈에 불이 번쩍 들어왔다. 아으! 거기 성감대라니까!

"네가 오기를 기다렸다고 하면 믿겠나."

몸이 떨리는 애무 속에서 이주는 어렴풋이 무언가 굉장히 따뜻한 말을 들은 것 같은 충만감에 천천히 고개를 끄덕였다.

"거봐, 내가…… 얼마나 매력적인 여잔데. 김헌수, 벌받을……."

자신도 모르게 중얼거린 순간, 치후의 눈매가 가늘어지더니 이주의 몸을 쓰러뜨리고 난폭하게 허리를 움직이기 시작했다.

"무심한 여자로구만."

시큰둥한 얼굴로 벌을 주듯 치후는 더욱 거칠게 이주를 안았다. 한쪽 다리를 높이 치켜 올려 단단하게 누르고서 입술을 진하게 빨아올렸다. 혀가 얽히는 농후한 입맞춤을 지속하며 아직은 완전히 부드러워지지 않은 이주의 내벽에 열정적으로 자신을 비벼가며 그는 계속해서 허리를 밀어붙였다.

물론 그녀는 아직 아마도 많이 힘들어할 테지만…….

"하아…… 좋아…… 좀 더…… 치, 치후 씨…… 좀 더 빨리…….”

기가 막히게도, 벌은 의미가 없는 것 같다. 드디어 쾌락의 포인트가 터진 듯, 이주는 두 번째 만에 완전히 길들여져 버렸다. 이 섹스라는 육체 운동에.

처음 연약한 입구를 헤치고 들어오는 삽입감과, 그의 거대한 욕망을 몸이 완전히 받아들일 때까지가 문제였다. 그 어려운 과정이 지나자 이주의 몸도 천천히 열리기 시작해 이제는 완전히 쾌락에 동화될 수 있었다. 그 누구도 입을 쩍 벌릴 수밖에 없는 완벽한 속성 맞춤 교육에 흡수도 참으로 빠른 성실한 제자라는, 완벽한 궁합이었다.

꿈틀꿈틀 경련을 일으키는 뜨거운 내벽이 치후의 남성을 꽉 조여왔다. 치후는 이주의 몸에 붙들려, 그녀의 여성에 붙들려 일순간 제어를 잃고 자신을 놓쳐 버릴 뻔했다. 이 얼마나 무지막지한 여인인지.

이주를 감싸 안듯 해서 상체를 일으켜 세운 치후가 이주의 귓가에 대고 속삭였다.

"느껴?”

이주는 눈을 번쩍 뜨고서 치후를 쳐다보았다. 그는 그 매끄러운 입술을 살짝 치켜 올린 채 오만하게 웃고 있었다. 검은 머리카락이 흘러내려 이마와 한쪽 눈을 가렸다. 드러난 한쪽 눈에서 날카로운 빛이 이주의 전부를 꿰뚫듯 쏟아져 나왔다. 이주는 가는 몸을 부르르 떨며 고개를 고집스럽게 저었다. 남자는 결합을 깊이

한 채 보란 듯 허리를 밀쳐 올렸다. 이주는 자지러지는 신음을 뿌리며 남자의 가슴에 매달리듯 안겼다. 그랬다가 자신이 또 이 남자의 페이스에 휘말렸다는 걸 깨닫고는 퍼뜩 그 가슴을 밀어냈다.

"날 이겼다고 생각하면 오산일걸요?"

헐떡거리면서도 잘났다고 끝까지 반항을 하는 이주의 맨등을 쓸어내리며 남자가 요염하게 웃었다. 그랬다. 그것은 요염했다. 여자에게만 통용될 줄 알았던 그 단어가 이 남자에게는 너무나 잘 어울렸다. 아름다운 이목구비, 수려한 얼굴 선, 날카로운 눈동자, 근사한 몸까지 모든 것을 갖추고서 이주에게 있어야 정상일 법한 요염함까지 흩뿌리고 있는 것이다.

"아무래도……."

치후가 낮은 소리를 내뱉더니 이주의 하얀 엉덩이를 꽉 움켜쥐었다. 그대로 폭풍처럼 휘몰아치자 이주는 몸을 떨며 함께 반응했다. 한데 엉킨 두 육체가 리드미컬하게 흔들렸다.

"아무래도…… 내가 진 것 같은데."

이주의 가슴 둔덕에 얼굴을 묻으며 치후가 거친 호흡을 쏟아냈다. 땀으로 젖은 남자의 얼굴이 가슴께에서 느껴졌다. 시원하면서도 뜨겁다. 이주는 치후의 머리카락을 마구 헝클이며 자궁 끝까지 밀려들어 오는 남자의 욕망을 전신으로 환영했다.

"더 소리 내봐."

치후의 낮 뜨거운 선동에 이주는 얄밉다는 듯 그를 흘겨보았다. 도대체 여기서 더 어떻게 하란 거야? 이렇게? 요렇게? 아니잖아. 지금 포인트는 그게 아니었다. 어떻게 그런 걸 시킬 수 있느냐고 따져야 하는 건데.

"하읏……!"

굳이 그의 말 때문이 아니라도 이주는 신음을 흘뿌리며 허리를 활처럼 휘었다. 그야말로 몸 전체로 남자를 품고 있었다. 한순간 치후가 이주가 보는 앞에서 상체를 번쩍 세우더니 가만히 내려감은 눈으로 치받는 사정감을 참았다. 이주는 희미하게 눈을 떠 그런 그의 흉상을 마음껏 감상했다. 쇄골과 늑골의 조화, 이 얼마나 아름다운 균형미인가. 원래 정말 아름다운 건 수컷이라고 하던가. 청둥오리도 그렇고, 공작도 그렇고, 사자도 그렇고…….

아…… 그래. 저기서 팔을 자르고 허리 아래를 툭 잘라서 세워놓으면 다비드 조각이…….

"또 이상한 생각을 하는군."

어느덧 눈앞까지 바짝 다가온 치후가 눈을 가늘게 뜬 채로 이주를 관찰하듯 쳐다보고 있었다.

"섹스할 때는 내 생각만 해."

"섹스할 때만?"

"그거면 충분해."

"그건 왠지 기분이 상하는데요?"

치후가 큭 웃었다.

"다른 때는, 내가 생각해 줄 테니까."

음, 신뢰감은 별로 없지만 그럭저럭 만족스러운 말이었다. 이주는 자신이 듣고 싶은 말만 쏙쏙 해주는 바람둥이 같은 남자의 목을 꽉 끌어안았다. 그리고 명령했다.

"빨리 움직여요."

"하아?"

기가 막힌다는 듯 치후가 잠깐 정지했다.

"뭐 해요. 빨리 움직이라니까. 빨리……."

"명령대로 해드리지요. 마이 레이디."

빙긋 웃음기가 도는 매끈한 입술, 그 입술이 눈앞에서 사라지는가 싶더니 이주의 몸이 휙 뒤집혔다. 시트를 꽉 그러쥐는 순간 치후가 뒤에서 이주의 안으로 밀고 들어왔다. 이 체위는 역시 위험하다. 민감한 내벽은 더욱 쉽게 자극이 되어 조금만 움직여도 불꽃이 터질 것 같은 감각이 일었다. 이주는 상체를 젖힌 채 남자의 욕망이 출입할 때마다 짙은 헐떡임을 토해냈다. 완전히 치후의 몸과 섞여 들어가는 그 순간, 이주는 소리 높여 자존심을 외쳤다.

'아아…… 입술은…… 안 돼. 절대 입술은……!'

영화를 너무 많이 본 듯…….

이주를 등 뒤에서 와락 끌어안은 치후가 그녀의 턱을 잡아당겨 그대로 입술을 삼켜 버렸다.

CHAPTER 6

향긋한 커피 향기에 천천히 눈을 떴다.

새벽에 깨어나 엄청난 칼로리 소모를 한 탓일 것이다. 이주는 중노동에 버금가는 근육 운동 끝에 남은 온몸이 두드려 맞은 듯한 고통 속에서 희미하게 눈을 떴다. 그렇게 심하게 땀을 흘렸는데 몸이 끈적거린다는 느낌이 없다는 것이 이상했다. 이 집 시트는 땀을 흡수시키는 것도 모자라, 사람까지 보송보송하게 말려주는 건조 기능이 있나 보다, 라는 건 말도 안 되는 소리고.

자신이 언제 씻긴지도 모르는 사이에 깨끗하게 세탁이 된 채로 이주는 치후의 품이 커다란 와이셔츠로 갈아입혀져 있었다. 미간을 찌푸리고서 잠시 생각해 보니 분명히 몸에 물이 닿은 기억이 있었다.

"체취가 남아 있는 편도 나쁘진 않지만."

그렇게 은근히 속삭이던 목소리까지 함께.

아마도 그 변태 아찔남은 섹스 후 씻을 기력도 없이 널브러져서 누워 있는 여자를 보며 잠시 고민한 모양이었다. 이걸 이대로 체취를 남겨서 둘까, 깨끗하게 씻길까. 아마도 후자로 결론이 난 듯.

이주는 시큰거리는 하반신의 통증을 참아가며 침대를 손으로 더듬어 몸을 일으켰다. 말이 보통 여자지, 입술만 허옇게 말라 있다면 영락없이 환자다. 에고에고오, 허리고 팔다리고 안 아픈 데가 없다. 역시 재차 깨닫고 있었다. 섹스란 건 생각보다 더 위험한 걸지도 모른다.

거치적거리는 긴 머리카락을 뺨에서 떼어내려고 손을 든 순간, 유두가 천에 쓸리는 고통에 이주는 그만 신음을 흘리며 침대로 퍽 고꾸라지고 말았다. 저 남자는 애무를 한 게 아니다. 끔찍한 얘기지만 내 껍질만 벗겨서 먹어버린 게 틀림없다. 아니면 어떻게 이렇게 욱신거릴 수 있을까. 아닌 게 아니라 새벽 내내 남자에게 쪽쪽 빨렸던 입술이고 목덜미고 안 쓰린 데가 없었다.

그래도 입술은 안 된다고 마지막에 엄포를 해놓았으니, 최소한 이쪽을 우습게 보진 않을 테지. 하핫!

……웃기고 있다. 개그지 그게.

"깼군."

고꾸라진 참에 계속 침대에 얼굴을 박고 있는데 위에서부터 목소리가 떨어져 내려왔다. 이주는 슬쩍 뺨을 돌려 눈을 가늘게 뜨고서 남자를 올려다보았다. 이쪽은 자기 옷으로 대충 칭칭 감아놓고, 자기는 벌써 깔끔하게 성장을 한 후였다. 새하얀 드레스셔츠에 잘못 손댔다가 확 베일 정도로 날카롭게 줄을 딱 잡아놓은 정장바지까지, 다만 노타이 차림으로.

저기요, 깔끔한 성격인 건 알겠는데 설마 아침부터 일어나서 다림질을 하셨습니까? 다림질하시는 김에 이쪽의 뇌도 좀 다려주지 그랬어요. 나 왜 그쪽만 만나면 자꾸만 달려들기부터 하는 걸까요? 그쪽도 나한테 달려들 때 나와 같은 생각을 하나요? 아아, 맛있겠다……. 이런 생각?

"무슨 묘기지?"

치후가 가히 봐주기 좋지 않다는 듯 불쾌한 얼굴로 말했다. 땅속에 머리 박는 타조 놀이랄까요? 당신 때문에 온몸이 아프잖아! 차마 그렇게 말할 순 없어서 이주는 팔로 침대를 지탱해 가며 몸을 일으켰다.

그 잠깐의 힘을 주는데도 팔이 다 부들부들 떨렸다. 이건 침대를 짚고 일어나는 사람의 포즈가 아니라, 흡사 침대를 들고 기합을 서는 사람이었다.

치후가 침대 끝에 엉덩이를 걸치고 앉더니 이주의 머리카락을 눈 위에서 쓸어 올려주었다. 시야가 확 트이자 가까이 다가온 그의 깔끔한 얼굴이 더욱 선명하게 들어왔다. 숨결까지 맞닿을 가까운 거리에서 치후가 말했다.

"많이 아픈가 보군."

이주는 힘없이 고개를 떨어뜨렸다. 아니요? 내 맘이 아파요! 내 맘이! 또 여기서 만리장성을 신나게 쌓아버린 내 맘이 찢어질 것처럼 아프다구요!

"됐어요. 괜찮으니까 신경 쓰지 말아요."

치후가 이주의 어깨를 살포시 잡더니 가만히 끌어안았다. 더 없이 부드러운 포옹이었지만, 그의 난폭하다고밖에 할 수 없는 애무에 질려 버린 유두 끝이 그의 단단한 가슴에 닿자 이주의 목에서 비명이 터져 나왔다.

"아웃!"

하지만 그 아파서 내지른 비명이 그런 결과를 끌어낼 줄은 정말 몰랐다. 치후의 몸이 일순간 경직되는가 싶더니 갑자기 이주의 셔츠 단추를 하나씩 푸는 것이다. 이주는 펄쩍 뛰다시피 하면서 그를 팍 쳐냈다. 하지만 손목은 가뿐하게 잡히고 단추도 순식간에 모조리 오픈이 되었다. 무슨 단추 따기 대회 대상도 아니고…… 가슴으로 그의 습한 숨결이 다가왔다. 아침부터 진짜 남세스럽게 이게 무슨 짓인지.

"그, 그만 해요. 진짜 아프단 말이에요!"

사람이 가만히 있으니까 가마니로 보이나 진짜.

아등바등하며 남자의 어깨를 힘껏 밀어내자 그제야 치후가 그녀의 턱 아래에서 눈을 치켜떴다. 긴 속눈썹이 고스란히 내려다보였다. 걱정스럽다는 듯 미간을 찌푸리고서 시무룩한 얼굴로 그가 입을 열었다.

"유혹인 줄 알았지."

이런 뻔뻔한 인사를 봤나.

"아니거든요?"

성질난 김에 시트를 확 끌어당겨 가슴을 가리려고 했지만 치후는 그대로 탁 쳐냈다. 그리고 오히려 입술을 가슴 쪽으로 가져오는 뻔뻔한 작태를 보였다. 더는 참지 못한 이주가 치후의 뒤통수를 내리치려는 찰나, 따뜻하고 부드러운 무언가가 이주의 가슴 끝을 스쳤다. 치후의 뒤통수 위에서 이주의 손이 정지했다. 그가 정성 들여, 이주의 가슴에 부드러운 입김을 흘리고 있었다.

"지, 지금 뭐 하는 거예요?"

"그냥 있어."

정말 조심스럽게 입술로만 가슴 끝을 물고서 천천히 핥자, 처음 따끔하던 통증이 사라지고 점차 환각 같은 희열이 일기 시작했다. 이 남자는 지금 자신의 가슴에 마약을 바르고 있는 걸까?

"시작했는데, 끝까지 가는 건 어때."

이런 뻔뻔스러운 인간이라는 거지, 문제는.

이주는 그의 팔을 찰싹 때리는 것으로 대답을 대신했다. 피식 웃는 그가 상체를 일으켜 세우더니 다행히도 단추를 톡톡 잠가주고 셔츠 위도 여며주었다. 조심스럽게 옷을 입혀주는 손길은 자상했다. 또한 지금만큼은 쭉 찢어진 못된 눈이 그렇게 못돼 보이지 않고 오히려 온화해서 이주는 자신도 모르게 치후의 뒤통수를 때리려던 마음을 접고서 오히려 그의 머릿결을 쓸어주고 있었다. 치후의 움직임이 정지하더니, 그가 눈을 들어 이주를 똑바로 쳐다보았다. 이주는 배시시 웃었다.

"왠지 착한……."

"착한?"

"아들 같아서."

장난이었는데, 정말 불쾌했던지 그 남자는 단번에 표정을 굳히고는 벌떡 일어나 주방으로 가버렸다.

입이 방정이었다.

아침은 그가 만들어준 간단한 샐러드 토스트였다. 양상추와 토마토만으로 만든 간단한 것이었지만 충분히 맛있었…… 을 것 같은데 이주는 한 입도 맛보지 못하고 죽만 먹어야 했다. 단호한 얼굴로 몸이 아프니 죽을 먹어야 한다나? 말만 들었을 땐 고마우려고도 했지만 그 표정을 보니 지 혼자 먹으려고 그러는 것 같기도 하고.

아무튼 죽과 함께 너무도 향긋한 향의 커피를, '줄까?' 묻지도 않고 그것마저 자기 혼자 홀랑 마셔 버리고, 이주는 중학생마냥 흰 우유만 마셨다. 그것도 데운 걸로! 아들 취급 한 번 했다가 아침 내내 도로 딸 취급을 당한 여자의 이야기였다.

"커피보다는 우유가 어울리는 얼굴이야."

그리고는 뭐가 재미있는지 싱긋 웃는 치후였다. 좋기도 하겠군!

생각해 보니 오늘은 주말이라 출근하지 않아도 돼 천만다행이었다.

"당신이 궁금해요."

우유를 다 마시고 치후를 물끄러미 쳐다보며 이주가 말하자 치후가 무슨 재미있는 것을 보기라도 한 듯 피식 웃더니 이주의 입술로 손을 뻗었다. 이 밝힘증 남자가 또 무슨 어택을 하려는 건가 싶어 반사적으로 뒤로 몸을 휙 뺐지만, 치후는 그저 이주의 입가에 묻은 우유를 닦아준 것뿐이었다. 아, 창피해라. 김칫국물 마신 것도 창피했고, 입가에 허연 우유를 잔뜩 묻히고 있었을 자신의 어이없는 모습도 창피했다.

"뭐가 그렇게 궁금하지?"

치후가 느긋한 표정으로 소파에 등을 기대더니 물었다. 부드럽게 빗어 넘긴 머리카락이 자연스럽게 몇 올 흘러내려 있어 아침에 접한 그의 외모는 훨씬 더 매력적이었다. 각이 진 어깨와 넓고 두꺼운 가슴으로 자꾸만 시선이 가는 건, 인지상정이지 자신이 특별히 변태이기 때문은 아닐 것이다.

"이름은 강치후…… 나이는 서른둘…… 그리고?"

이주가 묻자 남자가 나른한 눈으로 머리를 소파 등받이에 톡 기댔다. 장난꾸러기처럼 눈을 반짝거리며 웃었다.

"그 이상 뭐가 더 필요하지?"

"필요한 거야 많죠. 당연히 여러 가지 더 알고 싶고……. 누구든 그렇지 않겠어요?"

"여러 가지 더 뭐? 나에 대해선 이미 다 알고 있지 않나? 속속
들이, 말이지."

의미심장하게 끝이 난 어조가 무엇을 뜻하는지 단박에 못 알
아차리면 맹꽁이다. 이봐요, 안 그래도 당신 머릿속 시뮬레이션
은 훤히 보이니까 자꾸만 화제를 그쪽으로 몰고 가지 마시고.

"무슨 일 해요?"

"글쎄. 무슨 일을 할까."

거봐. 필요한 건 얼버무리면서.

"어디서 일해요?"

"같은 하늘 아래."

"전혀 재미없는 구태의연한 답변이네요."

"같은 지붕 아래?"

"왜요? 같은 옥상이라고 하시지?"

"잘 알고 있군."

"됐어요. 내가 말을 말아야지."

"저런. 섭섭해라."

이주는 고개를 설레설레 저었다. 중요한 건 슬그머니 회피를
하는 남자. 원나잇스탠드가 투나잇스탠드가 되었지만 그대로
이어서 포에버나잇스탠드가 될지는 미지수다. 아니면 내내 나
잇스탠드만 하고, 정말 알고 싶은 그 사람의 내면이라던가 그
사람 본연이라던가 그런 건 무시되어 버리고 말이지.

흥! 너 그렇게 잘났니? 잘났지. 잘났고말고.

"드라이브라도 갈까?"

"백순가 보다. 일도 안 하고?"

"나도 대한민국 사람이라 주5일 근무제를 하거든."

"아, 진짜 무슨 일 하는 사람이에요?"

"궁금하면 찾아봐. 의외로 당신과 가까운 곳에 있을지도."

그러면서 싱긋 웃는 그 남자는 너무나 어려운 남자였다. 갑자기 '내가 니 에미로 보이니?' 도 아니고, 스무고개 하잔 것도 아니고.

"남자가 너무 튕기면 매력없다더라."

"그래서 안 튕기고 있는데. 강이주란 여자한테 푹 빠졌어. 정신이 혼미해질 정도로."

달콤한 소리를 흘리며 그가 다시 다가오려 했지만 이주는 싸늘하게 무시하곤 자리에서 벌떡 일어났다.

지나다니는 인파로 복잡한 거리에서 이주는 치후와 나란히 걷고 있었다. 그는 드라이브가 더 좋다고 했지만 이주는 고집을 부려 차에서 내렸다. 무려 아우디에, 차 안에서 흐르는 음악도 괜찮아 나쁠 건 없었지만 생각해 보니 이틀 내내 섹스만 하다가 날 샌 것 같았다. 따뜻한 햇살을 받으며 거리를 걷고 싶었다.

"정말 드라이브에, 산책도 제대로 하네요?"

"그런가."

치후가 고개를 숙인 채 천천히 걸으며 낮게 웃었다. 그의 걸음걸이에는 조급함이 없었다. 유유자적, 인파가 많은 거리였는데도 교묘하게 몸을 피하는 건지 전혀 부딪치지도 않으면서 자기 페이스대로 잘만 걷고 있었다. 무심한 듯 고요한 시선을 가끔 지나치는 건물이나 사람에게 던지기도 하면서.

"아침도 해주고. 죽이긴 했지만."

"매너가 없는 인종은 말살시켜야 한다고 생각하는 주의라서."

잘났지, 정말.

"자기 혼자 토스트 먹구. 나도 토스트 먹고 싶었는데."

"자기라……. 좋군."

쭛, 이주는 고개를 설레설레 흔들었다. 이 남자는 본인이 원하는 것만 걸러서 듣는 버릇이 있다.

"정말 나랑 사귈 생각이에요?"

"연애지."

"그래요. 연애할 생각이 있는 거예요?"

"이틀 내내 한 그대로 하면 되는 거지, 뭐 어렵나?"

연애에 대해 상당히 잘못된 정의를 내리고 있다고 시간나면 진지하게 설명을 해줘야겠다. 도통 속을 알 수 없는 남자다. 너무 깊이 그 생각에 빠져 있었던 걸까, 앞을 보지 않는 바람에 마주 오던 사람과 부딪칠 뻔한 이주의 몸이 일순 옆으로 쑥 딸려 갔다. 전광석화처럼 이주를 끌어당긴 치후가 왠지 시무룩한 표정으로 말했다.

"조심해야지."

안 그래도 다가오던 남자와 정통으로 부딪쳤다면 발 하나쯤은 가뿐히 접질렸을 것이다.

"난 내 여자가 바람피우는 거 못 봐주거든."

다른 생각에 빠져 있던 이주는 혀를 차며 치후를 쳐다보았다. 기가 막혀서. 도대체 어느 나라에서 길을 걷다가 남자와 부딪치는 걸 바람이라고 부르는 걸까? 무엇보다 지금 놀리는 건지, 비행기를 태워주는 건지.

"내가 소유욕이 제법 강해서 말이지."

꽤나 듣기 좋은 소리이긴 했지만, 버터와 마가린을 적당한 비율로 혼합해서 아낌없이 참기름까지 친 듯 유들유들하게 흘러나오는 말은 의심하기 딱 좋았다. 이주는 배시시 웃으며 보란 듯 대답했다.

"난 구속을 싫어하는데에."

치후가 피식 웃었다. 이주는 그런 그를 째려보고는 고개를 돌려 사람들을 쳐다보았다. 온갖 사람들이 넘쳐 나고 있었다. 생각해 보니, 어제 제대로 차인 여자가 지금 한가하게 사람 구경이나 하고 있을 때가 아닌데. 게다가 옆에는 정체를 알 수 없는 불투명한 바람둥이가 구속하겠다는 묘한 소리나 흘려대며 서 있고.

"어? 저게 뭐지?"

심각한 고민을 해야 하는데 이주의 호기심은 이미 다른 곳에 쏠려서 반짝반짝 빛나고 있었다. 목에 줄 달린 팻말을 건 남자 한 명이 사람들이 지나다니는 길 한가운데에 서서 무언가를 하고 있었다. 자세히 보니 그건 프리허그였다. 왕성한 호기심을 반짝이며 이주는 치후도 버려둔 채 얼른 쪼르르 그곳으로 달려 갔다. 치후는 난데없이 뽀르르 달려가는 이주의 뒷모습을 낮게 웃으며 바라보고 있었다.

와…… 이렇게 좋은 일도 있구나.

이주는 처음 보는 프리허그에 마음이 빼앗긴 상태였다. 그저 따뜻하게 포옹을 해주는 것일 뿐인데도 삭막한 도시에 부드러 운 숨결을 불어넣는 것 같았다.

사실 생각해 보면 자신이 바로 프리허그가 필요한 사람이었 다. 이유도, 사정도 묻지 않고 따뜻한 위로를 받고 싶은 사람. 위로가 필요한 사람. 하지만 자신은 어쩌면 이 프리허그를 이미 받았는지도 모르겠다. 아무런 이유도 묻지 않고, 그 남자, 강치 후는 그녀를 꼭 끌어안아 주었다. 물론 좀 과격하게 끌어안은 면은 있지만서도.

"이거, 당신이 나한테 해준 거예요."

이주는 치후가 옆에 와서 서자 자신도 모르게 감정이 격해져 서 돌아보며 말했다. 이 남자가 자신의 말의 의미를 몰라도 상 관없었다. 그저 정말 그랬다는 걸 표현하고 싶을 뿐.

당신이 있었기 때문에 나는 괜찮을 수 있었다고. 어이없게도 한 번도 지난 4년을 떠올리지 않은 것이다. 너무 이기적인 여자 가 아닐까? 하지만 정말이지, 헌수를 원망하긴커녕 밤새도록 못 살게 괴롭히는 이 남자가 미워 죽을 것 같은 상황이었으니.

“프리허그라.”

치후가 재미있다는 듯 싱긋 웃었다.

“그렇죠? 너무 좋죠?”

“글쎄.”

“좋잖아요.”

“괜찮군.”

“거봐요.”

이주는 싱글거리며 웃었다.

“이거, 나한테 해주겠단 건가?”

“꿈 깨시죠?”

꼭 딴소리를 하지. 이주는 다시 사람들에게로 시선을 돌렸다.

“엄마가 아이를 사랑하는 방법 중에 가장 아름답고 가장 효과 좋은 방법이, 하루에 한 번씩 심장이 맞닿도록 진심으로 꼬옥 끌어안아 주는 거래요.”

조그만 입술 선에 도는 부드러운 이주의 미소를 치후가 조용히 내려다보았다.

“앗! 나도 한 번 해보면 안 될까?”

순간 곧바로 치후의 미간이 찌푸려졌다.

“안 돼.”

불쑥 사납게 내뱉었지만 말을 들을 이주가 아니었다. 치후가 삐딱한 표정을 하고 있건 말건 이주는 벌써 팔랑거리며 프리허그 중인 이십대의 청년에게 뛰어가 버렸다. 그리고 잠시 몇 마디를 주고받더니 흔쾌히 웃는 남자로부터 목에 걸려 있던 팻말을 넘겨받았다.

"감사합니다."

이주는 청년에게 인사를 하며 마치 금메달이라도 목에 건 사람처럼 뿌듯하고 의기양양한 얼굴로 치후에게 손을 흔들었다. 치후는 혀를 차며 착잡하다는 눈으로 지켜보았지만, 금세 자신도 모르게 엷은 웃음이 흘러나오고 말았다. 못 말리는 여자랄까.

사랑스럽다는 표현보다는 성가시다는 표현이 더 어울리는 여자였다. 이틀 내내 그랬던 것 같다. 하지만 그 성가심이 묘하게도 자신이 받아들일 만한 정도의 것이라 재미있었다. 흔쾌히 받아들이고 싶을 정도의 것.

이주는 일절의 쑥스러움도 없이 적극적으로 프리허그 운동에 참여했다. 생글생글 환하게 웃으며 그녀가 말을 걸면 어색해하던 아저씨도, 볼을 붉히던 수줍은 남학생도, 호기심에 눈을 반짝이며 다가온 여자아이도 모두 이주에게 동화되어 살포시 안고 지나가곤 했다. 그럴 때 그들의 얼굴 모두엔 함빡 기쁨이 담겨 있었다.

이주는 운이 좋았다. 그저 충동적으로 시작한 프리허그인데 참 많은 사람들을 안아주며, 안기며 많은 걸 느끼고 있었다. 또한 한쪽 다리를 저는 장애인도 다가왔고, 불독처럼 볼 살이 늘어져 무서워 보이는 중년 여자도 다가왔다. 하지만 돌아설 때 그녀는 누구보다 선한 미소를 짓고 있었다. 얼굴이 여드름 천지인 사춘기 소년은 잿밥에 더 관심이 있는 것 같았고, 이주보다 훨씬 늘씬하고 예쁜 미인을 안아줄 땐 이주가 오히려 선망하는 눈을 하기도 했다.

그렇게 이주는 참 많은 사람들과 '즉흥적'이기는 하지만 좋은 감정을 나누었다. 그리고 그 모든 모습을 치후는 조용히 지켜보았다. 보일 듯 말 듯 낮은 미소를 담은 채.

하지만 어느 순간부터 건장한 청년들이 늘어나기 시작하자, 가만히 지켜보기만 하던 치후의 눈썹이 점차 꿈틀거리기 시작했다. 급기야, 한쪽에서 꽤나 사심있는 얼굴로 지켜보던 잘생긴 청년 한 명이 이주에게 다가갔을 때는 더 이상 참지 못하고서 성큼성큼 걸어가 이주의 손목을 휙 잡아끌었다.

"어맛! 왜 그래요?"

이주는 영문도 모른 채 치후에게 끌려가며 소리쳤다. 도대체, 갑자기 포장마차를 강제 철거하러 나온 철거반 같은 표정으로 사람을 끄는 이유는 뭐냐! 목에 건 팻말을 본래의 청년에게 급하게 건네주고서 이주는 뒤도 돌아보지 않고서 걸어가는 그에게 끌려 그 자리를 벗어나야 했다.

"도대체 이게 무슨 짓이에요?"

이주는 하도 기가 막혀서 차에 타자마자 치후를 휘릭 쏘아보며 말했다. 하지만 운전석에 오른 치후는 차문을 철컥 잠그곤 음악을 틀었다. 차의 시트에 등을 기대고는 가만히 눈을 감은 채 더없이 느긋한 표정으로 음악을 듣고 있는 것이다. 기가 막혀서 진짜.

"지금, 음악 감상하고 싶어서 갑자기 나 끌고 온 거예요? 이 시간만 되면 무슨 일이 있어도 음악을 들어야 하는 거예요? 지구가 쪼개져도? 땅이 꺼져도?"

"지구가 쪼개지면 음악을 못 듣지."

이쪽은 열받아 죽겠는데 태평하게 잘도 대답을 하고 있지.

"아우, 진짜. 오랜만에 기분 좋았는데."

그제야 치후의 미간이 살짝 찌푸려지더니 천천히 눈을 떴다. 긴 손가락으로 음악을 탁 끄고 이주를 흘끗 쏘아보자, 지은 죄도 없이 이주는 흠칫 놀랐다.

"왜, 왜요? 또 뭐라고 그러려고?"

"우유, 묻었어."

순간 이주는 화들짝 놀라서 손으로 입가를 가렸다. 하지만 그 사이에 성큼 다가온 그림자가 이주의 몸 전체를 가리는 바람에 이주는 깜짝 놀라 고개를 들었다. 어느새 이주의 얼굴 앞까지 바짝 다가온 치후가 짧게 말했다.

"닦아주지."

그리고 그대로 입술을 겹쳤다. 이……! 화를 내려고 하던 이주는 그가 혀를 부드럽게 감아올리자 아무 말도 할 수 없게 되었다. 이렇게 감미롭고 달콤한 카드를 내밀면, 전투욕이 상실되는 건 순식간이다.

"으응……."

이주는 작게 코로 숨을 쉬어가며 치후와의 키스에 점차 몰입되어 갔다. 한참이나 이주의 혀를 감아올리며 길고 긴 키스를 하던 치후가 윗입술을 조이듯 빨아들이는 것으로 입술을 뗐다. 그의 입술도 이주의 타액으로 흠뻑 젖어 있었다. 이주는 홀린 듯 그 입술을 바라보다가 멍한 눈으로 입을 열었다.

"프리…… 키스예요?"

치후가 큭 웃었다.

"뭐?"

"이유도 없이 키스하면 좋아할 줄 알아요?"

"좋았잖아."

그랬지 참. 아니, 이게 아니고.

"물론 나쁘진 않았지만……!"

"그럼 됐어."

디 엔드. 끝.

뭐 저런 남자가 다 있담. 또 자기가 원하는 말만 딱 골라서 듣고 만다.

억울해서 째려보고 있는 이주의 귀 옆으로 손을 움직인 치후가 손가락에 머리카락을 둥글게 감으며 쓸어내렸다.

"말했을 텐데. 내가, 소유욕이 매우 강하다고."

"그건…… 이상해요."

"뭐가."

"그런 말을, 왜 난 지금까지 한 번도 못 들었던 걸까?"

딱히 헌수를 원망하는 건 아니었다. 그저 그냥 조금 서글플 뿐이었다. 아마도 자신은 헌수에게 정열적이지도, 멋진 연인도 아니었던 모양이다.

치후의 미간이 곧바로 찌푸려졌다.

"여전히 무심한 여자군."

오히려 의심스러운 듯 치후를 탐색하던 이주가 그 눈초리 그대로 말했다.

"지금까지 여자 엄청 많았죠?"

숨 쉬듯 자연스럽게 흘러나온 말이었다. 왜 이게 묻고 싶어졌지? 근데 궁금한 걸 어쩌란 말이야. 이쪽의 심장을 들었다 놓았다 하는 그의 전적이 심히 의심스러웠다.

치후가 황당하단 눈으로 이주를 쳐다보았다.

"별로 대답할 가치가 없는 말 같은데."

"가치가, 아주 많거든요."

"왜."

"내가 궁금하니까."

"그럼 기각."

아으! 이젠 어딜 가나 쉰밥 취급이냐!

이주가 이글이글 끓고 있건 말건 치후는 다시 자신의 자리로 돌아갔다. 음악을 다시 툭 켜더니 시큰둥한 표정으로 물었다.

"대체 그게 왜 궁금하지?"

"회피하는 거 보니까 진짠가 보네. 몇 명요? 열 명? 스무 명?

설마 서른 명?"

"소유욕이 많다고 했지, 소유욕 많은 여자가 좋다는 말은 하지 않은 것 같은데."

"인생이 자기 원하는 대로만 되면 대박이게요?"

"난 그런 줄 알았지."

그러면서 싱긋 웃는 그의 얼굴은 역시 끝내줬다. 이거 정말 로또에 맞은 건 아닐까? 그렇게나 안 맞던 숫자를 이 남자가 지금까지 꽉 쥐고서…….

"걱정 마시게. 지금까지 중에 그나마 그대가 제일 나으니까."

내 얼굴에 패대기치듯 확 뿌려준 것이다. 정말 로또 맞긴 한 거야?

"그나마? 지금 그나마라고 했어요?"

좋아, 차근차근 따져서 몇 명이었는지나 알아보자.

"그나마 제일 나은 걸 그렇다고 하지, 그럼 뭐라고 하나?"

로또 같은 소리 한다. 어쩌면 자신은 피박 쓴 건지도 모르겠다. 세상에서 제일 양심없고 제일 무신경한 남자 같으니. 만약 일부러 놀리는 거라면 죄질이 더 큰 거다!

이주는 얼굴에 경련이 일어날 듯 억지로 호호 웃으며 말했다.

"뭐, 그나마 떨어진다는 것보단 나으니까 일단은 너그럽게 넘어가 주죠."

"떨어지는 것 같기도 해."

아으!

"정말 매너없는 거 알아요? 사람이 제일 기분 나쁠 때가 옆집 누구랑 비교하는 거래요. 진짜 뻔뻔하지. 어떻게 여자를 앞에 두고 다른 여자랑 비교를 할 수 있냐? 그래 놓고도 매너있는 남자라고 말할 수 있어요?"

"먼저 비교 대상을 정한 게 누구였더라."

아…… 그랬지, 참.

"기왕 말 나왔으니까 한 번 솔직히 톡 까놓고 말해보죠. 사귄 여자 몇 명이나 돼요?"

"글쎄. 서른 명쯤 되려나?"

대답해 주니 궁금증은 싸악 가셨지만, 호기심이 떠나간 자리에 대못이 박히고 있었다. 서, 서른 명이라니.

"그럼…… 기, 깊은 관계까지 간 사람은?"

"마흔 명?"

이 남자가 진짜. 말이 돼?

"장난하지 말구요! 사귄 남자가 서른인데 어떻게 그 이상이 돼요?"

"사귀지 않아도, 섹스는 가능하지 않나?"

똑바로 쳐다보며 성의없게 흘러나온 무심한 대답. 하지만 공격적인 의미가 다분히 포함되어 있는.

설마, 가령 나처럼? 이주의 분노게이지가 확 치솟았지만 여기서 화를 내는 것도 더 웃겼다. 코미디의 역사를 다시 쓰고 싶지 않았던 이주는 분노를 초인적으로 승화시키며 헤헤 웃었다.

"쿨하네요, 쿨해. 정말이지 어쩜 저렇게 쿨할까?"

"칭찬으로 받아들이지."

치후가 딱딱하게 굳은 얼굴로 양해도 없이 시동을 걸고서 차를 휙 출발시켰다.

어라? 아예 변명도 안 한다 이거지? 변명할 마음도 없다 이거지? 근데 좀 화난 것 같지? 아무래도 역시 성급했지?

그래. 경솔한 행동이라는 걸 자각하곤 있었지만, 이주는 엎질러진 물을 어쩔 수 없었다. 그게 뭐가 그렇게 궁금해서 묻어 있던 사실까지 곡괭이로 파내서 꺼내고 싶어 안달이었을까. 어쨌든 질투의 감정이 확 치솟은 걸 보니, 자신은 생각보다 더 이 남자를 진지하게 생각하고 있었던 걸까. 아무 말도 하지 않는 치후가 조금은, 원망스럽다.

얼마나 그렇게 삭막하게 달렸을까. 이따금씩 핸들을 돌릴 때에만 움직이던 치후가 뒤늦게야 입을 열었다.

"사람을 뇌 없이 하반신만 있는 사람으로 취급하는 건 좋지 않은 버릇 같은데."

그때쯤 이주는 반성하고 있었기에 기어들어 가는 어조로 대답했다.

"미안해요. 하지만 버릇은 아니라……."

"그렇게 묻는다면 없는 여자라도 끌어다가 포함시키고 싶어지지 않겠나."

천천히 이주의 고개가 들렸다. 싸늘한, 치후의 말이 이어졌다.

"이건 변명도 자기변호도 아니야. 믿어주지 않는다면 어쩔 수 없지만."

어떡하지? 완전 화난 것 같아. 하지만 이주의 그 생각은 기우가 아니라는 게 판명났다.

"귀찮은 건 딱 질색이거든."

냉정한 말을 끝으로 그는 입을 딱 닫았던 것이다. 화가 난 그의 표정은 예상했던 것보다 더 지독했다. 가까이 다가가기가 겁이 날 정도로. 그렇게나 가까웠던 게 믿기지 않을 정도로. 엊그제부터 이틀 동안, 그가 이따금씩 보였던 차가운 태도는 절대 전부가 아니었다. 여러 가지 실수를 저질렀어도 그는 지금처럼 싸늘하게 이주를 대하진 않았던 것이다. 술을 뒤집어썼을 때마저도.

뒤늦게 후회가 들었다. 꼬치꼬치, 사람을 선동하고 그의 말처럼 귀찮게 굴었다. 하지만 투명하게 시작하자는 의미에서……. 에이, 몰라! 만난 지 얼마나 됐다고 진심을 따지고, 진심에 호소하고.

육체만 잘 맞는다고 관계가 이어지는 건 아니다. 이런 사소한 일에 서로의 감정이 어긋나고, 이 남자의 멀끔한 외모 등 여러 가지 유려한 면 때문에 자꾸만 의심이 들어 자신도 모르게 꼬치꼬치 캐묻게 되고, 또한 이 남자도 그걸 받아줄 마음이 전혀 없다면, 뭘 더 바랄 수 있겠는가.

이성이 시키는 대로 행동했을 뿐이다. 몸이 먼저 합치되어 마음의 한 조각 맞출 여유도 없이 끝날 관계라면, 아예 시작하지 않는 게 낫다. 아마도 자신은 헌수와의 일로 나도 모르는 방어벽을 만든 건지도 모르겠다. '이제 남자는 쉽게 믿지 않을 거야! 날 쉽게 보고 있다면 꿈 깨는 게 좋을걸? 나도 이렇게 꼼꼼하게 생각하고 있으니까' 라고. 그걸 교묘하게 이 남자에게 시험해 버린 건지도.

예민한 건 자신이다. 월권을 한 것도 자신이고, 성가시게 군 것도 자신이다. 하지만 서른 명이라니, 너무 화끈하게 놀아주신 건 저쪽이다. 그러니 뭐, 피차 쌤쌤이겠지. 기껏 이틀 만난 걸로 서로의 모든 걸 알았다고 할 수도 없고. 날 진지하게 생각해 주지 않으면 주리를 틀겠다고 위협할 것도 못 되고.

사람을 다시 만난다는 게 이렇게 스트레스받는 일이라는 걸, 짐작했기에 이주는 마음의 문을 열고 있는 척했지만 사실은 꼭꼭 닫아뒀던 건지도 모르겠다. 그를 믿지 않았다. 서로 원하는 건 몸뿐이라고, 자신뿐 아니라 그마저도 동시에 이미 마음으로 무시를 하고서 행동했다. 그러니 이 남자는 이틀 동안 강이주의 어떤 면들을 본 걸까. 왜 제대로 봐주지 않느냐고 탓하는 건 바보짓이다. 너무 창피해서, 빨리 집으로 가서 방구석과 끌어안고만 있고 싶다.

서로 한마디도 없는 상태에서 차가 갑자기 섰다. 당장 내려서 꺼져! 라는 소리가 들려와서 귀를 막아버렸더니 환청이었다. 몰래 안도하고 있는데 치후는 자신만 벨트를 풀더니 차에서 내렸다. 이주는 도대체 뭘 하는 건지, 멀뚱멀뚱 치후를 쳐다보았다.

그가 차와 이주를 보따리 싸듯 함께 묶어서 휙 버려놓고는 향한
곳은 꽃집이었다.

"설마……."

눈이 휘둥그레져서 지켜보고 있는데 오래지 않아 치후가 다
시 모습을 나타냈다. 설마했지만, 그의 손에는 급조해서 싼 꽃
다발이 들려 있었다. 그런데 이상한 건 방금 전까지 거리에서
그렇게나 유유자적하게 걸으면서도 누구와도 부딪치지 않던 남
자가 사람들의 수가 현저히 적은 이 인도에선 툭툭 몇 번이나
사람들과 부딪친 것이다.

도대체 뭐가 뭔지 몰라 내내 쳐다만 보고 있는데, 그가 이주
가 앉아 있는 창가로 와서 한 손으로 차체를 짚고선 불쑥 꽃다
발을 내밀었다. 이주는 당황스러워서 그를 올려다보았다.

"뭐예요?"

"실은, 마흔 명은 아니었고."

"……!"

"두세 명 정도는 확실히 있었지."

이주는 기가 차서 치후를 노려보았다. 마음이 풀리려고 했었
단 말이다, 진짜!

"꼭 그걸 그렇게 솔직하게 말해서 어쩌잔 거예요?"

"솔직한 걸 원하니 계속 물어봤던 게 아닌가?"

우문현답이었다. 이주는 자신이 저지른 앞뒤가 전혀 안 맞는
모순된 행동을 겨우 깨달았다.

"별로 마음을 줬던 관계도 아니고 하니, 지나간 일은 꽃다발
로 상쇄하지."

순 자기 멋대로. 하지만 이쪽을 탓하는 말은 하지도 않는다.
이 남자를 대체 어떻게 해석해야 할까?

"꽃이…… 예뻐서 참는 거예요."

입을 삐죽거리며 창밖으로 손을 내밀려는 찰나 치후가 꽃다
발을 뒤로 쑥 뺐다. 이주의 손이 찡 얼어버렸다.

"왜…… 요?"

"우선 사과해."

딱 떨어지는 명령조. 넘어가 줄 거라 착각한 자신이 오산이다.

"뭘요?"

"약간 위험 수준으로 짜증이 날 뻔했거든."

실제로 위험 수준까지 갔었지만, 치후의 마음을 풀어준 건 프
리허그를 할 때 그 얼굴에 머무르던 너무도 밝고 순수한 이주의
미소였다. 이 여자를, 좀 더 알고 싶다.

"그런데요?"

"그냥 그랬단 거다."

치…….

"꼴 보기도 싫었던 건 아니죠?"

"싫었다."

하아…….

"사과할게요."

사실, 그가 외면하는 게 어쩐지 더 싫어서 이주는 순순히 사과를 했다. 치후가 천천히 입을 열었다.

"잘못했습니다."

"……?"

"라고 해."

기가 차서. 그까짓 꽃다발 안 받고 말지!

"잘못했습니다."

하지만 이주는 공손하게 머리를 숙이고서 치후가 오만하게 시킨 말을 어느새 따라 하고 있었다. 괜찮아. 돈 나가는 것도 아니고 뭐.

눈치를 흘끔 보며 고개를 들자 치후가 그 싸늘하던 표정을 보류한 채 부드럽게 웃고 있었다. 시킨 대로 해서 만족했다는 거야?

"아무튼 귀여운 여자야, 강이주."

이주는 뾰로통한 얼굴로 꽃다발을 뺏어오듯 낚아챘다. 그만큼이나 자신도 마음이 놓인다. 웃고 싶다. 손가락으로 꽃잎을 만지작거리며 이주는 생각했다. 그냥…… 꽃이 예뻐서일 뿐이라고. 이 남자에게 벌써 마음이 훅 갔기 때문은 아닐 거라고.

월요일, 출근했을 때 이주는 자신의 책상 위에 벌어진 꽃잔치에 고개를 갸웃했다.

"이게 다 뭐예요?"

도통 이해가 안 가서 옆자리의 사람에게 묻자 동료 직원이 아아, 하며 대답해 주었다.

"이주 씨 결근했을 때 배달된 게 왼쪽 거, 그리고 오늘 아침에 배달된 게 오른쪽. 이주 씨, 인기 끝내주네. 도대체 어떤 남자의 마음을 그렇게 확 사로잡은 거야?"

이쪽이 묻고 싶은 말이다. 첫날 배달 오기 시작하면서부터 계속이다. 하지만 헌수가 보낸 게 아니라는 건 눈앞에서 개망신을 당하면서 확인했고. 도대체 누구란 말인가.

혹시…….

그러나 이주는 말도 안 된다는 생각에 고개를 가로저었다. 강치후, 그 남자일 리는 없었다. 자신이 그 남자에 대해 일정 이상을 전혀 모르듯, 그 남자도 마찬가지였다. 사실 더 세세하게 알고 싶어하지도 않는 것 같고.

게다가 이 꽃이 배달된 건 그 남자와 만난 바로 다음날이었다. 아무리 대한민국 정보력이 발달되었다고 하더라도 그렇게 빠른 시간에 사람의 소재를 찾아내기란 불가능…… 하진 않겠지만, 그 남자가 그렇게 부지런을 떨어가며 이쪽 소재를 알아내서 꽃다발을 보낼 만큼의 적극성을 가진 남자란 생각은 들지 않았다. 오히려 귀찮아 할 부류라면 몰라도.

게다가 그에게는 그저께 길거리에서 직접 꽃을 받았다.

"나 늦복 터진 거야? 요즘 왜 이렇게 꽃 천국이야?"

아무리 생각해도 도통 이해가 가지 않는 일이었다.

"아무리 봐도 회사 사람 소행이야. 누군가 나를 흠모하는 남자가 있단 거지."

점심시간에 이주는 꽃 테러 비상사태에 대해 진지하게 내린 결론을 여진에게 전해주었다. 당연히 친구에게선 통쾌한 비웃음이 돌아왔다.

"니가 그 정도로 수려하진 않거든?"

"야!"

"그나저나 너 언제 출동할 거야?"

여진의 질문에 이주는 고개를 갸웃했다.

"무슨 출동?"

"순희 말이야, 순희. 머리 끄뎅이 잡으러 가야지. 니 성격에."

야! 겨우 잊고 있던 일을.

"칫, 내가 왜 순희를 만나러 가? 둘이 1관 예약 안 돼서 2관 영화 보면서 잘살고 있을 텐데."

"얼랄라?"

여진이 신기한 무언가를 보듯 이주를 빤히 쳐다보았다.

"왜? 내 얼굴에 우유라도 묻었어?"

"너 왜 그래. 강이주 성격에 그렇게 나오면 안 되지. 인간이 너무 빨리 변하면 죽어. 너 지금이 어떤 시국이야? 순희라는, 이름도 달보드레한 여자한테 니 애인을 뺏긴 거야. 오매불망 4년 동안 어떻게든 거기에 친 거미줄 걷어가 주길 기다리던 그 남자를……!"

이주는 냅다 달려들어 여진의 입을 틀어막았다.

"너 진짜, 말 좀 가려서 해주지 않으련?"

여진은 매몰차게 이주의 손을 쳐내며 속사포로 말을 이었다.

"근데 니가 그걸 그냥 넘어간다고? 둘이 너 두고 바람을 확 피워 버렸는데? 닭 쫓던 개 지붕 쳐다보는마냥 완전히 무시당했는데?"

"닭 쫓던 개가 이층 양옥집을 쳐다보건 마천루를 쳐다보건 됐다 그래. 다시 생각해 봐도 찢어질 듯 이 이별이 가슴 아프지 않은 건, 헤어지는 게 낫다는 거야. 나는 그냥 헌수 오빠가 내 연인이었으면 했는데 오빠 그렇게 생각하지 않았고, 헌수 오빠 내가 연인이 아니었음 했는데 내가 빨리 눈치를 채주지 못했어. 그뿐이야."

억울한 게 있다면 모자 건에 대해서는 기회가 된다면 진지하게 짚고 넘어가고 싶다는 것.

하지만 여진은 도통 수긍이 가지 않는 듯.

"둘이 인연이 아니라고 해도, 너 순희한테 밀렸는데? 니 못된 성격에 그걸 그냥 넘어간다는 게 난 통 이해가 안 되네. 난리를 백번도 더 칠 것이."

"여진아."

"……?"

"순희가 아니었다면 우린 헤어지지 않았을까?"

이주의 진지한 표정에 여진은 아무 말도 하지 못했다.

"순희가 있어서 헤어진 거란 생각이 도저히 안 들어. 그러니까 난, 그 여자한테 아무 말도 할 수 없는 거야."

가서 머리 쥐어뜯고 싸울 만큼 이 이별이 내게 입힌 영향이 크지 않다는 걸, 그 남자 강치후가 듣는다면 뭐라고 말할까. 제발 나 때문에 그렇다는 말은 하지 말아다오, 라고 하지 않을까?

그 남자는 진지한 것 같으면서도 때때로 먼 거리에 있는 사람처럼 잡기 힘든 환상 같다. 너무 격렬하고, 너무 차갑고, 너무 뜨겁고, 너무 진지하고, 너무 여유롭다. 모든 게 어긋난 조합인데도 자꾸만 그의 생각을 하고 있는 자신이 가장 비현실적이다.

"너 혹시, 꽃다발 효과 아니야?"

"뭐가?"

"꽃다발이 아침마다 날아오는 시국이니, 놓친 물고기가 별로 안 아깝다는 거지. 솔로가 되었어도 비빌 언덕이 있으면 좀 더 여유롭지 않겠어?"

지당하신 말씀이다. 비빌 언덕은 꽃다발이라기보다 강치후라는 남자였다. 문제는 그 남자가 항상 킹사이즈의 침대를 더불어 준비하고 있다는 것.

"꽃다발의 임자를 빨리 찾자."

여진이 말했다.

"왜?"

"너 너무 생각 깊은 척 폼 잡고 있다가 제풀에 걸려 쓰러지기 전에 쿠션 받쳐 놔야지."

이걸 친구라고.

CHAPTER 7

"뭐지?"

이주는 당황스러운 얼굴로 치후의 앞에 서 있었다. 그가 어제까지와 백팔십도 다른 지독히도 차가운 태도로 이주를 차갑게 쳐다보고 있었다.

마치 정 떨어질 뻔했다고 했던 그때처럼. 하지만 그건 그 꽃으로 끝난 일 아니었어? 이 남자, 의외로 뒤끝 있나? 아무리 생각해 봐도 짜증을 참을 수 없다고 결론을 내렸나? 그래서 끝내기로 자기 혼자 결정한 건가?

"갑자기…… 왜 그래요?"

이주는 납득할 수 없어 되물었다.

“뭐가.”

하지만 그는 그저 귀찮다는 듯, 흥미가 떨어진 눈길로 이주를 대할 뿐이었다. 이 남자 정말 왜 이래? 이러면 반칙이잖아. 이러면 안 돼. 당신은 내 비빌 언덕이잖아!

“치후 씨를 만나고 싶어서 왔어요.”

하루 종일 그의 생각만 했다. 그래서 회사가 끝나자마자 이 남자의 오피스텔로 향했다. 하지만 그에게서 돌아온 건 싸늘한 외면이었다.

“뭔가 착각하나 본데.”

검은 눈동자에 그때의 냉정과는 또 다른, 한 번도 접해보지 못한 싸늘한 무시가 담겨서 그가 말을 이었다.

“잠시 즐겼던 것뿐이야. 몇 마디 듣기 좋은 말 좀 흘려줬다고 이렇게 귀찮게 굴 줄 알았다면 벌써 그만뒀지. 생각보다 머리가 나쁜 여자군.”

제대로 날아온 충격에 온몸이 휘청거렸다. 버티고 선 이주의 입술이 파르르 떨렸다. 꽉 쥔 주먹에 힘이 잔뜩 들어가 손톱이 손바닥 안으로 파고들어 갔지만 통증은 느껴지지도 않았다.

“내가…… 다른 말은 다 참아도 머리 나쁘단 말은 못 참아! 당신이 나에 대해 뭘 알아? 내 머리가 어떻게 나쁜데? 확인했어? 확인해 보고 하는 말이야?”

“시끄럽지, 귀찮지, 성가시지. 못 쓰겠다, 너.”

더는 참을 수 없었다. 빗자루라도 있으면 들고 패기라도 하련만 그의 현관 앞은 깔끔하기만 했다. 이걸 어쩌면 좋아! 대리석이라도 잡아뜯어서 저 빌어먹을 뒤통수에 던져?

까맣게 몰랐다. 설마 이런 남자일 줄은. 그래도 이 남자를 믿었는데!

"기다려!"

이주가 발악하듯 외쳤다. 하지만 치후는 이주의 말을 귓등으로도 안 듣고서 거실로 뚜벅뚜벅 걸어갔다. 그리고 한참이나 멀어진 그 거리에서 천천히 팔짱을 끼고 이주를 쳐다보는데, 그 순간 저 인간이 왜 저렇게 더 잘생겨 보이는 거냐구. 왜 이렇게 아까워 죽겠지? 왜 이렇게 아무 말도 못하고 선 거야!

그때, 딱딱하게 굳은 얼굴로 선 치후의 옆에서 누군가가 천천히 나오는가 싶더니, 눈이 휘둥그레질 정도로 쭉쭉빵빵한 글래머 미인이 마치 모델 워킹을 하듯 사뿐히 모습을 드러냈다. 그리고 너무도 자연스럽게 치후의 옆에 서서 그의 팔짱을 꼭 끼었다.

"자기, 오늘은 오랜만에 욕조에서 할까?"

뒷골 당겨! 욕조에서, 오랜만에 뭘 해? 뭘 하는데, 뭘! 당장 그 손 안 빼지? 그 남자 팔은 내가 특허 냈단 말이야!

속으론 온갖 육두문자가 휘몰아치고 있었지만 이상하게 한마디도 나오지 않았다. 그저 치후의 팔에 매달려 앙탈을 부리는 여자의 꼴을, 두 눈 시퍼렇게 뜨고서 노려보기만 했다. 얼마나 그렇게 노려봤을까. 겨우 이주의 입이 터져 주었다.

"너, 강치후. 이 개자시익……!"

"아, 소개하지."

아직도 안 갔냐는 듯 이주를 차갑게 쳐다보며 치후가 그 싸가지없는 표정으로 말을 이었다.

"이쪽은 나와 결혼할 여자."

순간 이주의 몸에서 힘이 탁 풀렸다. 결혼할 사람? 결혼할 사람이라고요? 너 죽여 버릴 거야아!

"이름은, 순희."

그 순간 날아오르려던 이주의 몸이 우뚝 멈췄다.

"지금, 뭐라고 했어요? 순희?"

바로 그 순희, 라는 이름의 죽이는 글래머 미인이 치후의 옆에서 배시시 웃었다.

"안녕하세요. 순희예요. 이 남잔, 내가 접수할게요. 아 참, 그리고 헌수 씨는 지난달에 버렸어요."

사악한 미소를 머금으며 싸하게 웃는 순간, 이주는 으악! 비명을 지르며 벌떡 일어나 앉았다. 헉헉 거친 숨을 몰아쉬며 이마를 흥건히 적시고 흘러내린 식은땀을 미친 듯이 닦았다. 불꺼진 자신의 방 안은 괴괴한 정적이 일 뿐이었다.

"아아! 뭐 이런 개꿈을 다 꾸는 거야!"

꿈이었지만 이건 최악의 시나리오로 짜여진 꿈이었다. 아직까지도 꿈속에서의 그 심정이 떠오르니 전신이 부르르 떨리며 화산 같은 노기가 치솟았다. 꿈은 현실의 반영이라던가, 무의식의 세계에서 신경 쓰는 부분이 꿈에서 현실화되어서 나타난다던가, 혹은 꿈은 현실과 반대라던가, 혹은 꿈은 미래를 예측해 주는 거라던가.

어느 것 하나도 이주의 마음에 드는 건 없었다. 그저 지금 이 순간 하고 싶은 말은.

"빌어먹으을!"

기껏 용서해 줬는데 꿈에서까지 따라와 자신을 괴롭히는 순희를 패 죽이고 싶을 뿐. 게다가 너, 아무리 꿈이라고 해도 왜 그렇게 예뻐!

이주는 얼굴을 꾹 눌러 문지르며 고개를 휙휙 저었다.

도대체 어째서 강치후인 거냐고. 그 남자가 왜 그런 죽이는 여자랑…… 아니, 대체 왜 꿈속에서의 일로 그 남자를 못 잡아먹어 안달인 건데? 순간 이주의 고개가 번쩍 들렸다.

"설마!"

꿈이 나한테 무슨 경고를 하는 건 아니겠지? 그 남자는 이런 남자라고, 불쌍한 강이주에게 뭔가를 암시해 주는 건 아니겠지? 아니면 꿈 깨라고 경고하는 것?

이주는 헐떡거리며 침대에 다시 폭 쓰러졌다. 아무리 꿈이라고 해도, 치후의 사나운 눈빛과 귀찮다는 태도는 한마디로 충격이었다. 심장이 너무 아파서, 오히려 어떤 말도 못할 만큼 그렇게 저릿할 수가 없었다. 헌수에게 받았던 충격과는 본질부터가 다른 것이었다. 분노보다 슬픔이 더한 이 감정이…… 도대체 무어냔 말이야. 그렇게 가슴 아플 수도 있다는 걸, 꿈에서 깨닫고서 이주는 새삼 이 관계의 깊이에 대해 처음으로 진지한 두려움을 갖게 되었다.

정말이지, 참을 수 없는 서글픔이었다.

"피죽도 못 먹었니? 표정이 왜 그래?"

이주는 자신의 상태에 대해 직설적으로 표현을 해주는 여진을 사랑스럽다는 눈으로 쳐다보았다.

"내가 뭐가 어때서."

"역시 그 자식 때문이지? 김헌수, 이 자식을 그냥! 우정의 이름으로 용서치 않겠어!"

갑자기 양 갈래 머리를 땋고 달의 기운을 받아 뛰쳐나갈 것처럼 여진이 난리를 피웠다. 하지만 이주는 파일만 착착 쌓아 옆쪽으로 옮겨놓으며 심드렁하게 대꾸했다.

"걔 때문 아니라니까. 그냥 요즘 힘이 없어서 그래. 계절 타나봐."

실제로 속이 메슥거리고 기운도 없고 무얼 봐도 흥미가 일지 않아서 설마 임신한 건 아닐까 싶어 초조해했지만 그건 말도 안 되고. 역시 콘돔 사용은 필수라고 홀로 캠페인을 벌이는 이주였다.

"꽃다발 임자는 밝혀냈어?"

"아니, 접때 아침에 일찍 와서 잠복해 있다가 물어봤는데 배달 총각은 전혀 모르더라구. 자기는 그냥 배달만 하니까. 그래서 가게 좀 알아내려고 했더니 어차피 물어봐도 대답 안 해줄 거래.”

주문하면서 함구 명령까지 함께 받은 모양이었다. 도대체 누구야. 어떤 인간이야! 하지만 그걸 캐내는 것도 어쩐지 시들해져서 이주는 아예 신경을 끊고 있었다.

오건 말건 별로 감흥이 없었다. 뒤에서 정체도 안 드러내고 몰래몰래 보내는 인간이 어떤 인간인지는 몰라도 좋게 생각되진 않았다. 사실 이제 그만 보냈으면 싶기도 했다. 그것 때문에 방이 꽉 차서 처치 곤란에다가 이젠 그만 좀 갖고 오라고 엄마한테 야단까지 맞았다. 도대체 어떤 놈이기에 그런 돈지랄을 하냐고! 엄마가 포효한 것이다. 괜히 정체불명의 사람 때문에 자신도 욕 얻어먹고 꽃주인 본인도 모르는 아줌마한테 욕 얻어먹고.

“그 빈대사총사가 나 놀려먹으려고 장난치는 거 아냐?”

오죽했으면 그런 생각까지 들었다. 신임 상무가 온 후로 회사에 여러 가지 변동사항이 있어서 요 며칠 회사에 꼼짝없이 잡혀 있었더니 안 그래도 달리는 체력이 더욱 저하되었다.

그 말도 안 되는 꿈을 꾼 후로 강치후란 남자를 못 본 지도 벌써 1주일 정도 되는 것 같다. 하지만 상관없었다. 귀차니즘이 다시 도래한 듯, 이것저것 신경 쓰기 싫어 일만 하고 있는 차였다.

그 남자를 만나면 일단 온몸이 달아오르고 불꽃이 튀기지만,

그것도 보통 에너지가 들어가는 일이 아니라서 그를 만나는 게 덜컥 겁이 나기도 했다. 어차피 서로 연락처 따위 몰라서 자신이 찾아가지 않는 한 만나질 일도 없었지만.

"저번에 대규모 인사이동 있을 거라고 했잖아."

옆에서 남자 직원들이 한가롭게 떠들어대는 소리가 들렸다.

"아무래도 정리해고도 있을 테고."

"그런데 그거 해결될 건가 보던데?"

"뭐? 정말이야?"

"상무님 들어오시면서 다른 정책을 쓸 것 같더라고."

"야, 들어온 지 얼마 안 된 햇병아리 상무가 무슨 힘이 있어서?"

"뭐라던가, 대성 딸이랑 결혼한다던가."

"쩝, 그렇다면야 말이 되겠지만. 하여튼 황금숟가락 물고 태어난 사람은 달라도 달라. 하고 싶은 거 다 하다가 뒤늦게 부친 회사 들어와서 톡톡히 지분 물려받아, 놀 대로 다 놀고는 양가 집 규수하고 결혼해."

"놀 대로 다 논 거 니가 다 봤냐?"

"뻔하지. 있는 것들이 다 그렇지 뭐."

아…… 귀찮아. 저 사람들은 자기들 인사이동 얘기만 하면 되는 거지, 왜 가만히 있는 상무 인신공격까지 하고 난리지? 지가 그 집안에 태어나서 지 아빠 재산 물려받고 회사 키우려고 관계 있는 집안 여자랑 결혼한다는데 그게 뭐가 욕까지 들어먹을 일이라고. 근데 내가 왜 괜히 열받아하는 거지? 안 그래도 귀찮아 죽겠구먼.

사는 것도 귀찮고, 욕하는 것도 귀찮고, 욕 들어주는 것도 귀찮고.

푸에치!

이제 보다보다 지쳐서 꽃다발 알레르기까지 생겼다. 호되게 재채기를 한 이주는 꽃다발을 책상 밑으로 휙 치워 버렸다. 딱 한 달만 받아본다. 시킨 인간, 일주일 안에 안 나타나면 꽃다발 다 모아놓고 화형을 치러줄 테니까.

무엇보다, 한 달 뒤에 꽃바구니 값 한꺼번에 계산하라고 나한테 영수증만 내밀어봐. 미운 놈 이름 달고서 중국집에 온갖 요리 시켜놓고 계산하게 하는 수법을 내가 모를 줄 알아?

왜 이래? 이래 봬도 강이주, 똑똑하다구!

"일이 많이 밀렸나 봐요. 난 그냥 녹차 마실래요. 해식 씨는?"

며칠 후, 이주는 난데없이 여진의 애인을 떠맡은 채 회사 앞 카페에 앉아 있었다. 오늘 만나기로 했다는데 갑자기 여진에게 눈이 뒤집힐 정도로 바쁜 일이 생겨 사무실에 붙잡혀 버린 것이다. 그래서 어느 정도 급한 일에서 풀려난 이주가 해식을 만나서 놀아줄 겸 해서 대신 나왔다.

"괜히 제가 나와서 불편한 건 아닌가 모르겠어요."

"아니에요. 이주 씨한테 미안하죠. 나야 혼자 기다리면 되는데.”

“그래도 둘이 얘기하면서 있으면 조금 낫잖아요. 여진이도 걱정 덜 할 테고.”

진짜 신기한 게, 하필이면 오늘이 바로 두 사람이 1년째 되는 날이기 때문이었다. 그 중요하고 의미있는 날 사무실에 붙들렸으니 여간 신경 쓰이는 게 아닐 것이다.

얼마 전 자신의 끔찍했던 4년 기념일이 자연스럽게 떠올랐다. 어, 생각해 보니 그렇네. 그런 일이 있었지. 참으로 의미있는 날이었지, 라고 되돌려서 추억할 일 따위 하나도 없었지만.

“이주 씨, 요즘 얼굴에 생기가 하나도 없어요.”

헉! 해식의 말에 이주는 자신의 뺨을 만져 보았다. 여진에게도 매일 듣는 말인데, 아무래도 문제가 생기긴 했나 보다. 마사지라도 받아볼까?

“다이어트를 좀 하느라 그래요.”

이틀 몰아쳐서 여성 호르몬이 팍팍 분비되었는데 그걸 너무 막아둬서 이 모양인가? 아니면 강치후의 얼굴을 안 봐서 이 모양?

“날씬하신데 뭘.”

“오호호, 제가 좀 그렇죠?”

해식이 쿡 웃었다. 해식은 단정, 성실, 모범, 딱 그 이미지인 남자였다. 학교 다닐 때에도 왜 1등만 하는 성실한 엄마 친구 아들 같은 부류 말이다.

"이주 씨가 부케 받아주실 거죠?"

"어머, 물론이죠! 여진이 건 꼭 제가 받아야죠."

"그날 제 친구들 중에 괜찮은 놈들 왕창 부를게요. 이주 씨가 보시고 찜만 하시면 무조건 상납해 드릴게요."

"네에? 아유, 아니에요."

이주의 뺨이 발개졌다.

"근데 펀드매니저 친구 있다고 했죠? 그 친군 결혼했어요? 연봉 칠천팔백 이상으로다가, 어머어머, 나 왜 이래."

주책을 떠는 이주 때문에 해식도 배를 잡으며 웃었다.

"농담이에요. 알죠?"

"예에. 알아요. 근데 펀드매니저 친구가 두 명인데 어느 쪽? 키 크고 얼굴은 그저 훈남 정도, 키 작지만 얼굴은 완전 꽃미남."

"아유, 진짜 농담이라니까 자꾸 그래. 전 키 큰 쪽요."

깔깔거리며 이주가 고개를 드는 순간이었다. 농담 삼아 말한 끝에 웃음이 터져 나와 즐겁게도 깔깔거리던 이주의 눈동자에서 웃음기가 싸악 사라졌다.

오 마이 갓!

믿을 수 없게도, 믿을 수 없는 남자가 이주의 바로 맞은편 테이블에서 얼음처럼 표정을 굳힌 채 이쪽을 쳐다보고 있었다. 누군가를 기다리는 와중이었는지 뭔지, 보던 신문을 탁 소리나게 덮고는 냉기를 뚝뚝 흘리면서 똑바로 이주를 노려보았다.

아주 즐거워 보이시는군.

당장이라도 그런 말을 내쏠을 것 같은, 시베리아 기단보다 더 차가운 눈매에선 금세 툰드라 지역의 찬바람이 휘잉 불어닥칠 것 같았다.

저쪽은 저쪽대로 남을 얼릴 기세로 얼음바위처럼 굳어 있고, 이쪽은 이쪽대로 놀라서 굳은 채 이주는 자신이 왜 당황하고 있는지 잠깐 재고를 해보았다.

아닌데……. 여기서 내가 당황해야 할 이유는 없는데.

서로 연락처를 모르고 있으니 자연히 그동안 못 만난 거고. 이주가 그 오피스텔을 찾아가지 않았다고 해서 그건 자신의 잘못은 아닌 것이다. 쌍방의 과실이자 무관심인데…….

성질은 이쪽이 더 내야 하는 거 아니야?

그래서 당당한 눈매로 호기롭게 맞서 째려보았다가 금세 기가 죽어 그만두었다. 이쪽의 얼음 쌩쌩은 저쪽의 얼음조각 휘이익~에 비할 바가 아니었다. 왜 저렇게 잡아 잡수실 듯 사납게 노려보시는지 모르겠네.

"누구, 아는 사람이라도 있어요?"

해식이 고개를 돌려 치후 쪽을 기웃거리며 물었다. 이주는 얼른 해식의 옷깃을 잡아끌었다.

"아니에요. 아는 사람은 무슨!"

"이상하네? 저 남자 이쪽 쳐다보고 있던데 아는 사람 아니에요?"

"무, 무슨요. 아까 전에 눈이 마주쳤는데 하도 잘생겨서 무슨 연예인인가 싶어서 자세히 좀 쳐다봤거든요. 그랬더니 자기도 저렇게 쳐다보네? 나, 나한테 반했나? 하하하……."

"정말 연예인이에요? 그러고 보니 TV에서 본 적 있는 것 같기도 하고."

애 뭐냐. 왜 그 부분에서 동화되는 건데?

"아니에요. 착각한 거라니까."

"그런데 정말 미남은 미남이네요. 이주 씨 설마 관심있어서 연예인 핑계 대고 본 거 아니에요?"

아이고오! 이주는 곧장 손을 마구 저었다.

"아니라니까요, 정말. 그냥 하던 얘기나 해요. 펀드매니저어…… 어?"

횡설수설 관심을 돌리려던 이주는 화들짝 놀라서 치후 쪽을 쳐다보았다. 그 남자가 테이블에서 벌떡 일어나더니 신문을 집어 들고서 이쪽으로 뚜벅뚜벅 걸어오는 게 아닌가. 뭐야, 설마 그 딱 떨어지는 슈트 차림으로 신문으로 후려 패려는 건 아니겠지?

"그, 그 키가 작은 친구는 마, 많이 잘생겼어요?"

이주는 당황을 숨기려고 아무 말이나 둘러댔다. 하지만 신경은 온통 치후의 행동에 쏠려 있었다.

이주의 테이블 근처에서 우뚝 몸을 멈춘 그는 바로 옆 테이블에 자리를 잡고 앉았다. 이쪽은 죽을 것처럼 당황하게 만들어놓고, 본인은 더없이 여유로운 자세로 의자에 척 다리를 꼬고 앉더니 탁 신문을 펼쳤다. 그리고 진지한 표정으로 읽어 내려갔다.

모르는 척 고개를 돌리고 있는 이주는 저 남자가 대체 왜 여기로 이사를 온 것인지 진심으로 궁금했다. 아는 척할 것도 아니라면 대체 생각이 뭐냐구! 이럴 줄 알았으면 처음부터 반가운 척할 걸, 괜히 거짓말로 둘러대서 지금 와서 아는 체하기가 영 난감했다.

'아니지. 이걸 기회로 삼으면 되지?'

생각해 보니까 서로 일절 사생활을 모른다. 그런데 사생활이 드러날 수밖에 없는 이런 공간에서 이렇게 우연히 마주치다니, 하늘이 도우신 게 아니면 뭘까. 그 꿈은 바로 이걸 암시해 주기 위함이었을까. 도대체 어떤 여자랑 만나는지, 무슨 얘기를 하는지 낱낱이 들어봐야지. 하지만…… 계획은 허무하게 무산되고 말았다.

애당초 계획은, 치후의 약속 상대로 늘씬한 글래머 여인이 나타난다(꿈에서와 같은, 다만 이름은 순희가 아닌). 당연히 저 남자는 당황하겠지. 그럼 이주는 당황하는 치후를 째려보며 복수의 칼을 간다. 그렇게 진행되었어야 했는데.

이주는 치후의 사생활 상대에 대해 그 어느 것도 알아낼 수 없었다.

오래지 않아 치후의 테이블에 약속 상대가 합류했는데 아쉽게도 상대방은 여자도 아니었고, 치후의 사생활을 알 수 있을 만한 그 어떤 단서도 없었다. 단서가 없는 게 아니라 못 알아들었다. 눈이 파란 외국인들과 쏼라쏼라 이야기를 나누고 있는데 그걸 어떻게 알아들어. 명색이 무역회사 다니는데 아예 못 알아듣는 건 아니고, 테이블 사이의 거리도 있는데다 또 워낙 네이티브 스피커의 말하는 속도가 빠르다 보니……

그렇게 이주는 치후와 외국계 바이어와 대화를 나누는 걸 그저 화면으로만 설렁설렁 눈치껏 살펴보며, 해식은 해식대로 완전히 신경을 써주지도 못한 채 시간을 보내야 했다.

외모로 보나 느낌으로 보나 본래 한자리 할 인물로는 보였지만, 막상 진지한 표정으로 상대방과 일 관계가 분명할 대화를 나누고 있는 치후를 보니 저 남자가 나와 가까운 사이라는 것에 약간의 자부심이 든 것도 사실이었다. 오늘 당장이라도 저 남자의 집으로 달려가 확실하게 도장을 찍고 싶기도 하고.

주위의 모든 조명이 강치후 한 사람에게만 쏟아지는 것 같았다. 외국인들 자체가 본래 장신에 골격이 큰 데다 미남형이기까지 한데도 그들보다도 확고하게 느껴지는 존재감이었다. 오히려 그의 새까만 머리카락과 이목구비가 뚜렷한 얼굴, 선이 짙은 남성적인 느낌이 뭐든 흐릿한 금발의 외국인들보다 더욱 우월하게 드러나는 느낌. 지금 당장이라도 테이블을 날아서 확 덮쳐버리고 싶을 정도로.

아, 저 남자 오늘따라 왜 저렇게 더 섹시하냐.

날카로운 눈매로 상대방의 이야기를 듣고 또 무언가를 단호하게 표현하는 강치후, 그 남자만의 영역에 있는 그의 느낌은 정말이지 굿이었다. 여자들은, 남자가 자신의 일에 진지하게 몰두해 있을 때 '섹시'를 느낀다고 했나. 지금의 그는, 이때까지의 모든 무례가 용서될 정도로 섹시했다. 다만 이렇게 하이에나처럼 훔쳐보고 있는데도 꿈쩍도 안 하고서 흘끗 한 번 돌아보지도 않는 저 싸가지없는 모습에서는 '살기'를 느끼는 바였다.

쳇! 흘끗 던졌던 시선을 돌리는데 아주 잠깐 눈빛이 마주친 듯도 했다. 진지하고 엄숙하게 대화를 나누던 그 표정에 일순간 짧은 장난기가 돌았다. 입꼬리를 살짝 끌어 올려 이주를 쳐다보는가 싶었지만 그는 그대로 그녀를 외면해 버렸다. 부글부글, 무언가가 이주의 안에서 끓어 넘쳤다.

하지만 그 시간도 그리 오래가지 않았다. 알아듣지 못할 심각한 대화를 저들끼리만 나누던 치후의 일행이 곧 자리에서 일어난 것이다. 이주는 지금껏 건성으로 대할 수 없었던 해식의 말을 또 건성으로 흘러 들어가며 치후의 행동반경에 집중했다. 하지만 그는 이주 쪽은 한 번도 돌아보지 않고서 외국인 엘리트 군단과 함께 밖으로 나가 버렸다.

'이게 뭐야…….'

이렇게 허무할 수가. 왠지 당한 것 같다는 생각을 하고 있는데 그때 웨이트리스가 다가왔다. 그리고 왠지 이주를 탐색하는 듯한 시선으로 쳐다보며 메모지 한 장을 내밀었다.

“방금 나가신 신사 분께서 전해 드리라고 하셨습니다.”

신사 분? 쳇, 웃기고 있다! 이제 와서 남기긴 뭘 남겨? 아……
그 남자 정말이지 마지막까지 이렇게 사람을 멋대로 들었다 놨
다…….

“고마워요.”

이주는 자연스럽게 메모지를 받아 들었다. 그때 메모지를 건
네주는 웨이트리스의 얼굴에서 부러움 혹은 은근한 질시의 기
운을 읽었다면, 아마 자신의 착각은 아닐 것이다.

“무슨 메모예요? 누가 남겼단 거예요?”

해식이 옆에서 물어왔지만 대답해 줄 만큼 이주의 마음이 여
유롭지 못했다. 이쪽도 궁금해서 덥석 메모지를 열어보았더
니…….

“정말…….”

어쩔 수 없이 이주의 눈가가 미소로 살포시 접혔다. 계속 툴
툴거리려고 했는데, 그것도 못하게 하는 남자다.

남겨진 건, 그 남자의 휴대폰 번호와 함께.

1시간 안에 연락 바람. 그 남자가 친구 애인이라 미치도록 다
행이다.

전혀 신경 안 쓰는 척하더니, 강이주의 테이블을 향해 한쪽
귀를 내내 열어두었던 것이다.

정확히 1시간이 되었을 때 이주는 전화를 했다.

—어디야.

전화를 받자마자 그의 듣기 좋은 음성이 싸가지에 섞여 돌아왔다.

"집에 가는 길인데요."

잠시 저쪽에선 대답이 없었다.

—방향 틀어서 여기로 와.

이주는 이상하게도 머리털이 쭈뼛 섰다. 거기로 갔다간 살아남지 못할 것 같단 말을 해버려?

"문 열어줘요."

하지만 이주는 이미 여기로 와 있었다. 그의 오피스텔로.

바로 전화가 뚝 끊기고 현관문이 철컥 열렸다. 열리는 문 너머로 그의 모습이 드러났다. 그의 몸 선에 딱 맞게 재단되어 그렇게 잘 어울리던 짙은 색의 슈트 차림은 아니었지만, 뭘 걸치고 있건 이 남자는 매력적이었다. 검은색의 헐렁한 니트와 물빠진 청바지 차림으로 그가 이주를 물끄러미 쳐다보았다.

"뭘 그렇게 쳐다봐요? 또 얼굴에 뭐 묻었어요?"

"알면 떼지?"

칠칠맞게시리 또 뭘 묻힌 거야. 손으로 얼굴을 마구 더듬는 찰나 치후가 사악하게 빙긋 웃어서 이주의 몸은 쩡 얼었다. 장난하냐?

“그동안 꽤 소원했군.”

꿈에서 만났잖아요. 시치기 떼긴.

“바빴어요.”

“일 끝나면 곧장 귀가해서 얌전히 기다리고 있었는데 말이야.”

“야근 같은 거라도 좀 하시죠?”

치후가 큭 웃었다. 그리고 손을 내밀어 이주의 손목을 잡고서 부드럽게 안으로 잡아끌었다. 현관문이 철컥 닫히자마자 이주는 자연스럽게 치후의 품에 안겼다. 그리고 벽과 그의 사이에 갇혀 오늘따라 이상하게도 감미로운 그의 눈동자를 올려다보며 뺨에 와 닿는 그의 손길을 느꼈다.

“너무 오래됐잖아.”

이 남자가 오늘 강이주의 애간장을 녹이려고 작정을 한 모양이다. 가슴이 제멋대로 콩콩 뛰었다. 마치 노크 소리처럼, 이 남자가 자꾸만 자신의 안으로 들어오려고 노크를 해댄다.

“일도 바빴고…….”

“그 회사, 성실한 여직원을 두었군. 감사해야겠는데?”

“누가 아니래요. 금일봉 두둑이 받아야 한단 말이죠.”

“그래서 나를 뒷전으로 미뤘다 이 말인가.”

“밀려서, 기분 나빠요?”

“성질난 거 안 보여?”

그러면서 그가 이주의 손을 끌어당겨 자신의 눈을 만지게 했

다. 이주의 떨리는 손가락 끝이 치후의 짙은 눈썹을 쓸고 또 서
늘한 기운이 묻어나는 긴 눈매를 쓸었다. 마침내 몸 안에 차곡
차곡 쌓이고 있던 스트레스가 풀리는 것 같았다. 자신은 이 남
자를 만나고 싶었던 걸까. 이렇게 얼른 만지고 싶었던 걸까? 왕
밝힘증 여자의 낙인이 명백하게 자신의 등에 쿡 찍히는 것 같
다.

마치 약속이나 한 듯 부드럽게 입술이 섞였다. 이 남자와의
키스는 언제나 좋다. 다른 모든 생각들이 사라지고 오로지 이
순간만이 전부인 것 같다. 자신에게 이렇게나 완벽한 집중력이
있을 줄은 예전엔 미처 몰랐지. 이 집중력이 공부할 때 자각되
었더라면 아마 자신은 지금쯤 하버드에 가 있을 거다.

"정말 나 기다렸어요?"

"전혀."

"아까 전엔 기다렸담서!"

"바빴어."

"……."

"끝까지 안 오면, 어떻게 끝장내 줄까 생각하느라 꽤나 바빴
지."

그제야 이주의 입가에 만족스러운 미소가 돌았다.

"어머, 나한테 반했나 부다."

"본인 입으로 말하지 마."

"그럼 본인 입으로 말해보시죠?"

“반하느니 뭐니, 거창하지 않나?”

“그게 뭐가 거창해요? 기분 나쁠라 그래.”

“보면, 기분이 좋아. 못 보면, 기다려지고.”

“그게 반한 거라구요.”

“아…… 그런 거였군.”

이 남자, 진짜 뭐야? 일부러 그러는 거지?

치후가 보기 좋게 비웃음을 날려주었다. 또 휘둘린 모양이다.

“근데 왜 나한테 반했어요?”

“본인 입으로 말하지 말라고 했을 텐데.”

“궁금해서 그렇잖아요.”

“글쎄. 네가 나한테 반하지 않으니까 내가 먼저 반했나?”

“이상하네. 만약 내가 먼저 반했다면요?”

“별로 관심 안 갔을 것 같은데.”

정말, 얄미운 남자.

귓가에 작은 말을 속삭여 주고 한없이 녹아든 이주도 그에게 속삭인다. 주고받는 작은 소리들이 너무도 사랑스럽다. 오늘 그는 정말로 감미롭고 다정하게만 그녀를 대하고 있다. 아무래도 오늘만은 신사적으로, 깃털 같은 키스와 애무만 하려나 보다…… 라고 생각한 건 착각이었다.

그저 이 남자는 엑셀을 디립다 밟기 전에 길들이듯 부드럽게 차의 시동을 건 것에 지나지 않았다. 부서질 듯 조심스럽게 다루기에 마음을 탁 놓고 있다가 완벽하게 속아버렸다. 그에게 안겨 부드럽게 반 바퀴를 돌 때까지도 이주는 위기 상황을 눈치 채지 못했다. 그저 핑그르르 몸이 돌면서 머리도 함께 돌아서 그의 조심스러운 애무에 취해 있을 뿐이었다. 하지만 이주를 벽 쪽으로 돌리고서 뒤에서 끌어안았을 때는 무언가 위화감을 느 끼기 시작했다. 이 남자가 또 사람을 뒤로 돌려놓고 무슨 짓 을……!

하지만 고개가 채 돌아가기도 전에, 원피스의 어깨 끈이 내려 가면서 그 자리에 뜨거운 입술이 내려앉았다. 한 손으론 살살 지퍼를 내리면서 어깨에 수없이 키스를 뿌리는 것이다.

"잠깐……!"

입술이 어깨도 부족한지 목덜미를 타고서 슬금슬금 올라오기 시작했을 때 이주는 그를 저지했다. 오랜만에 만났는데 입으로 대화를 좀 해야지, 이 남자는 어째 몸으로의 대화만 이리도 앞 세우시는지. 하긴 이것도 엄밀히 말하면 입으로의 대화인가? 하 지만 더 엄밀히 말하면 입과 몸의 대화였다. 말은 하나도 없고, 말 대신 헐떡거림만 한 보따리 쏟아져 나온다.

"대화를…… 좀 나누자구요."

"지금 나누고 있는데, 깊이."

이럴 줄 알았다. 이 남자는 이런 남자다.

"아니요. 난 치후 씨 얼굴을 좀 더 보고 싶고……."

"난 만지고 싶어."

이 무슨 더럽게도 솔직한 남자가 다 있단 말인가!

"당신 머릿속엔 그런 거밖에 없죠?"

"그런 게 어떤 건데."

이주의 어깨를 꽉 쥔 채로 그가 목덜미에 입을 맞췄다. 부드 럽게, 몇 번이고 입을 맞추고서 혀로 핥자 이주는 또 퓌슈슈 무너져 내릴 것 같았다.

"이걸 말하는 거라면, 맞아."

음습한 눈동자로 선동하는 남자. 이주는 등 뒤로 팔을 돌려 치후의 목에 감은 채로 그의 가슴 위로 털썩 등을 기댔다. 단단한 치후의 가슴이 등에 와 닿았다. 이대로 뒤통수에 힘을 빡 줘서 턱을 냅다 후려치기 전엔 절대 끝나지 않을 일이었다. 하지만 굳이 그럴 필요가 있을까.

"하아…… 치후 씨……."

낮은 한숨에도 치후의 반응은 명백하게도 현실적이 되었다. 엉덩이에 딱딱한 권총 한 자루가 꼼짝 말라는 듯 위협하며 밀착되었다. 실탄을 장전하고서 꽉 눌러오는 순간 이주는 펄쩍 뛰며 이번에야말로 뒤통수로 턱을 때려 버리려 했다. 하지만 그가 조금 더 빨랐다. 이주의 허리를 끌어안은 채 등으로 이주의 상체를 누르자 이주의 몸이 앞으로 불쑥 기울어졌다. 그대로 이주를 진열장으로 밀어붙인 치후가 원피스 자락을 걷어 올리자 이주의 눈이 번쩍 떠졌다.

"서, 설마 여기서……?"

"침대까지, 참을 자신이 없거든."

좀 참아!

이주는 펄쩍 뛰며 원피스 안으로 들어오려는 그의 차가운 손을 쳐냈다. 하지만 집요하게 다가오는 손은 완력이 들어가 있어 통 물러나질 않았다. 미안하지만, 오늘만은 애초에 안 될 일이었다는 걸 이제 와서 어떻게 설명하지? 저렇게까지 흥분해 있는데 만약 이 사실을 알면, 그 총으로 찔러 죽일지도 모른다.

"저, 저기요……. 치후 씨?"

"다리 좀, 들어봐."

다리는 무슨 다리야? 내가 학이니? 학이야? 어째서 틈만 나면 허구한 날 한 다리로 벽에 세워놓고 으르렁거리는 건데!

하지만 오늘만은 절대 이 남자의 페이스대로 될 수가 없었다. 이번에야말로 제대로 복수의 기회를 잡았다고 생각한 이주는 일부러 더 당황스러운 척 표정 연기를 하며 입을 열었다.

"치후 씨, 미안하지만 나 오늘 안 돼요. 나…… 마법에 걸려서……."

큭큭, 이주 혼자 속으로 웃고 난리가 났다. 뭐니 뭐니 해도 오늘은 확실한 방어막이 있었던 것이다. 마법에 걸렸다는데 지가 어떻게 할 거야. 바로 이 순간을 노리고서, 이 남자의 흥분에 더욱 거세게 부채질을 해보았다. 한 번 시작하면 하늘이 쪼개져도 끝을 봐야 하는 이 남자의 성격상, 아마도 자신의 지금 이 말은 청천벽력과도 같을 것이다. 아유, 어떡하세요~ 힘들어서 어째야쓸까~ 열받으셔쩨요~

아니나 다를까, 터질 것 같은 웃음을 꾹 눌러 감추고서 돌아본 치후의 얼굴은 벌레 씹은 그 자체였다. 그렇게 피가 확 몰린 상태였으니 오죽 화가 나겠는가.

"그러게…… 눈치 줄 때 그만 했으면 좋았잖아요. 대화 좀 나누자니까."

애석하다는 듯 이주가 살살 놀리자 치후의 새까만 눈동자엔 더욱 노기가 담겼다.

"그렇다면야, 어쩔 수 없지."

결국 포기를 하기로 한 건지, 그가 이주의 몸을 빙글 돌려 자신을 보게 했다. 이로써 하이파이브나 한 번 하고 바이바이 할까 싶었던 이주는, 그러나 앞에서 붙들린 채로 머릿속에서 번개가 번쩍 이는 기습 키스를 받았다. 하도 놀라서 본능적으로 입술을 다물었더니 화가 난 듯 흥분해서 입술을 우득 무는데 눈물이 찔끔 배어 나올 뻔했다. 입술이 열리자 혀가 밀려들어 왔다. 각도가 엇갈리며 입술이 계속 겹쳐졌다. 미처 삼키지 못한 타액이 턱을 타고 흘러내렸지만 신경 쓸 여유도 없었다.

하지만 급박한 키스를 나누던 그 와중, 갑자기 이주의 눈이 번쩍 떠졌다. 다리 사이를 파고드는 무언가가 있었다. 그것은 전광석화처럼 허벅지 사이를 밀치며 들어와 브리프의 좁은 이음매를 젖혔다. 그리고 어딘가에 닿았다고 생각한 순간 다시 밖으로 빠져나갔다. 실로 미션 임파서블이라고 할 만한 임무 수행 속도였다.

이주가 입술을 세차게 떼고서 그를 바라보자, 치후는 잔뜩 찌푸린 눈으로 손가락에 묻어 나온 붉은 선혈을 내려다보고 있었다.

"정말이군."

하…… 이 남자, 설마 확인한 거다! 거짓말일까 봐 직접 확인한 거다!

이주의 얼굴이 새빨갛게 달아올랐다. 뭐라고 할 수도 없어 그저 넋을 잃은 채 쳐다보고만 있는데, 손가락 끝에 묻은 선혈을 보란 듯 천천히 비벼가며 그가 이주를 스윽 쳐다보았다. 이주는 이 순간 절실히 떠오른 질문을 해버렸다.

"댁…… 변태죠?"

치후가 피식 웃었다. 이주의 팔을 와락 잡아당겼다.

"변태는, 마법에 걸려도 밀어붙이는 게 변태지."

직접 확인하는 남자가 더 이상해!

"그래도 난, 키스에만 만족하잖아?"

그리고 사납게 입술을 덮쳤다. 도대체 그게 뭐가 만족한 남자의 행동인지는 모르겠지만, 이주는 마법에 걸린 대가를 키스로 치르느라 쓰러지기 직전까지 저 뻔뻔한 남자에게 괴롭힘을 당해야 했다.

사무실 책상엔 여전히 정체불명의 꽃바구니가 배달되어 있었다.

휴우…….

이제 더 이상 갖다 놓을 데도 없어서 이 기회에 꽃집을 차려야 하나 심각한 고민을 하고 있는데 사무실 분위기가 어째 이상해서 이주는 그 이상 꽃바구니에 신경을 쓸 틈이 없었다. 갑자기 사무실 내의 온 인간들이 평소 한 번도 하지 않던 책장 정리를 하질 않나 휴지로 책상을 닦질 않나. 거울이나 헤드셋, 휴대용 게임기, 먹다 남은 빵 부스러기, 빈 음료병을 싹싹 치우질 않나, 한마디로 정신이 하나도 없었다.

마치 환경미화 심사 직전의 초등학교 교실을 보는 것 같았지
만 남들이 하면 자신도 해야 했기에 이주는 영문도 모른 채 일
단 닥치고 자신도 책상 위를 정리했다. 꽃바구니는 책상 아래에
던져 넣고 이것저것 잡동사니를 치웠다.

그러고 나서 왜 이 난리들이냐고 물었더니 간단한 대답이 돌
아왔다.

"신임 상무님 출동하신다잖아."

아아…….

그제야 이 게으른 인간들이 갑자기 분주해진 이유를 알아챘
다. 더불어 돼지우리 같던 책상을 정리하는 이유까지. 그래 봐
야 상무는 평직원의 책상 하나하나에까지 신경 쓸 마음도 없을
텐데.

그나저나.

'호호호. 미남에다 젊다고 했지? 어디 한번 구경이나 해볼
까?'

잿밥에 더 관심이 가서 이주는 눈을 초롱초롱하게 빛냈다. 아
무리 잘났다고 한들 강치후보다야 낫겠냐만.

"내일 낮에 보자고."

그러고 보니 어제 바래다주는 길에 그가 한 말이 기억났다.
점심시간에 밥이라도 같이 먹잔 소린가? 이주는 그저 그렇게만

생각하며 빠이빠이 손을 흔들었다. 하지만 그 생각이 완전히 어긋났다는 걸, 잠시 후 이주는 충격과 함께 깨달았다.

회장의 차남이라는 신임 상무가 드디어 사무실을 순찰 차 내방하자, 사무실 내 온 직원들은 신임 상무에게 인사도 드릴 겸 어떻게든 본인의 얼굴을 더 내밀어 눈도장이라도 찍을 겸 모든 일을 중지하고서 문 앞에서 일렬로 서 있었다. 이건 마치 대통령의 행렬을 맞이하기 위해 태극기를 들고 서 있는 기분이었다. 하지만 회장의 아들이라는 신분인데 어쩌겠는가. 월급쟁이들은 그저 윗사람이라고 하면 벌벌 기는 것이다.

그 사이에 이주도 끼어 있었다. 드디어 자동문이 열리고, 한 층 전체를 차지하는 넓게 트인 사무실에 임원진들의 호위를 받으며 신임 상무님이 들어섰는데, 누구보다 왕성한 호기심을 주체 못해 남들보다 더 빨리 상무의 얼굴을 흘끗거린 이주는 그 자리에서 우뚝 정지해 버리고 말았다.

데엥~

머릿속에서 에밀레종이 서른 번 정도는 울린 것 같았다. 데엥~ 데엥~ 데엥~ 데엥~

덕분에 골이 흔들려서 오히려 사무실이 휘청거리는 걸로 느껴졌다. 이주는 도무지 믿을 수가 없어서 신임 상무를 계속해서 빤히 쳐다보았다. 이상하게도, 저 얼굴은, 저 체격은, 저 눈매는, 저 인물 사이즈는…… 세상에 똑같은 인물이 둘이 존재하지 않는 한 그녀가 확실히 알고 있는 사람이었다.

우중충한 감색 정장을 입은 임원진들 사이로 세련된 그레이톤의 정장을 말쑥하게 차려입고 선, 키가 훤칠한 저 매력적인 남자를 자신은 알고 있다. 넓은 어깨에 팔다리가 긴 천연의 옷걸이를 타고 태어나 슈트 차림을 하면 모델처럼 멋진 맵시가 나는 저 섹시한 남자를 자신은 분명히 알고 있는 것이다. 하지만 그 남자는 미남에 완벽한 몸매를 갖추었을지언정 변태였고 사람을 보면 만지기부터 하며 틈만 나면 하체를 맞대려 하고, 무엇보다 허리를 비벼대는 힘은 동급 최강 터보급의 엔진을 장착한 약간 맛이 간 남자였다.

그런 결과로, 절대 그는 그녀가 몸담고 있는 회사의 상무일 수 없었다. 하지만 가만히 생각해 보자? 변태라고 상무가 되지 못하나? 상무면 변태일 수 없나? 상무이면서도 변태일 수 있지 않나? 삼백육십오 일 중 삼백 일을 침대에서만 살 것 같은 남자라도, 좋은 집안에서 금수저 물고 태어났다면 상무일 수도 있지. 네이티브 스피커와 좔좔좔 영어를 쏟아내며 미팅을 하는 저 남자가 현관문만 닫으면 늑대가 될지언정, 상무일 수야 있지!

……이럴 수가.

신임 상무는 다름 아닌 강치후였다. 그녀는 지금껏, 소문 속의 상무와 정신없이 육체 관계를 맺어온 것이다. 홀릭해 버린 것이다. 저 남자의 몸에, 그리고 가끔 한 조각씩 내비춰 주는 미소에.

내일 낮에 보자고…….

그가 한 말이 바로 이런 의미였다니.

하지만 그것도 이상하잖아. 저 남자가 내가 여기에 있는 걸 어떻게 알지? 머리가 복잡해지려 했다. 이주는 끙, 신음을 흘리며 고개를 숙였다. 땡볕에서 연설하는 에 또 교장선생님이 없는데도, 픽 쓰러져 기절할 것만 같다.

한 사람씩 악수를 하며 다가온 치후가 이주의 앞에 섰다. 고개를 푹 숙이고 있는 바람에 눈에 익은 손이 내밀어졌을 때에야 이주는 치후의 존재를 알아챘다. 옆에서 과장이 애가 탄 듯 이주의 이름을 낮게 불렀기에 이주는 고개를 번쩍 들고서 치후를 쳐다보았다. 곧장 그의 딱딱한 눈빛과 마주쳤다. 그 눈빛엔 부하직원을 대하는 것 외엔 그 어떤 감정도 없었다. 사무적이고, 명료했다.

물론 여기에서 아는 척을 하는 황당한 짓이야 하지 않겠지만, 막상 저런 눈을 하고서 눈앞에 서 있으니 속에서 배신감이 부글부글 끓어올랐다.

'시방, 나 놀린 거냐?'

이주는 손을 쑥 내밀었다. 그리고 잘난 상무님의 손을 잡고서 그야말로 힘껏 흔들었다. 그 황당한 작태에, 모두들 쟤가 왜 저러냐는 듯 희한한 눈길을 했지만 이주는 상무를 똑바로 노려보는 걸 멈추지 않았다. 치후 역시 아카데미 남우주연상을 노리고 있는 건지 그 어떤 눈에 띄는 표정 변화 없이 여유롭게 이주의 돌발 행동을 받아주고 있었다. 급기야 이주가 젖 먹던 힘까지

다해 꽉 잡고 있던 손을 겨우 놓아주자, 치후가 천천히 입을 열었다.

"사내에 단합대회가 있다면 팔씨름을 넣어보는 것도 좋을 듯싶군요. 나는, 여기 이 여직원을 추천합니다."

썩으을!

뻔뻔하게 직통 펀치를 날린 그는 곧 몸을 돌려 다른 임원들과 함께 사무실을 빠져나갔다. 누가 봐도 이주 때문에 불쾌해서 중간에 끊고 나간 형국이었다. 과장이 이를 빠드득 갈며 이주를 노려보았다. '니 대체 뭐꼬! 하여튼 이따 보재이. 고마 칵 쌔리삐리 가만 안 둘 테니까!' 그런 눈으로 노려보곤 과장은 상무를 따라 후다닥 뛰어나갔다.

내는 모른데이. 쌔리삐리거나 말거나.

이주는 자포자기한 심정으로, 뎅~ 아직도 울리는 머리를 감싸 쥐며 자리로 돌아가 의자에 털썩 주저앉았다.

터벅터벅.

지난달 정산자료를 잔뜩 끌어안고서 복도를 걷고 있는데 문득 옆에서 문이 활짝 열렸다. 별생각 없이 고개를 돌렸던 이주는 나타난 인간이 마침 회의실에서 혼자 나오던 치후라는 걸 확인하자 걸음을 우뚝 멈췄다. 저쪽도 무심코 고개를 들었다가 이주를 발견하곤 서서히 멈춰 섰다. 서로를 뚫어지게 쳐다보길 잠시, 이주의 입이 열렸다.

열렸는데 난데없이, 이 소리가 튀어나올 건 뭐냐.

"복수할 거야!"

아무래도 드라마를 너무 본 듯. 그대로 눈 밑에 점을 찍고서 성형수술을 하러 달려가는 기세로 이주는 투다닷! 몸을 휙 돌려 반대편으로 뛰어가 버렸다. 물론 말을 섞고 싶지 않아 도망가 버릴 생각도 있었다지만, 지금의 도망은 자신의 입에서 터져 나온 그 황당한 소리가 쪽팔려서라는 원인도 더해졌다.

아우, 복수가 뭔데? 그 소리가 지금 왜 튀어나오는데에!

스스로에게 황당해서 이주는 전심전력으로 뛰었다. 한편 복수할 거야의 포스를 직격으로 맞아버린 치후는 어이없다는 얼굴로 잠시 서 있다가 그 어떤 불필요한 동작도 없이 유연하게 몸을 돌렸다. 그리고 이주가 사라진 반대편으로 뚜벅뚜벅 구두 소리를 내며 사라졌다.

복도를 정신없이 내달린 이주는 가까운 비상구가 보이자 그대로 문을 열고 안으로 뛰어들었다. 그리 멀지 않은 거리였는데도 이렇게 숨이 차는 걸 보니 운동 부족인 듯. 강치후란 그 싸가지 밥 말아먹은 남자와 침대에서 한 운동은 한마디로 운동이 아니었단 거다. 새삼 생각하니 더욱 분노가 솟구쳐 화와 호흡을 동시에 다스리며 몰아쉬는데.

"복수하러 온 건가?"

"엄마야!"

난데없이 여기서는 절대 들려서는 안 되는 낯익은 목소리가 들려 이주는 펄쩍 뛰며 고개를 돌렸다. 놀랍게도 치후가 벽에 등을 기대고서 태평하게 팔짱을 끼고 서 있었다.

"추, 축지법 써요? 언제! 아니, 것보다 어떻게 알고 여길……!"

"행동반경을 추측해 봤더니 여기라고 떨어지더군. 참 읽기 쉬운 여자야."

혀를 끌끌 차며 기분 나쁜 소리를 잘도 흘려대고 있는 그 얼굴을 보자 새삼 화가 솟구쳤다. 이주는 파일을 들지 않은 한 손을 허리에 손을 척 올리고는 치후를 노려보았다. 여기서 삐딱하게 자세를 기울이고 다리 한 짝도 제대로 떨어줄까? 아니면 그냥 계단에 저 남자를 패대기쳐 버려?

"각설하고."

갑자기 치후가 벽에서 등을 뗐다. 천천히 다가오며 말을 이었다.

"복수라니, 그게 무슨 뜻인지부터 설명해 봐."

이주는 있는 힘껏 째려보며 파일을 양손으로 척 올려서 방패라도 되듯 그와 자신 사이를 막았다. 치후는 그 이상은 접근 없이 파일을 사이에 두고 이주의 정면에 섰다. 이주는 파일을 힘껏 잡고서 입을 열었다.

"어제 한 말 기억하죠? 낮에 보자고 했던 거, 내가 이 회사 다니는 거 알고 있었단 뜻이에요?"

"그랬지."

대답하는 게 너무 간단하잖아!

"난 그쪽이 상무님이란 거 전혀 몰랐거든요? 이거 어떻게 설명할 거예요?"

"본인이 모르는 걸 내가 무슨 재주로 설명을 할까."

건 그렇다. 아니, 그게 아니라!

"도대체 어떻게 알았던 거예요? 최소한 미리 말이라도 해주면 좋았잖아요! 전혀 생각지도 못했던 자리에서, 그것도 회사에서 상무님으로 만났는데 아무렇지도 않을 것 같아요?"

"그게 뭐가 문제지?"

하……. 기가 막혀선.

정말 문제가 없다고 생각하는 건가? 하지만 그 표정은 실제로 그런 것 같았다.

"내가 강이주가 몸담고 있는 회사의 상무라고 해서 네게 피해 준 게 있나?"

"당연하죠!"

"어떤 피해."

"……네?"

"어떤 피해를 줬는지 묻고 있어."

"그거야!"

당당하게 외쳤지만 이주의 입술은 단지 움찔거렸다. 가만있어 봐. 피해가 뭐지? 저 남자가 상무라서 내 월급이 깎이나? 그건 아닌데…….

“그, 그래도 속인 거잖아요! 사람을 왜 속여요? 충분히 말해 줄 수 있었잖아요!”

“별로 말하고 싶지 않았다면?”

이주의 눈동자가 멍하니 정지했다.

“……어째서요?”

설마 이대로 속이는 게 재미있었나? 쭉 이대로 가서 계속 날 속일 생각이었나? 그걸로 저 남자가 얻는 게 뭐지? 그렇다면 지 금 정체를 드러낸 건 또 왜지?

“처음부터 나는 널 알고 있었는데, 너는 날 전혀 몰랐으니까. 그대로 가는 게 낫다고 당시엔 그렇게 판단을 내렸을 뿐이야.”

“자, 잠깐! 처음…… 부터라뇨?”

“대회의실에서, Mp3 꽂고서 춤출 때부터 알았다는 거야. 알 아듣겠나.”

한 단어, 한 단어 힘주어 말하는 그의 어조, 물론 전혀 못 알 아듣겠다. 그게 무슨 소리야? 대회의실에서 내가 뭘 어쨌다구. Mp3는 또 무슨 소리…….

앗! 그 순간 이주의 머릿속을 세차게 치고 지나간 게 있었다. 대회의실에서 해버린 짓이 있긴 했다. 바로 헌수를 자빠뜨리려 고 온갖 몸부림 댄스 연습을 했던 것. 모두가 퇴근한 뒤 회사에 혼자 남아서…….

이주의 눈이 휘둥그레졌다.

“그, 그럼 그때……!”

"흐뭇하게 감상했지."

정말 흐뭇하다는 듯 치후가 의미심장하게 미소를 건넨 순간, 이주는 단지 한 가지 소망을 갖게 되었다. 벽에 쥐구멍을 뚫고 싶다. 설마 그 난리부르스를 봤단 말인가! 그러니 그 얼굴이 기억에 남는 건 당연하고도 남았다. 그런데 그 얼굴이 난데없이 술집에 나타나 무릎에 홀랑 올라탔으니…… 얼굴 팔려서 못살겠네.

"그럴수록 더 말해주면 좋았잖아요."

"말하고 안 하고, 그게 그렇게 중요한 건가?"

"나한텐 중요해요. 누구라도 그렇지 않겠어요?"

젠장! 젠장! 난 지금 합당한 이유로 화를 내고 있는 거라구!

"나는 널 만날 때, 상무가 아닌 강치후라는 단지 한 사람의 남자였다."

험상궂게 뎀잇!을 외치고 있던 이주의 눈동자가 멈칫했다. 치후는 더없이 가라앉은 눈으로 이주를 쏘아보고 있었다. 찬기가 뚝뚝 떨어질 것만 같다.

"상무이기에 앞서 강치후라는 남자로 널 더 만나고 싶었을 뿐이야."

"하지만 당신은 강치후이면서 상무님이기도 하죠. 왜 그렇게 본인 입장에서만 생각해요?"

"너는, 불만이 많은가 보군."

"……"

"내가 상무라는 게 그렇게 너를 건드렸다면, 네가 원하는 대로 해."

그리고 냉정하게 돌아서는 치후를 이주는 정말이지 어이없다는 눈으로 쳐다보았다. 이대로 그냥 휙? 돌아서서 간다구? 그대로 끝이라구?

"누가 가라고 했어요!"

이주가 버럭 소리친 순간 치후의 걸음이 우뚝 멈췄다. 날카롭게 찢어진 눈매로 그가 이주를 돌아보았다.

"뭐?"

"나는 뭐, 성질도 못 내요? 화가 나는데, 솔직히 이해가 안 가서 계속 투정이 나오는데 쌩하니 그냥 가는 거예요? 그냥 간다구? 나한테 강치후란 남자로 다가왔다면서요? 그런데 그 표정은 왜 무시무시한 상무님인데? 좀 못되긴 했어도 그렇게 냉정하진 않았잖아요!"

그렇게 갔다간 십 리도 못 가서 발병난다구. 난 그저 발병날까 봐 붙든 거라구. 이 나쁜 남자야!

"이제 상무님이니까 본격적으로 잘난 체하자는 거예요, 뭐예요!"

왜 이렇게 화가 나는지 모르겠다.

씩씩거리는 이주를 치후는 조용히 쳐다보고 있었다. 차분하고 깊어 보이는 눈동자다. 사실 이렇게 가까이에서 보고 있는데도 이 남자가 무슨 생각을 하고 있는지 모르겠다. 이 남자에게

나는 어떤 의미일까. 의미란 게 있기나 한 걸까.

단지 이 남자가 엄청 밝히는 강치후란 인물에서 상무란 타이틀이 하나 더 붙었을 뿐인데, 급속도로 자신이 없어졌다. 이 남자가 멀게만 느껴진다. 이렇게 가까이 있어서 더 그런 걸지도 모르겠다. 먼 거리에서만 보고 싶었던 걸까. 먼저 자세한 이야기를 하지 않은 건 이 남잔데 타격은 자신이 받고 있다. 이 남자가 상무였다면 차라리 모르는 게 나을 것 같다는 생각이 들다니. 자신은 그냥 겉 핥기 식으로만 이 남자를 알고 싶었던 걸까? 그건 절대 아닌데.

"이리 와."

이 정도의 거리도 부담스러운데 더 가까이 가기가 싫다. 왠지 두렵다. 진실을 알게 되니까 더 두려워졌다. 관계가 심각해지면 역시 혼란과 상념부터 먼저 들게 되는 걸까.

"안 가요."

이주가 노려보자 치후가 가뿐하게 몸을 돌렸다.

"그럼 그대로 있어. 내가 가지."

내 쪽으로 온다는 게 아니라 밖으로 나갈 태세다. 아유, 진짜! 성질도 급하지!

"가기만 해봐요, 진짜 화낼 테니까."

치후가 한숨을 흘리며 이주를 돌아보았다.

"오지도 않고 가지도 말라는 건가? 뭘 어떻게 하라는 거지?"

"당신을 솔직히 잘 모르겠어요."

"나를 잘 모르겠다는 건가. 나에 대한 네 마음을 잘 모르겠다는 건가."

직설적으로 파고들어 오는 시선. 나에 대한 치후 씨의 마음을 모르겠다면요?

"설렁설렁 넘어가지 말란 거예요. 내가 화났다는 거, 내 감정을 무시하지 말아달란 거예요."

"무시하지 않아. 감정 다툼이 싫을 뿐이야."

"사람 사이의 관계에, 그것도 남녀 관계에 감정 다툼이 없는 게 가능하다고 생각해요?"

거저먹으려고 그래, 이 남자가.

"물론 불가능하겠지. 다만 원하지 않는 의심으로 네가 화내는 게, 속상해하는 게 보기 싫다."

진지하게 전해져 오는 낮은 어조. 조금은 이주의 마음이 풀리려 했다. 그래도 이 남자, 말은 안 해도 이 정도로 나를 깊이 생각해 주고 있…….

"얼굴 구겨지는 거 못 봐주겠다. 못난이가 따로 없어."

을 리가 없지. 그래. 이게 내 신세였어.

"일하러 가시지요, 변태 상무님. 이제 정말 가건 말건 신경 안 쓸 거니까."

"사과하지."

잔뜩 토라져 있던 이주의 살벌한 눈이 치후를 흘끗 째려보았다.

“빨리 알아차려 줄 거라고 너를 과대평가한 부분, 진심으로 사과하지.”

진짜, 이 남자가.

남은 열이 뻗치는데 치후는 큭 웃고 있었다.

“좀 더 빨리 말했다면 좋았겠지만…….”

그래, 문제는 바로 그것이었다. 왜 빨리 말해주지 않았을까. 아니면 설명하기 전에 끝날 관계라고 막연히 생각했던 건 아닐까? 사실은 그게 가장 신경 쓰이는 부분이었다.

“지켜보는 재미가 꽤나 있어서 말이지.”

“난 재미거리가 되겠다고 동의한 적 없어요.”

“재미있고 흥미있었다는 거지, 재밌거리라고 한 적은 없어.”

“마찬가지예요.”

“꽉 막혔군. 그렇게 고리타분한 인물인지 몰랐는데.”

“당신처럼 쿨하지 못한 것도 사실이죠. 하지만 내가 보기에 당신의 쿨한 부분은 무심하고 제멋대로란 거예요.”

“가슴 아프군.”

이 남자에게 기대를 한 자신이 잘못이다. 그래, 다 내 탓이다.

이주는 성큼성큼 걸어가 치후의 한 손을 난데없이 휙 잡아당겼다. 그걸 화해의 뜻으로 받아들였는지 치후가 다른 한 손으로 이주의 허리를 감으려 했지만 이주는 냉정하게 몸을 빼고는 그의 손에 들고 있던 파일을 턱 넘겼다.

“……이게, 무슨 행패지?”

행패를 지금껏 누가 부렸는지 모르겠다.

"지난달 정산자료니까 계산기 쓰지 말고 암산으로 계산해서 쭉 맞춰보고 돌려주시죠, 상무님."

"하……."

"미천한 여직원은 잘난 상무님 때문에 머리가 너무 아파서 당분간 일을 못할 것 같거든요. 이 상태로 밀어붙이면 자료 온통 엉망으로 뽑아져서 난리나요."

"미치겠군."

"미치시면 일에 지장이 생깁니다. 부디 이성을 유지하시길. 그럼 이만."

휙 지나치는 이주를 가만히 보고 있던 치후가 파일을 들어 자신의 어깨를 툭툭 치며 던지듯 말했다.

"조금만 화내고 웬만하면 빨리 복귀하라고, 강이주 양."

"글쎄요. 세상일이 그렇게 쉽게 맘먹은 대로 돼야 말이죠."

문이 쿵 닫혔다.

"그러게. 난 또 그런 줄 알았지."

혼자 남은 치후는 씁쓸하게 웃곤 이주가 떠넘기고 간 파일을 열어서 서류들을 무성의하게 좌르륵 넘겼다. 어이가 없었다.

"연애라, 꽤나 성가시구만."

끌끌 혀를 차며, 그는 서류를 탁 덮고서 천천히 아래층으로 내려갔다.

그날 오후 우연히 로비를 지나가던 이주는 몇몇 임원들과 함께 엘리베이터에서 내리는 치후를 목격하곤 얼른 기둥 뒤에 숨었다가 그들이 모두 가고 난 후에야 슬그머니 밖으로 나왔다. 그러고 보니 저 남자와 이미지가 비슷한 남자의 뒷모습을 바로 이 로비에서 목격한 일이 있었다. 그때는 너무 저 남자를 생각한 끝에 헛것을 본 거라고 생각했는데.

"빨리 알아차려 줄 거라고 너를 과대평가한 부분, 진심으로 사과하지."

그래. 당신이 과대평가한 거야. 누구라도 알 수 있었겠어? 그 전날 밤에 미친 듯이 허리를 흔들던 인간이 회사의 상사였을 줄이야.

이주는 곧장 엘리베이터에 올라서 상무의 사무실이 있는 층의 버튼을 눌렀다. 상무실만 있다면 다행이었지만 바로 지척에 회장실, 사장실에 이사들마저 우글거리는 그 층엔 평생 가볼 일이 없으리라고 생각했지만.

엘리베이터가 멈추자 이주는 살금살금 걸어서 상무의 비서인 김주리를 찾아갔다. 주리는 사장의 개인비서와 책상을 나란히 하고서 한창 바쁘게 일하는 중이었다. 이주는 얼른 기척을 내 주리의 시선을 끌었다. 고개를 들었다가 이주를 발견한 주리가 입술만 움직여 무슨 일이냐고 묻기에 이주는 얼른 와보라고 손짓을 했다.

"어머 언니, 무슨 일이세요?"

잠시 후 미음(ㅁ) 자 형 로비의 가운데로 이주를 만나러 온 주리가 반가운 얼굴로 물었다. 이 인간은 여진의 대학 후배로서 몇 번 개인적인 자리에서 만난 인연으로 이주와도 언니 동생 사이로 지내고 있었다.

늘씬한 몸매, 상큼한 미모, 커다란 눈동자, 시원스런 이마 등 미인의 조건을 두루 갖춘, 그야말로 개인비서 자체의 외모를 가진 예쁜 아가씨였다. 하지만 이 아이가 상무의 비서란 사실이 이렇게 의미심장하게 여겨질 날이 올 줄은 몰랐다. 상무가 바쁘면 당연히 비서도 따라 바쁘기 때문에 늘 과중한 업무에 시달리는 그녀를 가엾어한 일은 있었어도 말이다.

"어…… 여진이랑 오랜만에 뭉쳐서 저녁이나 먹자고."

이주는 그렇게 둘러대며 친근한 미소를 보냈다. 애한테서 과연 강치후에 대한 쓸 만한 정보를 얻어낼 수 있을까?

"어머, 정말요? 저야 좋죠. 호호호."

고운 처녀라는 생각이 절로 들게끔 하는 미인이 웃으니 함께 기분이 좋아지긴 했다.

"하지만 저녁은 언니가 사실 거죠?"

취소다. 예쁘긴 뭐가 예뻐? 근데 얘가 언제부터 이렇게 직접적이었지? 저녁 값이 아까워서 그러는 건 아니고, 주리는 그 얌체처럼 예쁘게 생긴 외모에도 불구하고 순진하고 착한 성품으로 더 사랑받던 아이였는데.

대놓고 언니한테 저녁을 사라고? 야, 니가 기저귀 차고 돌아다닐 때 난 내 손으로 이유식을 타 먹었거든?

"언니, 상무님 정보 얻으러 오신 거 맞죠?"

순간 이주의 머리에 로켓 수준의 번개가 내리꽂혔다. 저절로 침이 꿀꺽 넘어갔다.

"……뭐?"

이게 어떻게 된 거지? 얘가 이걸 어떻게 아는 거야. 설마 나랑 강치후 사이가 벌써 사내에 소문이 파다하게…….

"요즘 상무님 때문에 제 수입이 짭짤하거든요. 어제도 여진 선배 말고도 다섯 명이나 더 찾아온 거 있죠. 다들 커피에 선물에, 매력적인 독신 상무님 덕분에 저만 신났어요."

뭐야. 그 소리였어? 안도의 한숨이 절로 나왔다. 안 그래도 회사 분위기가 뭉실뭉실 하다 싶었더니 벌써 그렇게나 많은 여인들이 게릴라 공작을 펼쳤다는 말이냐! 아니, 무엇보다.

"여진이도 왔었어?"

이 계집애! 전혀 관심없는 척하더니.

"애인이 눈을 시퍼렇게 뜨고 있는데?"

그 애인은 순희랑 삼각관계에 빠지지도 않은 전혀 문제없는 인물이 아닌가.

"정보를 모아놔야 살아남을 수 있대요. 상무님 부임하신 지 얼마 되지 않아서 여기저기서 시선집중이거든요. 궁금해할 만도 하죠. 뭐, 시끄러운 관심은 조만간 덜해지겠지만 내내 화제의 중심이 될 건 당연하잖아요."

그래. 당연하다. 누가 뭐래냐.

근데 왜 이렇게 밸이 꼴리는지 모르겠다. 회사 곳곳에 있는 여자들이 흑심을 품고서 그 남자에게 추파를 던지고 있건 말건 내가 무슨 상관이라고. 난 전혀 초조하지 않다.

"언니, 왜 그렇게 손이 떨리세요?"

헉! 이놈의 손!

"떠, 떨리긴 뭐가 떨려? 어제 술을 좀 과하게 마셨더니 수전증이……."

헤헤 어색한 웃음을 띄워 보냈다.

"언니도 참, 평소에도 한 번 달리면 끝장을 보시더라."

"알았어. 저녁 살 테니까, 아니, 끝장나게 잘 살 테니까 나한테도 정보 좀 줘봐. 나만 대세에 뒤처질 순 없잖아?"

그래, 요거 좋다. 변명거리로 제법 괜찮다.

"어떤 걸 원하세요?"

색깔? 크기? 사이즈? 물론 난 다 알고 있다. 아악! 그런 게 아니잖아!

"응? 당연히 성격이나 주변 상황이나 뭐 그런 거……."

"근데요. 저도 사실 일적으로만 모시고 있어서 잘은 몰라요. 다들 제가 뭐 대단한 정보를 갖고 있지 않을까 기대하던데, 여진 선배한테도 말했지만 전 그저 멀리서만 뵐 뿐이거든요. 워낙 곁을 안 주시는 분이기도 하구요."

"……그래?"

뻥 치는 거 아니야?

"네. 부임하신 지 얼마 되지도 않으셨고 사무실에 계신 시간
보다 밖에 있는 시간이 더 많으니까. 정말 필요한 자리엔 가끔
따라가기도 하지만 전 거의 아침에 전체적인 스케줄만 보고해
드리고 내내 빈 사무실만 지키는 처지거든요. 언니도 잘 아시잖
아요."

"그래. 뭐, 그렇긴 하지."

일단은 신비주의라 이 말인데.

"그렇게 회사에 있는 시간이 없어?"

"네. 거의요. 지금도 안 계세요. 내일부터 도쿄 출장 있으시
고, 다음 주엔 싱가폴, 홍콩……."

"그래. 알았어. 어디 가는지까지 내가 알 건 없고."

이 남자가 그렇게 멀리 가면서 나한테 말도 안 했다 이거지?
나도 도쿄 좋아한단 말이다! 아니, 그런 게 아닌데. 열받아야 할
핀트가 어긋났다. 그 남자가 자신에게 출장 건에 대한 결재를
맡아야 할 입장도 아니고.

"저기, 약혼자가 있다고 하지 않았어?"

사실 제일 중요한 건 이거다.

"네. 대성의 고유미 씨요."

그래. 고유미. 음…… 이름이 고유미였구나.

"저도 몇 번 봤지만 정말 미인이었어요."

몇 번이나? 한 번도 아니고, 부임한 지 얼마 안 된 주제에 자기 비서한테 몇 번이나 약혼자를 노출할 정도로 그렇게 자주 붙어 있었단 말야? 또 부글부글 끓어오르기 시작한다.

"미인이라…… 너보다 더?"

그럼 문제가 심각해지는데.

"어머, 당연하죠! 제가 뭐 예쁘기라도 한가요? 아유, 언니두 참."

"됐으니까 몸 그만 꼬고. 둘이, 사이는 좋은 것 같아?"

"다들 그거 궁금해하던데, 글쎄요, 제가 지켜본 결과론 두 분이 아직 서로에게 예의를 차리는 것 같았어요. 약혼이 정해진 지 얼마 안 됐다고 들었거든요. 좀 낯설어하는 것 같기도 하고, 고유미 씨도 상무님한테 좀 어려워하는 것 같더라구요. 이건 그냥 제 생각이지만…… 정략이라는 게 남들 생각하는 것처럼 그렇게 좋은 것만은 아닌가 봐요."

남들이 어떻게 생각하는지는 모르겠지만 자신이 생각할 때도 정략은 그리 좋아 보이지는 않는다. 더구나 내 남자를 훔쳐 가려는 정략이라면 더더욱!

어맛! 내 남자래. 어쩜 좋아.

낯설어한다. 서로 예의를 지킨다……. 그 말은 그나마 다행인데.

"왜 보통 재벌 후계자하면 좀 방탕한 이미지가 많잖아요. 상무님은 오히려 너무 엄격해 보여요. 약혼자한테 대하는 것도 딱 필요한 선까지만인 것 같구. 게다가 밖으로 도는 사생활에 관계된 소문도 전혀 없구요. 제가 알기론 그동안도 자기가 좋아하는 일에만 푹 빠져서 연애 사건 같은 건 없었다더라구요."

"무슨 좋아하는 일?"

섹스?

주리야, 너 몰라서 하는 말이다. 원래 그런 남자가 더 뒤에서 용의주도하게 구는 거야. 여기 증인 한 사람 있다.

그 남자를 한마디로 표현하면, 서늘한 가운데 열정적으로 거칠게 밀고 들어오는 남자. 하지만 그걸 다른 말로 바꾸면 이렇게 되지. 밝힌다, 라고.

그리고 똑같이 밝히는 여자가 여기 있다. 둘이 부딪치면 아주 불꽃이 튄다 이건데. 그 불꽃에 침대가 작살이 나기 직전이다.

"그건 저도 모르겠어요. 상무님 본인도 전혀 언급하지 않으셨고, 위에서도 별로 들추고 싶어하지 않는 느낌이었어요."

거봐. 섹스가 맞다니까.

"아무튼 제가 본 상무님은, 한 여자를 위한 맞춤남자란 거예요."

"……뭐? 왜?"

"자기 여자한테 그렇게 깍듯하게 대하고, 하지만 일은 열정적으로 하시고, 무엇보다 지저분한 소문에 얽혀 있지 않고. 남편으로선 더없이 적합하지 않겠어요? 그런데도 멋지시지, 외모도, 몸매도 끝내주지."

"그래……."

그러게. 그런가? 사실 그렇긴 하지. 그런데 왜 이렇게 신경질이 나는 걸까. 정보를 괜히 모으러 온 것 같다.

"고유미 씨가 부러워서 혼났어요. 사실 전 상무님이랑 고유미 씨, 별로 안 어울리는 것 같았거든요. 미인이긴 한데 너무 표정 변화가 없어서 인형 같아요. 저런 여자랑 있으면 얼마나 재미없을까……. 상무님한텐 너무 우아해서 지루한 백합보단 가시는 있어도 정열적인 장미 같은 여자가 어울린다고 생각해요."

이주는 주리를 물끄러미 들여다보았다.

"저기…… 민들레나 애기똥풀 같은 건 안 될까?"

백번 죽었다가 깨어나도 자신은 장미보다는 들꽃과였다.

"엄마, 만약 내가 좋아하는 남자가 말이야. 회장님 아들이라거나, 곧 사장이 될 상무라거나, 그럼 어떨 것 같아?"

퇴근한 이주는 할 일이 없었다. 빨래를 개고 있는 엄마 옆에서 사과를 아작아작 이빨로 끊어 먹으며 이런 소리나 흘리고 있었다.

지난 며칠 동안 강치후의 코빼기도 못 봤다. 주리에게 정보를 수집한 그날은 외부에서 중요한 바이어를 만나고 그대로 퇴근한 것 같았고 그 다음날 새벽에 곧장 도쿄로 날아갔다고 한다. 그런데도 그 남자, 한마디 언급도 없이 날라 버렸다! 정보를 알아낸 건 주리에게서였다.

이래도 되는 거야? 나 정말 화났다구?

게다가 사흘 후 도쿄에서 돌아온 그 남자가 일단 일찍 출근을 한 것 같았지만 이후로 내내 계속 회의, 접대, 회의, 미팅, 회의, 회장님 모시고 지방 출장 등등에 정신없다고 했다. 이것도 주리를 통해 들은 사실이었다. 상무의 비서란 건 제대로 도움이 되는 인간이었다. 그래서 주리에게 크게 한턱 쏘고, 오랜만에 클럽 가서 좋은 분위기도 즐기고, 나이트까지 직행해 신나게 몸을 흔들기도 했지만.

역시 별로 재미가 없었다. 사실 부글부글 끓고 있었다. 그 남자에게 일절의 연락도 없다는 사실이. 퇴짜 맞은 기분이었다. 실연당한 기분이었다. 차인 기분이었다. 순희에게서 밀려났을 때와는 비교도 안 될 정도로 속이 뒤집히고 일이 손에 잡히지 않았다. 그때의 꿈은 역시 예지몽인 걸까? 일방적으로 무시당하는 것 같은 이 기분.

이쪽은 아직도 그가 자신의 정체를 밝히지 않은 것에 대해 많이 화가 나 있는데, 그 화를 다 풀어주지도 않고서 지금 연락 한 통 없다. 게다가 그때 던지듯 안긴 서류 때문에 강이주, 더 난처하게 생겼다. 무슨 일이 있어도 빨리 그걸 다시 받아내야 하는데. 안 그러면 중요서류 분실 죄로 사표 써야 한다.

그렇지만 사표를 쓰는 한이 있더라도 먼저 연락하고 싶지 않다는, 개똥 같은 자존심으로 이렇게 스스로 땅굴을 파고 있었다. 분명 서류 때문인데, 이쪽이 먼저 굽히고 들어가는 것처럼 인식되는 게 죽어도 싫다. 그래. 사표를 쓰는 한이 있더라도!

이쪽은 퇴근 후 여진과 영화를 보고 노닥거리며 논다. 그 남자는 뉴욕에서 온 투자전문가를 만나고 있다. 이쪽은 주리, 여진과 함께 시원하게 맥주를 마시며 수다를 떨고 있다. 그 남자는 노조 임원들과 저녁 식사를 하고 있다. 이쪽은 엄마와 시장을 보고 있는데, 그 남자는 결렬될 위기에 처한 거래 건으로 밤새 회의를 하고 있다. 이쪽은 놀고 있는데 저쪽은 정신이 없다. 일, 일, 일······.

오늘 아침 싱가포르로 날아갔다고, 그것도 주리에게 들었다.

에라이! 그래. 너 멋대로 해라! 열심히 해서 아시아의 네 마리 용이랑 같이 최고가 되라. 꿈은, 이루어진다. 제길!

다시 생각해 보니 그동안 그 남자와 묘하게도 시간이 맞았던 건, 그 남자가 바쁘다는 사실을 그녀가 전혀 인식하지 못했기에 가능한 일 같았다. 그 남자의 스케줄을 알게 된 이상은, 이런 살인적인 스케줄에 어떻게 개인적인 시간을 빼라 할 수 있을까 싶어······. 굳이 배려가 아니라고 하더라도, 이런 스케줄을 가진 남자랑은 상종을 하고 싶지 않았다. 애인으로서는 말이다. 대부분의 시간을 여자에게가 아닌 회사에 상납해야 하는데, 사귈 상대로서는 실격이 아니겠는가.

그런 사람들도 분명 밥 먹고 잠도 잘 것이다. 그러나······ 그 시간엔 밥 먹어야 하고 잠자야 한다. 그러고 보니 그 남자랑은 내내 침대에서만 뒹굴었다. 시간을 쓰는 방법을 제대로 알고 있고 동시에 하나도 모르는 남자 같으니.

"엄마! 내가 상무랑 연애한다면 어떨 것 같냐니까!"

성질이 나서 버럭 소리쳤더니 엄마가 양말을 동그랗게 말아가며 별 감흥 없이 대답했다.

"기쁘고 고맙지."

별로 그런 표정이 아닌데?

"쓸데없는 소리 그만 하고 서랍에 이거나 넣어."

엄마가 다 갠 양말을 이주 쪽으로 밀어가며 말했다. 이주는 이 깊고도 깊은 인간 불신, 아니, 딸 불신에 대해 심각하게 되새김질해 가며 엄마를 쳐다보았다.

"나 엄마한테 진짜 진지하게 묻고 있는 거야. 만약 회장님 아들하고 내가 연애를 한다. 그럼 엄마로서 딸한테 어떤 말을 해주겠냐고."

헤어지라고 해줘. 꿈 깨라고 해줘. 네가 뛰어놀 터전이 아니라고 해줘. 니 나와바리가 아니라고 해줘!

엄마가 싱긋 웃었다.

"꽉 잡아라."

……한마디로 안 믿는다는 거다. 왜 건설적인 방향의 대답을 들어도 기분이 이러냐.

"너 헌수랑은 안 만나는 거야?"

그래. 차라리 이게 현실이겠지.

"끝났다니까 자꾸 그래."

"그러지 말고 서운한 게 있으면 말로 풀어. 헌수만 한 남자가 어디 있어? 착하지, 성실하지, 깍듯하고 예의 바르고."

아버지가 대머리라서 그런가? 엄마는 반대머리에 대한 위화감이 전혀 없다. 하지만 이주는 숱 많고 힘세고 돈까지 많은 어떤 남자를 두고서 이제 그쪽은 절대 생각조차 할 수 없었다. 하기야 그쪽도 이쪽을 쳐다도 안 보겠지만.

"나 딴 남자 만나고 있다니까? 그리고 헌수 오빠도 깍듯하고 예의 바르게 딴 여자 만나고 있고."

"쯧쯧, 자랑이다!"

엄마가 쥐어박을 듯한 기세로 이주를 노려보곤 양말을 품에 안고 일어났다.

"이번엔 놓치지 말고 잘해봐. 남 탓하지 말고 니 성깔도 좀 죽이고."

"내가 뭐 성질만 내는 사람인가?"

"그리고 웬만하면 꽃바구니 그만 보내라 그래. 차라리 돈으로 달라고 하던가."

"엄마도 진짜. 그게 말이 돼? 어떻게 꽃바구니를 돈으로 달라 그러냐?"

"아니면 고기로 끊어달라고 하던가. 먹지도 못하는 꽃은 대책도 없이. 쯧쯧."

"아 글쎄, 누군지 알면 나야말로 벌써부터 고기나 돈으로……."

중얼거리며 사과를 포크로 콕 집던 이주의 손이 멈칫했다. 양말을 넣으러 간 엄마가 문을 쾅 닫는 소리와 함께 무언가가 머릿속을 퍼뜩 스치고 지나갔다.

아뿔싸!

놓치고 있던 사실이 그제야 순간적으로 파바밧! 빛을 터뜨리며 선명하게 드러났다. 직장으로 배달되는 정체불명의 꽃바구니, 강이주가 이 직장에 다니는 걸 알고 있는 누군가가…….

"어유, 이 바보!"

이주는 자신의 머리를 마구 쥐어박았다. 더 생각해 볼 것도 없이, 정체가 누구인지 확실해지는 순간이었다. 애초에 그 남자를 만나고, 그 다음날부터 정확히 한 개씩 매일 배달되기 시작된 꽃바구니. 강치후가 아니면 누구란 말인가!

대회의실에서의 그 주책 맞은 꼴 때문에 이미 알고서 시작된 관계, 다만 자신만 모르고 있었기에 꽃바구니의 정체를 짐작할 수도 없었다. 하지만 '강치후=상무님'이라는 공식이 성립했기에 이제 알 수 있었다. 다만, 그 공식이 성립한 즉시 그걸 떠올리지 못했다는 게 자신의 어눌함을 증명하는 것이었다.

"미쳐, 미쳐."

무심한 듯하면서 사실은 그 남자, 나름대로 연애 공식을 신경 쓰고 있었단 걸까?

"이주야, 저녁에 갈비찜이나 해먹자. 가서 고기 좀 사 와."

"엄만, 지금 갈비찜이 문제야?"

"문제야. 얼른 갖다 와!"

"네에……."

더 반항해 봐야 하는데, 고기나 사 오고 나서 이 문제의 본질
에 대해 다시 고민해 보자 생각하며 힘없이 자리에서 일어났다.

꽃바구니, 꽃바구니, 꽃바구니…….

하지만 머릿속에선 계속 꽃바구니 생각만 떠다니고 있었다.

꽃바구니, 강치후, 꽃바구니, 강치후, 꽃바구니, 연락도 없는
남자, 꽃바구니, 이제 끝난 걸까? 꽃바구니, 그래도 너무하잖아!
꽃바구니, 진짜 자존심 상해서! 꽃바구니, 내가 하나도 안 보고
싶단 말이지? 꽃바구니, 아쉬울걸? 꽃바구니, 내가 아쉽다…….

꽃바구니, 죽었어, 이 남자!

멍한 꼴로 걷던 이주는 목표인 정육점을 휙 지나쳐 별안간 도
로로 뛰어가서 택시를 탔다. 그리고 곧바로 치후의 오피스텔로
향했다.

"내가 대체 왜 여기로 달려온 거야."

하지만 이주는 그의 오피스텔 건물 앞에서 괴로워하며 혀를
차고 있었다. 전투력도 스멀스멀 기어들어 가고 있고, 빨리 돌
아가라는 명령만 대뇌에서 집중 투하되고 있는 상황이다.

아무리 속이 뒤집혀도 와선 안 되는 건데. 사표 쓰는 한이 있
더라도 서류까지 포기하리라 생각했었는데. 저쪽이 아쉬워서
싹싹 빌며 달려올 때까지 절대 먼저 수그려선 안 되는 건데. 안
아쉽다는 거야? 아무렇지 않단 거야, 당신은? 그러니 이렇게 열
받아도 절대 흔들려선 안 되는 건데. 평심, 평심을 유지해야 하

는 건데. 그게 나도 살고 자존심도 사는 길인데.

느닷없이 쳐들어오는 게 습관이 되어버린 것도 아니고.

얼른 빨리 돌아가자. 앗! 고기!

그제야 갈비찜이 생각난 이주는 부랴부랴 집으로 돌아가려다가 문득 자신의 꼴을 내려다보았다. 순간 깜짝 놀라 저도 모르게 앗! 소리를 내질렀다.

일단 눈에 띄는 노란 쪼리, 세상에 최소한 샌들도 아니고 쪼리라니. 게다가 집에서 입는 모양 엉성한 핫팬츠에, 잘났다고 마릴린 먼로가 그려진 헐렁헐렁한 티셔츠까지……. 한마디로 전혀 안 섹시한 모습으로 멀뚱히, 환하게 웃고 있는 희대의 글래머 섹스 심벌을 매달고 있는 것이다.

아으! 그러니까 어째서 요런 꼴로 나다니는 찰나에 택시를 타야겠다는 충동이 인 거냐구!

"강이주?"

그 순간 들린 목소리에 이주의 고개가 번쩍 들렸다. 오 마이 가앗! 하필이면 강치후란 남자가 어느새 나타나 눈앞에 두둥 버티고 서 있었다.

요 꼴로 저 남자의 구역 안에 멀뚱멀뚱 서 있었으니 뭐라고 할 말은 없었지만, 이렇게 대놓고 저주받을 타이밍까지 맞아버리니 이건 인연이 아니라 악연이지 싶었다. 얼른 서류만 돌려받고 끝내 버리는 게 낫다. 제기랄!

"패션 한 번 죽이는군."

아니나 다를까, 벌써 가슴에 대못이 휘리릭 날아와 박혔다. 누가 이 남자를 매너있다고 그랬어? 그냥 좀 넘어가 주는 센스 같은 건 없지, 아주 그냥.

"어, 어디 가는 길인가 봐요? 우연이네. 이렇게 만나고. 하하…… 하……. 난 고기…… 아니, 심부름 나왔다가 이 근처에 있는 마트에 들르는 바람에……."

정말이지 조악한 변명이 아닐 수 없다. 미칠 것 같음 심정으로 흘끗 쳐다보았더니, 그는 완벽 그 자체로 쫙 빼입은 차림에 삐딱한 눈빛으로 '꼴 좀 봐라, 꼴 좀 봐' 의 포스를 흘리고 있었다.

"또 신고해야겠군."

안 그래도 깊이 난처해하고 있는 바인데 진짜.

"그러는 치후 씬, 선이라도 보러 가요? 무슨 완벽한 예식장 차림?"

"약속이 있어서."

어떤 기집애! 라고 물어볼 뻔한 걸 겨우 달렸다.

"무슨 약속요?"

"주주들과 고리타분한 시간을 보낼까 하고."

아, 그러시군요. 그런 쪽이라면 나로서는 패스.

"그, 그러면 이만 서로 갈 길을 갑시다. 바빠서……."

삐걱거리며 돌아서려는 이주를 치후가 단호한 어조로 붙들었다.

"거기 서."

됐거든요?

"보아하니 바쁜 것 같은데 다음에 만나서 얘기해요."

"상관없으니까 할 말 있으면 해."

"할 말 없어요. 무엇보다 나한테 할 말 없는 사람은 치후 씨잖아요."

뾰족한 어투가 튀어 나갔다. 할 말이 있으면, 이쪽의 할 말이 그렇게 궁금하면 그렇게 행동해선 안 되는 거다.

"할 말이 없다, 라……."

"뭐가 이상해요? 연락 한 번 하지 않은 건 그쪽이잖아요."

"그쪽이 아니라 강치후."

"그래요. 강치후 씨, 그쪽이죠."

치후가 쯧 혀를 찼다.

"단단히 화가 나셨군."

"확인하니까 즐거워요?"

"바빴어."

치후의 눈빛은 점점 더 부드러워져 갔지만 이주의 마음은 더 뾰족해지고 있었다.

"아하, 그래요? 세상에 바쁜 사람은 당신뿐이라고 생각하나 봐요. 그런데 아세요? 바쁘다고 이마에 써 붙이고 다니는 사람들 중 누구도 치후 씨처럼 무심하진 않을 거예요."

"그래. 너 역시도."

이주의 눈빛이 멈칫했다.

“무슨 뜻이에요?”

“연락 한 번 없었던 건 마찬가지 아닌가. 휴대폰의 번호를 누를 수 있는 손을 가진 건 나만은 아닌 걸로 알고 있는데.”

꼭 저렇게 용의주도하게 나온다.

“그래요. 이런 경우 보통은 남자가 먼저 연락해 주는 게 예의고 매너라는 건 넘어가죠. 여자니 남자니 그런 고리타분한 걸 말하는 게 아니에요. 화를 나게 한 쪽이 연락하는 게 당연한 거 아닌가요?”

“화를 나게 한 쪽이 제정신을 못 차릴 정도로 바빴다면? 절대 면죄부가 안 되나?”

“될 수도 있겠죠! 하지만 내가 바라는 건, 바쁠 때일수록 시간을 쪼개서 전화번호 한 번 눌러줄 수 있는 마음이에요! 바쁘니까 연락할 수 없는 건 그냥 인간관계고, 바빠도 만나고 싶은 게 좀 더 특별한 관계예요. 그 마음 때문에 사람들은 연애를 하는 거구요!”

치후가 묘한 시선으로 물끄러미 이주를 응시하고 있었다.

“왜요? 전혀 이해가 안 돼요?”

그렇다면 끝이다. 당신과 나 사이에 더 이상의 여지는 없을 것이다.

“연락하지 않았을 때 아무렇지 않은 게 보통 인간관계고, 화가 나서 이렇게 달려와 따지는 게 특별한 관계겠지.”

“……?”

지금, 무슨 말을 하는 거야?

"네가 달려오길 기다리고 있었어."

어이가 없다.

"먼저 달려올 수는 없는 거예요?"

"바라는 게 그건가?"

"그것도 좋지만. 하지만 치후 씨는 이 관계에 그 어떤 조바심도 느끼지 않는 것 같아. 그런 생각을 하는 내가 싫어질 정도로."

"무심한 건 네 쪽인 것 같은데."

이주의 눈동자에 짙은 의문이 돌았다. 왜, 왜! 대체 왜 그런 건데!

치후의 눈동자가 이주에게 고정되었다. 이 여자는 잘 모르는 것 같다. 애초에 쉽게 생각할 마음이라면 시작하지도 않았다. 하지만 느낌이 좋았기에, 회의실에서 퉁탕거리며 이상한 행동을 하고 있던 여자에게서 시작된 묘한 호기심이 호감으로 이어져 점점 더 상승하게 되었다는 걸.

만날수록, 눈빛이 섞일수록, 호흡이 오고갈수록 이 여자에게 점점 더 호감이 짙어졌다는 걸.

하지만 살갑게 표현하는 성격이 못 되어 오해를 했을 수도 있다. 그 여자가 오해를 하고 있을 동안 자신은 이 관계에 대해 진지하게 생각해 보았다. 과연 이 여자가 자신에게 얼마만큼의 비중을 차지하는지.

수학적인 정답이 있을 수는 없는 관계, 하지만 오차 없는 정답 따위 필요없다. 정확한 것 아니면 손도 대지 않는 자신에게 감정이라는 오묘한 영역이 가진 매력을 가르쳐 준 여자였다. 그거 하나면 충분했다.

결론은 하나였다. 반한 것 같다.

"솔직하게 대답해 봐. 네게 그 남자는 어떤 의미였지?"

이주의 표정이 멈칫했다. 그 남자라면, 설마 김헌수? 옛애인 김씨? 순희랑 바람나서 이쪽을 내팽개친 김씨?

"그, 그 말이 지금 왜 나와요?"

치사하게 이쪽의 약점도 뒤지겠다 이거지?

"나는 널, 잘 모르겠어."

치후의 눈동자에 지친 기색이 도는 것 같다고 어렴풋이 인식한 순간 그가 말을 이었다.

"대회의실에서 기를 쓰고 유혹의 춤을 추던 여자, 옆 테이블을 덮칠 정도로 술에 취해 버린 여자, 강이주를 그렇게까지 만든 남자는 내가 아니었지. 나 때문에 화가 나서 네가 한 행동은 고작, 내 비서에게 내 사생활을 캐본 것뿐이지 않나?"

허억! 이주의 심장에 아예 드릴이 날아와 박혔다.

"어, 어떻게 알았……."

있을 수 없는 일이다. 설마 주리가 스파이였단 말인가! 카드로 긁어버린 비싼 레스토랑에서의 접대는 어쩌고!

"그쪽이 술술 불더군. 일은 제법 차분하게 잘하는데 쓸데없는 사담이 너무 많은 비서지."

주리, 그것이 자기에게 정보를 모으러 오는 여직원들을 팔아서 자기가 상무와 친해질 기회로 쓰고 있었을 줄이야. 이래서 사람이 무서운 거다!

"내가 나를 숨긴 것 때문에 슬픈 건가. 아니면 단지 자존심이 상한 건가."

"그렇게 물어봐도……."

"내가, 네게 어떤 의미지?"

일순간 데자뷰가 일었다. 난 당신에게 어떤 의미지? 매일, 수없이 자신에게 반문했던 말이다. 하지만 그도 같은 생각을 했으리라고는.

당신은 자신감이 너무 넘쳐서, 자기 잘난 맛에 사는 인물이기 때문에 그런 줄 몰랐을 뿐이다. 하지만 생각해 보니, 자기 잘난 맛에 사는 인간은 강이주도 마찬가지였다.

"나를 믿지 못해 상처를 받은 거라면, 네가 헤어진 남자의 형상에 나마저도 덮어씌워서 나를 포함한 남자 전체에 불신을 가지게 된 거라면 나는 화가 나."

"……."

"너는, 나를 보는 게 아니라 아직도 지나간 남자에게 휘둘리고 있는 거니까."

서로에 대한 불안은 피차 마찬가지였다는 걸까. 내가 이 남자에 대해 어쩔 수 없이 오해를 하고 의심을 하듯이, 이 남자도 다르지 않았단 걸까. 나는 이 남자가 날 속이고서 혹시라도 마음으로 무시하고 있을까 봐 무시당할까 봐, 이 남자 역시 내 마음을 불안해하고 있었다는 걸까. 이렇게 잘난 남자한테도 주춤하게 하는 면이 있다는 것이 이해가 가지 않는다.

나는, 당신을 좋아하고 있어. 당신은 오만하니까, 당연히 아니라고 해도 그렇게 믿고 있을 줄 알았어.

"……시간이 필요했던 거예요? 나에 대해 다시 곱씹어볼 시간 같은 거?"

"설마."

"그럼 뭐예요?"

"단지 좀 낯설더군."

"……."

"네게 진심으로 빠진 나를 거울로 보는 기분이, 생각보다 즐겁지는 않더라고."

이주의 심장이 쿵쿵 뛰었다. 자신도 모르게 헛소리가 술술 흘러나갔다.

"……물르시죠?"

치후가 피식 웃었다.

"찾아온 이상은 못 빠져나갈걸."

오만한 눈매로 씨익 웃는 그 남자의 얼굴은, 인정하기 싫지만 미치도록 매력적이었다.

"그 감정, 진심이라고 생각해요?"

이건 무슨……. 안 그래도 치후의 눈매가 엄격해졌다.

"날 화나게 하고 싶은 모양이군."

죄송합니다.

"널 계속 만나려면 아스피린이 천 알은 필요할 것 같아."

천 일만 만나실 생각인가요?

"네 마음속에서 혼란이 해결되길 기다릴 뿐이야. 내가 원하더라도 기다려 줘야 할 부분이 있는 거니까. 어차피 나는, 항상 강치후란 남자 그 자체로 네게 다가간 거니까. 너도 그렇게만 날 봐주기를 바라고 있다."

"……."

이 남자와의 연애가 이런 식이리라곤 생각지 못했기 때문에 조금은 당황스러웠다. 이 남자는 강요하며 윽박지르기만 하는 타입이라고 생각했다. 물론 폭력적인 건 아니라, 천상천하유아독존으로 자기 페이스대로만 추진해 나가는 남자라고. 그래서 그거 못하게 하려고만 신경 잔뜩 쓰고 있었더니, 의외로 상대방의 감정까지 배려해 주고 있다. 혼란 따위 무시할 줄 알았더니, 같이 고민해 주고 있었던 걸까.

이러면 안 된다. 좀 더 못된 인간이라야 마구 욕해줄 수 있는데.

치후가 한 걸음 다가왔다. 뺨을 한 번 만지작거리더니 말했다.

"기다릴 테니까 빨리 해."

"……뭘요?"

"나한테 완전히 빠져."

언제나 명령조, 하지만 그 명령조에는 어쩔 수 없이 이 남자를 사랑스럽다 생각할 수밖에 없는 부분이 배어 있다. 진짜, 어이없는 남자.

그래서 이주는 홀린 듯 그를 쳐다보며 조용히 대답했다.

"여기서 더, 얼마나요?"

"그놈한테 했던 적극성 이상으로."

"그렇게 신경 쓰여요?"

"뭐가."

"헌수 오빠요."

치후의 눈매가 사나워졌다.

"그딴 인간 이름 알고 싶지도 않은데."

아예 으르렁거리고 있다.

"질투하는 것 같은데요?"

잘못 말했나 보다. 아니면 잘못 건드렸거나. 차갑게 이주를 쏘아보는 시선에 본격적으로 분노가 담겼다.

"별로."

가슴에 대못이 박힐 정도로 기분 나쁜 말이었지만 꼭 그렇지만도 않았다. 화가 나 있는 그 얼굴이, 탱탱 부은 그 얼굴이 진실을 말하고 있으니까. 동시에 마구 여기를 건드리고 있으니까. 심장을.

"하지만 달리 표현할 단어가 없다면, 그렇게 생각하던가."

이 남자, 의외로 솔직하지 못하다. 마음이 그냥 풀려 버렸다.

잠깐 여유 시간이 있다고 한 그는 이주를 데리고 섬뜩한 장소
로 데리고 갔다. 눈이 튀어나올 정도로 비싼 여성복 매장이었는
데, 그곳이 이주에게 섬뜩하게 다가온 이유는 마릴린 먼로 티와
핫팬츠라는 자신의 쌩뚱 맞은 차림 때문이었다.

아무튼 아무리 싫다는 눈빛을 팍팍 보내도 이주는 그곳에서
난데없이 전신을 새로이 탈바꿈해야 했다. 그가 카드를 내미는
동안 이주는 마릴린 먼로 티와 핫팬츠가 고이 접어 담긴 종이가
방을 건네받았다. 그 가방을 건넬 때 여직원의 예의있는 얼굴
뒤에 픽 하는 웃음기가 담긴 걸 이주는 확실히 보았다. 종이가
방으로 확 패버리고 싶은 걸 억지로 눌러 참았다.

알고 보니 치후가 이주의 전신을 탈바꿈시킨 이유는 다음에
향한 장소 때문이었다. 치후가 이주를 에스코트해서 도착한 곳
은 있는 사람들만 출입할 수 있다는 회원제 최고급 레스토랑이
었다. 굳이 이곳으로 온 이유를 모르겠지만, 아마도 그 차림이
었다면 단칼에 문전박대를 당했으리란 건 굳이 힘들이지 않고
도 예상할 수 있었다.

도대체가 왜 이러는 건지 영문을 모른 채 이주는 이름도 들어
본 적 없는 어려운 요리를 대접받았다. 그때까지도 치후는 몇 마
디 말을 하지 않았다. 뭐라고 따지고 싶었지만 워낙 우아한 곳이
라 함부로 행동할 수도 없고, 그래서 입 닥치고서 코로 들어가는
지 입으로 들어가는지 인식도 안 되는 요리를 그저 먹었는데.

그런데 코로 들어갔는데도 어쩌면 이렇게 맛날까. 그것이 미

스테리였다.

"진짜 맛없네."

이주가 겉으로는 전혀 끌리지 않는다는 표정으로, 속으로만 우아한 정찬에 정신이 팔려 맛있게 먹고 있는 동안 치후는 입맛이 없다며 소믈리에가 따라주고 간 와인만 가끔 마셨다. 그리고 그저 이주가 먹는 모습을 조용히 응시하고 있었다. 가끔, 마치 아버지가 딸 먹이듯 흐뭇하게 쳐다보는 것 같기도 했지만, 쳐다보면 시침을 뚝 떼며 포커페이스로 바뀌어 있으니, 역시 착각이겠지?

"갑자기 왜 이렇게 선심을 써요? 부담스럽게. 설마 비싼 옷, 비싼 요리로 얼렁뚱땅 넘어가려는 생각이라면……."

돌아오는 길, 그의 차 안에서 이주는 이때까지 눌러 참았던 의문을 제기했다. 치후는 CD의 플레이버튼을 툭 눌렀다.

"큰일 났군. 늦었어."

그리고 눈이 휙 돌아갈 정도로 번쩍거리는 다이아가 박힌 손목시계를 흘긋 보며 전혀 딴소리를 하는 것이다. 그나저나 늦은 건 분명 큰일인 것 같은데. 주주들이 보통 인간들도 아닐 테고.

"맛있는 거 먹이고 싶었을 뿐이야."

"옷은요!"

"그 꼴로는 못 들어갈 곳이니까."

휘청. 정말 그 이유가 맞았던 거다.

"내가 창피해요?"

"나야 괜찮지만, 스스로에게 창피하지 않았겠나? 자존심도 세신 분이.”

우문현답이다.

잠시 머뭇거리던 이주가 툭 던지듯 말했다.

“꽃바구니, 치후 씨였어요?”

핸들에 손을 얹고 있던 치후의 표정이 움찔했다, 이길 원했지만 그는 별반 반응 없이 정면을 쳐다보고 있었다. 이주는 인내심을 갖고 차분히 되물었다.

“꽃바구니 보낸 사람, 상무님이었냐구요.”

“또 미리 말해주지 않은 일이니, 지지난달 정산자료까지 암산해야 하나?”

앗! 내 서류! 말속에 박힌 가시를 인식하긴 했지만 이주는 결국 풋 웃었다.

“누가 그렇대요? 그냥 알고 싶어서 그런 거지.”

“굳이 물어서 대답을 듣고 나야 안심하는 건가?”

이런 부분에선 한사코 뾰족하게 나오는 남자였다. 이주는 약이 오르기도 해서 중얼거렸다.

“엄마가 가게에 도움도 안 되는 꽃바구니 말고 고기나 돈으로 받아 오라고 했어요. 나야 뭐 손목시계 같은 것도 좋고. 댁이 손목에 하고 있는 다이아 박힌 걸로다가.”

“하아.”

기가 차다는 듯 그가 헛웃음을 흘렸다.

“농담이고…… 고맙다는 말을 하고 싶어서 그래요.”

나는 즉답을 원하는데 저쪽은 즉답을 회피하고 있다.

"그럼 해."

글쎄, 저 남자는 꼭 저렇다. 성깔 강이주로 만들어 버리는 것이다.

"고맙단 말을 어떻게 명령받아서 해요?"

"그럼 마음이 내킬 때까지 뒀다가 하고 싶을 때 하던가."

이주는 도대체 어떻게 반응해야 할지 모르겠다. 이 남자하고 말을 섞다 보면 마구 휘휘 뒤섞이고 만다. 한눈을 판 게 문제였을까. 갑자기 커다란 그림자가 지더니, 이주의 입술에 짧게, 무언가가 머물렀다가 갔다. 부드러운 입술이……

"이 키스로 대체."

삐딱한 표정으로 싱긋 웃으며 빠르게 멀어지는 상체를 이주는 넋을 놓은 채 쳐다보고 있다가 펄쩍 뛰었다.

"그러니까 간 떨어지게 좀 하지 말아요!"

사고라도 나면 어쩌려구. 아무래도 내일 해 뜨면 보험부터 단디 들어놔야겠다. 교통사고도 문제였지만, 이 남자와 있다가 보면 심장 압박사의 우려가 있었다.

치후가 피식 웃었다. 타고나길 서늘하고 건조한 눈매에 저렇게 향긋한 웃음기가 묻어날 때면 이주의 심장은 또 한 번 사납게 두근거리고 만다. 뭘까? 자꾸만 이 남자 때문에 모든 게 흔들려 버린다.

그가 이주의 머리카락을 스윽 헝클어뜨렸다.

“들어가서 기다리고 있도록.”

무슨 소리지? 뭘 기다리고 있어? 그제야 고개를 돌려 창밖을 봤더니 차는 이미 그의 오피스텔 입구로 들어서고 있었다. 안 되는데. 난 지금 고기를 사러 나온 거고, 갈비찜 먹으러 들어가 봐야 하고…….

“서류, 소파에 있으니까 갖고 가시고.”

그래. 그걸 가지러 왔었다. 기왕 이렇게 된 것 갖고서 튀면 되 겠지.

“훤히 보이는군.”

실실 웃고 있다가 돌아보니, 치후가 이주의 눈가를 가리키며 말했다.

“혼자 무슨 생각을 하시는지 다 보인다고. 눈 끝이 웃고 있어.”

눈치가 사정없이 빠른 남자란 걸 잠시 잊었다. 이주는 한숨을 폭 내쉬며 말했다.

“제가 워낙 바쁜 몸이라 오늘은 그것만 갖고 가야 할 것 같거 든요. 그래도 되죠?”

유연하게 브레이크를 밟으며 그가 이주를 돌아보았다.

“될지 안 될지는 저질러 보고 몸소 깨우치도록.”

오늘도 더없이 신사적인 충고를 어김없이 날려주셨다.

이미 알고 있는 비밀번호를 눌러서 집 안으로 들어온 지 벌써 두 시간이 지나가고 있었다. 고기 사러 나갔다가 종적을 감춘 딸 때문에 엄마의 울화통이 터져 가건 말건 이주는 질 좋은 천연 가죽 소파에 편안히 누워 리모컨으로 채널을 툭툭 바꾸며 TV를 시청했다. 옷은 아무래도 거치적거려 첨에 입고 왔던 옷으로 갈아입었다.

띠리리리~

그때 난데없이 초인종 소리가 들려서 이주는 상체를 벌떡 일으켜 세웠다. 뭐야? 택배? 정기검침? 룸서비스? 아니, 마지막 건 아니고.

강치후라면 자기 집 벨을 누를 리는 없을 테고. 주인도 없는 집에서 손님을 맞게 된 이주는 벌떡 일어나 뭐 마려운 강아지인 양 거실을 뱅글뱅글 돌다가 도통 끊어지지 않는 초인종 소리 때문에 결국 현관문으로 다다다 달려갔다. 그리고 인터폰의 버튼만 콕 눌러 화면을 봤더니, 밖엔 택배원이라고 하기에 눈이 튀어나올 정도로 예쁜 여인이 안에서 반응이 돌아오길 기다리고 있었다.

"뭐지?"

매끈한 이마에 긴 갈색 머리, 크고 검은 눈동자와 잡티 하나 없이 맑은 피부를 가진 미인이었다. 목에서 이주의 석 달 열흘치 월급은 될 만한 목걸이가 반짝거리고 있고, 긴 머리카락은 한 올의 흘러내림 없이 하나로 빗겨져 단정하게 뒤로 묶여 있었다.

"어이없이 예쁜 여자네."

이주는 중얼거리며 이 사태를 어떻게 해결해야 할 건지 물끄러미 추이를 지켜보고 있었다. 이 집 초인종을 눌렀다는 건 이 집의 주인과 아는 사이 같은데. 무턱대고 밖으로 나가서 '집주인 없는데요' 라고 말할 수도 없고.

하지만 고민은 오래가지 않았다. 다행히도 집주인이 모습을 드러내 준 것이다. 이주는 침을 꼴깍 삼키고서 거리가 가까워지는 두 사람을 조사하듯 쳐다보았다.

치후가 나타나자 고개를 돌린 여인이 다소곳이 목례를 하고서 그를 쳐다보았다. 치후도 깍듯하지만 어딘가 차가운 태도로 같이 짧은 목례를 했다. 아무래도 그리 친한 사이는 아닌 것 같지? 그래도 뭐, 저 남자 표정은 원래 저렇게 목석같으니까······.

뒤로 돌아선 여자의 머리카락이 마치 갈치 꽁지처럼 등허리로 길게 늘어져 있었다. 윤기가 흐르는 결 좋은 머리카락이다. 저걸 푼다면 여자의 이미지가 조금은 덜 딱딱해 보일 텐데. 이상하게도 여자 역시 치후만큼이나 잔뜩 굳은 얼굴이었다. 일부러 찾아와서 만난 사람치곤, 두 사람 참 많이 이상하다.

아니, 가만있어 봐······.

그 순간 이주의 머릿속에 어떤 이름 하나가 떠올랐다. 못된 것, 주리의 입을 통해 들었던 그 이름. 대성그룹의 딸······. 강치후의 약혼자, 로 되어 있는 이름.

"세상에!"

이주의 입이 쩍 벌어졌다. 지금 인터폰 화면을 통해 비치는 두 사람의 모습은 불행하게도 주리의 증언과 한 치도 다르지 않았다. 서로 너무 깍듯한 태도. 그렇다면 설마 저 여인이?

아아, 알고 싶다. 이주는 궁금해서 미칠 것 같았다. 하지만 그렇다고 지금 문을 벌컥 열어서.

"잠깐만요. 당신 대성 딸이에요?"

"네, 그런데요."

"성실한 대답 감사합니다. 속이 확 풀리네요. 그럼 이만."

요러고서 문을 다시 쾅 닫을 수도 없는 노릇이고.

밖의 소리는 그다지 잘 들리지 않았다. 인터폰도 인터폰이었지만, 두 사람이 워낙 낮게 말을 하는 탓도 있었다. 여자는 고개를 숙인 채 다소곳한 여인의 자태로 조용조용 말하고 있었고 치후도 담담한 표정으로 몇 마디를 짧게 대답했다.

그리고 여자가 천천히 손에 든 종이가방을 내밀자 치후는 잠시 그것을 물끄러미 바라보다가 넘겨받았다. 이주는 눈을 크게 뜨고서 그 물건의 정체를 파악하려 했으나 투시 능력이 없는 이상 되지도 않을 일이었다.

종이가방을 건넨 여자가 할 일이 다 끝났다는 듯 목례를 하자 치후도 살짝 고개를 까딱했다. 뭐라고 말하며 먼저 가려는 여자를 치후가 문득 부르더니 두 사람이 함께 저쪽으로 사라졌다.

"뭐야? 왜 같이 가는 거지?"

이주는 당장이라도 뛰쳐나가고 싶어서 속이 다 쓰렸다. 그냥 간다는데 굳이 바래다주는 이유는 뭐야? 차로 데려다 주기까지 하는 건 아니겠지? 뭐야? 마음 있는 거였어? 어떡하지? 달려나가 봐? 아니야, 일단은 주책부리지 말고 자중하자.

"……어서 와요."

문이 열리고 들어온 그를 보며 이주는 조용히 말했다. 누구예요? 그 갈치 꼬리 머리의 여인은? 이라고 묻고 싶었지만 적절한 타이밍 같지도 않았다.

"많이 기다렸……."

평상시보다 조금은 가라앉은 표정으로 다가온 그가 그렇게 말한 순간, 이주는 그의 손을 잡아 자신에게로 끌어당겼다. 치후의 눈빛이 의문으로 가득 찼지만 이주는 말없이 그의 가슴으로 다가가 뺨을 기대고서 가만히 안았다.

"……."

치후는 아무 말도 하지 않았다. 그저 이주를 안은 팔에 힘을 줄 뿐이었지만 이주는 그 자체로 좋았다. 웅성거리던 마음이 가라앉는 것 같았다.

그에게 물어보고 싶은 말이 많았지만 또 추궁하는 어투가 될까 봐 싫다. 만난 지 이틀 만에 사귄 여자 몇 명이냐고 닦달하던 자신의 모습은 지금 생각해도 낯 뜨거운 것이었다. 그건 그를 신뢰하지 않는다고 온몸으로 외치는 것이었으며, 동시에 나 이렇게 자신감이 없어요, 하는 고백이나 마찬가지였다.

이 사람은 지금 여기에 있고, 자신을 안아주고 있다. 그가 설명할 때가 되면 그때 들어도 늦지 않겠지.

"문제가 생긴 것 같군."

치후가 낮게 중얼거렸다. 이주는 고개를 저으며 그의 가슴을 더욱 꽉 끌어안았다.

"왜 그렇게 생각해요?"

"갑자기 적극적으로 나오는 이유가, 난데없이 애정이 샘솟은 탓은 아닐 테고."

"애정이 샘솟아서 그런 거라면요?"

치후가 벌주듯 이주의 등을 한 번 꽉 끌어안았다가 힘을 풀었다.

"역시, 문제가 생긴 거군."

"아뇨. 아무것도."

"본 건가?"

순간 놀랐다.

"……뭘요?"

"시치미 떼도 하나도 사랑스럽지 않아."

"그럼, 말해줄 거예요?"

"듣고 싶다면."

이주는 치후의 심장에 귀를 딱 붙이고서 잠시 정지해 있었다. 그의 심장 소리가 들린다. 살아서 맥박 치는 건강한 심장 소리가. 이 심장 소리를 잃고 싶지 않다. 내 것이라고, 그렇게 생각하고 싶다.

"아직은 참을 만한데……."

"욕심이 없는 여자군."

이주는 쿡쿡 웃고는 넓은 가슴에서 얼굴을 뗐다. 손을 뻗어 치후의 턱을 쓸어가며 유혹하듯 중얼거렸다.

"그 반대일걸요? 혹시 조금이라도 이 남자를 나눠 가져야 하는 상황이라면 듣고 싶지도 않으니까."

"요는, 나더러 깨끗하게 정리하라?"

"정리할 게 많나 봐요?"

치후가 얄밉도록 매끈한 표정으로 이렇게 말했다.

"아직 참을 만하다고 하신 것 같은데."

웃! 또 걸려들었다.

잠시 치후를 흘겨보던 이주의 손이 턱에서 천천히 가슴으로 내려왔다. 손가락을 주욱 그어 양복 깃을 따라가면서 이주는 일부러 속삭이듯 말했다.

"나한텐 자기한테 완전히 빠지라면서. 그 제안이 이성적인 게 되려면 본인 문제부터 알아서 처리해야 하는 거 아니에요?"

"질투로군."

걸려들었다.

"그, 그렇게 생각해요?"

"좀 더 질투해 주길 바랐는데 너무 평이해."

"하고 있잖아요? 꽤나 많이. 불타오르는 질투로."

"그 정도가?"

갑자기 치후가 이주의 어깨를 꽉 움켜쥐었다. 아플 정도의 힘이라, 이주는 눈썹을 살짝 찡그린 채 치후를 올려다보았다. 날카로운 치후의 눈빛이 이주의 얼굴을 잠깐 훑었다.

"나는, 장난으로 널 만나고 있는 게 아니다."

"나도, 마찬가진데요?"

"그런데 왜 넌 딴 것에만 관심이 있는 것 같을까."

이주는 고개를 갸웃했다.

"딴 거 뭐요?"

"내 몸."

으아아! 이주의 얼굴이 새빨갛게 달아올랐다.

"뭐, 뭐가 그래요? 무슨 소릴 하는 거예요, 진짜."

하지만 또 사람을 놀린 것이었던 듯 치후는 큭 웃고 있었다.

"적극적으로 사람을 유혹하면서, 적극적으로 질투는 안 한다니 이상하잖아."

웃음기를 지운 치후가 심각한 얼굴로 말했다. 정말 심각하게 생각하는 거야? 뭐야?

"질투해 줬으면 좋겠어요?"

"싫다. 귀찮아."

정말이지…….

"질투할 시간에, 당신을 내 걸로 확실하게 가져 버리면 되지."

이주의 자신감있는 어조에 치후가 호오, 하며 흥미를 보였다.

이 남자는 뭘 모르고 있다. 질투를 너무 심하게 해서 이 남자의 미움을 사게 될까 봐 안 그런 척 안간힘을 쓰고 있는 것뿐이다. 당신은 내게 어떤 의미일까? 아마도 지독히도 깊은 의미임에는 틀림없는 것 같다. 그걸 이 남자가 제대로 알고나 있을까. 이 남자는 자신을 어떻게 생각하고 있을까. 모든 게 궁금하고 알고 싶다. 하지만 망설일 시간에 좀 더 표현하는 게 좋지 않을까. 나는 당신을, 내 의지로 이렇게나 많이 사랑하고 있다고.

불안함만 내세우기 이전에, 나는 당신에게 빠져 있다고.

당신도 나한테 그렇게 표현하고 싶어 어쩔 줄 모르는 날이 오겠지. 어쩌면, 이 남자는 이미 무뚝뚝함 속에서 꽤나 다채롭게 표현해 왔을지도 모르겠다.

"궁금한 게 있는데 물어봐도 돼요?"

"얼마든지."

"상무님 되기 전엔 뭐 했어요?"

문득 치후의 표정에 잠깐 상념이 일었지만 그건 금세 사라졌다. 뚫어지게 보고 있지 않았다면 알아채지도 못할 정도로 빠르게.

"별로 말할 것도 없어."

"그래도 듣고 싶어요. 상무님 되기 전에 치후 씨, 뭐 했어요?"

"백수."

이주의 눈이 뎅그레졌다.

"또 거짓말……."

"백수 맞아. 여기저기 구걸도 하고, 밥도 굶고, 재활용 쓰레기 뒤져서 옷도 주워 입고."

웃기시네. 그 때깔이 보통 때깔이야?

"제대로 말해줘요."

"그전으론 돌아가고 싶지 않아."

그 말을 하는 치후의 눈빛이 왠지 모르게 아파 보여서 이주는 더 추궁할 수 없었다. 치후가 이주의 뺨을 양손으로 감싸 쥐었다.

"지금이, 더 만족스러워."

"……왜요?"

"누구씨가 있으니까."

그 말을 유도한 건 아니었지만, 그 말이라서 너무나 행복하단 걸 이 남자는 알까? 연애를 하는 사람들에겐 남이 들으면 닭살이 돋을 정도로 유치한 말도 그저 하나하나 소중하고 의미있기만 하다. 행복하고, 또 행복해서 몸 전체로 그 희열을 확인하고 싶어진다.

이주는 뛰어들 듯 그의 목을 껴안고서 마치 겁탈하듯 그에게 입을 맞췄다. 갑작스러운 공격적인 키스에 치후의 몸이 주춤했다. 하지만 이내 이주의 등을 토닥이듯 끌어안고서 매우 신사적으로 키스를 받아주었다. 오늘의 그는, 그냥 신사적이었다. 부드럽고 감미로운 키스를…… 하다가 갑자기 공격적이 되었던 때가 언젠가 있었던 것 같은데.

아니나 다를까, 키스가 점점 격렬해지기 시작하면서 손이 아래로 불쑥 내려갔다. 상큼하게 웃고 있는 마릴린 먼로의 얼굴을 지나쳐서 티셔츠를 걷어 올렸다. 이게 바로 2차전으로 넘어가는 전진 신호라는 걸 그동안의 경험으로 깨달은 이주는 자신도 모르게 그의 입술에서 헤어나 몸을 뒤로 뺐다.

"괜찮아. 만지기만 할 테니까."

그렇게 말하는 그의 표정이 너무 매력적이라 이주는 자신도 모르게 마음이 흐물흐물 흘러내렸다. 늘 같은 코스인데도 이렇게 자각이 없어서야. 그의 말이 그저 꿀 바른 눈가림이라는 걸 늘 뒤늦게야 깨닫고도 어쩔 수 없어지는 것이다.

"만지기만 한다면서!"

잠시 후 이주는 키스와 애무로 몽롱해진 그녀를 어느새 벽으로 밀어붙이고서 한쪽 다리를 들어 올리고 있는 그에게 소리치고 있었다. 그 다리는 왜 또 들려고 그러는 거냐구. 내가 학이냔 말이야!

"만지기만 하는 거야."

하지만 그 남자는 뻔뻔하게도 그런 소릴 잘도 흘리고 있었다. 이게 어디가 만지기만 하는 거야? 벌써 그는 더할 수 없이 흥분해서 이주의 허벅지에 자신을 비비고 있는 중이었다. 건드려지는 곳마다 열꽃이 피는 것 같다.

이 남자와의 섹스 후에 몸이 정상으로 돌아오기까지 근 일주일이 걸린다. 그만큼 치명적으로 몸이 타격을 입는다. 쾌락과 환희, 미칠 듯한 감각을 얻기 위해 치러야 할 대가가 너무나 많았다. 그래서 어느새 그에게 녹아들고 마는 자신을 보면 치가 떨린다. 왜 이렇게 본능에 충실하게 태어나신 거야, 나는! 그런데 당신은 또 벨트는 왜 풀고 지퍼는 왜 내리는 건데? 나더러 어쩌라고?

이주의 헐렁한 티셔츠는 반쯤 어깨를 드러낸 채로 아슬아슬하게 걸려 있었다. 치후 역시 단추가 반쯤 뜯어져 나간 드레스 셔츠와 바지 차림이었다. 살짝 고백하건대, 저 단추를 뜯은 게 이놈의 미친 손이다. 열기에 미쳐서 자신도 모르게 단추를 뜯어 버리고 말았지만, 그 난폭한 행동에 대한 대가가 지금 아래에서 한창 벌어지고 있으니, 드레스셔츠 값 물어달라고 째려보면 가만 안 둘 거다.

"하윽!"

단추 값 변상에 대한 진지한 생각을 한 게 잘못이었다. 치후는 핫팬츠를 다 끌어 내리기도 전에 단번에 이주의 안으로 밀고 들어왔다. 아직도 삽입의 고통은 엄청났다. 무서울 정도로 부풀어 오른 단단한 그의 욕망이 무자비하게 안으로 들어오자 이주는 비명을 터뜨렸다. 본능적으로 아래를 내려다보니 단단하게 성이 난 검붉은 근육 덩어리가, 놀랍게도 스스로 생명을 갖고서 불끈 성을 내고 있었다. 분명히 봤다. 자기 스스로 점점 더 커지는 걸.

어떻게…… 저기에서 더 커질 수 있냔 말이야. 밥 먹니? 밥 먹어?

"허억! 아웃……!"

허리를 밀쳐 올리자 이주의 등이 위로 휙 쓸려 올라갔다. 등 뒤로는 등껍질을 노리고 있는 단단한 벽과, 앞으로는 더 단단한 빌어먹을 기둥이 있어서, 이주는 치후의 어깨를 꼬집어가며 미친 듯 소리쳤다.

"이 사기꾼! 만지기만, 윽, 하겠다고 했잖아! 하웃!"

"만지기만 하고 있잖아."

이주의 눈동자가 팽글 돌았다. 무슨 소린지 이제야 알아들었다. 이 남자는 자기 그분도 손으로 치는 거다. 그걸로 만지는 거라고, 이게 무슨 희대의 사기극이냐!

"하아, 하아……."

미치도록 밉고, 미치도록 사랑스럽다. 몸이 벽에 쓸리며 점점 더 올라갈 때마다 통증 외의 쾌감이 파도처럼 밀려들었다. 아무리 그 감각에서 고개를 돌리려고 해도 불가능하다는 걸 알았다. 이미 그에게 완벽하게 흡수된 것이다. 분명히 처음엔 끔찍한 고통, 하지만 몸은 더 원하고 있었다. 본능적으로, 뇌를 떨리게 할 정도의 극치의 쾌감이 존재한다는 걸 기대하며 바라고 있는 것이다.

"하웃…… 치후 씨……!"

"더 해봐."

뭘 더? 뭘 더 해보란 소리야?

"치후 씨, 아아…… 아아!"

"더."

"아으……! 진짜, 일부러 그러는 거 아닌데, 자꾸만……!"

"뜨거워."

어쩌라고. 난 아예 팔팔 삶아지겠어. 응?

"더 조여봐."

아주 다양하게도 주문을 하고 있다. 이 나쁜 인간, 어디 한번 그쪽도 당해봐.

"그쪽이나, 더 커져 봐."

째려보면서, 헐떡거리며 말했다.

설마 가능하겠어?

"큭."

하지만 그 순간 그 남자의 눈동자에 돈 건 자신감이었다. 아, 아니잖아? 이건 아니잖아? 남자의 그 부분이…… 무슨 자동 부피 조절기가 있는 것도 아니고…… 이건 아니잖아? 하지만 그가 갑자기 속도를 올리자 이주는 자지러지고, 그의 자랑스러운 그 분은 위업을 달성하고서 당당하게 여인의 내벽을 점령하고 있었다. 그대로 내벽이 마찰당하자 이주는 참을 수 없어 한껏 비명을 내질렀다.

"변태로군, 이 여자."

게다가 귓불을 깨물어오며 그런 어마어마한 소리를 흘리고 있는 것이다. 아웃! 뭐라고 한마디 해줘야 하는데, 귓불만 건드리면 속수무책으로 흐늘흐늘 해파리가 되고야 만다. 그 뒤로는 온통 신음 천국이었다.

"헉! 잠깐만! 아웃! 조금만 천천히! 하윽! 너무 빨라…… 으앗! 드, 등 까져요. 등 아파. 헉…… 허억! 천천…… 아웃! 살살……. 히익! 치후…… 아앗! 좋아……. 하윽, 아파……. 하아, 좋아, 좋아……! 좋아!"

결국 난리가 난 끝에 결론은 좋아로 내려졌으니 이걸 어쩌면 좋을까. 스스로에 대한 참패, 또 한 번 완전한 K.O. 그래서 오로지 욕망의 노예가 된 채로 치후의 거친 돌진을 받아가며 헐떡이던 끝에 쓰러지려는 이주의 몸을 그가 집요하게도 자신의 몸으로 받쳤다.

"꽉 잡아."

그래서 이주는 그의 머리카락을 잡아주었다. 정말 애를 낳기라도 하듯 쥐어뜯으며 헐떡였더니 그가 이주의 목덜미를 왈칵 깨물었다.

"아윽!"

이주는 비명을 질러가며 자신도 그의 목선을 깨물어 버렸다.

"잘했어."

또 칭찬받아 버렸다. 뭘 해도 침대에선 칭찬만 받으니, 어쩌면 자신은 대단히 뛰어난 섹스 수제자가 아닐까? 남들 앞에서는 절대 자랑할 수 없는 그런 자랑거리 하나를 끌어안은 채 몽롱한 상태에서 이주는 절정의 끝을 맛보았다. 왈칵 하고 그녀의 안에서 무언가가 터졌다. 몸 전체를 마비시킬 듯 뜨거운 그를 자신의 안에서 느끼며 이주의 머릿속에 든 생각은, 이럴 줄 알고 피임약을 꼬박꼬박 먹어두길 정말 잘했지, 라는 것.

"하아…… 하아……."

지쳐 버려서 손가락 하나 꼼짝할 수 없어 스르르 아래로 떨어져 내리는 그녀를 치후의 단단한 팔이 가뿐하게 받쳤다.

"힘들어?"

이주는 그의 팔 안에 안긴 채 천천히 고개를 끄덕였다.

“아파?”

너무도 부드러운 음성에 이번에도 또 고개를 끄덕였다.

“한 번 더?”

그래서 이번에도 연속으로 고개를 끄덕였다가 눈을 번쩍 떴다. 뭐, 뭐야!

“아니에요! 이번 건 무효예요!”

곧장 세차게 고개를 마구 내저으며 소리치자 치후가 큭 웃더니 이주를 번쩍 안아 들었다.

“어, 어디 가게요?”

“한 번 더 해.”

아주 대놓고 명령조다. 아무렇지도 않게 명령하고 있다. 게다가 가는 쪽이 침대가 아니라 다행이라고 생각했더니 더 무시무시한 욕실이었다. 걸어가면서 자신의 드레스셔츠를 다 벗어버린 치후가 크고 둥근 샤워기 아래에 이주를 세웠다. 콕을 열자 폭포 같은 물줄기가 떨어져 내렸다. 이주의 옷이 몸에 찰싹 달라붙었다.

이주는 물줄기 속에서 치후를 한껏 노려보았다. 어차피 저 남자는 한 번 시작했다고 하면 절대 안 그만둔다. 맥없이 휘둘릴 바에야 내가!

이주는 흠뻑 젖은 셔츠를 벗어 던지고 치후의 품 안으로 뛰어들었다. 물줄기 아래에서 젖은 입술이 축축한 소리를 내며 정신없이 섞였다. 머리카락을, 얼굴을, 어깨를, 그가 쏟아낸 흔적으로 미끄럽던 허벅지까지, 물이 흘러내리지 않은 곳이 없었고 그의 손이 닿지 않은 곳이 없었다. 이주의 손도 부지런히, 갈망하듯 뜨겁게 치후를 만져 갔다.

따뜻한 물과 함께 몸 안으로 그가 울컥 밀려들어 왔다.

"아아…….”

이주의 눈꺼풀이 순간 천천히 들리더니 반짝반짝 윤기가 돌았다. 뜨거운 물이 윤활유의 역할을 해주어 통증이 덜했던 것이다. 그제야 자신을 안고 있는 남자의 모든 것을 여유롭게 볼 기회도 주어졌다. 지금까지는 그저 이를 악 물고서 통증을 참고 또 그가 이끌어내는 희열에 갇혀 정신을 못 차렸는데 지금은 긴 속눈썹을 내리감고서 키스에 열중해 있는 그의 잘생긴 얼굴을 볼 수 있었다.

그의 흔적과 따뜻한 물의 도움으로 이주의 안으로 훨씬 쉽게 들어간 치후는 이주의 엉덩이를 부드럽게 만지고 있었다. 초조한 듯 한쪽 눈썹을 살짝 찡그리고서 내벽을 건드리며 안으로 밀고 들어왔던 그가 이주의 엉덩이를 양손으로 꽉 쥔 채 천천히 눈을 떴다.

덕분에 그의 얼굴을 넋 놓고서 감상하고 있던 이주와 눈이 딱 마주쳤다. 키스를 하는 채로 그의 입술 끝이 끌려 올라갔다. 허리를 크게 흔들어 일부러인 듯 쿡 찌르자, '아웃!' 이주의 눈이 저절로 감겼다.

"구경하는 건, 반칙이지."

질책하듯 그가 이주의 귓가에 대고 속삭였다. 아, 얄미운 남자. 이주는 이를 앙 물곤 오기로 눈을 떴다. 치후의 얼굴을 끝까지 쳐다보자 그가 어쩔 수 없다는 듯 한숨을 폭 내쉬었다. 이겼다! 생각하고 있는 순간 치후가 커다란 손으로 이주의 눈을 가려 버렸다. 저번엔 입이더니 이번엔 눈이니?

"치사해. 하, 하지 말아요! 왜 못 보게 해?"

"나 델리케이트한 남자야."

이건 또 뭔 소리야.

"보고 있으면 상처받아서 말이지."

웃기고 앉아 있다. 아니, 웃기고 서 있다. 아니, 웃기고 허리 돌리고 있다? 아우, 뭐가 뭔지 모르겠네. 아무튼 말도 안 되는 소리만 족족 흘리는 이 얄미운 남자를 어떻게 하면…… 좋…… 을…… 까? 아아아…… 근데 뭐가 이렇게 좋은 거야?

눈을 가려 억지로 시야가 막힌 이주의 쾌감은 순식간에 극대화되었다. 눈이 가려진 만큼 온몸의 감각이 살아서 날뛰고 있었다. 촉촉한 입술이 빨리는 쾌감마저 이루 말할 수 없을 정도로 이주를 자극했다. 아래로 내려가 목선을 더듬는 혀라던가, 빨아들이는 압력이라던가, 가슴을 핥아대며 허리를 위아래로 쓸어내리는 그 모든 자극이 미치도록 선명하게 인식이 되었다.

한 번 절정에 올랐던 몸은 이미 완연히 풀어진 상태로 또 한 번의 절정을 기대하고 있었다. 뜨거운 불의 도움으로 좀 더 수월하게 내벽 안을 밀치고 들어왔다가 나가는, 건드리고 다니는 그의 그 모든 느낌이, 말할 수 없이 선명하게 인식이 되어 조금만 움직여도 뇌가 터질 듯한 환희가 일었다.

완벽한 자극.

그래서 이주는 치후의 손을 꽉 붙들었다. 의아한 치후가 눈에서 손을 떼려는 순간.

"떼지 마아! 하아……! 좀 더 꽉…… 꽉 눌러줘!"

이주는 또 하나 테크닉을 깨우치고 말았다. 그렇게 두 사람은 또 한 번 동시에 절정을 맞았다. 하지만 뜨거운 정액이 확 터지는 동시에 치후가 혀를 차며 이주를 안아 들어 그대로 욕조에 기대게 하자 이주는 진실로 미친 남자 보듯 치후를 돌아보았다.

"당신 또 뭐 하려는……."

"아직 한 번은 더 가능해."

몇 번은 더 가능 안 하겠니? 이 변태야!

아무래도 강치후가 미친 것 같다. 맛이 간 눈으로 이주의 몸을 더듬는 그가 일순간 소름이 끼칠 정도로 두려워졌다. 어쩌면 이 남자, 정말 미쳤는지도 모른다. 뭐라더라?

"섹스 중독이지, 당신!"

척추를 핥아 내려가며 치후가 쿡 웃었다.

"강이주한테 중독됐겠지."

"우, 웃기지 말아요. 당신은 맛이 갔어. 눈 풀렸어, 진짜로!"

"눈은 풀렸는데."

한 손으로 이주의 엉덩이를 사악 훑어 내린 치후가 곧 엉덩이의 톡 튀어나온 부분을 살짝 깨물곤 중얼거렸다.

"이 녀석이 도저히 안 풀려서 말이야."

뒤에서 왈칵 밀려들어 쿡 찔러 올리자 이주의 몸이 활처럼 휘었다. 아윽! 복수할 거야! 이번엔 점 안 찍고도 복수할 거야! 이주는 상체를 세워 그대로 팔을 돌려 그의 목을 끌어안고서 입술을 겹쳤다. 그리고 우득 소리가 날 정도로 그의 입술을 깨물어 버렸다.

좀 미안하긴 했지만 살아남으려면 어쩔 수 없었다.

"아프죠?"

"흥분돼."

데엥~ 대답은 완전 남의 다리를 긁고 있었다. 게다가 잘못된 자극이 오히려 이 남자를 더 맛 가게 해버리는 결과가 되고 말았다. 뒤에서 등을 딱 붙이고 끌어안아 이주의 가슴을 움켜쥔 채로 거칠게 허리를 밀어붙이기 시작했다.

되로 주고 말로 받은 게 딱 이런 격일 듯. 여자들이여, 섹스할 때 남자 깨물지 마라. 잘못하면 폭주 스위치를 눌러 버리는 결과가 된다. 정처없이 흔들리며 전신이 타버릴 것 같은 쾌감이 점점 더 상승해 오자, 손마디가 하얘질 정도로 욕조를 꽉 움켜쥐며 이주는 헐떡임 섞인 분통을 터뜨렸다.

"하윗! 진짜, 되는 일이 하나도…… 없어. 으읏."

땀과 물로 흠뻑 젖은 두 몸이 한 치의 빈틈도 없이 밀착되었다. 결국 또다시 주인의 의지를 배반하고 이는 쾌감에 이주는 몸을 떨며 괴로워했다. 이주의 어깨를 부드럽게 혀로 핥으며 그가 속삭였다.

"어디에도 가지 마."

이주의 가슴이 두근 뛰었다. 무섭다. 진정으로 어디에라도 가고 싶어진다.

"미칠 것처럼 좋다."

애매하다. 내가 좋다는 건지, 지금 이 자극이 좋다는 건지.

"강이주……."

하지만 열에 들떠 자신의 이름을 부르고 있는 그의 모습은, 어쩔 수 없이 이주를 술렁거리게 했다. 자신은, 이 남자를 반응하게 할 수 있다.

"너…… 좋다."

계속해서, 계속해서 더운 호흡을 쏟아가며 소름 끼칠 정도로 깊숙이 그녀를 파고들어 왔다. 몸의 통증은 마음 안으로 파고들어 오는 통증보단 덜 절실했다. 그의 존재가 심장의 내부로 들어오면 들어올수록 이상하게 저릿했다.

"나도…… 당신이 좋아."

이주는 욕조에 뺨을 기댄 채 그를 온몸으로 받아들이며 속삭였다.

"당신이, 좋아."

"강이주……."

"그래서 당신한테, 부탁이 있어."

치후가 뜨거운 몸으로 이주를 왈칵 안았다.

"뭐든지."

저기, 이 좋은 분위기에 염치없지만.

"눈 좀 가려줄래요?"

이 본능에 정신 팔린 여자 같으니! 그러나 이주는 이미 이 끝이 없을 것 같은 섹스에 퐁당 빠져 버린 후였다. 또 한 번 그 엄청난 자극을 느끼고 싶다.

"그럼 부탁해 봐."

못된 남자, 안 해!

"눈…… 가려줘요. 하아…… 제발……."

도대체 뭘 하고 있는 거냐, 넌. 뭐 하는 인간이냐! 덕분에 치후의 기분 좋을 정도로 낮은 웃음소리가 들려서 얼굴까지 다 빨개졌다. 하지만 좋은 걸 어떻게 하란 말이야. 눈 가리고 이 사람을 느끼는 게 지독하게 좋다. 솔직한 여자에겐 돌멩이가 아니라 빵을 던져 줘야 한다. 그렇지 않은가!

"사랑스러워, 너. 모조리 먹어 삼켜 버리고 싶을 정도로."

포개듯 몸을 안아온 치후의 목소리.

이 맛이 간 남자가 이제 배를 채울 생각까지 하고 있다. 먹긴 날 왜 먹니? 안 먹어도 되니까 눈 좀 가려달라니까 왜 이렇게 뜸을 들이나!

"좋아서 미칠 것 같다."

좋으면 미치지 말고 얼른 눈이나 좀 가려주라구요. 나도 좀 더 좋아보게!

다행히 이 남자는 그녀에게 빵을 던져 주는 사람이었다. 이주의 귓불을 핥아가며 그가 속삭였다.

"기꺼이."

하얀 가슴을 움켜쥐고 있던 치후의 손이 눈으로 올라왔다.

절정까지는, 그리 오래 걸리지 않았다.

"……고유미?"

고개를 끄덕였다.

"그래, 미인이지."

비싼 침대 놔두고 벽과 욕실을 돌아다녀 가며 섹스를 한 끝에 이주는 겨우 정상적으로 침대에 누워 있었다. 침대는 사놓고 잠만 자는 겁니까? 다른 정상적인 사람들은 모두 다 여기서, 바로 여기서 정상적인 체위로 사랑을 나눈단 말입니다.

하지만 강치후란 남자에게 침대는 그냥 과학일 뿐, 아무리 애기를 해도 여기서 잠자고 이따금씩 섹스도 한다는 걸 들어먹으려 하지 않았다.

아무튼 이주는 겨우 돌아온 황금 같은 휴식을 온몸으로 환영하며 시트에 머리를 대고 누워 있었다. 전신이 파김치가 된 것처럼 축 늘어져 있는데 치후가 슬쩍 머리 뒤로 팔을 넣길래 모르는 척 머리를 뒤로 뺐다. 팔베개 해준다니 고맙긴 한데 위험 인물이라 적정선의 거리가 필요했다. 지금처럼 언제든 다시 한 게임 더 시작할 것 같은 상황에서는 더더욱.

시트로 몸을 돌돌 말고서 눈만 살짝 빼놓고 노려보자 치후가 알았다는 듯 두 손을 들어 보였다. 겨우 안심했더니 이번엔 아예 누에고치처럼 말린 이주를 시트째로 덜렁 들어서 품에 껴안았다. 그리고 이따금씩 이주의 머리카락을 생각날 때마다 만지작거리며 이주의 말에 낮게 대답했다.

"고유미 씨, 미인이던데."

이주가 물은 게 바로 그 말이었다. 그랬더니 치후가 대답한 것이다. 미인이라고. 뭣이? 미인이라고 인정을 해?

"나보다 훨씬 더 예쁘더라구요?"

그래서 입술을 삐죽거리며 투덜거렸더니 치후가 이주의 어깨를 꽉 끌어안고서 이마에 자신의 이마를 마구 비볐다. 불이 나는 건 아닌가 싶을 정도로 난데없이 부싯돌 취급하며 이마를 비빈 그가 이주를 홱 떼어내고선 금방 그렇게 과격하게 애정 표현을 한 사람과 동일인물일까 싶을 정도로 차가운 태도로 돌아가 말했다.

"나에 대해 궁금한 건가, 고유미와의 외모 대결이 신경 쓰이는 건가."

물론 전자이지만 후자의 이유도 조금 섞여 있다고 하면 이번에야말로 이마에서 불이 나거나 한 대 얻어터질 것 같다.

“물론 치후 씨에 대해 알고 싶죠.”

이럴 땐 가증스러운 애교가 상책이다.

“고유미라……”

낮게 말한 치후의 어조가 마치 음미하는 것 같아 이주는 치후를 바로 째려보았다.

“무슨 의미예요?”

흘끗 이주를 내려다본 치후가 그녀의 손을 감싸듯 쥐어 끌어당기더니 자신의 심장에 붙였다.

“만약, 여기 이놈을 뛰게 하는 누군가가 생기지 않는다면.”

그의 심장에 닿아 있는 이주의 손가락이 떨렸다. 이상하게도 그 다음 말이 듣고 싶지 않았지만, 동시에 꼭 들어야 할 말이기도 했다. 그가 낯설 정도로 딱딱하게 말을 이었다.

“고유미와 결혼하는 것도 나쁘지 않다고 생각하고 살아왔다. 그게, 사실이야.”

이주의 눈동자가 멍하니 정지했다. 천천히 그의 심장에서 손을 뗐다. 의식이 마치 먼 나라에서 유유히 헤엄치는 물고기 같다. 소리도 없이, 흔적도 없이 천천히 움직이는 물고기처럼.

“왜…… 그런 말을 하는데요?”

당장 일어나서 얼굴을 확 할퀴어줄까. 귀를 비틀어줄까. 요리조리 재고 있는데 치후가 먼저였다.

“형과 난, 하늘을 날고 싶었지.”

하지만 난데없는 말이라 이주는 더 멍해졌다. 치후는 딱딱하게 굳은 얼굴로 무언가를 깊이 생각하고 있었다. 다 좋은데 머리카락을 슬금슬금 만지던 손이 찰흙 주무르듯 얼굴을 주무르고 가슴으로 내려와 시트를 벗겨내려 하자 이주는 그 손을 탁 쳤다. 질책하듯 째려보길래 시치미를 뚝 떼고 고개를 돌렸더니 주의를 끌 듯 그가 말을 이었다.

"형은 실제로 파일럿이 되었고, 나는 고체를 하늘에 띄우는 것에 더 관심을 가졌지. 처음엔 취미 수준으로 시작한 R/C 항공기 설계 제작에 넋이 팔려서, 시작한 김에 초경량 항공기를 생산할 수 있는 작은 벤처업체도 시작했었지. 하지만 그걸로 만족이 되지 않아서 한국을 떠나서 CAE 시스템 개발 연구 팀에 참여하기도 했고, 실제로 항공사 설계 팀에서 일하기도 했고."

여기서 잠깐. CAE가 뭔가요? 묻고 싶었지만 흐름을 깨고 싶지 않아서 그만두었다.

"아마도 차남이기에 가능했을 거야. 형은…… 그렇게나 좋아하던 파일럿을 그만두고 아버지 명령대로 회사 일을 배워야 했거든."

형에게 미안했었다고 했다.

"형을 도왔어야 했는데, 하지만 난 역시 경영보다는 설계나 조종 쪽이 매력적이라, 나도 모르게 형의 입장을 외면했던 것 같아."

그리고 그는 사고 소식을 들었다고 한다.

1년 전이었다. 그 비보는 느닷없이 찾아왔다. 여객기 사고로 형이 죽었다는 말을 들었을 때 그는 믿을 수 없었다. 무엇보다, 그렇게나 동경하고 사랑하던 하늘이 형을 배신했다는 게, 형을 빼앗아갔다는 게 믿어지지 않았다. 그는 다시는 하늘을 사랑할 수 없었다. 결국 설계 팀이고 뭐고 다 그만두고 다시 귀국했다. 그리고 형의 뒤를 이어 회사 일을 배우기 시작했다.

"하기로 한 이상은, 제대로 해야겠지."

길게 이어지는 치후의 말을 이주는 가만히 듣고 있었다. 그제야 왜 낮에 그가 그런 표정을 했는지 이해할 수 있었다. 전에 하던 일이 무어냐 물었을 때, 그의 눈빛이 슬퍼 보였던 이유는 바로 이것이었다.

형에 대해 이야기하는 그의 표정은 고요하면서도 숨길 수 없는 슬픔이 깔려 있었다. 이주는 손을 뻗어 그를 안아주고 싶었다.

"하고 싶은 걸 포기하고 형이 선택한 일이고 동시에 형이 내게 남긴 일이기도 했지. 그래서 이 회사는 내게, 의미 이상인 거다."

자신만 생각할 수 없다. 형 대신 이어받은 회사를, 어떻게든 소중하게 여기고 최고의 기업으로 끌어올리겠다. 아버지가 대성과의 합병을 원한다면, 그렇게 해도 된다고 생각한다. 대성과의 합병만이 길은 아니었지만 아버지가 원한다면 따라도 좋다고 생각했다. 그게 태진을 살리는 길이라면 더더욱. 딱히 하지 말아야 할 이유 같은 것도 없었다.

"그걸로 고유미가 내 아내가 된다면 그뿐, 그 이상의 의미는 없어도 되니까."

피차 사랑 따위에 의미를 두지 않는 사이였다. 향기는 없지만 아름다운 여자, 조화 그 자체인 여자. 주어진 역할에 순응하며 언제나 우울한 얼굴로 재미없는 고요 속에서 걸어다니는 여자, 애초에 원하는 것도 없었기에, 그나마 지켜보는 재미라도 없었다면 아마 벌써 끝났을지도 모르지. 지금까지 이어온 게 더 신기할 정도로.

치후는 이주의 어깨를 매만졌다. 강이주, 너는 역동적이다. 너는, 내게 꼭 맞는 향기를 타고난 여자다. 너는…… 살아 있고, 살아서 내가 만질 수 있도록 내 앞에 있는 여자다. 시체 꽃과도 같은 그 여자를 어떻게 네게 비교할 수 있을까.

나는, 그저 널 만지고 싶을 뿐. 한없이 안고서 한없이 확인하고 싶을 뿐. 너를 만져 열꽃이 필 때마다 내가 얼마나 행복한지. 지금의 나는, 단지 심장이 터질 정도로 살아 있는 게 행복하다.

치후의 서늘한 손이 이주의 얼굴을 매만졌다. 고개를 비스듬히 틀어 이주를 마치 처음 보기라도 한 듯 하나씩 하나씩 차근차근 다시 내려다보며, 확인하고 있었다. 내 옆에서 숨 쉬며 살아가고 있는 여자가 맞는지. 계속 그래 줄 수 있을지.

물끄러미 내려다보는 그의 눈이 그 어느 때보다도 예쁘다. 멋지다는 표현보다 예쁘다는 표현이 어울린다. 마치 보석 같다. 방금 씻은 후라 말갛게 물 냄새를 풍겨서 더욱 그렇다. 그 속에 섞여서 물씬 풍기는 비누 향, 눈동자와 어울리는 단정한 얼굴선에서 풀 내음이 날 것 같다. 눈동자는 더욱더 차가운 비에 씻긴 검은색의 예쁜 돌 같다.

가슴속 깊은 곳에 눌러두었던 슬픔을 표현해 주는 그가 고마웠다. 그리고 그가 안됐다. 안타깝다는 생각이 든 건 처음이었다.

"됐어요……."

이주가 천천히 중얼거렸다. 웃으며 자신도 손을 뻗어 치후의 얼굴을 만졌다.

"그거면 됐다구요."

지금은 그의 상처받은 마음을 위로해 주고 싶다. 자신도 누군가를 안아줄 수 있는 사람이면 좋겠다. 그 사람이 강치후였으면 좋겠다.

치후가 이주의 눈가를 가볍게 톡톡 두드렸다. 그리고 뺨을 만지고 내려가 입술을 부드럽게 쓸었다.

"그냥, 날 선택해요."

이주의 자신만만한 말에 치후의 눈가에 잔잔한 주름이 잡혔다.

"세게 나오는데?"

"지금은 그러고 싶어요."

"……."

"누구보다 당신을 행복하게 해주고 싶으니까."

치후의 눈동자가 놀란 듯 살짝 커졌다. 이주는 그의 손을 끌어당겨 손가락 하나하나에 키스했다.

"나는 이미 널 선택했어."

가슴까지 따뜻해지는 말.

"처음 아무도 없는 회의실에서 이상한 춤을 추고 있는 여자를 본 순간부터."

아…… 그 얘기는 하지 말아주셨음…….

"그 여자가 술에 잔뜩 취해서 내 무릎 위로 떨어졌을 땐 더더욱."

운명이라 생각했을지도 모르겠다. 술에 취해서 기절이나 하고 남의 옷에 실례되는 짓이나 저지르는 여자를 집까지 데리고 온 건, 어쩌면 처음 본 순간부터 강이주란 여자에게 먹은 마음이 있었던 건지도.

그걸 음심이라고 해야 하나, 관심이라고 해야 하나.

이주가 키스한 것처럼 이번엔 치후가 이주의 손가락에 감미롭게 키스를 했다.

"예쁘다."

치후 씨…….

"넌, 내게 속한 사람이니까."

"……."

그런 감동적인 말 하면서, 손가락을 빨지는 말아주셨으면……. 아읏! 마무리는 왜 또 깨물면서 하시는 건데. 쪽쪽 빨다시피 하던 손을 놓은 치후가 이번엔 이주의 얼굴을 끌어당겨 입술을 핥기 시작했다. 왜, 분위기가 또 이쪽으로 흐르는 걸까. 확 패버려? 입술 역시 손가락에 했던 것처럼 키스하고 빨고 깨문 후에야 놓아준 치후가 이주의 눈을 똑바로 응시하며 말했다.

"나 역시 네게 속한 사람이니까."

당신과 나의 이 정도의 거리……. 이보다 더 가까워도, 한없이 가까워도 자꾸만 부족하다 욕심이 마구 이는 거리. 아무리 밀착되어도 더 달라붙고 싶은 거리.

나는, 아무래도 당신에게 속아 넘어간 것 같아. 당신은 솔직히 그냥 맛이 간 변태 싸가지잖아. 그런데도 당신이 한없이 좋은 건, 당신이 날 자꾸만 너무 잘 속이기 때문이야. 사랑을 나눌 때의 감정이란 건 어차피 눈가림 수준이란 거 아는데.

이것이 완벽한 진실이라 믿고 있지만, 육체관계를 나눌 때 흩뿌려지는 말들이 얼마나 가볍고 허무한지는 동서고금을 막론하고 진실로 판명됐잖아. 그런데도 당신만은 아닐 거라고 믿고 싶어지는 이 마음이 아마도 사랑이겠지.

나는 당신을 사랑하는 것 같아.

당신도 나를 사랑해요? 그래서 나한테 그렇게 아름다운 말들만 하는 거예요? 또, 슬픈 이야기까지 해준 거죠?

"그러니까 고유미에 대해 어떤 말을 듣더라도 딴생각하지 말도록."

이제 그런 건 아무래도 상관없다. 난 어른스럽게 생각하기로 했으니까, 라고 말할 정도의 성숙함이 아직은 없을지라도 지금은 이 남자와 감정을 나눌 수 있다는 사실에 행복하다.

"그래도 자꾸 들리면?"

"듣지 않게 해주지."

이 사람은 회사 내에 돌고 있는 소문까지 신경 써준 걸까. 안심시켜 주려고…….

"그래도 들리면?"

"그럼 그냥 들어. 귀찮다."

어유, 진짜 이 남자랑 무슨 말을 하겠습니까.

"그러니까 나한테 와."

순간 이주의 눈동자가 떨렸다. 정지한 이주의 뺨을 매만지며, 그가 말을 이었다.

"내가 확실하다면 어디에 있건, 어디까지 갔건 무조건 돌아서 여기로 달려와."

월말이라 정신이 없었다. 늘상 숫자에 묶여 살아서 이젠 꼬불 거리는 곡선만 봐도 질릴 지경이었다. 다섯 시간 동안 꼼짝없이 앉아서 인쇄물과 모니터의 금액을 맞춰보고서 겨우 일을 끝내 니 눈은 빠질 것 같고 허리는 구십대 노인 저리 가라였다.

요즘 안 그래도 허리 쓸 일이 많은데⋯⋯. 하긴 허리는 저쪽 이 썼지.

내가 또 회사에서 무슨 생각을 하고 있는 거야. 순식간에 떠 올랐던 부적절한 상상을 고개를 마구 저어 쫓아냈지만, 침대에 서 자신을 내려다보며 싱긋 웃던 긴 눈매가 생각나자 심장이 줄 넘기를 하듯 팔딱팔딱 뛰었다. 항상 사랑을 나눌 때면, 그의 얼굴에 취하고 그의 벗은 근육질의 상체에 취하고…….

"커피."

이 이상 진행하면 일날 것 같아 이주는 자리에서 벌떡 일어났
다. 커피를 마시기 위해 사무실을 나가 몇 걸음 걷는데 갑자기
등 뒤에서 누군가가 그녀를 불렀다. 급한 목소리로 강이주 씨!
하기에 돌아봤더니 같은 사무실의 남자 대리였다. '상콤'하게
생겨서 이주가 감상용으로 가끔 쳐다보는 인물이었다.

"네, 대리님."

커피 부탁하기만 해봐라, 니가 뽑아 마시라고 한마디 해줘야
지 쳐다보고 있는데 상콤 대리가 이주의 앞에서 멈춰 섰다. 하
지만 막상 말은 하지 않고 주춤거리기에 이주는 갸웃했다.

"왜 그러세요?"

누구는 생긴 값 하느라고 싸가지가 작렬인데 여기 이 상콤하
게 생긴 훈남 대리님은 막상 커피 심부름을 시키려니 난처한가
보다. 그렇다면야 한 번만 뽑아다 줄까?

사실 굳이 표현하자면, 그 남자의 외모는 눈이 튀어나올 정도
로 현란하고, 상콤 대리는 그냥 상콤하다. 지금껏 이 인물이 회
사에서 톱이라고 생각했는데 쓸데없이 심각하게 잘생긴 남자를
만나는 바람에 순식간에 눈이 확 높아졌다. 사람 눈을 이렇게
이마 위까지 끌어다 놓고 책임 안 지기만 해봐라.

"저기, 이주 씨. 꽃바구니 말인데……."

상콤 대리를 두고서 매콤 상무의 생각만 계속 하고 있던 이주

는 눈동자를 깜빡거렸다. 갑자기 꽃바구니는 왜?

"그 꽃바구니…… 어제부터 배달 안 되던데."

아아……. 안 그래도 그 꽃바구니 때문에 사무실 내에서 보이지 않는 술렁임이 일었다는 소식을 여진에게 들었다. 처음에는 부러워하며 살짝 질투만 하던 여직원들이 점점 시간이 흐르자 대놓고 질투를 하며 불평을 표시했고 남직원들도 은근히 화제로 삼더라는 것이다. 물론 이주는 그 잘난 꽃바구니 처리 문제만도 벅차 신경 쓰지 못한 부분이었지만.

게다가 웃기게도 사무실 안에 꽃가루 알레르기가 있는 사람까지 있어서, 매일매일 배달되는 꽃바구니가 어느새 분쟁의 이유가 될 뻔했다. 그래서 이주는 치후에게 강력히 요청했다.

"꽃바구니, 이제 그만 보내면 안 될까요?"

그때 치후는 이주의 귀 아래에 키스를 하며 대답했다.

"그동안 내 순수한 마음은 잘 전달되었나?"

퍽도 순수하시겠다. 스펙터클 에로가 아니면 다행이지. 하지만 이 남자가 변태 싸가지라고 할지라도, 그 꽃의 의미는 소중했다. 만나고 바로 다음날부터 배달되기 시작한 꽃. 그녀가 그에게 집중하기 이전부터 시작해서 지금까지 내내 한 번도 변하지 않은 그의 마음을 대신 말해주는 것 같다.

물론, 꽃 대신 고기나 감자나 뭐 그런 걸로 줬더라면 훨씬 더 그지극한 마음을 잘 받았을 텐데. 그리고 냠냠 맛있게 먹었을 텐데.

아무튼 그렇게 해서 배달 정지된 꽃바구니 이야기가 다시 나

오니 이주는 조금 긴장했다. 설마 이 상콤 대리님도 사실은 꽃
가루 알레르기가 있었나? 배상을 원하나?

"이제 안 올 거예요. 그러니까 걱정하지 마세요."

순간 상콤 대리의 눈빛에 환한 미소가 돌았다. 세상에. 저렇
게까지 좋아하다니. 병이 심각했었나 보다.

"다행이네."

"그러게요."

하하…… 하……. 그래도 그 남자는 신경 써서 보내준 꽃인데
천덕꾸러기가 된 것 같아 좀 안쓰러워지는 이주였다. 상콤 대리
가 표백제에 담갔다가 빨아놓은 이불보마냥 하얀 얼굴에 상콤
한 미소를 가득 드리운 채 말을 이었다.

"사실은 그동안 이주 씨한테 데이트 신청을 하고 싶었는데……
꽃바구니 때문에 신경이 쓰여서 번번이 기회를 놓쳤지 뭐야."

아, 그런 거였군요? 그럼 이제 기회가 왔으니 어디 한번 다시
데이트 신청을…… 뭐라고? 지금 이분이 뭐라고 했지?

이주는 화들짝 놀란 얼굴로 상콤 대리를 쳐다보았다. 이건 전
혀 짐작 밖의 실제 상황이었다. 세상에, 하늘도 무심하시지. 어
쩌자고 한 인간한테 이렇게나 많은 매력을 한꺼번에 몰아주셔
서 남자들을 아주 그냥 정신을 못 차리게 하는 거냐구.

"아, 저…… 그……."

이주는 난처해서 어쩔 줄을 몰랐다. 물론 상콤 대리와의 데이
트는 나쁘지 않을 것이다. 하지만 이 데이트 신청은 무척이나

타이밍이 좋지 않았다.

　얼마 전까지야 상콤 대리가 이런 말을 했더라면 나름대로 으쓱하며 기뻤겠지만, 지금은 상콤 대리의 얼굴이 별로 상콤하게 보이지 않은 지 오래였기 때문에 데이트 신청마저도 한물간 유행가 가사 같다. 이유는 단지 하나, 상콤하긴커녕 달콤하지도 않고 그저 매콤 씁쓰름한 한 남자에게 완전히 '이분의 일' 해서. 전문 용어로 반하다, 맛이 가버렸기 때문에.

　"미, 미안해. 너무 갑작스러워서 놀랐지? 하지만 사실은 나 이주 씨가 입사했을 때부터 관심이 있었거든."

　오! 이분이 왜 이러실까. 일이 안 풀릴 땐 뒤로 넘어져도 코가 깨지더니, 잘 풀릴 땐 툭 건드리기만 해도 모든 게 다 황금 천지다. 또한 그렇게 궁할 때는 아무리 옆을 둘러봐도 별 볼일 없는 놈팽이 하나 없더니, 이제 별 필요 없을 때는 마구 기어나와서 이렇게 존재를 드러내는 것이다. 이게 머피의 법칙일까, 타이밍의 차이일까.

　결론은 강이주 복 터졌다.

　하지만 동시에 재앙이기도 했다. 바로 그 재앙의 전주곡으로 휴대폰 메시지음이 삐리릭 들렸다. 불쑥 주머니에 손을 넣어 휴대폰을 꺼내 보는 이주의 얼굴이 갸웃했다.

　「오른쪽으로 고개 돌려.」

　메시지의 특이성으로 인해 누굴 확인하기도 전에 본능적으로 고개부터 돌아갔다. 하지만 굳이 확인할 필요 없게도, 발신인이 직접 존재를 드러내며 오른쪽 복도 끝에서 귀신같은 얼굴로 이쪽을 쳐다보고 있었다. 저대로 두면 세 번 끊어서 느닷없이 이쪽으로 점핑해 온다고 해도 놀랄 일이 아니었다.

누가 뭘 얼마나 잘못했다고 저렇게 사납게도 노려보시는 건지.

하지만 더 고민할 필요도 없었다. 그는, 이주가 그를 발견한 동시에 몸을 돌려 어딘가로 사라져 버렸다. 뭐야? 어디 간 거야?

"이주 씨?"

옆에서 상콤 대리가 부르고 있었지만 이주는 멍, 얼빠진 얼굴로 갸웃거리며 다시 그의 메시지를 확인해 보았다. 화면을 아래로 내려보았더니 메시지는 그게 끝이 아니었다. 숨은 메시지가 드러났는데.

「한눈 그만 팔고 당장 본인 사무실로 튀어 들어가도록.」

만약 그 남자를 사랑스럽다 생각하고 있지 않았다면, 그런 메시지 따위, 한 대 때려주고 싶었을 것이다. 하지만 자신도 변태가 되어가는 건가. 그 남자의 그다지도 성의없는 못된 말투에, 이주의 마음이 한없이 부웅 떴다.

슬슬 즐기는 거다. 가학적인 플레이가 어느새 등장할지 모른다. 조심하라. 안 그러면 어느 순간 니 엉덩이 뒤에서 슬금슬금 드러나는 가죽 채찍을 보게 될지어니.

"이주 씨?"

이미 게임 아웃.

이주는 자신의 답을 기다리고 있는 상콤 대리를 바라보았다.

"죄송해요. 실은, 저 사귀는 사람이 있거든요. 아마, 꽃바구니 주인일 거예요."

모르긴 몰라도 그때 자신의 얼굴엔 저 상콤 대리보다 몇백 배는 더 상콤한 미소가 배어 있었을 것이다.

아무튼 그렇게 상콤 대리에게 양해를 구하고서 치후의 말대로 곧장 사무실 안으로 뛰어 들어갔다. 애초에 커피를 마시려고 나간 것이었지만 지금은 마시지 않아도 배가 불렀다. 남자의 질투라는 맛있는 양식을 마음껏 섭취했다고나 할까. 호호호.

그리고 그날 저녁, 퇴근 즈음에 낮도깨비 같은 그 남자에게서 또 한 번 메시지가 왔다.

「회사면 대답하고 밖이면 무시해.」

하……. 이거 설마, 사람이면 이름을 말하고 귀신이면 썩 꺼져라의 변형 버전은 아니겠지? 밖은 아니었지만 대답하는 걸 그냥 두고 싶어서 메시지를 짝 째려보고 있다가 답장을 보냈다.

「아직 회산데, 왜요?」

「그럼 계속 일하시게.」

이 남자가 지금 뭘 하잔 거야? 기가 막혀서 넋이 빠져 있는데 이어 메시지가 왔다.

「끝나면, 잠시 알현할 수 있을까?」

쳇. 보고 싶으면 그렇다고 말을 하시지. 튕기기는.

근데 가만 생각해 보니 오늘은 안 될 것 같았다. 엄마가 김치 담근다고 일찍 들어오라고 신신당부를 했었다.

「김치 담가야 돼서 안 돼요!」

라고 썼다가 지우고.

「미안해요. 오늘까지 읽을 책이 있어서 안 되겠어요.」

우아하게 메시지를 찍어서 보냈다. 여유로운 마음으로 메시지가 도착하기를 기다렸다가 확인했다. 순간 이주의 얼굴이 확 찌푸려졌다.

「집에서 여덟 시. 이상.」

휴대폰을 쥔 손이 부르르 떨렸다.

사람 말을 콧구멍으로도 안 듣지, 이 남자가!

"가만있어 봐. 여덟 시면 너무 늦잖아. 빨리 안 오기만 해봐."

하지만 고분고분 말을 듣고 있는 자신은 대체 뭘까. 어느덧 정신을 차리고 보면, 완벽하게 이 남자의 연애 페이스에 휘말리고 있는 것이다.

그래도 보고 싶으니까. 만나고 싶으니까. 김치보다 당신이 수천 수만 배는 더 좋으니까.

속절없이 그 남자에게 끌리는 이 마음이 신기하면서도 조금은 두렵다. 당신도, 나와 같은 마음일까?

소금에 팍 절여진 배추마냥 이주는 책상 위로 철푸덕 엎어졌다.

정확히 일곱 시 정각에 주인 없는 집에 도착해 멀뚱멀뚱 앉아 있기를 삼십 분, 이주는 주스를 따라와서 다시 소파에서 멀뚱멀뚱 앉아 있기 놀이를 지속했다.

「맛있는 거 사줄 테니까 조금만 더 기다려.」

중간에 온 메시지였다. 이상하게도 글자에서 초조함이 느껴진다고 생각한 건 자신의 착각이겠지.

아무튼 맛있는 거 사준다니 봐준다.

"엄마야!"

하지만 잠시 맛있는 거에 정신이 팔려 버렸기 때문일까, 헛손질을 해서 주스를 소파에 쏟아버리고 말았다. 눈이 부시도록 흰 소파에 망할 주스가 확 퍼지자 이주는 벌떡 일어나 티슈 한 뭉텅이를 꺼내 주스를 닦고, 것도 모자라 걸레를 찾아와 더욱 빡빡 닦았다. 다행히도 눈썹이 휘날리도록 닦은 끝에 흔적은 남지 않았다.

"휴우."

모든 일이 끝나자 이주는 자신도 모르게 안도의 한숨을 내쉬었다.

도대체 얼마나 비쌀지 모르는 남의 소파를 망쳐 났다가 월급을 차압당할 일은 절대 없어야 했다. 또한 이 소파는 쿠션감도 무지 좋아서 그 위에 누워 애무를 받으면 기분이……. 시끄러, 뇌야! 이상한 쪽으로 생각이 흘러가지 좀 말란 말이야!

상기된 뺨을 식히면서 걸레가 된 수건을 다시 가져다 놓으려고 일어나는데 고맙게도 현관문 밖에서 반가운 소리가 들렸다. 비밀번호가 삑삑삑삑 눌리는 소리와 함께 현관문이 철컥 열렸다. 수건을 든 채 이주는 반가운 얼굴로 현관을 쳐다보았다. 뭐니 뭐니 해도 집엔 주인이 있어야 한다…….

"……?"

하지만 이주는 그 순간 쩡 굳어버렸다. 현관으로 눈에 익은 잘생긴 얼굴이 들어서는 대신, 예상을 완전히 빗나간 인물 두 사람이 들어오고 있었다. 고운 색의 정장을 우아하게 소화하시고 있는 중년 아줌마 한 분과, 더 고운 한복 차림에 숄을 두르신 무서운 인상의 할머니 한 분.

이에 대한 이주의 반응은 단지 한 가지였다.

아아악!

양장 아줌마와 한복 할머니……. 도대체 이분들은 누구신가. 누구긴 누구야. 저렇게 자연스럽게 비밀번호를 누르시고 자연스럽게 안으로 들어설 사람이 또 누가 있겠어.

누나들은 아닐 테고, 친구들도 아닐 테다. 그렇다는 것은…….

"누구……?"

이쪽이 절실하게 묻고 싶은 말을 먼저 들어선 양장 아줌마가 의아한 기색으로 물어왔다. 눈동자가 살짝 열려 있는 걸 보니 저쪽도 놀랐을 테다. 하지만 이쪽은 더 놀랐으니 그 놀람에 대해 뭐라고 브리핑할 말이 없다.

"아, 안녕하세요."

입술에 경련이라도 인 듯 말이 꼬여 나왔다. 게다가 알아차리진 못한 것 같았지만 살짝 삑사리까지 났다. 아마도 저분이 사모님일 테고, 저 뒤의 불독처럼 생긴 할머니가 회장님의 어머니겠지? 아니면 내 성에 장을 지진다. 아니, 손에 지지는 거였던 가? 아아, 모르겠다.

"저 처녀는 뉘 집 처녀야."

그나마 온화한 인상의 양장 아줌마 뒤에서 불쑥 모습을 드러 낸 한복 할머니가 사나운 표정으로 이주를 쏘아보았다. 그 천추 황후 포스의 눈매가 이주의 얼굴을 삽시간에 훑는 느낌은, 수백 볼트의 고압 전류를 혼자 맞는 기분이었다. 그것도 비 오는 날 벼락의 가능성이 있는 곳만 골라서…….

"언 게야? 본래 말을 못하는 게야."

가만히 있어도 냉기가 뚝뚝 떨어지는 그 쭉 찢어진 눈매로 한 복 할머니가 개그까지 치신다. 만약 웃자고 한 소리가 아니라면 더 암울하다. 덕분에 거실 분위기가 싸하게 가라앉았다. 그렇구 나. 저 못돼 보이는 눈매. 알 것 같다. 강치후가 누굴 닮았는지.

"저는…….."

막 입을 열려는데, 그사이를 못 기다려 주시고 할머니가 더욱 다그치고 나왔다.

"어허! 어른이 묻는데 대답도 없이! 뉘 집 딸이기에 이렇게 기 본적인 소양도 없는 게야!"

그러니까 지금 대답하려던 참이라구요. 이주는 차라리 징징 울고 싶었다.

일단은 가리봉동 강철수 씨 딸이긴 했지만, 양 볼 살이 몇 근 은 축 늘어진 한복 할머니랑 이렇게 맞닥뜨려서 정신 챙길 수 있는 사람 있음 한 번 나와보라 그래라.

"안녕하세요. 저는 강이주라고 합니다."

그래도 어떻게든 정신을 챙기고 이주는 공손하게 인사를 올렸다. 이번엔 양장 아줌마가 차분하게 입을 열었다.

"그렇군요. 반가워요. 그런데 우리 강 상무와 어떻게 아는 사이죠?"

모른다! 모르는 사이다! 강 상무가 누구냐. 유상무상무상무 이상무는 알아도, 강상무상무상무 이상무는 나는 절대 모른다!

"그러니까 저기 저는……."

뭐라고 대답하지? 일단 맛있는 거 얻어먹으려고 목 빼고서 기다리고 있는 가리봉동 보통 처자? 할머니의 무서운 얼굴이 싫은 가련한 아가씨? 뭘로 하지?

이주의 머릿속이 복잡하게 얽혔다. 사나운 불독의 볼 살과 시베리안 허스키의 눈매를 닮으신 저승사자 같은 할머니의 눈빛 압박. 차분하고 우아하지만 내 아들하고 아는 사이면 국물도 없을 줄 알라는 포스를 고요한 가운데 풍기고 계신 양장 아줌마.

그 사이에서 방황하던 이주의 눈에 순간 손에 든 걸레가 들어왔다. 잔머리가 돌아간 건 순식간이었다.

"저, 저는 청소하러 온 사람인데요!"

바로 이거라고, 그 당시에는 반짝거리는 자신의 아이디어에 감탄하며 외쳤다. 물론 그 후에 곧바로 후회했지만. 생각한 게 고작 그거냐…….

뜻밖의 대답이었던지 양장 아줌마와 한복 할머니가 동시에 서로의 얼굴을 쳐다보았다. 그걸 지켜보는 이주의 심정은, 쪽팔려서 땅바닥으로 딱 꺼지고 싶다. 왜 말을 못해! 니가 강치후랑 사귀고 있다고 왜 말을 못해! 하지만 지금은 그저 도망가고 싶다. 전투태세를 갖춰 다음에 다시…….

"저는 그럼 일이 끝나서 가볼게요. 다음에 또 뵙겠습니다. 하하…… 하……. 그럼."

왜? 용역회사 명함도 주지 그래.

뭐가 어떻게 됐건 일단 튀고 보자. 양장 아줌마와 한복 할머니가 의미심장한 눈으로 이주를 쳐다보고 있거나 말거나 이주는 살금살금 걸어 몸을 돌렸다. 그러나 그와 동시에 다시 한 번 현관문이 벌컥 열려서 이주는 히뜩 놀라 멈춰 섰다.

'치후 씨……. 이 시추에이션 좀 볼래요?'

안으로 들어서는 치후의 얼굴이 이주의 눈에는 거짓말 하나 안 보태고 천사로 보였다. 하지만 이미 보기 좋게 상황을 어질러 놨기에 반가움은 그리 오래 지속되지 못했다.

무표정하게 거실로 들어섰던 치후는 마땅히 있어야 할 한 명의 여인 외에 두 여인이 더 있는 것을 보자 잠깐 주춤했다. 하지만 도대체 속을 알 수 없는 딱딱한 표정으로 차 키를 한쪽 진열장 위에 툭 던지더니 구두를 벗고 들어섰다.

"오셨어요?"

자기 핏줄들에게 한마디 툭 던지더니 그는 곧장 이주를 쳐다보았다. 그때쯤 망부석보다 더 단단하고 한 많은 형태로 버쩍 얼어붙은 이주를 발견한 치후의 눈동자에 살짝 의문이 돌았다.

"거기 서서 뭐 하는……."

"오, 오셨어요? 사장님!"

내가 지금 뭐라는 거야!

"……."

하지만 이미 저질러진 일. 천천히 치후의 한쪽 눈썹이 치켜 올라갔다.

"……뭐?"

황당해 죽겠다는 듯, 그가 되물었다.

"사, 사장님, 제가 오늘 할 일을 다 해서 그만 돌아가려구요. 그럼!"

본인도 스스로를 참 어이없어하는 바이니 그런 표정 그만 하시라구요. 미안함 반 창피함 반으로 이주는 번개와 같은 속도로 튀어나가려 했다. 하지만 한 걸음 성큼 움직여 이주의 진로를 차단한 치후가 손을 뻗어 그녀의 팔을 꽉 움켜쥐었다. 아우! 철근 같은 손아귀 힘에 걸린 이주는 죽겠다는 심정으로 치후를 쳐다보았다.

나도 일부러 그런 건 아니거든요? 입이 막 살아서 움직이는 걸 어떡해요! 댁도 입장 바꿔서 저 두 사람 앞에서 내팽개쳐져 있어봐요! 나처럼 입이 막 안 움직이게 생겼나!

그런 눈으로 흘끗 쳐다보았더니, 치후가 천천히 팔을 놓아주었다. 설마 알아들은 건가? 알아듣긴 뭘 알아들어. 능력자냐!

하지만 이러고 보니 상황이 또 문제였다. 누가 봐도 방금 전 포즈는 청소부 아가씨와 집주인 사이에 일어날 일이 아니었다. 청소 끝냈다고 돌아가려는 도우미를 터프하게 낚아챈 집주인, 그렇게 가면 어떡하느냐고, 먼지 좀 더 털어주고 가라고……. 이게 말이 돼?

"아가, 어디 나 좀 보자."

그 순간 한복 할머니가 불쑥 끼어들어 이주는 히뜩 놀라 고개를 돌렸다. 아, 아가?

"네, 네? 네……."

한복 할머니의 눈매가 가늘어졌다. 탐색하듯 이주를 살핀 그녀가 곧 말을 이었다.

"청소하러 왔다, 그렇게 말했겠다?"

이 주책 맞은 입이 그렇게 말하긴 했나 봐요.

딸꾹질이 터져 나올 것 같다. 난처해 돌아가실 것 같은 심정으로 치후를 쳐다보았더니, 그는 한심해 죽겠다는 눈으로 이주를 쳐다보고 있었다. 알아요. 나도 아니까 그런 눈 고만 하죠? 무엇보다, 당신 할머니잖아! 어떻게 좀 해봐!

하지만 치후는 열렬한 이주의 표정을 보란 듯 무시해 주었다. 한쪽 눈썹을 갈매기처럼 치켜뜨더니 마치 구경이라도 하겠다는 듯 척 팔짱까지 끼었다.

'어디 한번 잘해보시게.'

바로 그런 표정으로. 즐기는 거지? 당신, 대놓고 즐기는 거지?

억울해 미칠 것 같았지만, 어떻게 하겠는가. 다 이 나불거린 입 탓인걸. 이주는 어쩔 수 없이 다 죽어가는 목소리로 입을 열었다.

“네……. 제가 그랬는데요.”

치후의 눈썹이 더욱 치켜 올라갔다.

“그럼 어디, 내 일도 좀 도와주려무나. 주말에 마침 내가 사람이 필요한데 잘됐어.”

오 마이 갓!

이 무슨 청천벽력 같은 소리인지.

이주의 눈이 곧장 치후에게로 돌아갔다. 긴급구조 요청을 타전했지만, 돌아온 반응은 미미했다. 딱딱하게 굳은 얼굴로 그 어떤 리액션도 없었다.

진짜 치사하게 이럴 수 있어요? 너무하는 거 아니에요?

이주가 고개를 푹 숙이자 그제야 치후가 할머니를 향해 고개를 돌렸다. 혹시나 싶어 물끄러미 쳐다보았지만 양 여사는 시침을 뚝 뗐다. 왠지 알 것 같아 치후의 입가가 살짝 말려 올라갔다.

“에미야, 연락처 건네줘라.”

할머니임!

아들과 웬 외간 여자, 그리고 시어머니 사이에서 어쩔 줄 몰라 하던 그의 모친은 어쩔 수 없이 핸드백에서 명함 하나를 꺼내서 이주에게 전해주었다.

"이 번호로 전화해서 찾아와요. 필요한 건 그쪽에 말하고."

누가 봐도 제대로 걸려든 상황. 앞으로도, 뒤로도 갈 수 없는 쌍삼의 위기였다. 하지만 이렇게 될 줄 내가 어떻게 알았겠냐구.

"네에……."

이주는 어쩔 수 없이 피죽도 못 먹은 표정으로 비실거리며 명함을 받아 들었다. 이게 바로, 잘못 나불거린 말 한마디로 심신이 고생한다는 것일 게다.

"그럼 저는 이만 가보겠습니다."

힘이 쭉 빠져서 이주는 몸을 돌렸다.

"청소 제대로 안 돼 있으면 다시 연락하지."

크윽!

가슴에 대못 하나까지 알뜰히 쑤셔 박고서 이주는 비틀거리며 현관문을 열고서 사라졌다.

저녁도 못 먹고, 김치 담가야 되는데 늦게 왔다고 엄마의 눈에서 날아오는 식칼을 온몸으로 받아낸 데다 괜히 걸레 들고 설치다가 청소부 고백까지.

뭐 이런 개똥 같은 날이 다 있을까. 삼재도 아니고 날이 갈수록 최악의 하루 기록이 갱신되고 있으니 이걸 어찌할까.

이주는 침대 위에서 몸부림을 치다가 벌떡 일어나 휴대폰을 눌렀다. 오래지 않아 치후의 목소리가 들리자 이주는 다다다 소나기처럼 말을 쏟아냈다.

"일부러 그런 건 아니거든요? 밖도 아니고 집 안에서 그렇게 만났는데 어떻게 안 놀라요? 나도 모르게 말이 막 나와 버리는 걸 어떡해요. 알고 있는 거죠? 알아주는 거죠?"

제발 알아줍시다, 네?

그러나 치후의 대답은 간단했다.

—너 누군데.

그렇지. 매몰찰 정도로 간단하지. 이주의 몸이 푸딩처럼 흔들거렸다.

아무래도 화가 난 것 같다. 왜 아닐까. 어쩌면 좋지? 겨우 마음이 닿으려고 하던 차였는데, 이게 웬 허사로 돌아가는 상황의 부닥침인지 모르겠다.

"미안하다고 했는데 치사하게 계속 그래. 그분들, 누군지 알아채자마자 머릿속이 다운됐어요. 바이러스 먹은 컴퓨터처럼. ……이해 안 되죠?"

하지만 치후에게선 어떤 대답도 없었다. 지은 죄가 있어서 이렇게 반응 하나에조차 마음이 조마조마하다. 그런 감정에 스스로가 꾹 눌려 버려서 더 스트레스가 쌓였다.

"내 말, 듣고 있어요?"

—음, 뭐라고 했지? 잠시 다른 생각 하느라.

맥이 쭉 풀렸다. 일부러 더 저러는 거다, 저 남자.

"치후 씨!"

―나는 청소부와 연애를 하겠다고 한 기억은 없는데.

어쩌면 좋아. 진짜 화났나 봐. 게다가 더 심각한 건 장난기가 전혀 묻지 않은 어조라는 것이었다. 그러긴커녕 평상시보다 한참이나 더 어조가 냉정하게 가라앉아 있었다.

"그건…… 그래서 지금 설명했잖아요. 나도 내 머리를 쥐어박고 있어요. 진짜예요."

―그래서 어쩌란 거지?

너무 차가워서 자신도 모르게 통화를 끝내고 싶을 정도였다. 조금 화가 풀린 후에 그때 말하는 게 좋지 않을까? 하지만 지금은 그것만큼이나 중요하고 목전에 닥친 일이 있었다. 그래서 이주는 염치 불구하고 사정했다.

"좀 도와주세요, 네?"

잠시간의 정적.

―본인의 입으로 본인이 말한 걸 내가 어쩌겠나. 잘해보시게.

기가 막혀. 이 남자 아주 기다렸다는 듯 한발 성큼 뒤로 물러나고 있다. 인간으로서 측은지심이 있다면 당연히 도와줘야 하는 거 아니야? 게다가 이건 당신네 식구들과 연관된 일이잖아.

"……요."

―뭐? 안 들려.

"도와달라구요."

짧게 혀를 차는 소리가 귀를 후벼 파고 넘어왔다. 정말이지 창피해 죽겠다. 하지만 창피해서 죽은 사람은 없다. 괴로워서 죽은 사람은 몰라도.

"나 주말에 안 가도 되는 거죠? 어떻게 방향 좀 틀어줘 봐요."

—내가 왜.

"……네?"

—내가 왜 그래야 하느냐 물었어.

그러게요. 그러고 보니 이 남자가 왜 그래야 하지? 사기를 친 사람은 난데 왜 저쪽에서 도와줘야 하지? 왜긴 왜야. 당신 때문에 벌어진 사기잖아!

"계속 그렇게 삐딱하게 나오면, 나도 안 참을 거예요."

—아, 그러십니까?

진짜, 이 남자를.

—그 집, 호랑이들 사는 집 아니다.

"……."

—이 기회에 할머님께 잘 인사드려 봐.

"지금 치후 씨 할머니한테 인사를 드리는 게 중요한 게 아니……!"

아닌데? 아닌가? 이주는 갑자기 잠잠해져서 휴대폰을 멍하니 쳐다보았다. 천천히 다시 귀에 대고서 꼴깍 침을 삼켰다.

"그럼, 날 정식으로 소개해 주고 싶어서 일부러 그랬단 거예요? 도우미 입장으로?"

아이고, 그 깊으신 마음 고마워서 어쩌면 좋을까!

—그러게 왜 본인의 손으로 본인의 관을 짜셨을까. 관 짜는

솜씨 하난 요란하더군. 내일 잘 들어가 누워보시게.

잠깐 감동하려 했던 거 취소다. 자기 식구들한테 날 소개시켜 줄 마음이 있으면 일단 이 상황을 정리해 주는 게 우선 아닌가? 그래, 그렇게 나온다 이거지? 어디 두고 보자. 강이주가 누군지 똑똑히 보여줄 테니까. 근데…… 니가 누군데? 나도 모르는 너를 니가 어떻게 소개시켜 줄 건데?

아…… 머리가 깨질 것 같다.

"치후 씨도 우리 집에 와서 하루 청소해요! 그래야 공평하지!"

—나는 걸레 들고 도우미라고 외친 기억이 없는 것 같은데.

유구무언, 할 말 없음이었다.

애당초 도우미로 찾아가는 것 자체가 문제였다. 나중에 뭐라고 해? 걸레질 하다가 집주인이랑 눈 맞았어요. 이렇게?

—강이주.

"왜요."

—머리 굴러가는 소리가 여기까지 들리는군.

"알면 좀 도와주죠? 정 마음이 안 내키면 힌트 같은 거라도 좀 주던가! 할머님 성격이라던가, 기타 등등……."

—본인이 벌여놓은 일은 본인이 해결하도록.

"그러기예요, 진짜?"

—그래서 사람이 진실해야 한다는 거다.

그 말씀을 달리 표현하면, 쓸데없이 머리 썼다가 니 꼴 당한다…….

"치후 씨, 그러지 말고……."

—재미있는 장면을 놓쳐서 유감이지만, 내일 홍콩 출장이 있어. 아마도 사나흘 걸릴 것 같은데.

이럴 수가! 이 남자는 뻑하면 남을 침대에서 홍콩 보내더니 이 중요한 때에 뭐? 홍콩 출장? 이러면 어떡합니까!

"나 완전 화났어요. 두고 봐요."

—일당 받으면 한턱 쏴라.

"끊어요!"

이주는 휴대폰을 냅다 던져 버리고 침대에 얼굴을 파묻었다. 일하는 거야 뭐가 어렵겠냐만, 문제는 전설의 고향에서 확실히 본 적이 있는 것 같은 그 한복 할머니의 매서운 눈앞에서 또 주책을 떠는 자신의 모습이었다. 아주 예지몽처럼 눈앞에서 둥둥 떠다니고 있었다.

"저는 사실은 강치후 씨와 만나고 있는 강이주입니다! 본의 아니게 혼란을 드린 점 죄송해요."

그래. 만나면 그렇게 말하는 거야.

"그래도 기왕 왔으니 일은 도울게요."

이러면서 자연스럽게 그 집안 살림 사정을 착착 습득하는 거지. 그리고 조만간 안주인이 되면 애들은 두 명만 낳고…….

지금 뭘 생각하고 있는 거냐! 현실도피가 또다시 시작되었다.

"이걸 어쩌나. 도와줄 이가 더 있었는데 갑자기 일이 생기는 바람에 못 오게 됐네. 혼자 힘들겠지만 고생 좀 해줘야겠어."

이 무슨 청천벽력일까. 이주는 무시무시한 한복 할머니의 말을 벙 찐 표정으로 듣고 있었다. 나름대로 사근사근한 어조로 말씀하시는 것 같았지만 이주의 귀에는 그저 무서운 불호령으로밖에 들리지 않았다.

어쩔 수 없이 치후의 본가로 설렁설렁 기어들어 오긴 했는데, 상황은 점점 더 최악으로 치닫고 있었다. 단순히 청소나 시킬 줄 알았는데 오후에 있을 친구들과의 다과 모임 준비를 해달라는 것이다. 게다가 간단한 차나 과자가 아니라 요깃거리가 되도록 준비하라니! 그게 무슨 다과냐, 디너지! 한복 할머니의 친구들이라면 호랑이들이 득시글거리는 우리나 마찬가지다. 그런데 누구 하나 도와줄 사람도 없이 강이주 혼자서?

말이 되는 소리를 해주세요! 디너 모임이 어떻게 돌아가는지 알지도 못할뿐더러, 이런 돈 있는 할머니들의 입맛에 맞는 요깃거리가 뭔지 내가 어떻게 아냐구요.

상황이 이쯤 되고 보니, 갑자기 다른 일이 생겼다는 그 말도 이젠 믿기지 않았다. 이유는 모르겠지만 이 한복 할머니께서 자신을 고의로 궁지로 몰아넣으려는 것 같다. 하지만 굳이 그럴 이유가 없잖아. 이 할머니가 호랑이라면 자신은 하룻강아지이다. 게다가 범 무서운 줄 모르고 캉캉 짖는 간이 배 밖으로 튀어나온 놈도 아니고.

으리으리한 벽돌 저택 앞에 도착했을 때, 그 즉시 고이 튀었어야 했다. 도대체 그리스 신전도 아니고 사주식 기둥까지 박아놓은 이유는 뭐냐. 정원이 이렇게 넓은 이유는 뭐고, 골프라도 칠 수 있을 정도로 평평하게 깔린 푸릇한 잔디는 또 왜 있어! 주방 하나가 자신의 집 1층을 다 합친 크기일 건 뭐냐구. 무엇보다 자신은 왜 애꿎은 집을 갖고 빈정거리고 있는 걸까. 하지만 이 모든 게 다 밸 꼴린다. 어쩔 수 없다. 세상의 이치니까.

"저어기…… 다과라고 하시면 무얼 준비하면 되는 걸까요."

요깃거리라고 했지만 이주는 도무지 감을 잡을 수 없어, 댁내에서까지 엄청 비싸 보이는 한복을 차려입고서 소파에 여유롭게 앉아 있는 호랑이 할머니를 향해 물었다. 할머니는 코끝에 걸치고 있던 안경을 벗어 눈이 튀어나올 정도로 비싸 보이는 도자기 옆에 내려놓고는 이주를 흘끗 쳐다보았다. 순간 거짓말 하나 안 보태고 심장이 발등까지 떨어졌다. 그 눈초리가 얼마나 매서운지, 아예 잡아 잡수시려고 이 집에 부른 것 같다.

"다른 이들은 알아서 하던데 그런 것까지 일일이 말해줘야 하누? 통 소신이 없는 아이로구나."

"죄, 죄송합니다. 제가 일을 시작한 지 얼마 되지 않아서요."

도대체 여기서 소신이 나올 건 뭐냐. 소신껏 행동하길 원한다면, 지금 당장이라도 소신껏 당당히 도망가 줄 수 있다.

"모두 삼십 년, 오십 년 이상 친밀하게 알고 지내는 벗들이지."

그래서. 그래서 어쩌라구요! 뭘 차리냐고 물어봤지 어떤 인물들이냐고 물었습니까. 게다가 오십 년? 돌아가시겠다. 이건 아예 강이주의 제삿상을 들이밀라는 것과 다르지 않았다.

"한 번 잘해보려무나."

그리고 한복 할머니는 유유히 일어나 어디론가 가버렸다. 이주는 입이 쩍 벌어져서 그 뒷모습을 쳐다보았다. 이 큰집에서, 도와주는 이 하나 없이, 자기 혼자 뭘 어떻게 하라고. 베테랑도 힘들 것 같은 저 깐깐한 얼굴을, 오십 년 지기 친구들을 어떻게 상대하라고.

"주방에 가보면 필요한 재료들은 있을 거예요."

그때 등 뒤에서 들린 목소리에 이주는 고개를 돌렸다. 이쪽 역시 댁내에서도 우아하게 차려입으신 양장 아줌마가 이주를 쳐다보고 있었다. 사, 사모니임!

한 여사는 눈을 가늘게 뜬 채 탐색하듯 이주를 쳐다보고 있었다. 그 눈매를 알아차린 이주는 왜 그런 눈으로 쳐다보는지 자신의 얼굴을 더듬어보았다. 그제야 눈을 깜빡거린 한 여사가 정색을 하고서 입을 열었다.

"어머님께서 누구보다 신경 쓰시는 분들이니까 실수없이 해 줘요."

물론 자신도 그렇게 하고 싶지만, 그게 잘될랑가 모르겠다는 게 절절한 진심이랍니다.

"요깃거리를 내달라는 말은 식사를 하시겠다는 말이겠죠? 한식, 일식, 양식, 어느 쪽에 자신이 있나요? 물론 한식을 더 즐기시기는 하지만, 가끔은 양식도 괜찮아요."

양식이라 하시면 송어? 연어? 자신이 아는 양식은 그런 것뿐이다. 물론 먹는 쪽이라면, 돈만 내고 가만히 기다리고 앉았다가 내주는 대로 먹는 거라면 아주 자신있다.

"얼굴빛이 안 좋은데 어디 안 좋은 데라도 있어요?"

"아, 아니에요! 아닙니다!"

단지 질려가고 있을 뿐.

"할 수…… 있겠어요?"

"무, 물론이죠! 당연히 할 수 있죠. 한식이든, 양식이든 일단

주방에 가서 재료를 좀 보고 나서…… 결정하겠습니다. 그럼 이
만."

이주는 휘청휘청 목례를 하고서 돌아서서 넋 빠진 얼굴로 주
방으로 들어갔다.

한 여사는 물끄러미 그런 이주의 뒷모습을 쳐다보고 있었다.
시어머니가 일부러 저 아가씨를 곤란하게 하고 있다는 거야 묻
지 않아도 알 수 있었다. 문득 그날 아들의 집에서 있었던 일이
생각났다.

이주가 나간 후 문이 철컥 닫히자 치후는 돌아보지도 않고서
짧게 혀를 찼다. 심사를 알 수 없는 표정으로 서 있는 시어머니
의 옆에서 한 여사가 어색하게 웃으며 입을 열었다.

"일하는 사람 두라고 해도 싫다더니, 별일이구나."

"일하는 사람 아닙니다."

안으로 들어서며 치후가 짧게 내뱉은 말에 한 여사는 고개를
갸웃했다.

"뭐라고 했니?"

혹시나 싶었지만 들으니 당혹스러운 말이라서 한 여사는 흘
끗 시어머니의 눈치를 살폈다가 얼른 치후를 따라 들어갔다. 시
어머니 양 여사는 짧게 피식 웃었지만 순식간에 다시 정색을 하
고서 천천히 두 사람을 따라 움직여 소파에 앉았다. 워낙 사나
운 눈매를 갖고 있어 가만히 있어도 역정이 난 것 같은 시어머

니의 기색을 조심스럽게 살피며 옆자리에 앉은 한 여사가 아들을 바라보았다.

"방금 전, 무슨 말이니? 어미가 알아들을 수 있게 말을 해야지."

"들으신 대로예요."

한 여사의 눈이 커졌다.

"설마 싶었는데…… 혹시 만나는 아이가 있었던 거야?"

"그런가 본데요."

아무렇지 않게 말하는 치후를 그녀는 믿어야 할지 말아야 할지 모르겠다는 눈으로 쳐다보았다.

"그런데 왜 저 아가씨는 자기 입으로 일하는 사람이라고 했을까?"

"버릇인가 보죠."

치후는 다시 생각해도 기분이 상한다는 듯 짧게 혀를 찼다.

"……뭐?"

"당황하면 딴소리하는 버릇이 있었나 봅니다. 저도 몰랐던 사실이지만. 당황해서 그런 거라고 이해하세요."

"기가 막히는구나. 아무리 그래도 그렇지……. 너는, 그게 이해가 되니?"

"안 됩니다."

이건 또 뭔지. 한 여사는 그저 황당해서 눈을 둥그렇게 떴다. 그리고 구조요청을 하듯 시어머니를 쳐다보았지만 양 여사는 별반 말을 할 기미를 보이지 않았다. 어쩔 수 없이 한 여사가 말을 이었다.

"너 설마, 유미 일도 저 아가씨와 관계된 거니? 갑자기 파혼 소리가 나와서 저쪽 집에서 얼마나 기함을 하던지. 이 모양을 만들어놓고도 전화도 안 받고 할머님과 에미를 달려오게 만들어?"

"제가 필요해서 내린 결정입니다."

한 여사는 도저히 이해할 수 없다는 듯 고개를 설레설레 저었다.

"그 아이, 척 보니 어수선하니 성에 차질 않아. 다시 생각해 봐라."

치후는 아무 말도 없었다. 그때 옆에서 양 여사가 입을 열었다.

"한 번 보고서 가타부타 판단하는 건 경솔한 게다."

"하지만 어머님……."

"집에 오면 다시 한 번 찬찬히 보고 결정을 내리도록 하자."

한 여사의 눈이 커졌다.

"설마 어머님, 다 아시고 일부러 집으로……."

"늙으면 느는 건 눈치뿐인 게야. 늙어 눈치도 없으면 그 물건을 뭐에 쓸꼬."

묵묵히 조모를 바라보고 있던 치후의 입술 끝이 말려 올라갔다.

“너무 겁주지는 마세요.”

한 여사의 고개가 이번엔 아들에게로 휙 돌아갔다. 너도 알고 있었니? 라는 표정으로.

“아무튼 찬찬히 한 번 살펴보자. 왜, 자신없누?”

양 여사의 말에 치후는 담담한 표정이었다.

“심각할 정도는 아닙니다.”

“녀석 하곤.”

양 여사가 피식거리다가 곧 크게 웃었다.

“허나 내가 아니라고 판단하면 곧바로 접어야 할 게야.”

그러나 역시 마지막에 남은 눈매는 매서웠다.

“생김성은 귀엽더구나.”

양 여사가 표정을 굳힌 채로 말을 잇자 치후의 얼굴 근육이 잔뜩 찌푸려졌다. 모친이 당최 의아해서 쳐다보았다.

“왜. 넌 그렇게 생각 안 하니?”

“전혀요.”

불쾌감 잔뜩 깃든 대답에, 한 여사는 입을 쩍 벌렸다. 자신의 배 아파서 나은 자식이지만, 도무지 속을 알 수 없는 인물이었다.

그런 연유로 이렇게 집에서 마주한 저 아가씨의 이름이 강이주라고 했던가. 홍콩으로 출장 가기 전 아들에게서 전화가 왔었다.

—강이주입니다. 그 친구 이름.

그 이후에 무슨 말이라도 할 줄 알았지만 치후는 공항이라며 전화를 끊었다. 한 여사는 기가 막혔다. 본래 살갑지 않은 성격이란 건 알고 있었지만 고작 그 말을 하려고 기껏 전화를 넣다니. 하지만 바로 그것이 아들의 마음을 은근히 표현하는 증거가 아닐까 싶어서 심사가 복잡했다.

"대체 뭘 어쩔 생각인지."

한 여사는 고개를 절레절레 저으며 서재로 향했다. 무슨 일이 있어도 이주를 도와주지 말라는 시어머니의 엄명이 있었기 때문이다.

그 결과로 이주는 지금 홀로 '강치후 씨네 집 주방'이라는 무인도에 떨어져서 튀김 젓가락으로 홀로 SOS를 그리고 있었다. 행운은, 냉장고를 열어보니 필요한 재료는 다 갖추어져 있다는 것이었다. 불행은, 이주가 그 재료를 볶고 튀기고 지질 방법을 하나도 모른다는 것이었다.

가장 자신있는 요리는 라면과 계란 프라이. 라면을 끓여서 내놓으면? 곁들여서 반숙으로 익힌 계란 프라이를? 괜찮아, 음식도 데코레이션이거든. 여기저기 눈에 띄는 저 멋진 접시들에 맛깔스럽게 담아서 내놓으면 되잖아?

"닥쳐."

이주는 자신의 머리를 쥐어박으며 스스로를 구박했다. 냉동실을 뒤지다가 세상 사람들에게 대하라고 불리는 큰 새우를 발견했다. 하지만 튀기는 방법을 모른다. 뭘 묻혀서 기름에 튀기면 되겠지만, 뭘 묻히는지 모른다. 밀가루 아닌가? 그냥 묻히고 튀겨봐?

아니면 한식으로 간단하게 구절판 같은 거⋯⋯. 간단할 리가 없잖아!

지난날 그렇게나 재밌고 흥미롭게 대장금을 연속 시청했건만, 어째서 지금 요리는 하나도 생각 안 나고 장금이와 종사관 나으리의 예쁜 연애만 기억나는 걸까. 그래, 그때 제주도까지 쫓겨난 장금이랑 종사관 나으리가 만났을 땐 진짜 감동적이었지. 한 상궁이 죽었을 땐 또 어떻고. ⋯⋯이러고 있을 때가 아니잖아!

"잘되어가고 있느냐."

그때 어체는 사극체요, 외모는 소주방 마마님만큼 무시무시한 한복 할머니가 언제 온 건지 등 뒤에서 존재감을 드러냈다. 이주는 히뜩 놀라서 얼른 몸을 돌렸다.

"네, 네! 지금 준비하고 있습니다."

"다들 두 시간 안에 도착한다고 하니 어서 서두르거라."

커억! 지금 몇 시간이라구요? 마, 말도 안 돼. 어떻게 두 시간 안에⋯⋯!

"왜, 무슨 문제라도 있누?"

이주는 허옇게 질린 얼굴로 어색하게 하하⋯⋯ 웃음을 터뜨렸다.

"무, 문제는요. 다다다단지 너무 빠르시네요. 서울 시내 교통

사정도 있는데 다들 가, 가까운 데 사시나 봐요."

한복 할머니가 무슨 소릴 하느냐는 듯 눈초리를 굳히며 쳐다 보았다.

"헌데 어찌 이리 주방이 깔끔할까. 튀김 젓가락만 들고 아무 것도 시작하지 않은 게야?"

이주의 정신이 번쩍 들었다.

"지, 지금 시작하려구요! 제가 튀, 튀김 젓가락을 들고 있어야 음식이 잘되는 징크스가 있거든요. 거, 걱정 마시고 나가 계세 요."

"어째 내 집에서 쫓아내는 것 같구나."

"그럴 리가요! 제가 또 누가 보고 있으면 음식이 잘 안 되거든 요."

평생 옆에서 누가 보더냐? 어째 그래 할 줄 아는 음식이 하나 도 없니, 이 인간아!

"그럼 한 번 솜씨 발휘해 보려무나."

한복 할머니가 밖으로 나가는 그때, 이주는 자신도 모르게 고 개를 홱 돌려 말했다.

"할머님! 혹시 라면……!"

한복 할머니가 걸음을 우뚝 멈추고 돌아봤다.

"……뭐라고 했누?"

"아뇨. 라, 라면 좋아하시면 웬만하면 드시지 말라구요. 아무 래도 튀긴 음식은 콜레스테롤이 높아서 건강에 안 좋잖아요……?”

“도대체 무슨 말을 하는 게야.”

“죄송합니다.”

이럴 때 장금이처럼 ‘할머니, 비장이 안 좋으시죠? 혈색이……’ 하면서 뭔가 전문적인 발언을 하며 다가가서 진짜로 병을 고쳐 주는 바람에 할머니의 마음이 완전히 자신에게 기울어서 모든 게 해피엔딩! 이렇게 되면 얼마나 좋겠냐만 이건 드라마가 아니고 자신도 장금이가 아니다.

“콜레스테롤?”

“저어, 그게…… 거, 건강해 보이셔서요. 건강은 건강하실 때 지키는 게 좋다구 들은 것 같기도 하구.”

한복 할머니가 고개를 갸웃거렸다.

“나한테 그런 말을 한 이는 네가 처음이구나. 내가 위가 많이 안 좋아서 요즘 약을 많이 먹고 있거든. 그저, 편하게 죽는 것도 오복의 하나니라. 늙은이가 이 정도면 오래 살았지.”

허억! 왜 이렇게 진행되는 거야! 이건 뭐라고 해도 병색 짙은 노인을 놀린 꼴밖에 되지 않았다!

“하, 하지만 아직도 정정하신데요! 눈 마주치면 무서워서 기가 팍 죽을 정도로요.”

이, 이런……!

주방 공기가 정지해 버리고 말았다. 급한 바람에 뭔가 위로를 해드린다는 게 왜 헛소리만 자꾸 나가는 것일까. 물끄러미 이주를 쳐다보고 있던 한복 할머니가 갑자기 피식 웃었다.

"내가 무섭누?"

"아니에요! 절대 아니에요. 잠깐 말실수를 한 거예요. 고, 고우세요. 정말로."

"여자라고 곱기만 하다는 건 별로 좋아하지 않아. 내가 쌩하니 찬바람 나게 생겼다는 말은 많이 들었지. 미인이란 소린 여태껏 못 들어봤지만 말이다."

지당하신 말씀이다.

"저기…… 이런 말씀 건방질지 모르겠지만 할머님은 요즘에 통하실 외모 같으세요. 제 생각엔, 그래요. 하하……."

이건 또 무슨 소리.

"무슨 소린고?"

거봐. 그럴 줄 알았다니까. 이걸 어떻게 정리하나, 대체.

"그러니까…… 제 말은, 요즘엔 여성에 대한 미의 기준이 많이 변해서, 단지 예쁜 얼굴보다 개성있고 멋진 내면을 더 많이 봐주고 그런 사람을 미인이라고 하더라구요. 정말 여장부 같으세요. 하하…… 하……."

이거 칭찬일까? 욕일까?

게다가 할머니는 탤런트처럼 생기셨다. 진짜로 전설의 고향에서 몇 번 본 것 같다.

이주는 쭈뼛거리며 정신 차리고 허리를 불쑥 굽혔다.

"죄송합니다. 일 보겠습니다."

양 여사가 빙긋 웃었다.

"나도 아직 여자는 여자인가 보지. 미인이란 소리는 이렇게 늙고 병들어도 듣기 좋으니 말이야."

"……?"

정확히 말해서 미인이란 소리는 아니었습니다만.

"저도 그래요."

헤헤, 하며 동조하고 말았다.

"그럼 일 보게."

하지만 한복 할머니는 쌩하니 무시하고서 돌아서서 나갔다. 얼렁뚱땅하다가 좀 친해진 건 아닐까 싶었더니 역시나 면전 박대였다. 강치후는 분명코 할머니를 닮았던 거다.

"가만있어 봐. 두 시간이라."

지금 그런 걸 생각할 때가 아니었다. 아무것도 못하는 주제에 두 시간 안에 무얼 어떻게 할지, 그것부터 생각해야 했다. 잘하는 거야 있다. 보글보글 김치찌개. 엄마가 그것만 잘하면 된다고, 어떤 남자에게도 사랑받을 수 있다고 딸에게 사기를 쳤던 것이다. 되긴 뭐가 되냐구요, 어머니.

"김치찌개도 괜찮지 뭐. 할 줄 아는 걸 한 건데 경찰에 신고를 할 거야, 뭘 할 거야."

중얼거리며 냉장고를 벌컥 열던 이주의 눈동자가 그때 갑자기 정지했다.

"가만있어 봐. 그게 아니잖아."

중얼거린 이주는 미련없이 냉장고 문을 탁 닫아버리고서 곰곰이 생각하며 돌아섰다.

"한식, 일식, 양식……. 그중에 내가 자신있는 게 있잖아. 그것도 두 시간 안에 해결할 수 있는 게."

드디어 구원의 밧줄을 잡은 이주의 눈동자가 반질반질 참기름을 친 듯 반짝거렸다.

그야말로 긴장과 투쟁의 두 시간이었다.

결론적으로 말해서, 다과라는 명목의 디너는 대성공이었다. 메인 요리로는 최고급 일식집에서나 맛볼 법한 초밥과 캘리포니아 롤이었다. 곁들여 내놓은, 역시 최고급 일식집에서나 맛볼 아삭아삭한 튀김과 시원한 맑은 장국. 모두들 감탄했다. 시내 모처의 일식집에서 맛보았던 바로 그 깔끔하고 담백한 맛이라고. 당연하다. 바로 그 최고 일식집에서 공수한 거니까.

그리고 메인 요리가 끝난 후엔 시내 모처의 값비싼 제과점에서나 맛볼 법한 핸드메이드 쿠키와 신경 써서 데코레이션한 과일. 그리고 직접 브랜딩한 홍차……. 모두들 감탄했다. 어쩌면 이렇게 몇 시간이나 줄을 서서 살 수 있을 정도로 맛이 좋은 시내 모처의 제과점의 그 쿠키 맛과 똑같냐고. 재주가 좋다고. 물론 당연하다. 바로 그 제과점에서 공수해 온 핸드메이드 쿠키니까. 홍차와 과일은 이주가 직접 준비했지만, 그것도 얼렁뚱땅 같이 칭찬을 받아버렸다.

　어떻게 이렇게 된 거냐고 하면, 이주에게 이럴 때 도움이 될 만한 기막힌 친구 하나가 있다는 것이었다. 바로 시내 모처에 있는 맛 좋고 깔끔하기로 유명한 고급 일식집의 딸, 그녀의 이름이 바로 여진. 아버지는 일본에서 직접 초밥 기술을 배우고 와서 벌써 삼십 년 이상 일식집을 경영해 온 베테랑이다. 게다가 인테리어 멋지지 여진의 아버지와 주방장 투톱을 차지하고 있는 수석주방장은 더 멋지지…… 아차, 그건 아니고.

　아무튼 땅값 비싼 그 지역에서 우아한 인테리어와 정갈한 맛, 또한 질 높은 서비스를 보유하고 있는 그 일식집은 덕분에 돈 좀 있고 영향력있는 사람들이 약속 장소로 제법 드나드는 유명한 곳이었다. 그 바람에 우연히 마주친 국회의원 보좌관인 해식을 여진이 꽉 물어서 자기 걸로 만들게 된 사연이고.

　그래서 이주는 바로 그 여진에게 연락을 때렸다.

　"지금 나 엄청 곤란한 상황에 처했어. 서두 생략하고, 내가 어떤 남자랑 지금 사귀거든. 그런데 사정이 꼬여서 그 집에서 요리를 해야 하는 상황인 거야. 두 시간 안에 그 남자 할머님의 친구 분들을 대접해야 하는데, 실패하면 보통 난처한 게 아니야."

　좀 도와주라!

　결론은 그것이었다. 그에 대한 여진의 대답은 가히 폭발적이었다.

　—이 계집애야! 헌수 씨랑은 완전 끝난 거야?

　이것이 지금 무슨 소싯적 얘기를 다시 꺼내고 난리냐.

"나중에 설명해 줄 테니까 일단 나 좀 살려줘. 지금은 여기서 살아남아야 해. 안 그럼 나 노처녀로 늙어 죽을지도 몰라."

여진이 기가 막힌다는 듯, 어이가 없는 실소와 함께 말했다.

―너, 확실한 거야, 그 남자?

"응."

그 대답이야 자신있는 것이었다.

―붙잡고 싶어?

"당연하지."

―사랑해?

"미치도록."

그때부터 손발은 착착 맞았다. 여진 특공대 출동이었다. 2시간의 압박이라는 시간의 한계가 있었지만 여진은 아버지의 도움을 받아 끝내주는 요리를 배달해 왔다. 이주는 사람들이 없는 틈을 타서 몰래 나가 그것들을 건네받았다. 그때 여진이 함께 건네준 메모지에 핸드메이드 쿠키와 홍차를 맛있게 타는 방법, 그리고 식탁의 한가운데를 장식할 센터피스 제작법까지, 모든 주옥 같은 필살 도움이 깨알같이 빼곡한 글자로 적혀 있었다.

진정 여진은 아름다운 친구였다. 단언하건대, 이 메모지는 장금이 엄마가 장금이에게 남긴 요리의 비법 책자보다 더 위대할지니.

아무튼 이주는 여진의 백골난망과도 같은 은혜를 입어, 정원의 긴 테이블에 눈처럼 하얀 식탁보를 깔고서 정성 들여 만든 센터피스를 장식하고 식기들을 세팅했다. 그릇이라면 품에 슬쩍 넣어 하나 훔쳐 가고 싶을 정도로 비싸고 좋은 것들이 많아서 이주는 최대한 그럴듯하게 초밥 등을 세팅했다. 역시 음식은 데코레이션이 반이다.

아무튼 그렇게 해서 다과를 가장한 디너는 성공적으로 끝났다. 모두들 만족해하며 돌아갔다는 후문이었다. 하지만 이주는 현재 호랑이 눈과도 같은 노랗고 시퍼런 안광을 쏘아 보내고 있는 한복 할머니와, 관자놀이를 짚어 누르고 있는 양장 아줌마 앞에서 잔뜩 움츠린 채 서 있었다. 할머니의 포스가 너무 무시무시해서 절로 어깨가 동그랗게 위축되었다.

잘한 거라고 생각했는데 어째서 칭찬 한마디 없이 저렇게 노려보기만 하시는 건지. 어른들 마음은 알다가도 모르겠다니까.

"그래서, 잘한 짓이라 생각한다?"

안 그래도 억울해서 몇 마디 종알거린 것이 화근이었다. 한복 할머니가 당장이라도 흰 식탁보로 싸매고 싶다는 눈으로 이주를 째려보고 있었다.

"꼭 제 손으로 해야 하는 건 아니지 않나 싶은데요. 아, 맞아. 홍차랑 과일이랑 세팅은 제 손으로 했습니다. 진심으로요."

그냥 입 다물고 있으라는 듯 한 여사가 눈짓을 했지만 이주는 못 알아들었다. 고개를 갸웃하며 쳐다보자 한 여사는 한숨을 폭 내쉬었다. 한복 할머니가 득달같이 뒷말을 쏟아냈다.

"어이가 없구나. 나는 네 실력을 보고 싶다고 했다만? 말할 때 어디 가 있었누! 초밥집에 가 있었누!"

할머님, 또 개그를 치신다. 하지만 개그가 아니었던 듯……

"저는 요리 콘테스트를 나온 것도 아니고, 제 손으로 하지 않은 것이 실격의 이유가 되는 어떤 경쟁을 하는 것도 아닌데요."

정말 불만스러워서 중얼거렸다. 물론 편법을 쓴 건 인정하지만.

"오십 년 지기 친구 분들이신데, 제가 아무것도 건드리지 못해 라면을 내놓은 것보다야 낫다고 생각했습니다. 무엇보다 가장 중요한 건, 손님을 제대로 대접하는 거라고 판단했거든요. 초대받은 손님들이 즐겁게 돌아가셔야죠……"

실제로도 그렇게 믿고 있었다.

한 여사의 눈동자가 살짝 흔들렸지만, 가장 중요한 양 여사는 여전히 싸늘하게 굳어 있었다.

"그렇게 생각했다?"

왠지 치후에게 취조를 당할 때와 다르지 않았다. 이 집안 사람들은 어쩌면 이리도 자신을 못 잡아먹어 안달인지.

"네. 짧은 소견인지는 모르겠지만 저는 그렇게 확신해서 한 행동이에요."

"그 생각은 가상하다만, 너무 앞서는 바람에 결정적인 실수를 했구나. 애초에 내 집에 찾아온 손님들을 그리 중요하게 생각했다면, 대접할 능력이 없는 네가 하겠다고 나선 것 자체가 문제가 아니었을까? 나는 그렇게 생각한다만. 분명 네 입으로 아무

것도 건드리지 못해 라면을 내놓는 것보다야 낫다라는 발언을
했겠다.”

순간 이주의 심장이 철렁 내려앉았다. 동시에 테이블보가 한
바탕 날아와서 기도를 콱 막아버리는 기분이었다. 아뿔싸! 그걸
잊었다!

내가 이럴 줄 알았지. 강이주 인생, 제대로 술술 풀려줄 리가
있겠어?

“이 늙은이를 상대로 사기를 친 것이냐?”

“아, 아니에요. 그건 아니지만…….”

“아니지만?”

“결과적으로는 그렇게 된 셈이라서, 죄송합니다.”

이주는 진심으로 반성하며 허리를 불쑥 숙였다. 이마를 타고
진땀이 흘러내렸다. 뭐라고 해도 할 말 없는 상황이었다. 한복
할머니를 상대로 사기 한 판 거나하게 벌인 거짓말쟁이 강이주
가 되어버렸다.

“너는, 무엇을 믿고 예까지 왔느냐.”

한복 할머니가 고드름이 뚝뚝 떨어지다 못해 휘리릭 날아와
서 박힐 것 같은 싸늘한 목소리로 물었다.

“너는, 내 손자의 집에서 청소를 하고 있다 했다. 해서 내가
너를 일부러 부른다 했을 때도 끝까지 시치미를 뗐지. 감히 늙
은이를 상대로 장난을 친 것이야?”

이주는 한복 할머니를 쳐다보며 정신없이 고개를 저었다.

"아, 아니에요! 저도 모르게 첫말부터 이상한 대답을 해버려서 계속 살이 붙었을 뿐이에요. 멈추려고 했을 땐 이미 너무 커져 버려서……."

"그래서 내 손자 녀석과 아무런 연관이 없는 단지 청소부로 자기 자신을 소개했다? 그걸 끝까지 연기하겠다고 이 늙은이 앞에서 내내 살을 계속 붙였다?"

어떻게든 빠져나가고 싶었지만 한복 할머니는 완전 무장 상태였다. 저쪽의 레벨은 고수, 하지만 자신은 하수. 아무리 애를 써도 안 된다면 진심을 담아 사과하는 수밖에.

"죄송합니다. 제 실수를 인정합니다."

"단지 실수였느냐?"

"실수였고, 또…… 무책임한 행동이었습니다."

"무책임한 것. 그게 다이냐?"

하이고오, 할머니임. 이 정도면 충분히 많이 묵었다 아입니꺼.

"실수였고, 무책임했고, 경솔했습니다. ……죄송합니다."

울어버리고 싶다. 어쩌다가 이렇게 된 걸까. 강치후 씨는 도와주긴커녕 홍콩에 날아가서 코빼기도 안 보이고. 내 편이 하나도 없는 사지에서 뒤로는 낭떠러지를 등지고 앞으로는 한복 할머니의 집중공격을 받고 있으니.

"하지만……."

이주는 자신의 입을 다물게 하고 싶었다. 하지만 이번에도 입은 주인의 의지를 배반했다.

"임기응변이었다 하더라도 순발력은, 있었다고 생각하는데요."

억울해서 한마디 보탠 것이 더욱 공기를 싸늘하게 얼어붙게 만들 줄이야. 한 여사는 더 지켜보기 민망하다는 듯 한숨을 폭 내쉬었고, 한복 할머니는…… 아예 저승사자처럼 무시무시하게 표정을 굳혔다.

사형인가. 앞이 깜깜해졌다.

"죄송합니다."

이주는 다시 한 번 사과했다. 그리고 어쩔 수 없어서 죽고 싶은 심정으로 몸을 돌렸다. 이대로 나가주는 게 이 정도에서 피해를 줄이는 최선의 방법이었다. 그렇게 생각하며 돌아서는 순간 갑자기 한복 할머니의 화통한 웃음소리가 들렸다. 껄껄껄. 정말이었다. 거짓말 하나 안 보태고, 갑자기 할아버지로 변한 줄 알았다.

이주가 흠칫 놀라 쳐다보았더니, 한복 할머니는 눈물까지 찔끔 흘리며 박장대소 중이었다. 한 여사도 어이가 없다는 듯 옆에서 피식 웃음을 흘렸다.

뭐지? 뭘까?

이주는 이해할 수 없어 고개를 갸웃거리며 할머니를 쳐다보았다. 한복 할머니가 손수건으로 눈가를 닦더니 고개를 설레설레 저었다.

저기…… 저는 이 상태에서 어떻게 반응하면 되는 걸까요?

"내 살다 살다 너 같은 청맹과니는 처음 보는구나."

청맹과니, 저거 좋은 말은 아닌 것 같지?

"해도 불쾌하지는 않아. 기분은 나쁜데 말이다."

말이 앞뒤가 안 맞으십니다. 불쾌하다는 게 기분 나쁘다와 무엇이 다를까요?

"저기…….'

"열 가지 잘못을 저질렀다만, 날 찾아온 손님을 최우선시했다는 그 생각은 마음에 든다. 임기응변이었으나 빠른 판단을 내려 자기 능력 밖의 요리를 공수해 온 것도 괜찮다. 위급할 때 그리 적절히 도움을 줄 수 있는 친구를 둔 것 또한 마음이 놓이는구나. 어째 네게 그런 친구가 있다는 것이 믿기진 않는다만."

마음을 후벼 파는 상냥하신 말씀들, 정말 감사합니다.

"그럼 슬슬 풀어놓을 때도 된 것 같은데. 너는 대체 내 손자와 무슨 관계이냐."

투쟁 끝에 겨우 얻어낸 칭찬에 구사일생한 심정으로 방심하고 있던 이주의 전신에 찌릿한 전류가 흘렀다. 불시에 습격받아 기절할 뻔했다.

"일주일에 두 번 정도 들러서 청소를 해주고 월급을 받는 사이는 아니란 얘긴데."

침묵이 흘렀다. 한 여사마저 그게 궁금하다는 듯 집중 그 자체로 이주를 쳐다보고 있었다. 한 고비 넘겼더니 더한 고비가 닥쳐온 기분이랄까. 이 남자도 없이 이걸 어떻게 해결하란 말이야!

하지만 어차피 인생은 혼자 가는 거다. 그래. 나 혼자라도 괜찮다. 이 산맥도 넘어가느냐, 아니면 여기서 주저앉느냐.

"좋아, 합니다."

자신이 이렇게나 맹목적인 사람이었나 싶을 정도로 단 한 가지 사실만을 향해 걷고 있었다. 그래, 나는 그 남자를 좋아하는 것 같아. 아니, 좋아하고 있어. 사랑해. 그 남자가 안아주는 게 좋고, 그 남자랑 키스하는 게 좋고, 그 남자랑 자는 게 좋고……. 이렇게 늘어놓고 보니 순 육체적인 것들뿐이잖아! 어이가 없었지만 본능적인 이유만 늘어놓는다고 그게 사랑이 아니냐? 아니, 본능적인 이유에서 시작한 이 감정들이 모두 다 너무도 순수하고 열정적이기에, 이렇게나 그 남자를 꽉 붙들어 매고 싶은 거다.

좀 더 근본적이고, 좀 더 아름다운 이유들, 감상적인 이유들도 많다. 그 남자가 쳐다보는 게 좋다. 그 남자의 미소가 좋다. 그 남자가 말하는 방식이 좋다. 그 남자가 생각해 주는 게 좋다. 그 남자의 눈이 좋다. 그 남자의 코가, 입술이, 턱이, 손가락이, 쇄골이, ……몸이 모든 게 다 좋다. 감상적인 이유를 들고 있는데 어째서 몸으로 가는 거지?

"그 사람을 좋아해요."

다시 한 번 말하며 이주는 자신의 감정에 스스로가 휘말려서 무언가 울컥하며 올라온 뜨거운 것과 조우를 했다. 그 남자를 좋아하는 것 같다. 이렇게 사지에 팽개치듯 던져 놓고서 지 혼자 홍콩으로 날라 버린 남자를, 너무너무도 좋아하고 있다. 젠장!

한복 할머니와 그의 어머니, 두 사람 다 넋이 나간 눈으로 이주를 동시에 쳐다보고 있었다. 이게 그렇게 놀랄 만한 말인가? 청소부 아니면, 관계있는 사이란 거 짐작하고서 물은 말 아니었어? 설마 청소부가 아니라, 이를테면 과외 선생님 쪽으로 생각했나?

순간적으로 한복 할머니가 두둑한 돈 봉투를 던지는 드라마의 한 장면이 떠올랐다. 그럼 난, 상무님의 아이를 가졌어요! 이렇게 말해야 하나?

"이런……."

한복 할머니가 손바닥으로 이마를 꾹 누르며 중얼거렸다. 이주는 지은 죄도 없이 망연자실한 시선으로 할머니를 바라보았다. 한 여사도 이주와 눈을 마주치지 않았다. 옆쪽 어딘가를 바라보며 고개를 절레절레 젓고 있었다.

기분 나쁜데…….

한복 할머니가 드디어 이마에서 손을 내리고 천천히 눈을 들었다. 이주는 도망이라도 치고 싶었지만 할머니와 시선이 마주치는 바람에 우뚝 정지했다. 할머니가 입을 열었다.

"널 한 번 제대로 눈여겨보고자 불렀다만……."

이주의 심장이 쿵 떨어졌다. 처음부터 그럴 생각이셨다니. 왠지 공중곡예를 한 판 한 기분이다.

"한입 먹어봐서 음식 맛을 다 안다고 할 수는 없지."

이주의 입술이 헤벌어졌다. 이 집 사람들은 왜 이렇게 사람을 먹어보려고 난릴까.

"TV에서 보니까 요리 경연대회에선 한입으로 판단을 하던데요……."

뚫린 입이라고 말은 막 나온다. 하지만 정말 그랬는걸?

"그럼 오늘 인상만으로 평가를 해버릴까?"

이주의 눈이 번쩍 떠졌다.

"아, 아니요! 더 봐주세요, 더! 그러니까, 만약 괜찮으시다면……."

한 여사가 고개를 설레설레 저었다. 이주가 말을 이었다.

"저도 두 분께 좋은 인상을 드리고 싶어요."

흠, 양 여사가 덤덤한 표정으로 말을 이었다.

"그럼 오늘은 여기까지 하고 언제 시간나면 한 번 더 와라."

"……?"

잠깐 환청이라도 들은 건가 싶었지만 할머니는 그렇게 말하곤 피곤하다는 듯 소파에서 몸을 일으켰다. 한 여사도 이주와 똑같이 놀란 눈으로 쳐다보고 있다가 시어머니를 따라 일어났다.

"어머님……."

“신경을 썼더니 머리가 아프구나. 눈을 좀 붙여야겠어. 저 아이는, 최 기사더러 바래다주라 이르고.”

“하지만…….”

“어허.”

할머니의 그 짧은 소리에 한 여사는 바로 고개를 숙였다. 하고 싶은 말은 많은 표정이었지만 그 이상의 대꾸는 없었다. 이주는 물끄러미 한복 할머니를 쳐다보고 있었다. 무시무시한 표정으로 한 번 더 오라는 건 무슨 뜻일까?

다음에 제대로 한 번 붙어보잔 소리? 아무튼 한 번 더 기회를 주겠다는 뜻 같은데. 솔직히 그때나 지금이나 더 보여 드릴 건 없다는 생각이지만, 무조건 샐샐 웃자. 웃는 얼굴에 침 못 뱉는다니까.

“저기, 그런데…….”

전 통과인가요?

“궁금한 건 다음에 또 말할 기회가 있겠지.”

그렇게 된 상황이라 이주는 서서히 입술을 닫았다. 물론 궁금증이 차고도 넘쳤지만, 그의 어머니처럼 입을 닫고 일단은 물러섰다.

할머니가 안방으로 들어가 문을 닫을 때까지 이주와 한 여사는 아무 말도 없이 서 있었다. 할머님은 들어가셨다지만 아직 그의 어머니가 남았다는 생각에 이래저래 눈치를 보고 있는데 한 여사가 입을 열었다.

"어머님 뜻 들었죠?"

이주는 뭐라고 답해야 할지 애매해서 다른 말을 했다.

"말씀…… 낮추세요."

"차차 해나갈 일이고."

싫다는 소리다.

"나로서도 아직은 아가씨를 좀 더 지켜볼 수밖에 없으니까."

할머님은 좀 무섭긴 했지만 낯설진 않았는데, 그의 어머니는 덜 무섭다고 해도 왠지 아주 낯설게 느껴졌다. 결론적으로 그의 어머니 쪽이 훨씬 더 대하기 어려웠다. 오돌오돌 떨면서도 할머니에겐 할 말을 할 수 있었는데, 이분에겐 말이 잘 나오지 않는다. 안 들어줄 것 같다.

"……."

"치후는, 좀 어려운 아들이에요. 원체 달라붙는 성격도 아니고, 같은 자식이라도 말하기 편한 자식이 있고 그렇지 않은 자식이 있죠. 그래도 큰애는 살가운……."

중얼거리던 한 여사의 입이 빠르게 닫혔다. 자신도 모르게 흘러나온 말에 놀란 모습이었다.

이주도 함께 당황스러워졌다. 부모는 자식을 가슴에 묻는다고 했던가. 치후에게도 그렇게 안타까운 의미이던 형의 존재가 어머니의 가슴에야 얼마나 아프게 남아 있을까.

"치후한테 형 얘긴 들었어요?"

이주는 천천히 고개를 끄덕였다.

"치후 씨 아파 보이는 거, 처음 봤어요."

한 여사의 눈매가 아련해졌다.

"그렇군요. 아가씨한텐 큰애 얘기를 했군요."

"……."

해줘서 고맙긴 했지만, 들은 게 괜히 미안해지는 이 느낌은 뭘까.

"누구에게 마음 한 번 안 준 아이고, 큰애가 그렇게 된 후론 더 곁을 안 주는 경향이 강했지. 어미한테도 그랬으니 다른 이들이라면 오죽할까."

그렇게 힘겨웠구나. 그렇게 아팠구나.

이주는 치후가 갑자기 미치도록 보고 싶었다. 지금은 조금 마음이 풀렸냐고, 외로움이 덜해졌냐고, 상실감이 덜하냐고 물어보고 싶다. 내가 위로가 돼주겠다고 외쳐 주고 싶다. 몇 번이라도 큰소리로.

"집에서 결혼하라면 하고, 만나라고 하면 만나고. 빈껍데기처럼, 자기감정이 가장 필요한 곳에서 뚱한 애였죠. 그래서 스스로 사람을 만났다고 하니 반갑긴 한데."

예상외로 많은 이야기를 해주어 이주는 열심히 한 여사의 말을 들었다. 이렇게 길게 말하곤 마지막에 뒤통수를 치지나 말아주셨으면 좋겠단 바람과 함께.

"나는 아직 잘 모르겠군요."

하지만 뒤통수 쳐주신다. 깔끔하게.

"할머님은 매사를 신중하게 생각하시는 분이에요. 곧장 결정 내린 경우는 지금껏 한 번도 없었죠. 역정 안 내신 것만도 아가씨한테는 꽤 높은 점수를 준 거지만."

"……."

"아무래도 치후 생각을 존중해 주신 탓이 아닐까 싶네요."

요는, 니가 잘나서가 아니다, 란 뜻인데.

그렇다면 이쪽이 할 수 있는 대답은 단 한 가지다.

"그럼 다음에 찾아뵙겠습니다."

강치후 씨 엄마, 너무 무섭다. 꽈배기처럼 말을 꼬시고.

"아, 그리고."

한 여사가 돌아서려다가 말고 이주를 쳐다보았다.

"그 쿠키, 어머님이 아주 좋아하시는 거예요."

뎀잇! 이 집 며느리는, 여진이 돼야 할 것 같다.

자신을 살린 게 반짝거리는 아이디어이건 여진의 쿠키 덕분이건, 아무튼 구사일생으로 살아남아 으리으리한 대문 밖으로 나온 이주는 폐 가득 산소를 불어넣었다. 그리고 어떻게 여진에게 감사를 표현하고 또한 홍콩의 그 남자에게 복수를 할까 생각하며 몸을 돌렸다.

하지만 그곳엔 자신을 태워주기 위해 대기하고 있는 최 기사님 외에도 또 다른 한 사람이 서 있었다.

고유미…….

왜 이렇게 일진이 안 좋은 걸까. 최악의 하루는 아직 끝나지 않은 것일까. 최 기사님 옆엔, 고유미가 입매를 일자로 꽉 다문 채 이주를 쳐다보며 서 있었다.

여전히 머리카락은 한 올도 흘러내리지 않게 단정하게 빗어서 하나로 모아 묶었다. 갈치 꼬리처럼 윤기가 나고 아름답다고 생각했는데 지금 보니 너무 재미없어 보인다. 또한 그녀는, 자존심이 상한다는 듯 이주를 싸늘하게 노려보고 있었다. 그것은 명백한 적의였다. 예쁜 여자가 노려보니 이쪽도 역시 전설의 고향에서 한 번 본 적이 있는 것 같다.

별로, 자신이 그렇게 눈치가 빠르단 생각은 해본 적 없다. 그런데 어떻게, 처음 본 사람의 표정을 그렇게 잘 읽어냈을까. 아마도 자신 역시 이 여자에게 좋지 않은 감정을 갖고 있기 때문은 아닐까.

모처럼 최 기사님이 태워줄 뻔했는데. 그래서 편하게 갈 수 있다고 좋아하고 있었는데.

자신의 손으로 메인 요리를 하지는 않았지만 그래도 나름대로 고생했다. 일단 스트레스가 쥐약이었고, 식탁보도 탁탁 털어 펼쳐 놨으며, 홍차도 끓였고, 꽃 장식도 했고, 초밥 옮겨 담는 것도……. 근데 고유미가 날 어떻게 알지?

"잠깐 시간 좀 내주실래요?"

그 집 대문에서 나온 젊은 여자란 이유로 질투의 대상으로 확 찍힌 건 아닐 것이다. 고유미의 말에 이주는 머저리처럼 고개를 끄덕였고, 지금은 이렇게 최 기사님이 아닌 고유미의 차를 타고 가까운 한강 둔치에 도착해 시원한 바람을 맞으며 산책 비슷한 것을 하고 있었다.

설마 한강으로 떠밀 생각은 아니겠지?

자신이 고유미라도 갑자기 약혼자를 채간 이 나쁜 여자를 휙 던져 넣었을 것이다. 잘못했다고 빌까? 하지만 잘못 아니다! 잘못한 건 다 강치후 그 남자니까 던지려면 그쪽을…….

"강이주, 씨죠?"

천천히 걷던 이주의 어깨가 움찔했다. 이름까지 알고 있었을 줄이야.

하루 종일 스트레스를 받아서 이 여자를 상대로 제대로 전투를 치를 수 있을지나 모르겠다. 다른 날이었다면 지금보다는 더 상태가 나았을 텐데. 또한 여유로웠을 텐데. 하지만 오늘은 포스 핵급의 할머님과 도통 거리감을 좁힐 수 없는 그의 어머니, 두 사람을 상대하고 나와서 꽤나 많이 지쳐 있었다.

그런데 하필 가장 신경이 많이 쓰이는 고유미라니.

"네, 제 이름이 강이주요. 고유미 씨."

그래도 한 수 지고 들어가는 건 싫어서 이주는 그녀의 이름을 힘주어 말하며 대답했다. 유미의 표정 없는 입술 끝이 잠깐 움직였다. 마치 신경질적인 사람이 눈꺼풀을 떨 듯이, 그렇게 빠르게 움직이다 말았다. 차분하게 정리하듯 정색을 한 고유미가 이윽고 말을 이었다.

"비겁하다고, 생각하지 않나요?"

강바람이 뺨을 스치고 지나갔다. 그리 찬 온도도 아니었는데 일순간 심장까지 서늘할 정도의 냉기가 폐부를 깊숙이 찔렀다.

"……뭐가요?"

다짜고짜 좀 놀라 버려 자신도 모르게 반문이 나갔다.

"내가 없는 곳에서 이루어지는 모든 일들에, 내가 얼마나 상처를 받았는지 한 번도 고려해 본 적이 없나요?"

정말 상처받은 듯 한없이 가라앉아 있는 갈색 눈동자. 당신은 가해자라고, 잔인한 가해자라고 그 눈이 이주를 들쑤시고 있었다.

"게다가 오늘은 어른들께마저. 나 몰래 살금살금 다가가서 도대체 무슨 일을 벌이는 거죠?"

하지만 조금 짜증이 일었다. 이 여자에게 미안함 내지는 책임감을 느끼고 있었다. 사실, 굳이 그럴 필요가 없다고도 생각한다. 두 사람은 서로 사랑하는 사이가 아니었다. 아니, 치후에게서 들은 한은 그랬다. 그녀가 있다는 걸 알고도 시작한 관계도 아니었고. 두 사람이 정략이 아니었다면 분명 이 관계, 지속하지 않았을 것이다. 뿐이랴, 이미 끝냈겠지.

그렇다면 그도, 자신도 불지옥에 떨어져서 좀 당해봐야 한다. 왜 안 그렇겠는가. 하지만 지금 그녀에게, 마치 남의 남편 빼앗아간 사람처럼 추궁을 받고 있는 건 좀 아니지 싶다. 고유미에 대해 생각하고 있었던 건 이런 식이 아니었다. 그런 면에선 다

소 실망이 일었다.

내가 실망해 봐야 뭐가 타격이 있겠냐만.

"뭐라고 말해야 할지 모르겠지만, 오늘 그 사람 집에 간 건 고유미 씨가 생각하는 그런 게 아니었어요. 물론, 결론적으론 그렇게 되었지만…… 우연이 만들어낸 혹독한 시련이었다고 할까요. 아무튼 저한테도 즐거운 일만은 아니었어요."

그 담 안에서 자신도 꽤나 스트레스를 받아서 아직 정신이 돌아오지 않은 상태였다. 또한 이 여인이 알면 쾌재를 부르겠지만, 이쪽은 그 담 안에서 그리 환영받지도 못한 것이다.

"그 사람과 당신……."

"잠깐만요. 내가 먼저 물을게요."

유미가 싸늘한 눈으로 이주를 쏘아보았다. 이주는 말한 대로 먼저 물었다.

"당신, 치후 씨를 사랑하나요?"

"……그건 왜 물어요?"

유미의 눈빛이 상처라도 받은 듯 더욱 싸늘해졌다.

"두 사람은 사랑하는 사이라고, 내게 공격이라도 하고 싶은 건가요? 잘난 척이라도 하고 싶은 건가요?"

"아뇨. 그런 의도 아니니까 대답해 줘요."

"사랑한다면 어쩔래요?"

"사랑하는 사람의 표정이 아닌 것 같아서 물어본 것뿐이었지만, 그런 거라면 치후 씨와 나, 다시 생각해 볼 이유는 있을 것 같네요."

고유미는 뜻밖의 말이라는 듯 눈빛이 잠시 멈칫했다.

"당신이 있다는 걸 모르고 시작한 관계지만."

치후가 이 여인을 사랑하는 게 아니라면 문제는 없다고 생각했다. 잘못된 게 아니라고. 나도 그 사람을 사랑하니까. 하지만.

"당신이 그를 사랑한다면, 문제는 그렇게 간단하지 않죠. 놓겠다는 말은 아니에요. 놓을 생각도, 그럴 수도 없지만, 당신이 이렇게 갑자기 나타나서 날 심문하듯 탓할 자격은 최소한 있다는 거예요."

"……자신감이 넘치는군요. 그 사람이 마음을 주었다고 그렇게 당당한 건가요?"

"그 이전에도 제가 좀 분위기 파악을 못하는 성격이라 쓸데없이 당당하곤 했어요."

"……"

고유미는 희한한 생물체 보듯 이주를 쳐다보았다. 이주는 왜인지 모르겠지만 지금 이 순간 순희가 생각났다.

임자 있는 사람을 낚아챈 순희는 분명 강이주에게 원망을 받아도 될 사람이었지만, 그녀는 오히려 순희를 볼 면목이 없었다. 왜? 쪽팔려서. 헌수를 제대로 사랑하지도 않은 대가로 빼앗긴 것이기 때문에 그녀를 만나서 탓을 할 염치가 없었던 것이다. 그런데 지금 와서, 마음이 이끌리는 대로 사랑을 한 죄로, 그 남자를 사랑한다고 외치는 여자 앞에서 염치가 없어지고 있다. 또 한 번 삼각관계에 휘말려서, 흙탕물에 빠진 기분이다.

남자를 빼앗겨도 뭐라 말할 처지가 못 되고, 다른 남자를 뺏고도 이 모양이니.

둘 다 자신은 가해자라니. 헌수 때는 순희에게 걸림돌이요, 지금은 고유미한테 걸림돌이니? 그럼 난 도대체 뭐인 거야. 빼앗겨도 손해, 빼앗아도 손해라면 도대체 뭘 하라는 거야. 이럴 줄 알았다면 상콤 대리랑 사귈 걸 그랬지? 위험 부담 없이 평범하게.

상콤 대리한테 '대리님, 혹시 나중에 순희랑 눈 맞아서 나 찰 마음 있어요?' 물어보고 아니라고 하면 1차 합격, '대리님, 혹시 나중에 약혼자 같은 거 갑자기 튀어나와서 머리채 쥐어뜯으러 달려오는 거 아니겠죠?' 물어서 아니라고 하면 2차 합격. 이렇게.

"나에 대해선 치후 씨한테 들었나요?"

"아니라면 어디에서 들었겠어요?"

"그 사람이 뭐라고 했는지 모르겠지만……."

"당신이 좋다고까진 하지 않았어요. 매너는 있는 사람이니까."

"……."

"우리 집과 그 사람 집 사이에 있었던 일, 없었던 걸로 하자고. 말이라도 약혼이란 소리도, 우리 관계란 소리도 하지 않는 사람이죠. 처음부터 그랬으니까. 차갑고 냉정한 사람이었죠. 무

심할 정도로 예의를 지키고 깍듯하게 대하는 먼 거리의 사람이
었죠. 그런데 다른 이를 지키고 싶다 하더군요.”

이주는 아무 말도 할 수 없었다. 잠깐 감동하지 않았다고 하
면 거짓말이다. 하지만 감동할 타이밍이 좋지 않다. 저런 말을
고유미가 아닌 다른 사람한테 들었다면 지금보다는 훨씬 타이
밍이 나았을 것이다.

이쪽에게도 비슷하게 냉정하고 무심해 보이는 남자라서, 그
런 남자가 저런 식으로 말했을 줄은 몰랐다.

“하지만 그 사람 말, 당연히 믿지 않아요.”

이주의 눈빛에 의문이 돌았다.

“……네?”

딱딱하게 굳은 눈으로 고유미가 이주를 빤히 쳐다보았다.

“그 사람 말, 믿지 않는다구요.”

“그러니까 무슨 말…….”

“그 사람은 처음부터, 언제라도 나와의 파혼을 거론하고 싶어
했어요. 무심하게 지켜보긴 했지만 한 번도 적극적으로 날 찾은
적이 없는 사람이었으니까. 하지만 태진의 사람이니 잘 알고 있
겠죠. 태진과 대성이 합쳐지면 생기는 플러스적인 파급 효과들.
그래서 굳이 날 밀어낼 이유가 없어 그냥 두고만 본 거겠죠.”

그런 말을 자신의 입으로 하는 마음은 어떤 것일까.

이주는 그런 생각을 하는 것 자체로 이미 반쯤은 질려 있었
다. 아무런 감정이 없는 예쁘장한 인공 로봇이 눈물도 흘리지

않고서 울고 있는 것 같다, 지금 그녀의 모습은.

"하지만 약혼이 다가올수록 그의 눈빛은 점점 더 건조해졌고, 가까이에서 얼굴을 보고 있어도, 함께 시간을 보내고 있어도 매몰차다는 생각뿐이었어요. 이런 남자와 결혼해서 난 뭘 원하는 걸까. 내내 그런 생각만 했죠. 그래도 난 놓지 못했어요. 그런 취급을 받아도 그 사람을 사랑하니까."

"하고 싶은 말이, 뭔가요?"

이주는 힘이 쭉 빠져서 중얼거리듯 말했다. 왠지 듣기가 조금 벅찼다. 사람이 사람을 사랑하는 건 어차피 똑같이 어렵고 난해하다. 마주 보는 마음이건, 혼자만의 마음이건.

하지만 이 여자는 다른 누구보다도 힘들게 사랑을 하고 있다. 벅차고 난해해서, 그래서 진이 빠질 것 같은 사랑. 지켜보는 사람마저도.

"그런데 결정적인 순간에 당신이 나타난 거예요. 그 사람은 나와 결혼해서 생길 수 있는 이득을 백지로 만들 만큼의 그 어떤 계기가 필요했을 테죠. 그 계기로 선택된 사람이, 당신이네요."

이주의 눈동자가 갸웃했다.

"뭐…… 예요?"

지금 기분 나빠해야 할 타이밍 맞지? 왠지 자존심 엄청 상하는 기미가 일었는데 그래도 되는 거지?

"당신은 치후 씨에게 그 계기로 선택된 거라지만, 난 치후 씨가 그 계기를 끼워 맞춘 것 같단 생각을 지울 수 없어요. 등이 떠밀려서 마음이 조급해진 사람에게는, 작은 계기도 커다란 기회인 것처럼 착각이 되기도 하죠."

"잠깐. 고유미 씨, 말을 좀 덜 기분 상하게……."

그보다 좀 알아듣기 쉽게……. 가령 많잖아, 넌 이용당하고 있는 거야! 라든가. 아니, 내가 지금 나한테 무슨 말을 하고 있는 거야.

하지만 유미의 시선은 상대를 얼릴 정도로 배타적이었다.

"당신은 그 사람한테 이용당하고 있을 뿐이에요. 알아요?"

번쩍거리는 고유미의 눈동자.

이주는 질린 눈으로 그녀의 그 번들거리는 눈동자를 바라보아야 했다. 이 여자, 잘하면 사람도 잡겠다. 정말 전설의 고향에서 본 것 같다. 그때에도 원한에 가득 찬 처녀 귀신 역할이었던 것 같은데.

"뭐가 이용돼요? 뭘 어떻게 이용했는데요? 한 번 들어나 보죠."

"날 벗어날 방법으로요."

"아, 그러십니까."

그 남자에게 제대로 배웠다. 딱 그 남자가 썼던 말투를 고유미에게 되돌려주었다.

"고유미 씨, 착각하는 게 있는데요. 어차피 당신도 그 사람 마음을 짐작해서 말하는 것뿐이잖아요? 그렇게 단정 지어서 말하지 말아요. 당신도, 나도 그 사람을 좋아하고 있는 것밖에 한 게 없는데 그게 잘못인 것처럼 서로를 벌받을 죄인처럼 내몰 필요는 없잖아요. 그 남자 마음을, 내가 그렇게 느낀 적이 없는데 어째서 정말 그런 것처럼 믿어야 해요? 그리고 그쪽은 무슨 권리로 그렇게 말해요? 등이 떠밀리면 계기를 찾게 된다고 본인 입으로 말했죠? 본인도 등이 떠밀려서, 그 남자 마음을 일방적으로 판단하고 그 판단대로 믿고 싶어하는 거란 생각은 안 했어요?"

이미 상처는 충분히 받았다. 아니라고 생각하면서도 심장은 몇 군데 흉물스럽게 잡아 뜯겨 있었다. 하지만 연애에 박사는 아니더라도 다른 사람의 말만 믿고 휘둘려선 안 된다는 것도 알고 있다. 고유미 씨가 당사자가 아니라곤 할 수 없지만, 그녀가 깊이 관계되어 있다고 하더라도 이 연애의 당사자는 강치후와 자신뿐인 것이다. 고유미를 끼고 하는 연애가 아니다. 애초부터 그 남자와 자신, 두 사람만이 시작한 관계다.

고유미 역시 이주만큼이나 상처받은 표정이었다. 두 사람은 이렇게 서로를 찌를 수밖에 없는 관계였다. 먼저 칼을 거두고 싶지만, 눈이라도 찔리면 아프기 때문에 일단은 방어하고 본다.

"그래요. 강이주 씨 말처럼 나 역시 내가 조급하니까 그 사람 마음을 함부로 짐작하고 내 희망사항에 억지로 맞추었을 수도 있겠죠."

웬일로 인정하고 나온다. 하지만 잘 알고 있다. 저렇게 공격

적인 표정을 하고 있는 사람이 인정하는 건 이 보 전진 직전의
일 보 후퇴라는 걸.

아니나 다를까 유미가 말을 이었다.

"하지만 당신에 대한 치후 씨의 마음은, 확실히 믿을 수 없어
요."

"그럼 믿지 마세요. 나도 면밀히 검토해 보고 판단할 테니
까."

"그 사람은 지금 누구와라도 결혼하고 싶지 않을 뿐이에요.
다시 말해 누구와라도 결혼할 수도 있는 사람이죠. 왜냐하면 나
역시 그러니까. 실제로 그 사람은, 당신을 만나기 전에 나와 결
혼할 생각을 하고 있지 않았나요?"

듣기 싫어서 피곤하단 표정만 하고 있던 이주의 눈빛이 유미
에게 돌아갔다. 조금 솔깃했다. 이게 뭐지? 왜 적군의 말에 귀를
기울여. 이건 악마의 속삭임이야. 듣지 마!

"……그래서요?"

"그 사람에게 결혼은 의미가 없어요. 누구와도 할 수 있고, 누
구와도 하고 싶지 않겠죠. 그 사람에게 중요한 건 이 결혼이 정
략이라는 거예요. 정략결혼 자체를 싫어하는 사람에게 정략을
강요하는 현실이 지긋지긋하도록 짜증이 나서, 짜증이 난 만큼
그냥 두고 본 거예요. 그 남자는 싫으면, 아예 팽개쳐 둬버리니
까."

어째 이 여인, 자신보다 강치후에 대해서 잘 아는 것 같기도

하고. 마치 강치후를 키운 사람 같다. 엄마였나? 정략결혼이 싫을 순 있지만 지긋지긋하게 싫은 건, 왜 그럴까?

고유미가 싫은 게 아니라 정략이 싫은 거다? 정략만 아니었다면 고유미를 싫어하지 않았을 거다? 파혼의 이유에는 그 두 가지만이 있다. 절대 강이주는 포함되어 있지 않다? 그 말을 하고 싶은 건가?

실제로, 치후는 심장을 뛰게 하는 누군가가 아니었다면 고유미와 결혼할 생각이라고 했다. 의미가 없다고 했다. 의미도 없고 짜증도 나니, 그냥 해버릴 수도 있다는 것처럼 말했었다.

"하지만 당신과는 정략이었죠?"

"바로 그 점이, 그 사람이 애초에 날 사랑할 수 없게 만든 거죠."

아니나 다를까, 고유미가 씁쓸하게 웃으며 말하는 폼이 정략만 아니었다면 그 남자가 자신을 사랑했을 거라고 확신하는 투다. 심사가 꼬여갔다. 이게 뭐야? 왜 이렇게 불쾌한 걸 밟은 기분이지? 게다가 정략이 대체 뭔데, 그렇게까지 치를 떤다는 거야? 정략에 대한 아픈 기억이라도 있나? 정략결혼했다가 이혼한 경력이라도 있나? 서른둘에?

"그 사람이, 형의 여자를 사랑한 건 알고 있나요?"

딴생각하다가 제대로 한 방 먹었다. 강펀치에 뇌가 휩쓸려 갔다가 겨우 정신을 차렸다. 못 들을 말을 듣기라도 한 듯 이주는 눈을 깜빡거렸다.

"뭐라고, 했어요?"

숨 쉴 틈이라도 주고 공격하지, 정말이지 이건 너무하는 거 아닐까? 무슨 말을 들었는지 이해가 안 간다. 무엇보다, 마음에서 거부하는 말이었다. 고유미가 퍼붓는 건 폭탄이 아니라 짜증 한 바가지다. 그대로 고유미에게 날려줘 버리고 싶을 만큼.

"동경하던 사람이 있었죠. 그 사람이 바로 형의 여자였어요. 어릴 때부터 알고 지내온 연상의 누나……. 흔한 얘기죠. 동경에서 자연히 사랑으로 변하는 거. 하지만 그 여잔 치후 씨보다 세 살이나 나이가 많았고 애초에 치후 씨의 마음을 알지도 못했죠. 무엇보다 그 사람은 형과 결혼했죠. 집안끼리의 사정으로. 하지만 여기 두 가지 불행한 점이 있어요. 그녀는 치후 씨의 형을 사랑하지 않았고, 치후 씨의 형은 그녀를 너무도 사랑했다는 거예요. 1년 정도, 불의의 사고로 죽기 전까지 두 사람 다 지독히도 불행했죠. 사랑 없는 결혼이 얼마나 서로를 괴롭게 하는지 치후 씨는 누구보다 지독히 느꼈을 거예요. 두 사람 다 서로에게 무심하다면 모를까, 한 사람만 한 사람을 사랑하는 경우엔 더더욱."

이주의 머릿속이 텅 비어갔다. 이건 무슨…… 말도 안 되는 소리를.

"지어내지 말아요. 치사하다고 생각하지 않아요?"

"난 사실 그대로를 말할 뿐이에요."

"고유미 씨 말대로라면, 치후 씨는 정략이 싫은 게 아니라 사랑하지 않는 관계를 싫어하는 거예요. 그러니 고유미 씨와 결혼하는 건 서로를 불행하게 할 뿐이라는 걸 아니까……!"

"그러니 나와의 결혼을, 정해진 수순이라 생각하면서도 그만하고 싶었던 거겠죠. 내가 그 사람을 사랑하는 걸 그 사람은 아니까, 당신 말처럼 이 결혼이 불행하리란 걸 아니까."

"……."

반발해야 하는데 머리가 안 돌아갔다. 하지만 고유미 말이 맞는 것도 같다.

"치후 씨는 코너에 몰린 거예요. 나도 불행하게 하고 자신도 불행하게 만들 이 결혼을, 회사의 이득을 위해 추진하는 게 바람직한 판단일까요? 아뇨, 이 결혼에서 도망칠 수 있다면 무엇이든 선택하고 싶었겠죠. 당신이 바로, 그 필요에 의해 선택되어진 사람이라고 나는 생각해요."

"하……."

"물론 당신이 나타나지 않았다면 그 사람은 나와 결혼했을 수도 있겠죠. 도망치다가, 도망치다가 어차피 겪어야 할 운명이라면 받아들였겠죠, 우리 두 사람 다. 하지만 당신 때문에 어긋났고, 만약 그것에 대한 보복이라고 생각하고 싶다면 그래도 좋아요. 하지만 나도 하고 싶은 말을 해야겠어요. 당신을 사랑한다고 생각하는 마음, 그 안에 얼마만큼의 순도가 있을까요? 애초에 믿지도 않지만."

이 여자가 밉다. 유미는 이대로 밀려나고 싶지 않았다. 사랑이 없는 결혼이라도, 자신에게 주어진 '의무' 일 뿐이라고 하더라도 강치후를 자신의 결혼 대상으로 생각했다. 차갑고 무정한 남자이지만 남편으로서 전혀 부족하지 않았다. 아마도 소녀 시절에 사랑을 한다면 이런 남자와, 바로 그런 이미지를 가진 남자였기 때문에. 돌아오는 건 냉소일 뿐이라 그 남자를 만나면 가슴의 떨림보다는 자존심 상하고 화가 나는 게 더하지만, 이상적으로는 좋은 남자이지 않은가.

그래서 강치후와 결혼하게 되리라고 생각했다. 가정을 꾸리고 아이를 낳고 서로 예의를 지키며, 먼 듯 가까운 듯 남들 보기에 좋은 가정을 꾸리기에는 최선의 남자라고 생각했다.

아들이 없다는 걸 못마땅하게 생각하는 아버지, 그래서 아버지에게 딸인 자신은 그저 의미가 없는 생명이었다. 아버지에게 인정받고 싶었다. 강치후라는 남자와 결혼한다면, 바로 그게 가능하다. 아들을 갖지 못한다면 잘난 사위라도, 그게 아버지의 바람이었다. 모든 조건을 충족시켜 주는 강치후란 남자를 놓칠 수 없었다.

그래서 이 여자가 밉다. 이 여자만 물러나 준다면 자신은 원하는 걸 가질 수 있다. 지금껏 당연히 이어질 미래라고 생각하고 믿고 있었다. 그런데 이 여자가 나타난 순간 모든 게 틀어진 것이다. 사라져 줬으면 좋겠다. 유미는 차갑게 말을 이었다.

"필요에 의해 선택된 마음에 인생을 걸 건가요? 하지만 난 걸 수도 있죠. 왜냐하면 이 결혼으로 우리 두 사람은 괴로울지언정 회사를 위할 수는 있으니까. 그러니 당신은 물러나는 게 좋아요. 그냥 내 느낌일 뿐이니까 신경 쓰지 않아도 좋아요. 하지만 난, 당신을 생각해서 한 말이에요.”

그리고 고유미는 돌아섰다. 이주는 멍한 얼굴로 그 자리에 서 있었다. 바람이 채찍이 되어 사정없이 그녀를 트위스트로 내리치는 것 같다. 이렇게 아득하기도 실로 오랜만인 것 같다. 고유미…… 이 나쁜 여자……. 갑자기 이주의 눈동자에 빛이 번쩍 들어왔다. 차에 올라타려는 고유미에게, 이주는 소리쳤다.

“나를 생각해서 말해줄 여유가 있다면 당신 자신부터 생각해 봐요!”

고유미의 몸이 멈칫했다. 차문을 잡은 채 그녀가 이주를 쳐다 보았다.

“사랑한다고 자기 입으로 말한 남자의 상처를 후벼 파면서, 그걸 굳이 끄집어내면서 연적을 떼어내려고 하는 당신은 이미 패자야! 당신은 사랑받을 자격이 없는 사람 같아! 신경 쓰지 말아요, 내 느낌이니까.”

이주는 그대로 돌아서서 척척 걸어갔다. 차 문을 쥔 채 정지해 있는 유미를 생각하지 않으려고 온몸에 힘을 꽉 주고서 반대편으로 걸어가고 있는 이주의 뺨을 타고, 억울한 건지 슬픈 건지 모를 눈물이 뚝뚝 떨어지고 있었다.

"야, 냄비 넘치겠다."

여진의 아버지가 운영하는 일식집의 가장 안쪽에 있는 룸에서 연신 물만 벌컥벌컥 마시고 있는 이주를 쳐다보고 있던 여진이 불쑥 말했다.

"뭐가."

"뚜껑 열리겠다구. 도대체 뭐가 어떻게 된 거야? 또 누가 널 건드렸어?"

"그 남자."

"일은 잘 해결됐다며."

물론 잘 해결되었다. 그래서 이주는 여진에게 고맙다는 인사를 하려고 여기에 들른 것이다. 고유미의 일만 없었다면 아마도 더 기분이 끝내줬겠지. 하지만 아무리 생각하지 않으려고 해도 고유미가 멋대로 흘린 말들이 기분 나빠 죽겠다.

안 믿어. 난 안 흔들려. 실제로 물어보지도 않았잖아. 당사자는 아무 말도 안 했어, 아직.

아무리 그렇게 자신을 가라앉히려 노력해도 저 안쪽에서 감정이 불쑥불쑥 치받쳤다. 꿈은 왜 또 그런 걸로만 골라서 꿔서 이 모양인지. 초현실적인 예지몽이라던가, 점이라던가, 예언이라던가 그런 거에 관계되면 사람들은 주춤할 수밖에 없다. 이럴 바에야 아예 점집에 달려가서 그 남자랑 궁합이라도 봐볼까? 원진살 같은 거 꼈나 보게?

아 차, 생년월일을 모르지.

"나, 아무래도 연애운이 없나 봐. 어떻게 하면 이렇게 꼬일 수 있을까?"

"거봐라. 치사하게 뒤로 호박씨나 까더니. 혼자서 엉큼을 떠니까 벌받은 거 아냐, 이 계집애야!"

여진의 말은 전혀 일리가 없다. 이번에야 호박씨를 깠다지만, 저번 헌수 때는 대놓고 소문냈는데도 파탄이 난 것이다. 이주가 물 잔을 쾅 내려놓았다.

"심각할 것도 없어. 어차피 인생 혼자 가는 거야."

"어쭈."

"여자는 좀 더 자주적이고 주체적일 필요가 있어! 남자 하나에 울다가 웃었다가, 지겨워! 불공평해!"

여진이 쯧 혀를 찼다.

"것도 좋은 말이긴 하지만, 남자 없이 혼자 지낸다고 그걸 자주적이라 하진 않지. 남자에게 사랑받으면서도 얼마든지 주체적일 수 있잖아?"

이주의 가슴에 압정이 콕 박혔다. 요것이…….

"니 자랑이지?"

여진이 호호호, 하이 소프라노의 음색으로 웃었다.

하지만 이주는 함께 따라 웃을 기분이 아니었다. 물론 자신도 쿨하게, 편하게, Easy하게 받아들이고 싶다. 솔직히 머리가 너무 아파서 더 따지고 싶지도 않고 될 수 있다면 그냥 흘려보내고 싶다. 고유미는 정말 할 일도 없나 보다. 어떻게 그 복잡한 감정을 정리해서 자기 편한 대로만 이해했을까? 똑똑한 계집애…….

넘어가 줄까? 하지만 인간 감정이란 게 그렇게 쉽게 되지 않으니 인간이다. 넘어가 주면 자신만 손해 보는 것 같고, 얼간이 취급당할 것도 같고.

무엇보다 강치후도 강치후였지만, 고유미가 얄미워서 죽을 것 같다. 무슨 억하심정이 있어서 이러는지. 아 참, 억하심정 가질 일이야 많지.

"차라리 모르는 게 낫지. 알면서도 아무렇지 않다는 건 불가능해."

그 남자에게 다른 사랑이 없었다는 게 이상하다. 그런 걸 말하는 게 아니다. 하필이면 왜 이런 식으로 옛사랑이 꼬여서 나타나는 건지.

"그 남자 마음을 완전히 믿지 못하고 의심하면서도 계속 만나는 건 형벌이야."

"도대체 뭘 얼마나 잘못한 거야? 설마 또 삼각관계?"

여진이 설마 그럴 리는 없겠지, 하는 눈으로 심각하지 않게 말했지만 미안하게도 그게 사실이다. 좀 더 정확히 말해 사각관계다. 알고 보면, 문어다리만큼이나 쫙 퍼져 있을지도 모른다.

"정말? 남자가 양다리 걸친 거야?"

이주는 침묵으로 긍정을 표현했다.

"어유, 너도 참 박복하다. 어째 걸리는 남자마다……."

뭐라고 해도 불쌍하다는 눈이었다. 나도 내 자신이 너무 불쌍하다.

"현장을 걸린 거야?"

"그거보다 더 심해."

죽은 사람이니까.

"어유, 도대체 뭐길래 더 심하단 거야?"

이주는 솔직하게 모든 걸 털어놓고 싶었다. 하지만 이미 고인이 된 사람의 일을 차마 들먹일 수가 없었다.

"원래 약혼녀가 있었어."

그래서 얼떨결에 고유미 얘기가 흘러나왔는데.

"뭐어? 야, 그건 완전 결혼 빙자 사기지! 그 자식을 그냥 뒀
어?"

바로 이런 반응이다. 당연하다.

"근데 나도 알고 있었어."

"이 계집애…… 말하는 것 좀 봐. 너무 심하잖아. 딴 여자 눈
에 피눈물 흘리게 하고 행복할 것 같아?"

이주가 이를 드르륵 갈았다.

"인마! 약혼한 건 아니고 집안끼리 별일 없으면 약혼시킨다,
내정돼 있는 그런 정도였어. 별로 서로 사랑하지도 않았고!"

사실 그건 지금 그렇게 중요한 문제가 아니었다.

"니가 몰라서 그렇지, 이런 경우에 사랑과 전쟁에 물어봐도
백퍼센트 결혼하지 말라고 그럴걸? 사랑 없이 집안 배경만 맞아
서 결혼하는 거, 서로한테 형벌이잖아."

"뭐……. 근데 너 의외로 능력있다? 헌수 씨도 몇 년 전엔 날
려줬잖아. 순희한테 뺏기긴 했지만 암튼 그러더니, 이제 집안
간판을 등에 진 남자? 아까 내가 갔던 그 커다란 대문 달린 집이
니 남자네 집 맞지? 조만간 헤어지긴 해야겠지만 요거 요거, 능
력있네?"

"그치? 나 능력있는 거 같지? 하물며, 그 남자 잘생기고 멋지
고 테크닉까지 끝내준다?"

여진의 눈동자가 또르르 돌아갔다. 이내 입을 쩍 벌리더니 소
리쳤다.

"이 계집애 봉 잡았구나!"

"그래. 나도 꿩 대신 봉을 잡았다고 생각했는데."

사랑한 사람이, 자신으로서는 상상도 못할 사람이라잖아. 질투할 수도 없는 죽은 사람이라잖아.

"친구로서 충고하건대 복잡한 물엔 발도 담그지 말아라, 라고 말해주고 싶지만 근데 너한테 집안끼리 정한 약혼녀가 문제야? 천하에 막가파 강이주가 너무 몸 사리는 거 아냐?"

그러게. 그것뿐이면 막가파 막 나가지. 불도저로 쓸면서 밀어버리지. 하지만 그렇게 쉬운 게 아니니까.

이주는 씁쓸하게 웃었다.

"정열적이지 않은 사랑에 속아서 맹꽁이처럼 매달리는 건, 한 번이면 충분해."

과거에 한 여자를 사랑했었다는 그 남자는 정열적이었을까? 지금 자신을 대하는 모습보다 얼마나 더 열정적이었을까? 싫다, 이런 기분.

질투도 대놓고 하는 게 낫겠다. 차라리 고유미라면 들이받기라도 할 텐데.

뭐, 그것과 관계없이 고유미에겐 한 번 제대로 들이박을 생각이지만.

이주의 입가에 씁쓸한 미소가 어렸다.

"그 사람 없는 세상은 무채색일 거 같아. 그런데 나 헌수 오빠랑 헤어지고도 잘살았잖아. 아마, 그 사람도 마찬가지일 거야."

그 사람의 옛 사랑이 지금 날 막 찔러. 누군가를 아주 많이 사랑해서, 그녀를 잃은 후 심장까지 굳어버리는 그런 사랑은, 과연 어떤 걸까? 왜 하필이면 내 남자한테…….

내 남잔데. 그 남자는 내 건데. 내 거라고 생각했는데.

"별로 그렇게 보이지도 않는데? 너 지금 엄청 흔들리고 있어."

이 예리한 것이. 사람이 오랜만에 진지하게 분위기를 잡으면 장단 좀 맞춰주지.

"그래! 인마! 총천연색이다. 그 남자는 다르지. 다르고말고. 사실이다, 이것아! 아주 죽을 것 같고 괴로워 죽겠다. 뭐라고 해도 나를 속이고서 이래도 계속 만나고 싶기도 해. 그치만 그래서 더 괴롭단 말이야. 왜 이러니 나, 정말."

울상을 한 이주를 여진이 기가 막힌다는 듯 쳐다보았다.

"도대체 어떤 남자야? 궁금해 죽겠네."

바로 그때 테이블 한쪽에 놓아둔 이주의 휴대폰이 울렸다. 멍하니 휴대폰을 끌어다 보던 이주가 중얼거렸다.

"이 남자야."

여진의 눈이 뎅그레졌다.

이주는 심호흡을 크게 하고서 폐에 공기를 가득 불어넣은 다음 전화를 받았다.

"……여보세요."

오늘 힘들진 않았냐고 묻고 있다. 아무렇지 않은 목소리로.

그래, 그는 아무렇지 않을 수밖에 없다. 홍콩에서 로밍 서비스나 이용하고 계신 이 남자 분이, 오늘 대한민국 한강에서 얼마나 엄청난 일이 일어났는지 알 게 뭐냐. 어떤 면에서 보면, 한강 다리 아래에서 대롱대롱 매달려 있다가 갑자기 휙 달려든 괴물보다도 더 끔찍했다.

이주는 심드렁한 표정으로 손가락을 움직이며 테이블에 의미 없는 그림을 그렸다.

"네에. 그냥 뭐 그랬죠."

—무슨, 안 좋은 일이라도 있었나?

"아니에요. 바쁘실 텐데 뭐 하러 전화까지 하셨어요. 신경 쓰지 마세요."

최대의 경어, 그건 이 남자로부터 가장 거리를 떨어뜨리는 어법이기도 했다. 대놓고 뭐라고 하지 않아도 이렇게 행동하면 누구라도 뭔가 있다는 걸 짐작할 것이다. 아니나 다를까, 눈치가 삼단인 저쪽에서 잠시 아무런 말이 없었다. 비싼 통화료가 올라가는 게 아깝기도 하고, 해서 이주는 얼른 말했다.

"암튼, 돌아오시면 봬요."

—돌아오시면 봬요?

한마디 한마디 싸늘하게 되뇌어 따라 하고 있다.

"……네. 왜요?"

—아무튼 좋아. 가서 연락할 테니까.

"네에, 끊을게요."

방금 신나게 뒷담화를 한 여진의 앞에서 받는 전화라 필요 이상으로 더 사무적이 된 것 같다. 아마 치후는, 아닌 밤중에 홍두깨 식으로 뒤통수를 맞은 격이리라. 그래서 오늘은 여기서 통화를 끝나는 게 나을 것 같아서 휴대폰을 내리려는데 치후의 목소리가 들려왔다.

—최소한, 만회할 기회는 줘야 해. 할머님께 혼자 두고 와서 미안하다. 계속 신경이 쓰였어.

"아니…… 그것 때문은 아니에요. 할머님은 저한테 잘해주셨어요."

흐음. 짧은 시간 차이를 둔 치후가 말을 이었다.

—그런데 넌 왜 나한테 이렇게 못해주지?

이주의 눈동자가 떼구루루 굴렀다.

"그러게요?"

어이없다는 듯한 치후의 낮게 혀 차는 소리.

—웃는 목소리 듣고 싶어 전화했다.

그거야…… 나도 미안하다. 그래서 지금, 멀리 있는 사람한테 따질 수도 없어서 나름대로 많이 참았다. 치후 씨, 당신 마음은 대체 어떤 거예요?

"미안해요. 그냥 좀 오늘 하루 내내 낯선 데서 혼자 발 동동 구른 거, 투정하고 싶어서 그랬나 봐요."

여진이 어이구? 하는 눈으로 쳐다보건 말건, 이쪽은 최소한 이 남자가 대한민국 국경 안에 들어왔을 때 따져도 따지고 싶다.

—할머님과 어머니 때문이라면, 호적 파라고 하면 파지.

헉!

"지금 무, 무슨 말을! 그 남자를 보려면 효자인지부터 보랬는데. 완전 못 쓰겠다, 이 남자."

—그러니까 내 호적 계속 유지되게 오늘 힘든 일 있었어도 머릿속에 담아두지 마.

"……."

—넌, 나만 있으면 돼. 내가 그런 것처럼.

이주는 천천히 휴대폰을 끊었다.

"그 남자니? 도대체 어떤 남자야? 어떻게 만난 거야?"

여진이 기다렸다는 듯이 달려들어 닦달을 했지만 이주는 아무 말도 할 수 없었다. 머릿속이 멍했다. 이 남자는, 미워하지조차 못하게 한다. 이런 식의 다정한 말과 상냥한 배려가 사실이 아니라면, 세상에 대체 무엇이 사실일까?

"언니, 상무님 출근하셨어요."

필요한 서류가 있어서 홍보과에 들렀다가 돌아오는데, 주리가 아는 척을 하며 팔랑팔랑 다가와 이주의 귓가에 속삭여 주었다. 이주는 순간 심장이 어긋나는 소리를 들었다. 두근거리기도 하고 아프기도 하고.

"주리 너, 입단속 잘하고 다녀."

갑작스러운 말에 주리가 고개를 갸웃했다.

"……네?"

"상무님한테 친밀하게 이런저런 얘기하는 건 좋지만 최소한 다른 사람 입장은 지켜줘야지. 너 그 대가로 이것저것 얻어먹고 받기도 하잖아."

순간 의미를 알아챈 건지 주리가 뜨끔하는 얼굴을 했다. 싸늘한 눈을 하고 있던 이주는 얘는 또 무슨 죄야, 하면서 한숨을 폭 내쉬며 그녀를 스쳐 지나갔다. 혼자 남은 주리는 어쩔 줄 몰라 하는 얼굴로 이주를 쳐다보고 있다가 문득 중얼거렸다.

"근데 저 언니가 그걸 어떻게 알고 있지?"

한편 사무실 앞까지 도착해 막 안으로 들어서려던 이주는 저쪽에서 짧은 휘파람 소리가 들린 것 같아 흘끗 쳐다보았다.

"여어."

세상에. 사립문 바깥에서 뻐꾸기 날리는 남자는 봤지만, 여직원 부르느라 회사 복도에서 휘파람 날리는 상무는 처음 봤다.

치후가 서 있었다. 며칠 만에 본 건데도 참 오랜만에 본 것처럼 아득해졌다. 주책 맞게도 눈시울이 뜨거워졌다. 왜 이런다니.

똑같은 슈트를 입어도 그만의 느낌이 나는 남자였다. 먼 거리에서도 지적이고 깔끔한 이미지가 느껴졌다. 물론 좀 더 사적으로 들어가면 약간 맛이 가신 분이지만.

너무 표정 없이 쳐다보고 있어서였을까. 치후의 표정에서도 천천히 엷은 미소가 가시더니 딱딱한 표정으로 손가락을 들어 어딘가를 콕 집었다. 이주는 무시하고 쌩하니 사무실로 들어갈까 하다가 마음을 단단히 먹고 걸음을 옮겼다. 그가 먼저 사라진 비상구 계단으로 따라 들어갔다.

문이 닫혔을 때, 치후는 팔짱을 낀 채 느긋하게 기대고 서 있던 창가에서 어깨를 뗐다. 팔을 풀면서 이주에게로 다가왔다. 이주는 바인더를 품 안에 꼭 안은 채 치후를 그저 조용히 바라보았다. 눈앞까지 다가와 멈춰 선 치후가 이주의 얼굴을 훑듯이 살펴보고는, 갑자기 손을 들어 검지로 이주의 눈썹 한 부분을 콕 찔렀다.

"여기, 왜 이래."

이주의 눈동자가 흔들렸다. 그저 손가락 끝이 잠깐 닿은 것뿐인데도 마치 스위치가 눌려진 것처럼 온몸으로 저릿한 전류가 퍼져 갔다. (+)전자와 (—)전자가 만나서 원자가 된다고 했던가? 아마 자신은 이 남자에게 있는 (+)전자에 심각하게 반응하도록 만들어져 태어난 게 아닐까 싶다. 그걸 억지로 틀어막으려고 하니 이렇게 마음이 괴롭고 속이 복닥거리는 것 같다.

이주는 자신의 눈썹을 문지르며 되물었다.

"……뭐가요?"

"잔뜩 찡그려져 있잖아."

"뭐가요. 아무렇지 않은데."

치후의 표정이 점차 딱딱하게 굳었다. 왜 아닐까. 이 모양 이 꼴로 불성실하게 행동하고 있는데. 입술은 댓발은 내밀고, 나

불만 엄청 많아의 포스를 흘리고 있으니.

"말해봐."

"……."

"무슨 문제야. 볼만 탱탱 부어 있지 말고 설명을 해줘야 알지 않겠나."

탱탱 붓긴 누가 탱탱 부었다고.

이주는 물끄러미 치후를 바라보았다. 싸늘하게 기색을 굳히고 있는 이 남자는 자신이 사랑하는 그 남자가 맞았다. 하지만 그 얼굴에 고유미가 겹쳐 보여서 정말 신경질이 난다. 빙의도 아니고, 왜 멀쩡한 남자 얼굴에서 다른 여자 얼굴을 찾는 건데.

이 남자는 웃을 때도 분위기있고 멋지지만, 표정을 굳히고 있을 때가 사실 조금 더 멋지다. 짙은 눈썹과 깊이있는 눈동자는, 서늘한 빛을 풍길 때가 훨씬 더 매력적이다. 그래서 그 얼굴 계속 보고 싶어서 화를 돋우잔 건 아니지만.

"사랑해요."

갑자기 이주가, 밥 먹으면 배불러요, 하는 식으로 뜬금없이 고백을 하자 치후의 눈썹이 움찔했다. 무방비 상태로 있다가 갑자기 타격을 먹은 사람의 표정이었다.

"흐음. 어쩌잔 거지?"

"글쎄요. 난, 그냥 치후 씨만 있으면 돼요."

"……한 대 때리고 싶다는 표정으로 그런 말을 해봐야 기쁘지도 않군."

그런가? 감동받을 줄 알았는데.

"설레지도 않고."

"그만 하시죠?"

"즐겁지도 않고."

점점…….

"왠지 슬프기까지 한데."

그는 장난으로 말한 건지도 모르겠다. 하지만 이주는 정말 슬퍼졌다.

"바빠요? 사무실에 빨리 돌아가야 해요?"

치후가 손목시계를 흘끗 쳐다보더니 고개를 들었다.

"아마 10분 정도……."

하지만 치후는 그 이상 말을 잇지 못했다. 이주의 팔에서 후두둑 서류들이 떨어지는 동시에 치후의 가슴에 와락 안긴 이주가 제멋대로 치후의 입술을 틀어막았다. 자신의 입술로.

원수라도 진 사람처럼 달려들 듯 입술을 부딪쳐 와 치아가 세게 부딪쳤다. 생리적인 통증으로 치후도, 이주도 동시에 인상을 찡그렸지만 그 정도로 꺼질 만한 불꽃이 아니었다. 이미 두 사람의 몸을 동시에 화르륵 불타오르게 한 정열에 사로잡혀 치후가 고개를 휙 꺾어 이주의 입술을 파고들었다. 혀를 뽑아버릴 기세로 거칠게 빨아들이며 이주의 숨결을 원했다. 달라붙듯 파고들어 오는 키스에 숨도 쉬지 못한 채 이주는 고개가 꺾여 목

안쪽까지 그를 받아들였다.

입술이 섞이는 소리와 타액이 넘어가는 소리가 좁고 어두운 비상구 계단 안을 적나라하게 울렸다. 미처 삼키지 못한 타액이 턱을 타고 흘러내렸다. 치후는 이주의 머리 뒤를 거친 손아귀 힘으로 힘껏 받친 채 입술부터, 턱, 뺨, 목까지 온통 이주의 전체를 정신없이 핥았다. 뜯어 먹히는 건 아닌가 싶을 정도로 그는 키스에 탐닉해 이주의 입술을 용서없이 조여왔다.

타액이 흘러내리는 이주의 턱을 쪽쪽 소리가 나도록 빨아들인 치후가 커다란 한 손으로 이주의 목선을 더듬었다. 다른 손은 아래로 내려가 이주의 허리를 만지다가 아래로 내려가 스커트 안으로 파고들었다. 만져 보지 않아도 위험할 정도로 흥분해 버린 남성이 느껴졌다.

본능적으로 흠칫 뒤로 떨어지는 이주의 엉덩이를 꽉 잡아 아플 정도로 꼬집어 비튼 치후가 이주의 손을 갖고 와 자신의 남성에 끌어당겼다. 지퍼 너머로 무서울 정도로 부풀어 오른 그의 남성이 느껴졌다. 대낮에, 그것도 회사 비상구 안에서 접한 그것의 위력은 두려울 정도였다. 이주는 자신도 모르게 섬뜩해서 손을 떼버렸다. 하지만 도망가던 손은 그의 손아귀에 힘껏 잡혀버렸다.

"키워놨으면 잡아먹어야지."

아웃…… 이 음란한 남자 같으니.

귓바퀴를 핥은 치후의 혀가 안으로 들어왔다. 그 감각에 온몸이 찌르르 전율이 일었다.

"하읏!"

이주의 목에서 자신도 놀랄 정도로 끈적거리는 신음이 튀어나온 순간 치후가 그녀의 입술을 손으로 턱 막았다. 동그랗게 벌어진 이주의 동공과 치후의 눈동자가 바로 지척에서 마주쳤다.

"소리 내지 마."

탁한 욕망이 젖은 목소리가 낮게 말하자 이주는 입이 틀어 막힌 채 고개를 끄덕였다. 천천히 손바닥이 멀어지며 이주의 입술이 드러나자, 치후는 소리를 막으려는 건지 키스를 하고 싶은 건지 의도를 분간할 수 없는 키스를 다시 시작했다. 윗입술을 조이며 혀가 섞였다가 천천히 떨어져 나갔다. 거친 숨을 몰아쉬며 치후가 낮게 고백했다.

"사랑해."

이주의 눈동자가 터질 듯 커졌다. 마치 얇은 유리처럼, 이주의 심장에 금이 가더니 쨍그랑 산산이 깨져서 부서졌다.

치후의 검은 눈동자가 이주를 내려다보며 부드럽게 웃었다.

"고백은 그렇게 무심한 눈으로 하는 게 아니다, 강이주."

"……."

가슴이 아파 미칠 것 같다.

"너는 어떤 의도로 한 말인지 모르겠지만, 나는 절대 그 말로 장난칠 수 없어."

"장난친 거 아니었어요."

"바짝 마른 눈으로 사랑한다고 말하는 게, 그럼 진심인가? 너처럼 뜨거운 여자가?"

"난 하나도 뜨겁지 않아요."

"그래, 그래."

알았다는 듯 치후가 쉽게 넘기려 했다. 이주는 치후의 옷깃을 꽉 틀어쥐었다. 마치 몸싸움이라도 하겠다는 듯 옷깃을 쥔 손아귀에 힘을 주었다. 잡고 있는 손이 하얗게 될 정도로 힘이 들어가자, 그제야 치후의 눈매에도 의아한 빛이 담겼다.

"……강이주?"

"난, 정말 당신을 사랑하는 것 같아."

노려보듯 올려다보며 이주가 다시 한 번 반복한 말에, 치후의 표정이 싸늘하게 가라앉았다.

"경고했지. 그런 눈으로 말하지 말라고."

"그래서 당신하고 잠시 시간이 필요할 것 같아요."

순간 치후의 얼굴이 굳었다. 싸늘하거나 딱딱하거나, 그런 빛조차 없는 무표정 그 자체로 그가 물끄러미 이주를 내려다보았다.

"……뭐?"

"당신한테 좀 더 시간이 필요하다는 결론을 내렸어요. 그러니까 시간을 줄게요. 난 배려가 있는 여자예요. 그사이에 자기 마음 정확히 되짚어보고 나서 그때에도 내가 필요한 거 같으면 콜

해요.”

그의 옷깃을 털어버리듯 놓았다. 이 정도가 자신에게는 최선이었다. 어차피 급박하게 시작된 관계. 정리를 할 시간이 필요했다. 학교 공부도 항상 예습과 복습이 필요한데, 나눗셈을 해도 반드시 검토가 필요한데, 한글 파일에도 백업 파일이 당연히 존재하는데 그보다 훨씬 더 중요한 사람 관계에 이렇게 생각할 시간이 모자라서야.

서류고 뭐고 숨마저 참고서 돌아서려는 이주의 팔을 치후가 거칠게 낚아채 자신에게로 휙 돌렸다.

“너 지금, 뭐라고 했어.”

단언컨대, 지금 그의 표정은 지금까지 봐왔던 그 어떤 표정보다도 무시무시했다. 일순간 괜히 나불거렸나 후회가 덜컥 일 정도로. 첫날 이 남자의 비싼 옷에다 술을 쏟아버렸을 때도 이 정도는 아니었다. 팔에 가해오는 압박도 장난이 아니었다. 도끼만 주면 바로 찍어버릴 정도라서, 이주는 자신도 모르게 달달 떨며 치후를 바라보았다.

“아…… 저기…….”

시간을 좀 주겠다고 한 것뿐인데.

것보다, 이렇게 말하면 사실 신사적으로 설명을 해줄 줄 알고……. 그저 좀 튕겨본 건데……. 나 역시 화가 났어. 화가 나서, 당신한테 시간을 주기로 한 건 내 인격이 성숙했다는 증거잖아. 근데 왜 이렇게 무섭게 구는 거야.

침을 꼴깍 삼키고서, 이주는 일단 이 남자를 진정시켜야지 싶
었다.

"저기, 아파요."

이 상황에서도 나 아픈 게 먼저냐!

하지만 아픈 걸 어떡해. 무엇보다, 맛이 살짝 가긴 했어도 매
너는 있는 남자라 생각했는데 지금 처음 본 사람 대하듯 낯설게
쳐다보며 죽일 듯 노려보고 있는 그는 절대 그가 아니었다. 맛
이 가는 건 침대에서 뿐인 줄 알았더니, 이 눈빛이 바로 맛이 간
남자의 눈빛이었다. 무섭다.

"강이주, 재회 기념 서프라이즈인가?"

"그런 건 아니에요."

"아니면 이게 뭐지? 설명해 봐."

"설명해야 할 사람은 당신이 아닌가요?"

이주의 눈빛에도 투쟁이 담겼다.

"이거 놔요!"

그의 손을 밀쳐 내려고 했지만 접착제라도 붙여놓았는지 일
절 꿈쩍도 하지 않았다.

"아프단 말이에요, 정말로."

눈물까지 글썽거리자 치후의 맛 간 눈동자에 순간적으로 정
상의 빛이 돈다 싶더니 그나마 손아귀의 힘은 조금 풀렸다. 그
래도 이주의 손목을 완전히 놓지는 않았다.

"서프라이즈가 아니면 뭐야."

"당신은."

이주의 눈에서 불꽃이 튀었다.

"당신은 형수를 사랑했잖아!"

귀청이 떨어질 정도로 크게 소리치며 도망가려는 이주의 몸을 치후가 이번에도 뒤에서 꽉 끌어안았다. 등 뒤에서 낚아채듯 끌어안은 순간, 이주는 자신의 앞으로 둘러온 치후의 손등을 꽉 깨물었다. 움찔하며 치후의 몸이 떨어져 나갔다.

그러니까 사람이 심각하면 좀 놔두라니까.

치후는 손을 편 채로 탈탈 털어가며 기가 막힌다는 눈으로 이주를 쳐다보았다. 이주는 출입문에 등을 딱 붙이고서 그를 있는 대로 노려보았다. 하지만 저쪽도 만만치 않았다. 보란 듯 손을 오므렸다 폈다 하며 혀를 찼다.

"황당하군."

"그러니까 왜 잡아요!"

"다 됐고. 지금 무슨 소리야. 그 말이나 다시 해봐. 누가 뭐라고?"

시치미 떼는 거 봐.

기왕 이렇게 된 것, 이주는 열받은 걸 냅다 토해냈다.

"모르는 척하지 말아요! 시간 줄 테니까, 당신은 아직까지 당신을 휘두르고 있는 그 형수님 생각이나 더 하라구!"

"형수우?"

치후의 눈에서 이제는 아예 스파크가 튀고 있었다.

"누가, 어떤 인간이 뭐라고 한 거야. 대체."

"왜요? 사랑하던 형수님이랑 형님이랑 불행한 결혼 생활 한 거 보니까 사랑 없는 결혼이 죽도록 싫었어요? 그래서 고유미한 테서 헤어나기 위해서 날 선택했어요? 어쩐지. 그렇게 짧은 시 간에 나한테 반했다는 게 이상하다 했어! 어차피 육체로만 이어 졌던 관계잖아요. 안 그래요? 정말 사랑일지도 모른다고 생각했 는데. 말이 안 되잖아! 꽃바구니 몇 개 보냈더니 완전히 넘어오 는 나 보고 어떤 생각했어요? 4년이나 사귄 남자친구가 손도 안 댄다고 주책 맞게 섹시댄스니 헛소리하면서 춤 연습이나 하고, 그걸 또 눈앞에서 하겠다고 고집 피우다가 망신당하고, 만날 술 에 취해서 굴러오고, 그러니까 내가 우습게 보였죠?"

숨도 쉬지 않고 쏟아내 버리고 말았다. 하지만 말하고 나서 이주는 자신도 놀랐다. 이렇게 많은 생각들이 자신의 머릿속에 들어 있으리라곤 자신도 몰랐던 바였다. 반 이상은 지금 이 순 간 화난 김에 다다다 쏟아낸 말인데, 말하다 보니 말의 사슬 안 에 갇힌 기분이었다.

뭐야? 정말 그랬던 거야? 날 그렇게 무시했던 거야?

지가 그렇게 말해놓고는 지가 상처받고 있다. 이게 바로, 이 성을 잃은 싸움을 하면 안 되는 이유였다. 열이 받아서 마음에 없는 말까지 해버리고 그 말에 상처 입는 것이다. 하지만 문제 는 뇌가 이렇게 헤까닥 돌아버릴 정도로 이 남자 때문에 분통이 터진다는 사실이었다.

"계속 그런 생각을 하고 있었단 거군."

치후의 미간이 찌푸려졌다. 갑자기 손목시계를 천천히 풀더니 이주를 흘끗 쳐다보았다. 저 남자, 아까 전엔 그렇게 무시무시한 얼굴을 하더니 지금은 오히려 차분해져 있다. 하지만 어째 분위기는 그때보다 더 화난 것 같기도 하고. 그나저나 손목시계는 왜 푸는 거야? 결국 나 때리는 거야?

입에 신 좀 내렸다고 여자를 때려? 애초부터 너도 잘못한 거잖아!

"그럼, 방금 전에 사랑한다는 말은 뭐였지?"

치후의 난데없는 공격에 이주는 허를 찔렸다. 그건, 폼 잡았던 거다. 사랑하니까, 너무 사랑하니까 떠나신다는……. 빛바랜 유행가 가사 흉내를 좀 내보려고.

하지만, 유치했다.

"그냥, 아까 전에 내 마음이 그랬어요."

"하아. 사랑하는 남자를, 제3자의 말만 듣고서 알뜰할 정도로 뇌를 한껏 사용해서 그렇게 무시무시한 생각들을 하시고, 손등까지 물어버리신다?"

"제3자가 왜 그런 말을 했을지는 생각하지 않아요?"

이주는 이제 원망을 잔뜩 담아서 치후를 노려보았다. 그가 방금 전에 풀었던 손목시계를 손에 들고 다가오는 바람에 이주는 흠칫했다. 정말 때려? 하지만 저 정도의 체격을 갖고 폭력적으로 나오면 손쓸 수가 없다. 게다가 지금 그는 흥분 상태고, 이쪽은 여린 꽃사슴이다. 일단 맞고 진단서를 첨부해⋯⋯? 손이 휙 올라가자 이주는 눈을 질끈 감고서 고개를 휙 틀었다. 하지만 손은 이주에게 원 펀치 쓰리 강냉이를 선사하는 대신 출입문을 탁 짚어 눌렀다. 문이 철컹거리는 느낌에 한쪽 눈만 살짝 떠서 살펴보았더니, 그는 한 손은 이주의 머리 위를 짚고, 다른 한 손은 허리에 얹은 채로 이주를 한심해 죽겠다는 듯 내려다보고 있었다.

뭐야? 지금 비웃니?

숱 많은 눈썹이 확 찌푸려지는 순간, 그가 살짝 허리를 숙인 채로 이주의 귓가에 숨결을 가져왔다. 이 상황에서도 육탄 공격을⋯⋯! 하지만 그건 완벽한 김칫국물이었고, 치후는 이주의 귓가에 단지 경고했을 뿐이다.

"잘 들어. 일단 고유미, 그 여자는 날 사랑하지도 좋아하지도 않아! 자신은 노력하지도 않고서 자존심만 상했다고 열받았을 뿐이지. 형의 여자? 형수님? 기가 막히는군. 감히 고인을 두고 장난친 인간은, 그냥 두면 안 되지."

치후의 그림자에 갇힌 채 이주는 눈을 크게 떴다.

장난을⋯⋯ 쳐? 누가? 내가? 아니, 고유미겠지? 하지만 무슨 소리야!

"무슨 말이에요?"

"강이주, 이렇게 귀가 얇은 여자인 줄 몰랐군."

아⋯⋯ 이게 지금 뭐가 어떻게 돌아가는 걸까? 물론 발뺌하리란 예상은 하고 있었다. 하지만 지금 이 남자의 눈빛, 말투, 표정 어디에도 발뺌의 기미는 전혀 보이지 않았다. 이건 그냥 직감이었다. 이 남자는 거짓말을 하고 있지 않다. 둘러대는 말도 아니다. 그럼, 뭐가 어떻게 된 거지?

"형수님, 사랑한 거 아니에요? 사랑했다면서요……."

"누가."

"그건…… 제보자가."

"제보자가 고씬가?"

침묵으로 긍정해 버렸다. 아, 이건 너무 치사한 유도신문이다! 유도신문은 무슨, 벌써 홀랑 다 노출시켜 놓고.

"믿을 수 없어요. 발뺌하는 게 아니라고 어떻게 믿어요?"

치후의 검은 눈동자 안에 짧은 섬광이 일었다. 하지만 그것은 지금까지 한 번도 본 적 없는 무심하고도 먼 빛이었다.

"믿기 싫으면 마음대로 해. 상관없다. 내 할 말은 끝났으니까."

상관없다, 라는 단어가 이렇게 심장을 찌르는 말인 줄은 몰랐다.

하지만 기분 나쁘다는 듯 표정을 사납게 일그러뜨린 채 치후는 몸을 뗐다. 이주는 뭔가, 자신이 상당히 손해 본 것 같은 직감을 느끼며 멍하니 치후를 불렀다.

"잠깐, 치후 씨……."

"그렇게 경솔한 사람이었나? 그동안 생각해 온 모든 점을 단숨에 뒤집어주는 멋진 모습이더군. 잘 지내라.”

그대로 출입문을 획 열었다. 그 바람에 출입문을 등지고 서 있던 이주는 획 떠밀려 앞으로 그야말로 볼품없이 내몰려야 했다. 휘청거리던 몸이 깨금발을 하고서야 겨우 멈춰 치후를 획 노려보았다. 전이라면 이럴 때 분명 받쳐 주거나 잡아줬을 텐데. 이제는 대놓고 저 남자가 날 패대기치고 있는 거다.

어떡하지? 일이 완전히 틀어져 버린 것 같다.

“치, 치후……”

“가져. 못 봤을 테지. 애초에 넌 내 마음 따위는, 눈여겨보지도 않으니까.”

그리고 그가 획 던지고 간 것은 손목시계였다. 번쩍거리는 게 날아오기에 일단 받긴 했지만 이주는 지금 그런 걸 신경 쓸 여유가 없었다. 손목시계를 꽉 쥔 채로 애가 탄 눈으로 출입문을 쳐다보았지만, 그는 매몰찰 정도로 세차게 문을 닫아버리고는 사라졌다. 바람과 함께, 가 아니라 쾅! 사정없이 시끄러운 문소리와 함께 사라진 남자라니.

내일은 내일의 태양이 뜬다고 희망을 가질 겨를도 없었다. 이건 완벽한 내쳐짐이었고 종말이었다. 닫힌 비상구 안에서 이주는 얼음처럼 굳어서 서 있었다.

“그래……. 가버려. 가버려라.”

믿을 수 없었다. 그렇게 쉽게 싸늘해질 수 있다니. 그렇게 끝내 버리고 가버리다니. 아니, 이건 이상하다. 저렇게 화나게 만들 정도로 부채질을 한 주제에 가버리니까 미칠 것 같다.

하지만 이럴 줄은 정말 몰랐다. 말다툼 같은 거야 흔히 있을 수 있는 일이라 생각했다. 이쪽은 정말 실망을 했었고 그 진실을 가장한 거짓에 휘둘렸다. 그러니 좀 따질 수도 있는 거 아닌가? 다들 이렇게 오해하고 화내고 투정부리고 또 오해를 풀어주며, 그러는 와중에 더 가까워지면서 사귀는 거 아닌가? 그게 연인 사이 아닌가? 정말 머리가 무거웠고 가슴이 아팠고 속이 상했다. 그래서 나 이렇게 심장에 스크래치 났다고, 호~ 좀 해달라고.

최소한…… 형수님을 사랑한 것 자체가 사실이 아닐 줄은 생각도 못했다. 사랑했지만, 지금은 생각하고 있지 않다고, 잊었다고, 그렇게 설명해 줄 줄 알았다. 하지만, 그 자체가 사실이 아니라니.

고유미이……!

"나쁜 놈."

하지만 고유미를 탓할 것도 아니다. 문제는 자신이었는데. 하지만 그래도 강치후가 제일 나쁜 놈이다. 이럴 수가.

"그래도 이럴 줄은 몰랐단 말이야. 오해가 있다면 풀어주고, 위로해 줄 줄 알고."

이주는 눈물을 거칠게 닦아가며 중얼거렸다.

다 마음에 없는 말이었다.

"위로해 줄 줄 알았단 말이야."

물론 조금 짜증스러운 짓을 하긴 했지만, 그라면 들어줄 줄 알았다. 이해해 줄 줄 알았다. 어른스러운 모습으로 다가와서 호~ 하고 치료해 줄 줄 알았다. 하지만 간과하고 있었다. 어른도 화낼 수 있다는 걸. 특히 아이의 땡깡이 정도를 넘어선다면.

결국 이렇게, 애처럼 비상구 계단에 서서 자신이 만들어낸 청천벽력을 제대로 얻어맞고서 훌쩍거리고 있었다. 그러다 문득 시계를 쳐다보았다. 갈 거면 홀랑 가버리지, 가면서 도대체 이건 왜 준…….

그 순간 이주의 눈이 번쩍 떠졌다. 몰랐는데, 손목시계는 그가 계속 하고 있던 것과 전혀 다른 디자인이었다. 번쩍거리기에 같은 거라고 생각했는데. 무엇보다 그건 남성용도 아니었다. 누가 봐도 맵시있고 날렵한 디자인의 여성용 손목시계였다.

그리고 한쪽에 눈에 띄게 새겨진 이니셜은…… K.I.J.C.H.

성이 같다고, 그때 말했었다.

"가져. 못 봤을 테지. 애초에 넌 내 마음 따위는, 눈여겨보지도 않으니까."

그가 마지막으로 했던 말이 무슨 뜻인지, 지금에야 알아버렸다.

치후는 부친의 부름이 없으면 잘 찾지 않는 본가에 들어섰다.

딱딱하게 굳은 얼굴로 거실로 들어서는데 마침 가족들이 거실에 모여 앉아 있었다. 모일 가족이라 봐야 어머니와 할머님뿐이었지만.

"치후야, 연락도 없이 애가 도깨비마냥. 미리 연락 줬으면 저녁 안 먹고 기다렸지."

치후를 발견한 한 여사가 놀란 얼굴로 일어나며 말했다. 하지만 치후는 굳은 채 그 자리에 서서 한 여사가 아닌 다른 사람을 쳐다보고 있었다. 건조하게 정지해 있던 그의 눈매에 점차 싸늘함이 자리 잡았다. 유미가 천천히 자리에서 일어났다.

"오랜만이에요."

조심스러운 미소를 어색하게 띠며 유미가 말했다. 하지만 치후는 대꾸도 없이 유미를 쏘아볼 뿐이었다. 죽어 있는 꽃처럼 예의상이라도 잘 웃지 않던 여자가 이럴 때 웃고 있다. 치후는 어이가 없었다. 그만큼 마음은 더욱 싸늘하게 식어갔다.

거실엔 치후와 유미 사이의 냉랭한 기색만이 돌고 있었다. 물끄러미 지켜보던 상석의 양 여사가 입을 열었다.

"앉지 그러느냐."

"피곤해서 자러 들어왔습니다."

"허어, 별일이구나. 당최 이 집은 편치 않아서 자고 가라고 해도 1분도 못 앉아 있던 녀석이."

"그렇게 됐습니다. 그럼, 올라가 보겠습니다."

딱딱하게 목례를 한 치후가 몸을 돌리는 순간 유미가 난처한 얼굴로 그를 불렀다.

"치후 씨!"

지켜보는 한 여사의 표정에 긴장의 기색이 어렸다. 양 여사는 옆에서 그저 구경하듯 상황을 주시하고 있었다.

돌아서려던 치후의 몸이 천천히 유미에게로 향했다. 왜 불렀냐는 듯, 한마디 말도 없이 그저 싸늘한 표정만 이용해 묻자 유미는 어찌할 바를 몰랐다. 기껏 용기있게 불러놓고 막상 아무런 말도 못하는 유미를 보자 치후는 역정이 났지만 인내심을 가지고 참았다.

양 여사가 천천히 입을 열었다.

"유미 양이 종종 찾아와서 이 할미랑 시간을 보내줬다. 기특하지 않으냐. 고맙다는 인사 한마딘 해야지."

하지만 치후는 일자로 굳힌 입매를 열지 않았다. 유미의 표정이 더욱 당혹스러워졌다. 보다 못한 한 여사가 거들었다.

"유미 마음이 예쁘지 않니. 다 누구 때문이겠어. 널 보고……."

"고유미 씨에게 사랑을 할 수 있는 기회를 주고 싶습니다."

입을 열기는 했는데 난데없다 싶은 말에 모두의 표정이 정지했다. 의혹이 담긴 세 사람의 시선을 쳐다보지도 않으며 치후는 딱딱하게 말을 이었다.

"평생 누군가를 좋아해 본 적이라곤 없는 여자, 안쓰럽지 않습니까."

"치, 치후 씨!"

자존심이 상한 유미가 날카롭게 외쳤다. 그러나 치후는 그 어떤 표정 변화도 없었다. 똑바로 유미를 쳐다보며 말을 이었다.

"여긴, 네가 있을 곳이 아니야. 나를 이렇게 만든 건 너다."

"치후야, 대체 그게 무슨⋯⋯."

그러나 치후는 어머니의 말허리까지 잘랐다.

"네가 날 그 정도로 좋아하는지는 몰랐군. 사과하지. 다만, 앞으로 입조심하는 게 좋을 거야. 참는 건 한 번이야."

그리고 그는 뒤도 돌아보지 않고 이층으로 올라갔다. 한 여사는 저런 아들의 모습은 처음 봤기에 기가 막힌다는 얼굴로 안절부절못했다. 그 옆에서 유미는 굳어버린 사람처럼 정지해 있었다. 그녀의 입술이 파르르 떨렸다. 턱에 손을 괸 채로 그 모습을 물끄러미 지켜보고 있던 양 여사가 몸을 일으켰다.

"시간이 늦었구나. 다 큰 아기가 남의 집에 있을 시간은 아니지."

흘러나온 뼈있는 그 말에 유미의 시선이 양 여사에게로 빠르게 돌아갔다.

"어머님⋯⋯."

도대체 이젠 시어머니까지 왜 이러는지 모르겠다고 한 여사는 이마를 짚었다. 양 여사가 유미를 쳐다보았다.

"이 늙은이를 생각해서 노력해 준 점 고맙게 생각한다. 나도 유미 양이 좋았어. 허나 내 마음보다는 손자놈의 마음을 잡으려고 노력했으면 금상첨화였을 것을."

쯧쯧 낮게 혀를 차며 양 여사는 곧 안방으로 들어갔다. 눈동자가 공처럼 커진 채 유미는 그 자리에 서 있었다. 한 여사가 안타까운 얼굴로 유미를 돌아보았다.

"내가 참 미안하구나. 저 아이가 어찌 저리……."

"아닙니다."

유미는 겨우 입을 열었다. 천천히 허리를 숙여 인사를 하고서 바로 섰다.

"죄송해요. 하지만 할머님의 말씀이, 맞아요. 저는 치후 씨에게 더 이상 바랄 수가 없는 사람이에요. 제가 우선해야 할 걸 간과한 것 같습니다."

"우리 치후를, 정말 좋아하니?"

유미는 씁쓸하게 웃었다.

"제 나름대로요."

그 눈썹이 촉촉하게 젖어들었다.

"하지만 전, 사랑하는 방법을 몰랐던 것 같아요. 저 때문에 치후 씨가 많이 갑갑했을 거예요. 이만 갈게요. 늦은 시간까지 죄송했어요."

유미는 천천히 핸드백을 들어 밖으로 나갔다. 한 여사는 홀로 남은 채 거실에 서 있었다. 머리가 딱딱 아파와 관자놀이를 짚었다. 이층을 물끄러미 쳐다보며 중얼거렸다.

"우리 때도 저렇게 사납게 연애를 했나……."

늘 알 수 없는 아들이었지만, 요즘 들어 더 난해한 아들이었다. 다만, 그 품은 마음만은 답지 않게 노출을 시켜서일까, 왠지 알 것도 같았다.

"결혼 안 시켜주면 어미까지 잡겠구나."

한 여사는 쯧쯧 고개를 저으며 소파에 다시 앉았다.

샤워기의 물줄기가 바늘처럼 온몸을 찔러댔다.

자신이 이 눈으로 봐야 할 건 오로지 그였는데, 너무 많은 곳에 눈을 돌리고, 나 자신까지 믿지 못해 나쁜 말들에 현혹되어서 그를 믿지 못했다. 그래서 그가 준 손목시계는 차라리 선물이 아니라 벌이었다. 그가 남긴 손목시계에서 반짝이는 빛이, 마치 온몸을 후벼 파는 것 같다.

이주는 벌거벗은 채 상체를 감싸 안고서 샤워기 앞에 서 있었다. 눈물이 물에 섞여 뚝뚝 떨어졌다. 이젠 물인지 눈물인지조차 분간이 안 됐다. 입술을 꼭 깨무는데 밖에서 쾅쾅 욕실 문을 두드리는 소리가 들렸다.

"얘가 한 시간째 안에서 뭐 하는 거야! 이주야, 안에 있니?"

피죽도 못 먹은 얼굴로 좀비처럼 휘청거리며 들어온 딸이 욕실에서 한 시간이나 갇혀 나오지 않으니 엄마도 걱정이 되는 것이다.

그냥…… 나 좀 내버려 둬. 난 지금 고독이 필요해. 이 물에라도 좀 맞아야 한단 말이야, 나 같은 못되고 한심한 여자는.

흑흑, 마를 새도 없이 뜨거운 눈물이 다시 치받쳐 올라와 고였다. 천천히 눈을 감아 눈물을 떨어뜨리는 순간 엄마가 밖에서 외쳤다.

"빨리 안 나올래! 보일러 계속 돌아가잖아! 급탕 끌 테니까 알아서 해!"

이 집에선, 실연의 아픔조차 현금으로 계산이 된다. 신경질이 나서 마음껏 괴로워하지도 못하는 현실이라니.

정말 이럴 거지? 시집가 버릴 거야! 두고 봐. 뒤도 안 돌아보고 나갈 거니까!

하지만 시집갈 곳이 없어졌다. 생각하니 치후의 멋진 얼굴이 다시 떠올라서 뜨거운 물을 맞고 있는데도 한기가 일었다. 가슴이 그렇게 허전할 수가 없었다. 공포가 일 정도로 그를 잃었다는 사실이 섬뜩하게 그녀를 덮쳤다.

타임머신이 있다면, 딱 다섯 시간만 앞으로 돌아가고 싶다. 그에게 사랑한다 고백하며 키스를 하던 그 순간으로. 너무 늦어 버렸다는 거 알고 있는데도 그가, 너무 보고 싶다.

으어엉! 이주는 결국 애처럼 소리 내 울며 풀썩 주저앉았다.

"저기요. 지나간 남자를 되돌아오게 하는 방법이요."

방울 소리가 요란했다. 이주는 세 평 남짓한 방 안의 책상 앞에 앉아 눈앞의 점쟁이에게 간절한 눈으로 부탁하고 있었다. 정말이지 어쩔 수가 없어서 결국 점집까지 찾아오고 말았다. 부적의 힘으로라도 이 남자를 돌려받을 수만 있다면! 이주의 표정이 사뭇 비장했다.

쌀을 휙 던져 대기도 하고 방울을 마구 흔들어대기도 하던 점쟁이가 동작을 딱 멈췄다. 펭귄처럼 립스틱을 칠한 입술, 하얗게 분칠한 얼굴의 총각 도사가 날카로운 눈매로 입을 열었다.

"안 돼! 포기해!"

이주의 입이 쩍 벌어졌다.

“……네? 말도 안 돼! 시, 싫어요. 싫단 말이에요!”

“인연이 아니야!”

“그런 게 어딨어요!”

이게 무슨 청천벽력이란 말인가.

“왜요! 도대체 왜요!”

“이 남자가 너무 아까워! 어쩔 수 없어. 세상의 이치야!”

헉! 이주는 눈을 번쩍 떴다.

세상에……. 헉헉거리며 숨을 몰아쉬며 침대를 뒹굴 굴러 일어났다. 이 죽일 놈의 꿈이 또 자신을 괴롭히고 있었다. 글래머 순희 때부터 시작이더니, 마지막까지 이 모양이다. 아깝다니. 내가 어디가 어때서!

이주는 식은땀을 닦으며 방을 나갔다. 욕실 문을 벌컥 열려는데 언제 나온 건지 엄마가 뒤에서 버럭 소리쳤다.

“너 이번엔 짧게 해! 가스비가 얼마나 많이 나오는 줄 알아!”

에이 씨! 이주는 꽈당 문을 닫아버렸다. 정말이지 못살겠다.

하필이면 출근길에 마주칠 건 뭘까. 밤새도록 악몽에 시달리는 바람에 뒤늦게야 헐레벌떡 도착해 막 회사 건물 로비로 들어서는데, 치후가 벌써 몇몇 임원들과 반대로 밖으로 나오고 있었다. 도대체 몇 시에 출근한 거야. 아무 일도 없었다는 듯, 일에 돌아갈 수 있을 정도로 괜찮다는 거야? 자랑하는 거니, 지금?

다른 직원들 모두가 잠깐 멈춰 서서 인사를 하기에 이주도 옆으로 비켜서서 고개를 살짝 숙였다. 그것도 자존심이라고 퉁퉁 부은 눈을 감추며 쭈뼛거리고 있는데 상무님 이하 군단이 지나갔다. 그래서 겨우 안도의 한숨을 내쉬고 고개를 들었다가, 깜짝 놀라 자신도 모르게 다시 고개를 달칵 박았다. 치후가 가지 않고서 혼자만 남아서 이주를 물끄러미 쳐다보고 있는 것이다.

'왜, 왜 저러는 거야.'

이젠 갔겠지 싶어 한쪽 눈을 살짝 떠보았더니, 복장 터지게도 그는 아직도 그 자리에 서 있었다. 직원들이 고개를 갸웃거리며 지나갈 정도로 대놓고 쳐다보고 계시다. 정말이지 저 남자, 헤어진 후에도 맛이 간 건 여전하다.

왜 저렇게 쳐다보는 거야. 안 그래도 연애가 안 풀리는 여자, 이참에 혼삿길까지 막아버리겠다는 심산이니, 뭐니?

속이 부글부글 끓다 못해 어차피 이렇게 됐겠다, 퉁퉁 부은 눈 걸리면 어때 싶어 고개를 번쩍 들어 그를 쏘아보는데, 치후의 시선은 이주의 손목 쪽에 가 있었다. 순간 이주는 뜨끔했다. 손목시계, 하지 않았다. 아니, 못했다. 자신의 과오를 고스란히 드러내 주는 손목시계를, 그를 떠올리게 하는 손목시계를 아무렇지 않게 할 수 있을 리가 없다. 하지만 저렇게 대놓고 쏘아보니 역시 미안해져서 이주는 블라우스 소매를 슬쩍 내려 손목을 감췄다.

설마 도로 내놓으란 건 아니겠지? 파혼 때문에 자금 사정이 안 좋아져서 도로 팔라고 그러나? 꽤 비싼 것 같던데.

곧 치후는 피식, 더없이 재수없게 웃고는 밖으로 나가 버렸다. 이주는 멍하니 서서, 회전문을 통과해 사라지는 치후의 뒷모습을 쳐다보고 있었다. 정말 재수없게 웃었는데, 어째서 이렇게 가슴이 뛰는 걸까……. 왜 저렇게 멋져 보이냐……. 터프한 것이.

나 미쳤나 봐.

놓친 물고기가 더 커 보인다는, 그림의 떡이 더 맛있어 보인다는 그런 단순한 논리는 아닐 것이다. 그저 자신은 아직도 그를 미치도록 사랑하고 있다, 라고 생각한 순간 이주는 정신없이 뛰어나갔다. 그가 방금 통과한 회전문을 지나쳐서 막 차에 오르려는 그를 날카로울 정도로 새된 목소리로 불렀다.

"치후 씨!"

순간 문을 잡고 있던 치후의 손이 멈칫했다. 옆에서 함께 서 있던 나이 지긋한 임원들이 난데없이 무슨 일이냐는 듯 의혹이 담긴 눈으로 이주를 쳐다보았다. 물론 창피하고 얼굴이 활활 타올랐지만 이주는 지금 제정신이 아니었다. 그냥 그저 그의 얼굴만 보였다. 한걸음에 달려가 치후의 팔에 꽉 매달렸다. 흠칫한 눈으로 서 있던 치후는, 자신에게 온몸으로 매달려 오는 이주를 내려다보았지만 무표정한 기색은 변하지 않았다.

겁이 났다. 하지만 이주는 그의 팔에 꽉 매달린 채 외쳤다.

"미안해요! 반성하고 있으니까 나한테 한 번만 더 기회를 줘요! 나 다시 한 번 봐줘요. 나 치후 씨, 정말 사랑한단 말이에요! 당신하고 헤어지는 게 어째서 세상의 이치야! 이렇게 좋아하고 있는데 한 번의 실수로 이러는 건 너무하잖아! 당신도 경솔한 거잖아요!"

미친 게 아닌가 싶을 정도로 간절하게 매달렸다. 하지만 치후는 건조한 눈으로 냉정하게 이주의 팔을 밀었다.

"이미, 늦었어."

차갑게 그가 이주를 내려다보았다. 그제야 그와 자신의 거리가 느껴졌다. 절망감이 이주의 전신을 감쌌다.

"……."

그렇게 될 게 뻔해서 이주는 멍하니 로비에 서 있었다. 또 망상이다. 망상이 취미인 여자, 강이주다. 회전문을 통과한 치후는 운전기사가 열어주는 세단의 뒷좌석에 오르고 있었다. 새까만 차 유리 너머로 그의 잘난, 동시에 재수없는 모습이 사라졌다.

그가 그립다. 지금이라도 당장 달려가 안고 싶고 안기고 싶고 키스하고 싶고 만지고 싶다. 그의 머리카락도, 손가락도, 눈동자도, 눈썹도, 턱도, 어깨도, 쇄골도, 허리도, 다리도, 기타 등등 모두 다…… 만지고 입 맞추고 싶다.

정말이지 육체로 시작해서 육체로 끝난, 더없이 본능적인 관계.

그럼에도 그를 생각하는 이 마음은 그 어떤 하드코어보다도…… 감상적이었다. 눈물이 톡 떨어졌다.

“갑자기 우리 아버지 일식집은 왜.”

“응, 나 회사 그만둘까 하구.”

휴게실에서 커피를 마시다 말고 툭 튀어나온 난데없는 말에 여진의 눈이 동그래졌다.

“회사는 갑자기 왜!”

“응……. 그냥 매너리즘에 빠져서.”

“너, 미쳤지?”

이주는 머리카락을 배배 꼬아가며 헤실헤실 웃다가 뚝 정색을 하곤 테이블에 양팔을 기댔다. 동그란 눈동자에 심각한 빛을 띠며 말했다.

“해야 할 일이 있거든.”

“일식집 아르바이트?”

“아니. 내 손으로 없애야 할 여자가 있어. 그 여잘 없애기 전엔 회사로 돌아오지 않을 거야.”

“영화 찍냐? 순희?”

“아니, 고유미라고 있어.”

이주는 이를 아드득 갈았다. 요 며칠 이별의 후유증과 상심을 겪느라고 미처 생각하지 못한 여자. 하지만 고유미만은 그냥 둘 수 없다. 머리채를 쥐어뜯어서라도 이 울분을 터뜨려야지. 강치후와 자신의 관계는 이년의 실수라고 쳐도, 저쪽의 치사한 행동에 대한 응징은 해줘야지? 머리를 풀어헤치고 빨간 렌즈를 끼고 가서 속삭이는 거다. 한 번, 죽어보련?

"고유미가 누구야. 양다리 주인공?"

"양다리가 아니라 치사한 거짓말쟁이."

"고유미라……. 근데 어디서 많이 들어본 이름인데."

"어, 우리 회사 상무님 약혼자랑 이름이 똑같아. 동명이인이라고나 할까."

"어머, 진짜 그렇네? 별일이다."

이주는 씁쓸하게 웃었다. 바로 그 인간이 그 인간이었는데. 그렇게 생각하며 고개를 돌린 순간 이주의 눈이 커다래졌다. 환영인가? 호랑이도 제 말 하면 온다더니 고유미가 휴게실 앞 유리 너머에 서 있었다. 이렇게 타이밍 맞추기도 힘들 거다, 저 여자.

이주의 손에 힘이 번쩍 들어갔다. 유연하게 머리카락을 쥐어뜯을 수 있도록 몇 번 주먹을 오므렸다 폈다 한 끝에 의자에서 벌떡 일어났다. 여진이 커피를 마시며 고개를 갸웃했다.

"화장실 가?"

"아니. 맞짱 뜨러."

"뭐?"

"잘 있어. 십 분 있어도 내가 안 오면 그냥 더 기다려."

황당하단 얼굴로 쳐다보고 있는 여진을 두고 이주는 그대로 척척 고유미를 향해 걸어갔다. 그때 여진의 옆자리에 있던 여직원들이 입방아를 찧어대기 시작했다.

"어머. 저 여자 고유미 아냐? 상무님 약혼자!"

“약혼은 무슨. 파탄났다던데.”

“근데 고유미랑 말하는 저 여자, 총무과 여직원 아냐?”

순간 여진의 눈이 이주에게로 휙 돌아갔다. 그녀의 입이 쩍 벌어졌다.

세상에…….

쟤가 왜 저기에? 설마…… 고유미가 저 고유미? 그렇다면…… 그 잘 생기고 멋지고 테크닉까지 죽인다던, 첫날 만나서 바로 만리장성을 쌓아버린 그 남자가, 그날 자신의 눈앞에서 통화를 한 그 인물이…… 설마 상무니임? 말이 돼? 하지만 정황이 말해주고 있지 않은가. 턱이 빠진 채 여진이 천천히 중얼거렸다.

“강이주…… 나이스.”

밖으로 나온 이주는 유미의 앞에 척 버티고 서서 팔짱을 꼈다.

“여긴 웬일이에요? 그 사람 만나러 왔어요?”

“아뇨. 강이주 씨 만나러 왔어요.”

“잘됐네요. 나도 한 번 만나봐야지 생각하고 있었는데 그쪽이 찾아와 줘서 수고를 덜었네.”

“그런가요? 나를 왜요?”

“왜겠어요? 머리카락 좀 쥐어뜯어 주려는 거지.”

유미가 피식 웃었다.

“나도 강이주 씨가 미워요. 그쪽만 나한테 원한 갖는 거 아니에요.”

"나처럼 당했어요? 거짓말은 왜 해요? 치사하게 어떻게 고인까지 들먹이면서. 고인을 끌어들여서 속인 당신도, 그리고 속은 나도 동시에 얼마나 치명적으로 한심해졌는지 자각은 해요? 그게 고유미 씨가 사랑하는 방식인가요?"

"……그래요. 거짓말이었죠. 사실이 아니었죠."

솔직히 이건 유도신문이었다. 유미의 입으로 확인해 보려 한 거지만 저렇게 바로 즉답을 해올지는 몰랐기에 이주는 속으로 휘청거렸다. 허무하기도 했지만, 진실을 진실이라 확인하는 게 이렇게 가슴 아픈 일인 줄 몰랐다. 차라리 유미가 끝까지 자기 말은 거짓말이 아니라고 버텨주길 바라는 마음도 있었다. 왜냐하면, 그렇다면 치후에게 이렇게까지 미안해하지 않아도 될 테니까. 이기적인 마음이었다.

하지만 너무너무 미안해서 죽을 것 같다.

"그렇게 경솔한 사람이었나? 그동안 생각해 온 모든 점을 단숨에 뒤집어주는 멋진 모습이더군."

비꼬는 말이 열받게 들리기보다 슬플 수 있다는 걸 그날 처음 알았다.

"자리를 옮기죠."

이주의 말에 유미가 별말 없이 따라왔다. 기왕 한강에서 시작한 것, 이차도 한강에서 붙을까 생각했지만 이주가 유미를 데리고 간 곳은 대회의실이었다. 일단 아무도 없고, 무엇보다 치후와 자신의 인연이 시작된 장소고, 또한 여기서는 격투기 한 판도 아무 방해 받지 않고서 할 수 있을 테고.

"일부러 찾아온 건 나한테 할 말이 있다는 건가요?"

"미안하다는, 말을 하고 싶었어요."

이주의 눈이 휘둥그레졌다. 당장이라도 코브라 트위스트를 할 자세를 잡고 있었는데 이러면 반칙이다.

"왜…… 그래요? 이러면 너무하잖아요. 왜 이렇게 치사해요? 난 고유미 씨 때문에…… 아니, 나 때문에 다 끝났는데. 너무 소중한 사람을 믿어주지 못해서…… 고유미 씨 말만 믿고 경솔하게…… 굴어서 그 사람 놓쳤는데. 이러면 안 되는 거잖아요!"

안 그러려고 했는데 눈물까지 찍 흘렀다. 정말이지 참을 수 없었다. 결국 이렇게 몇 마디 말로 해결될 오해, 질시, 반목이 한 여자에겐 인생 전체를 바꿔놓을 수도 있다. 그 남자가 없는 세상이라고 해도 괜찮을 줄 알았다. 헌수 때처럼, 괜찮을 줄 알았다. 하지만 그건 오만이고 망상이었다.

자신은 전혀 괜찮지 않다. 그가 보고 싶고, 미치도록 그립다.

헤어진 후에야 얼마나 사랑하는지, 소중한 존재인지, 얼마나 자신을 사랑해 주었는지, 얼마나 그를 의지했는지 깨닫게 되었다. 이렇게 잔혹한 타이밍 차이가 있을까. 밀물은 썰물을 그리워하고, 썰물은 밀물을 귀찮아하고…….

그렇게 되어버렸다.

“한 번이라도 사랑을 해보라고, 그 사람이 그러더군요.”

유미의 입술이 가늘게 떨리고 있었다. 눈물이 그렁그렁 맺힌 채 이주의 눈동자가 흔들렸다.

“그 사람은 알고 있었어요. 내가 그 사람을 전혀 사랑하지 않는 거.”

이주는 눈물을 닦았다. 그래도 또 눈물이 올라와서 또 닦았더니 이번엔 콧물이 나왔다. 손수건을 꺼내서 눈물 콧물 닦아가며 유미를 노려보았다.

“그 사람을 사랑하지 않는다니, 강심장이네요. 난 사랑하지 않고는 못 배기겠던데. 진짜 눈이 어떻게 된 거 아니에요?”

걸고넘어질 부분이 이런 데가 아닌데, 진짜 수준 떨어지는 비난을 하고 있다. 유미가 살짝 놀라는 눈을 하더니 쿡 웃었다.

“이주 씨, 정말 이상한 사람 같아요.”

놀리는 거지, 이 여자?

“어쩌라구요?”

“아마도 내가 그 사람을 사랑하지 않은 건, 내 눈이 높아서도 아니고 그 사람이 나한테 덜 매력적이라서도 아니에요.”

……그럼 뭐야? 이 여자, 진짜 사람 머리 아프게 하는데 도사다.

“그 사람이, 사랑을 느낄 수 있게끔 하는 어떤 틈도 주지 않았기 때문에. 우호적인 감정이 생길 법한 모든 신호를 차단해 버린 사람이에요.”

“…….”

“멋지고 매력적이죠. 잘생기고 현명해요. 매너있고 분위기있는 사람이죠. 재력도 있고 파워도 있어요. 누구라도 반할 만하죠. 하지만 난, 정략결혼의 상대라는 딱딱한 관계로 먼저 만났어요. 그래서 서로 거리를 두면서, 우리 두 사람은 평행선만을 달려온 거예요. 그 사람은 나한테 어떤 여지도 주지 않고, 여자로서 남자에게 반할 만한 그 어떤 멋진 행동도, 다정한 어조도, 매력적인 눈빛도 하지 않았죠. 곁을 주지 않은 거예요. 딱딱하고 차가워서 미칠 것 같았어요. 그런데 어떻게 사랑이 생길 수 있었겠어요.”

유미의 말은 이주마저도 살짝 가슴이 아플 정도였다. 박복한 건 자신이 아니라 유미 같다. 더불어 이 두 사람 진짜 징하구나…… 하는 생각.

“그 사람은 나한테 그 어떤 매력도 느끼지 못했나 봐요. 곤충들이 날개를 비벼서 소리를 내듯이, 사람들도 어떤 표현이나 표시를 보고 구애를 하거나 감정을 만드는 걸 텐데, 목석같은 남자는 나한테 관심도 없고, 나 역시 그 남자의 그 어떤 호감도 끌어내지 못했고.”

이주는 슬픔과 안쓰러움이 뒤섞인 눈으로 이주를 바라보았다. 꼭 얼마 전의 자신을 보는 것 같다. 매력 빵점, 그 어떤 여성적인 섹시함도 없는 자신에게 너무 질려서, 그런 자신이 걱정돼 죽겠어서 노심초사하던 모습. 그것 때문에 참 절망적이라 자존심 지수 최하에 최하를 갱신하던 시절.

그래, 그때 강치후를 만났다.

매력 지수 빵점이던 어떤 여자는 강치후를 만나면서 완숙한 여인이 되었다. 스스로가 매력적이라는 자신이 일었고, 모든 게 다 아름다워 보이도록 그 남자는 그 여자를 끊임없이 응원해 주었다. 몸과 마음 전체로…….

그가 자신에게 해주었던 프리허그.

어째서 자신은 그 소중함을 잠깐 동안의 허영으로 그렇게 까맣게 잊어버린 걸까.

눈앞의 이 여자 때문에? 어불성설이다.

"유미 씨도 그런 사람 만날 수 있을 거예요. 나도 그랬으니까."

"……."

"나 정말 내가 여자로서 완전 꽝인 줄 알았거든요. 그때 강치후 씨 만났는데, 내가 여자로서 숨 쉬면서 살아도 되겠더라구요. 절망의 끝에서 만난 한줄기 구원이랄까요. 나도 그게 가능했는데, 나보다 훨씬……."

예쁘고, 집안도 좋고, 몸매도 좋은…….

인정은 하지만 차마 자신의 입으로 말하기도 싫어서 그 부분에선 입을 꾹 다물었다.

"아무튼 고유미 씨가 뭐가 부족해서 못 만나겠어요."

뻔뻔하게 자신이 말하기 좋은 것만 살짝 이어서 위로를 하는 이주를 가만히 쳐다보던 유미가 결국 풋 웃어버렸다. 이주도 함께 피식 웃었다.

"그러니까 어떻게 하냐면요."

갑자기 속삭이자 유미가 얼떨결에 함께 상체를 숙여왔다.

"일단 유미 씨네 회사 있죠. 거기 대회의실에서 섹시댄스 연습을 해요. 살짝 문을 열어놓고 지나가는 누구라도 몰래 볼 수 있게끔. 그때 멋진 남자가 걸려들면 다행인데, 안 되면 그다음 엔 술을 진탕 마셔요. 그리고 미리 봐뒀던 괜찮은 남자가 있는 자리로 가서 취한 척 눈 딱 감고 쓰러져요!"

유미의 눈이 휘둥그레졌다.

"그, 그건 너무 작위적이에요. 그리고 망신이죠."

돈 주고 하라고 해도 못하겠다는 식으로 나오고 있다, 이 여자가.

허 참. 도와주려고 해도 이 모양이지.

"의도한 건 아니었지만, 내가 그렇게 해서 강치후 씨를 꺾은 거라니까요?"

유미는, 바로 K.O되었다. 솔깃해서 더 들어준 게 아니라 배꼽을 잡으며 웃었다. 이주도 피식피식하다가 웃어버렸다. 말해 놓고 보니, 뭐 이런 인연이 다 있나 싶어서.

하지만 유미는 모르고 있다. 모든 게 다 이렇게 주책맞은 에피소드만은 아니었다는 걸. 그는 자신에게 최고의 남자였고, 또한 그가 자신에게 불어넣어 준 자신감을, 따스한 행복감을, 그 소중한 프리허그를 그녀는 결코 잊고는 살 수 없을 거라고.

“상무님 스케줄은 왜요?”

한마디 엄하게 들은 일이 있었던 주리가 도통 말을 들어먹으려 하지 않았다. 요 며칠 강치후란 남자가 회사에 통 보이지 않는 것이다. 그래서 어쩔 수 없이 주리를 이용해서 스케줄 좀 알아내려 했더니 요렇게 통통 튕기고 있다.

이주는 어쩔 수 없이 함께 데려온 여진을 불쑥 내밀었다. 여진이 싫다는 듯 정색을 했지만 이주가 눈총을 마구 쏘자 어쩔 수 없다는 듯 입을 열었다.

“주리야, 너 우리 주방장님한테 관심있다고 했지?”

순간 주리의 눈동자가 반짝거렸다. 하지만 튕기기로 작정을 했는지 금세 샐쭉한 얼굴이 되었다.

“그렇게 소개시켜 달랠 땐 그분은 여자한테 관심도 없다고 단칼에 자르더니.”

“그러게. 그 남자가 사실은 독신이라…….”

이주가 얼른 여진의 허리를 꽉 꼬집었다. 하지만 이미 주리는 다 들어버렸다. 가자미처럼 눈꼬리를 잡아 째고는 두 사람을 노려보았다.

“언니들 죽이 잘 맞는 건 알지만, 이러는 거 아니에요. 나도 주방장님한테 몇 번 부딪쳐 봤는데 완전 골수 독신주의자던데. 그걸 이용해서 상무님 스케줄을 딸라 그래요? 됐어요!”

이젠 아예 황이 되어버렸다. 아우, 저게 진짜. 좀 나눠 먹고 살면 어때서! 남주리, 확 주리를 틀어버려!

“그만 가세요. 저 바쁘니까.”

주리는 콧대를 흥 세우고는 어디론가 가버렸다. 결국 이주와 여진은 ‘거봐’ 하는 얼굴로 힘이 쭉 빠져서 엘리베이터로 향했다.

“끝났다면서 미련 가지냐?”

여진이 툴툴거렸다.

“궁금하니까 그렇지. 설마 나 때문에 상심해서 자살한 건 아닌가 싶어서.”

“아주 극본을 써라, 극본을 써.”

“아무튼 주방장님 팔아줘서 고마워.”

“이 일 걸리면 주방장님이 회칼로 날 사시미 뜨려고 할 거야. 주리 완전 부담스러워한단 말이야.”

“내 찢어지는 가슴만 하겠냐.”

“그러게 있을 때 잘하지. 그나저나 너 용타. 세상에, 이렇게 장한 여인인지 미처 몰랐잖아? 어떻게 그 난공불락의 남자를…….”

“그 남잘 알기나 해? 난공불락은 무슨.”

맛이 간 변태구만.

“너한테는 어떨지 몰라도 우리 사내 여직원들은 다 알고 있는 사실이야. 흘끗도 주변 안 쳐다보고 자기 앞길만 가는 남자. 상무님 훤칠한 체격이랑 죽여주는 옷맵시빨에 가슴 한 번 안 두근거린 회사 여인네 없다더라. 간지상무님. 줄여서 간지상. 강간지상.”

“큭큭, 강간지상, 그거 너무 웃긴다. 근데 이 여인들이 어디서 남의 남자를 단숨에 일본인으로 변신을 시키는 거야! 아무튼 간에.

"사실 우리 치후 씨가 좀 그렇지?"

이주가 금세 으쓱하며 뽐내는 표정을 하자 여진이 혀를 찼다.

"그러면 뭐 해? 이제 너도 딴 애들이랑 입장 같아졌는데."

이걸 친구라고.

"똑같아지긴 뭘 똑같아져? 그 남자, 나 사랑해."

"아직도?"

"밥 먹자."

이주는 얼른 말꼬리를 돌려 버리고 엘리베이터에 올라탔다.

여기까지는 안 오려 했건만.

이주는 착잡한 심정으로 강치후네 현관문을 쳐다보고 있었다. 어떻게든 주리에게서 스케줄을 따내서 우연인 척 접근하는 방법을 쓰려 했었는데, 주리를 틀 주리가 도통 넘어오지 않아서 이 꼴이 되었다.

도대체 어디에 있는지 알아야 우연을 가장한 접근이라도 하지, 코빼기도 안 보이니 어찌할 도리가 없다. 이럴 때 한 번만 더 근사한 우연이 생겨주어, 그 남자의 무릎에 덜렁 올라앉을 기회가 생긴다면…… 너무나 감사할 텐데.

하지만 무릎은커녕 어디 마카오 같은 데 날아가 있는지도 모른다. 워낙 이 나라에 머물러 있지 않은 남자라서.

“사랑해.”

그 남자가 했던 조용한 고백이 귓가에 되살아났다.

“고백은 그렇게 무심한 눈으로 하는 게 아니다, 강이주.”

새삼 후회가 물밀듯이 밀려들었다. 얄미운 마음도 조금. 하지만 얄미움 반, 후회 반 하고 있다고 무엇이 달라질까. 기왕 이렇게 된 것, 자신도 깔끔하게 잊고서 새 삶을 시작하고 싶지만 헌수한테는 뒤통수를 얻어맞아도, 이 남자는 못 보내주겠다.

이주는 한 번 눌러나 보자는 마음으로 마음 크게 먹고 초인종을 휙 눌러보았다. 무심한 눈으로, 혹시라도 열리면 잽싸게 도망가야지 생각하고 있는데 문이 철컥 열렸다. 그런데 발이 붙어 버렸다.

현관문을 잡고 선 치후의 눈동자와 마주친 순간, 대뇌가 활동을 정지해 버렸다. 도망가야 하는데…… 발바닥에 강력접착제라도 바른 듯 발이 떼어지지가 않았다. 방금 전 외출에서 돌아온 듯 치후는 막 넥타이를 풀던 참이었다. 매듭에 손가락을 넣은 채 무심한 눈으로, 하지만 아직도 강렬하게만 느껴지는 그 시선으로 이주를 쭉 훑어 내렸다.

“무슨 볼일.”

냉정하기도 하시지.

그 바람에 접착제는 입술에까지 뿌려졌다. 입이 안 떼진다, 입이.

얄미워서라도 악담을 퍼부어주고 도망가고 싶지만.

내가 여길 왜 왔더라? 그냥 초인종 장난 놀이하러 왔나? 하지만 막상 이 남자의 얼굴을 보니 심장이 째지듯 아프다. 그래서 엄청난 복닥거림 끝에 슬픔보다는 한 번 얼굴 팔린 게 나을 것 같아 겨우 입을 열었다.

"하고 싶은 말, 있어서요."

그러면서도 자꾸만 치후의 등 뒤를 흘끗거렸는데, 이게 바로 질투 본능이다. 혹시라도 나 없는 사이에 다른 여자를 무릎 위에 올려놓았거나 그런 건 아니야? 딴 여자한테도 그렇게 천국을 보여준 거 아니야?

"뭘 그렇게 살피지?"

치후의 날카로운 눈매가 그걸 못 잡아냈을 리 없다. 이 생명체는 이제 와서 또 왜 이러지, 하는 눈으로 이주를 차갑게 쏘아보았다. 버적버적 얼음이 일 것 같다. 이 남자랑 있으면 일단 에어컨은 필요없다. 서늘하니까. 보일러도 필요없다. 뜨거우니까.

하지만 지금은, 에어컨도 보일러도 따로 돈 주고 장만해야 한다. 이 남자는 이제 매력적인 서늘함도, 강렬한 온도도 내뿜지 않았다. 유미의 말이 겨우 이해가 되었다. 관심없는 이에게는 더없이 무심한 눈, 그 자체가 되어버리는 남자다. 마음대로 감정이 조절되니, 그쪽은 행복하겠소.

“하고 싶은 말 있다면서. 해.”

기다렸다는 듯 이주가 말하려는 순간.

“빨리 말하고 가.”

다음 말 때문에 이주의 눈동자가 정지했다. 서러움에 눈물이 확 치받치려 했다. 그래도 이건 너무한 거 아니야? 이렇게까지 사람을 무시하다니. 물론 이쪽도 잘한 건 없지만, 이렇게 쉽게 마음을 굳힐 줄은 몰랐어.

“나쁜 사람이에요, 당신은.”

치후의 눈매가 가늘어졌다.

“왜.”

뭐? 가 아니라 왜, 이유를 묻고 있다.

“그렇게 심장이 멋대로 굳었다 뜨거워졌다, 정말 쉽네요.”

“그게 나쁜 사람이랑 무슨 관계가 있지?”

“나한테 적용이 되면 그렇단 말이에요. 치후 씨처럼 뜨겁다가 차갑다가 멋대로 구는 사람보다는 한결같은 사람이 훨씬 나아요. 여자는 나쁜 남자한테 매력을 느낀다지만, 치후 씨는 나쁜 남자가 아니라 치사한 남자예요. 치사한 남자에겐 누구도 매력을 느끼지 않아요!”

치후의 표정이 잠시 움찔하는 것 같았지만 그는 정색을 풀지 않은 채 말을 이었다.

“그 칭찬 해주러 여기까지 왔나?”

“아니요. 잘 먹고 잘살라고 말해주러 왔어요.”

“새기면서 살도록 하지.”

이 매정한 남자.

“그리고 그때 일은 한 번쯤은 사과하는 게 옳을 것 같아서, 그것도 하러 왔어요. 미안해요. 아무것도 묻지도 않고 따지지도 않고…….”

아니, 이게 아니지.

“물어볼 생각도 안 하고 의심부터 한 거, 미안하게 생각해요.”

치후는 말이 없었다. 차갑기보단 차분한 태도로 이주를 응시하고 있었다.

“그렇다고 내가 매달릴 거라 생각진 말아요. 그럴까 봐 혹시 걱정하고 있었다면 그것도 걱정 안 해도 돼요. 당신이 없어져서 슬프고 괴로운 건 사실이지만, 다행히 나한텐 너무 금쪽 같은 좌우명이 있어서. 시간이 약이라는.”

치후의 입술 끝이 말려 올라갔다.

“그런가.”

하지만 조소가 어리는데도 왠지 아스라한 인상이 되었다.

“그리고 시계 정말 고마워요. 갖고 와서 돌려줄까 싶었지만, 보니까 그게 예의라고도 하더라구요. 헤어지면 받은 거 돌려주는 거.”

“그게 뭐가 예의지?”

“암튼, 돌려주려고 했지만 그것마저 없으면 지난 몇 달 동안 난 누구랑 뭘 한 걸까 싶어서 남겨두기로 했어요.”

시계에 박힌 다이아가 큐빅이 아니라는 것 때문만은 아니다.

하지만 정 안 되면 팔아서 엄마한테 난방비로라도 바쳐야지. 슬
퍼서 샤워하면서 울려고 해도 도통 눈치가 보여서 할 수가 있어
야지. 눈물은 당신 때문이니까 당신 시계 팔아버렸다고 해도 억
울해하면 안 될걸요.

"내가 화난 게 정말 어떤 부분인지 알고나 있는 건가?"

벌써부터 젖으려고 하는 이주의 눈이 치후를 향했다. 촉촉하
게 젖어드는 이주의 눈이, 본인의 의도가 아니라고 해도 치후의
심장을 건드렸다. 이 여자는 그런 마음을 알기나 할까.

"알고 있어요."

치후가 고개를 갸웃했다. 정말?

"나 때문에 실망한 거잖아요."

아, 그것 말이었나.

"단지 실망 때문에 사람을 놓으려 들진 않아."

"……그럼 뭔데요. 여기에서 더 실수한 게 있어요? 잘…… 모
르겠어요. 난."

"지난 몇 달 동안 내가 있었다는 걸 고작 손목시계 하나로 확
인하려 드는 그 마음이, 분통이 터져."

머리가 띵 울렸다. 그 손목시계가 고작은 아니지……. 아니,
이게 아니다.

"무슨……."

그의 눈빛이 심장을 죄어온다. 어쩔 수 없이 이 남자가 서 있
는 블랙홀 같은 공간으로 점프해 들어가고 싶을 만큼, 이 남자

가 쳐다보는 눈빛은 한없이 이주의 감성을 건드리고 들쑤신다.

"그동안 네게, 네 몸에, 네 머릿속에 새긴 수없이 많은 감정 중에 겨우 건질 게 손목시계 하나였다니. 너는 대체 뭘 보고 날 만나온 거지?"

"사람 무시하지 말아요! 손목시계는 아니었어요!"

"내 진심도 아니었지."

이주의 몸이 움찔했다.

"너는 잘 모르나 본데, 널 만나기 위해선 꽤나 많은 인내심이 필요해."

그런 소리, 아니, 똑같은 말은 아니었지만 비슷한 말을 언젠가 들어본 적이 있는 것 같다. 넌 너무 지멋대로야. 성격이 세……. 내가 니 남자친구였니, 김 기사였니……. 아뿔싸! 헌수에게 차였던 이유가 또 다른 남자에게까지 이어질 줄이야!

나 정말 문제가 있는 거야? 인간이 덜된 거야? 평생 차이고 살 팔자란 거야?

"나도…… 알아요. 아니, 사실 몰랐는데 이제 알 것 같아요. 나 정말 문제가 많은 여잔가 봐."

자존심이 급추락했다. 바닥에 무수히 떨어져서 뒹굴면서 주인을 비웃고 있었다. 니가 그렇지 뭐. 깔깔깔, 이라고.

"나는, 누군가에게 이렇게 푹 빠진 건 처음이었어. 널 볼 때마다 피부부터 맞대고 싶어서, 나는 늘 초조했어. 어쩌면 잘못된 사랑 방식이었을 수도 있지. 그래서 너를 불안하게 만들었을 수

도 있고. 하지만 정말 네가 날 믿지 않는다는 걸 깨닫는 기분은,
짜증나더군.”

이주의 눈이 커졌다.

설마…… 지금, 많은 인내심이 필요하다는 건, 이 몸의 센 성
격을 참는 인내심이 아니라 만지고 싶은 인내심을 말한 건가?
바닥에서 뒹굴고 있던 자존심이 슬금슬금 그녀의 몸으로 다시
들러붙으려고 눈치를 보고 있었다. 타이밍만 맞으면 얼른 뛰어
들어 흡수될 기세다.

뭐라고 표현할 말이 없었다. 단지, 자신에게 이런 행운이 생
긴 게 믿어지지 않았다. 자신은 사랑운은 절대 없는 여자라고
생각했다. 아마도 영원히, 마주 보는 사랑은 하지 못할 거라고.
그 상대가 강치후라면 더더욱.

하지만 강치후 씨는 지금 가장 설레는 방법으로 이 세상에서
강이주가 제일 잘난 여자라고 말해주고 있다. 강이주도 마주 보
는 사랑을 할 수도 있다고. 넌 니가 생각하는 것보다 훨씬 더 가
치있는 여자라고. 잘난 여자라고.

또 프리허그를 해주고 있다. 가슴으로, 따뜻하게…….

“내가, 어떻게 하면 되겠어요?”

이주는 슬퍼서 죽을 것 같은 표정으로 치후를 바라보았다. 어
떻게 해야 이 사람을 돌려받을 수 있을까.

치후가 진지한 눈으로 이주를 쳐다보았다.

“나는, 어떻게 하면 될까.”

이주의 눈이 커졌다.

"어떻게 하면, 이런 사소한 일들로 너를 잃지 않을 수 있을까."

한 번쯤은 손을 놓고 싶었다. 이 여자와의 만남에서만은 자신이 리드당하고 싶다는 욕심, 혹은 희망……. 처음부터였던 것 같다. 이 여자가 만들어놓은 감각의 세계라는 덫에 무작정 빠져들어 이끌렸다. 언제나 이 여자가 달려오길 기다리고 있다.

그러면서 배운다. 기다리는 순간의 안타까움을, 혹시 오지 않을까 하는 불안으로 명치끝까지 싸해지는 아픔을, 이 여자가 달려왔을 때 접하게 될 벅찬 환희를, 모든 걸 다 고스란히 온몸의 감각으로 느끼면서 기다리고 있었다.

정말 이 여자에게 내가 필요하기를 바라면서. 완벽하게 감정상의 리드를 당하는 마음은 얼마나 신비한지.

얼마나 이 여자를 사랑하고 있는지.

아무리 멀리 갔더라도 만약 나라고 생각한다면 언제든 달려오라고. 발소리를 타박타박 내며 달려오는 그녀를 몰입해서 기다리고 있다. 그리고 드디어 그녀가 눈앞에 섰을 때, 완벽한 남자로서 그녀의 앞에 선다.

얼마나 사랑하고 있는지 자신의 온몸으로 보여준다.

나는 당신에게 빠졌어. 매료된 것 같아.

너를, 어찌할 수 없을 정도로 사랑하고 있어.

이주의 심장이 짓이겨지듯 아팠다. 너무너무 미안했다.

"치후 씨……."

“……."

“앞으로는 안 그럴게요."

치후의 한쪽 눈썹이 찌푸려졌다. 피식 웃음을 흘렸다.

“반성문이라도 쓸 텐가?"

“원한다면 쓰죠. 까짓것. 못 쓸 거 있나요? 반성문 한 장으로 당신 마음을 풀 수만 있다면……."

“착각하나 본데, 천 장이다."

“죄송합니다."

“혼자 판단하는 것도, 억측하는 것도, 믿지 못하는 것도 그만 둬 줘. 네가 없으니까 일상이라는 것이 참 지루했으니까."

치후가 천천히 손을 내밀었다. 이주의 심장이 급속도로 달아올랐다. 찡하게 아프면서도 이 두근거림이 행복해서 미칠 것 같다. 잡아도 돼요? 만져도 돼요? 드디어, 당신을 다시 내 남자라고 생각해도 돼요?

하지만 이상하게도 몸이 움직이지 않았다. 마음은 이미 그의 품 안에 달려들었는데 발이 딱 달라붙은 듯 떨어지지 않았다.

“안 와? 안 온다는 말이지?"

치후가 기분 나쁘다는 듯 신경질을 부렸다.

“너무 뻔뻔한 것 같아서요."

“뭐가."

“실망시켜 놓고 금세 뽀르르 달려가면 너무 생각없어 보이잖아요."

치후가 끌끌 혀를 찼다.

"평상시에도 그리 생각이 깊어 보이진 않았어."

이주의 이마에 빠직 핏대가 섰다.

"뭐예요!"

"상관있나? 강이주의 모든 면이 장점부터 단점까지 이미 다 날 홀려 버렸는데."

이건 감동적인 말이지만.

"그래도 기왕이면 지적이고 우아한 면이……!"

"따지긴."

성가시다는 듯 치후가 이주의 팔을 확 끌어당겼다.

"그런 건 내가 다 있으니까 괜찮아."

치후의 가슴팍에 정통으로 부딪친 이주는 시큰한 코를 만지며 원망스러운 눈으로 치후를 쳐다보았다. 몸이 다 청동으로 된 건지 아픈 것도 아픈 거고, 지금 뭔가 상당히 자존심 상하는 말을 들은 것 같은데.

"그럼 치후 씨한텐 없고 나한텐 있는 건 뭔데요."

"그게 그렇게 중요하나?"

"자존심 상하잖아요. 꿀리는 기분으로는 못 사귀죠!"

치후가 쯧 소리를 냈다.

"그건 곤란한데."

거봐. 그렇다니까. 당신은 이미 나한테 홈빡 빠져 있어. 나의 이 거부할 수 없는 매력에 퐁당 빠져 버린 거라구. 그러니까…….

“나한테는 없고 너한텐 있는 것…….”

“그렇죠!”

좋은 걸로 말해야 할걸? 안 그럼, 내가 안 사귀어준다?

“생각났어.”

“제대로 말해요.”

“너.”

이주의 눈이 커졌다.

“나한테는 없고 너한텐 있지. 하지만 그것도 괜찮아.”

“무슨…….”

“곧 다 내 것이 될 테니까.”

그대로 끌어당겨져 키스당했다. 이 사람이, 잠시 한눈을 판 사이에…… 시작된 키스는 너무도 황홀하게 이어져 달콤하게 끝났다. 이주는 두 근 반 세 근 반, 드디어 홈으로 돌아온 듯한 기분으로 몽롱한 눈으로 치후를 올려다보았다.

치후가 이주의 뺨을 손가락으로 그렸다. 전신의 세포가 반응했다. 저릿저릿, 온몸에서 팝콘이 튀겨지는 것 같다. 사람을 가만히 두질 않는 이 남자.

“너 때문에…….”

키스에 취해 해롱거리는 이주를 가만히 내려다보며 그가 말을 이었다.

“약이 올라 죽을 것 같다.”

이주는 팔을 두르고서 가까이 끌어당겨 생긋 웃었다.

"이제부터가 시작이에요. 당신은 나 같은 여자친구를 둔 걸 정말 기뻐해야 할걸요?"

"어째서."

"무조건 즐거울 테니까."

치후의 입술에 더없이 멋진 미소가 그려졌다.

"각오를 해야겠군."

이주는 보란 듯 그의 입술에 입을 맞췄다. 쪽 소리나게 부딪 쳤다가 떼고는 얇지도 두껍지도 않은 그의 매력적인 입술을 더 듬었다. 그동안 이 입술이 탐나서 얼마나 가슴이 아팠던지.

"죽을 것 같았어요. 당신 생각만 하면 몸이 쪼개질 것 같아서."

"끊어지면 나 줘. 가지고 다니게."

이주는 절레절레 고개를 저었다. 위쪽? 아래쪽? 그건 또 왜 궁금한데!

치후가 마치 긴장한 듯 이주를 쳐다보았다. 얼굴이 가까이 다 가오면서 슬슬 숨결이 더워지고 있다. 풀가동될 때까지 얼마 안 남았다는 걸 짐작하기에 충분했다. 수없이 많은 밤을, 이 남자 생각만 하며 보냈지만.

역시 막상 본격적으로 시작되면 두려운 건 당연하지? 여자는 좀 튕겨야 좋다고도 하고……. 하지만 잠시 후, 이주는 온몸으 로 그를 받아들이며 외치고 있었다.

"아아아…… 치후 씨…… 날 먹어줘요!"

그래. 이런 것이 강이주의 모습이었다. 숨겨서 뭘 할까. 아닌

체하면 뭘 할까. 이미 이 남자는 강이주의 매력에 완전히 빠져
버린 걸.

　세상에서 가장 뜨거운 Cool Guy 강치후, 이 남자는 바로 '내
거' 다.

　성명 : 강이주

　방년 26세 꽃띠. 현재 모 무역회사의 총무과 근무.

　애인 : 있음.

　애인 상세설명 : 이름은 강치후.

　몸매 완벽, 외모 완벽, 학벌 완벽, 배경 완벽, 테크닉 완전 완벽!
현재 부친의 기업을 잇기 위해 경영 수업 중이다. 직책은 '매력적인'
상무님. 애칭은 강간지상.

　애인과의 특기사항 : 젤라틴으로 이루어진 듯 만나면 무조건 하나
가 된다. 이 남자 생각만 해도 기쁘고, 이 남자 역시 내 생각만 해도
즐겁다고 한다. 하지만 문제는, 도통 생각으로 끝내질 않는다는
것……

　현재목표 : 기왕 이렇게 된 것, 애인과 결혼해서 상무님 사모님 되
기. 어머, 이건 아니고.

　현재목표 : 지금처럼만 행복하고 싶다. 이 사람과…….

그 남자는 요즘 묘하게 섹시해 보인다고 한다.

"빙산처럼 굳어만 있던 사람이 애간장 녹게끔 부드러운 미소를 짓기도 하니까 그런 거야. 강이주, 이게 다 니 효과냐?"

여진의 말이었다. 한 여자가 한 남자의 얼음을 녹인 파급 효과, 그저 놀아달라고 할 때 같이 놀아준 것뿐인데 그게 나비효과가 되어 오만 여자의 애간장을 녹이고 다니고 있는 모양이었다. 그러니 이주로서는 쓸데없는 경쟁자들만 늘어난 결과가 되어서 심사가 편치 않았다.

"내가 봐도 상무님, 요즘 너무 섹시해 보이거든. 그 넓은 가슴에 한 번만 꼭 안겨봤으면 좋겠고만."

여진이 입맛을 다시며 남의 남자 품을 노리고 있었다.

"해식 씨한테 다 일러줄 거야!"

이주는 금세 흰 눈이 되어서 여진을 쏘아보았다. 여진이 깔깔깔 웃으며 제자리로 돌아갔다. 이주는 기가 차기도 하고, 그런 남자가 자신의 소유라는 게 자랑스럽기도 하고, 자신이 장하기도 했지만, 무엇보다 억울했다. 왜 저 남자의 주변에서 껄떡거리는 여자들까지 신경을 써야 하느냔 말이다.

화가 난 김에 하던 일을 내팽개치고—나는 좀 그래도 된다. 왜냐하면 나는 이제 곧 태진의 안주인이 되실 몸이니까—상무실 근처를 염탐했다. 운이 좋은지 막 주리의 보고를 들으며 치후가 안에서 나왔기 때문이다. 일단 주리가 있으니 벽에 딱 달라붙어 있던 이주는 치후가 혼자가 될 때까지 기다렸다가 벽을 등으로 탁 치고서 튀어 나갔다. 하지만 하필이면 또 다른 여직원, 정확히 말해서 미모가 사내 톱이라고 하는 회장님 비서가 치후와 함께 서 있기에 왔던 길을 고대로 되돌아갔다.

에잇! 왜 이렇게 틈을 못 잡겠는 거야.

코너에 숨어서 게릴라 작전이라도 펼치듯 살며시 밖을 내다보는데, 치후가 그 회장님 비서와 제법 대화를 나누고 있었다. 물론 그건 괜찮았다. 입이란 게 말하라고 달린 거니까. 게다가 회장님 비서라면 여러 가지 전달 사항도 있을 것이고……. 그런데 저 여자, 전달 사항이나 전해주고 갈 것이지 어째서 갑자기 강치후의 앞에서 휘청거리는 것이고, 넘어진 척하며 은근슬쩍 그 남자의 손을 잡는 건데!

내가 넘어졌다면 잘한다, 잘해 하는 눈으로 팔짱을 척 끼고서 한심해 죽겠다는 눈으로 내려다보는 게 고작일 저 남자가, 글쎄 세상에, 회장님 비서의 손을 잡아주고 있다. 게다가 입 모양으로 봐서는 괜찮느냐고 친절하게 물어보는 것도 같다.

이럴 수가!

저 남자가 지금 내 앞에서 바람을 피워? 잡은 물고기엔 떡밥을 안 주겠다 이거지? 이거 왜 이러셔? 잡은 물고기에 떡밥 안 주면 그나마 어항에서 배 뒤집고 둥둥 떠다니는 걸 망으로 꺼내서 묻어줘야 한다는 걸 아셔야지! 그것도 아니면 스스로 먹이를 찾아서 어항을 뛰쳐나가거나.

흥!

이주는 휴대폰을 들어 다다다 메시지를 찍어 전송했다. 그리고 그 남자가 메시지를 확인하는 걸 확인하자마자 뒤도 안 돌아보고 그 층을 벗어났다. 보낸 메시지가 무언고 하니.

「당장 사무실로 튀어 들어가시지요?」

"왜 이렇게 뿔이 나셨나?"

매너있게 이주를 보조석에 타도록 문을 손수 닫아주고 운전석에 올라 시동을 건 그가 놀리듯 말했다. 이주는 뺨을 복어처럼 부풀려선 들은 척도 하지 않았다.

"영 기분이 아닌가 본데."

말해 뭐 하겠어.

"나 오늘 집에 빨리 갈 거예요. 집에 데려다 줘요."

"나도 그럴 생각이야. 오랜만에 시간이 남아돌거든."

"우리 집은 저쪽이거든요?"

"정확히 말해서 우리 집은 이쪽이지."

집과 반대편으로 차를 몰기에 이상해서 말했더니 이 남자 더 이상한 말을 하고 있다. 가만히 생각해 보니까 자기가 살고 있는 집을 두고 저러고 있나 보다.

"그게 어째서 우리 집이에요? 강치후 씨 집이지."

내가 그 집 관리비를 한 푼이라도 냈대? 살 때 돈이라도 보탰대?

"내 모든 건 강이주 씨 소유가 아니겠나."

흥. 감언이설로 어물정 넘어가려는 수작 같은데.

"그런 말 하려면 집문서나 넘기고 하죠?"

"아직 안 가져갔나?"

못살겠다, 정말. 이 남자와 말씨름을 해서 이길 생각을 한 내가 잘못이다.

"이상할세. 내 혼은 쏙 빼가놓고 아직 집문서를 안 챙겨갔다니."

"농담하지 말아요. 혼을 쏙 빼앗긴 남자가 딴 여자 손이나 주물럭거려요?"

치후가 피식 웃었다.

“주물럭거린 적은 없습니다만.”

“내가 넘어졌다면 어떻게 할 거예요? 손잡아줬겠어요?”

“슬라이딩해서 차라리 내가 깔렸지. 다치는 걸 그냥 두고 보나?”

유들유들 넘어가는 데는 도사!

“그 여자 뭐예요? 아니, 평평한 복도 위에서, 자갈밭도 아니고 비포장도로로도 아닌데 왜 갑자기 휘청거리며 쓰러진대?”

속보여, 정말.

“술 취해서 남의 무릎 위에 쓰러진 여자보다는 낫지.”

낫지, 아무렴, 낫고말고. 이 남자를 진짜! 소싯적 얘기를 얼굴 빨개지게.

“질투하시는군.”

치후가 끌끌 혀를 차며 사람을 놀렸다.

“아니거든요?”

“질투 맞다.”

“절대 아니에요.”

“그럼 그 여자와 데이트를 해야 질투를 끌어내려나…….”

“그랬담만 봐요.”

“어쩌실 건데?”

사람을 살살 약 올리고 있다. 이주는 순간 급조해서 만든 여유로운 미소를 머금으며 말했다.

“다른 남자 만나죠? 가령 상콤 대리님이라든가…….”

치후가 싸늘한 눈으로 룸미러를 노려보았다. 괜히 무생물을 노려볼 이유는 없고 그 안에 있는 강이주를 노려본 거다.

"어머, 질투하나 보다."

승세를 잡기 위해 이주가 깔깔거리는 순간 치후가 이주의 손목을 꽉 움켜쥐었다.

"지금 이게 질투하는 것 같나?"

"질투가 아님 뭐예요?"

"질투하는 것 같아? 질투가 겨우 이따위야?"

괜히 성질을 내고 난리다. 기가 팍 죽을 정도로……. 무슨 스위치를 잘못 누른 것처럼 난리를 피우고 그런다. 자신도 모르게 이주가 중얼거렸다.

"질투가…… 아닌가 보네요? 아님 말고. 그게 뭐 그렇게 대단히 중요하다고……."

"질투 맞다."

데엥~ 이 남자가 지금 뭐 하자는 시추에이션이지?

"나는, 반드시 네 마지막 남자야. 항상 명심해 두도록."

저렇게 잘난 남자가 매번 뭐가 저렇게 초조한지 모르겠다. 저럴 때 보면 조금 귀엽기도 하고. 하지만 생각해 보니 이쪽만 다그침을 받는 건 공평하지 못하다. 그쪽은 나한테 마지막 남자고, 나는 그쪽한테 첫 여자니?

"치후 씨는요? 치후 씨도 내가 마지막 여자 해야죠!"

치후가 빙긋 웃었다.

"난 아니야."

"뭐예요?"

그가, 은밀하게 속삭였다.

"넌 내 유일한 여자야."

말은 하기 나름이라지만 이 남자의 말은 그때마다 심장을 기쁘게 하고 동시에 오금이 저리게도 한다.

키스와 섹스.

과연 어느 쪽이 더 가슴이 뛰는 행위일까.

경험상 말하건대, 서로 익숙해지기 전의 키스가 세상에서 가장 가슴 설레는 것이고, 서로 익숙해진 이후의 섹스가 또 그만큼 가슴을 설레게 하는 것 같다.

키스는 서로를 잘 모를 때 더 짧은 접촉에도 심장이 끊어질 것처럼 흥분이 되고, 섹스는 원숙하게 서로의 몸을 잘 알고 쾌락의 징후를 완벽하게 알아차린 후에 더 짧은 접촉에도 흥분이 일고 심장이 웅성거리며 뇌의 전 세포가 쭈뼛거리며 일어선다.

섹스의 의미는 인사, 사랑, 열정, 희열, 그리고 존경이다. 너무도 사랑하는 상대방에게 내 모든 에너지를 알뜰히 끌어 모아 바쳐 그 순간 최고의 몰입을 하여 그에게, 혹은 그녀에게 극도의 희열을 선사하는 미치고 싶도록 그러고 싶다는 존경의 의미.

열정이 없다면 섹스는 무의미해질 뿐이다. 희열이 없다면 섹스는 그냥 무감각해질 뿐이다. 또한 존경이 없다면 섹스는 그저 육체를 섞는 행위에 불과하다. 상대방을 내 연인으로서 인정하고 그 마음으로 인정한 바를 최대한 육체로 끌어내 표현하는 행위.

내가 당신을 이만큼 사랑하고 있다. 내가 당신을 이만큼 안고 싶다. 내가 당신을 이만큼 만지고 싶다. 내가 당신을 이만큼 갖고 싶다. 내가 당신을 이만큼…… 기쁘게 해주고 싶다.

"하읍……!"

하지만 기쁘게 해도 너무 기쁘게 해주신다, 이 남자.

이주는 벌써 세 시간째 시달리며 존경은커녕 이 남자를 증오하고 있었다. 물론 처음 한두 번은, 또한 몇 분, 아니, 몇십 분 정도는 이 남자를 너무도 사랑하고, 이 열정이 사랑스럽고, 자신의 연인으로서 이 남자를 마음으로 존경하고, 또 이 남자에게 존경의 대상이 되었다. 하지만 그게 도를 넘어가고, 한 번 더? 한 번 더? 를 갱신해 가는 상황에서는 그 어떤 존경도 있을 수 없다.

"아웃! 당신…… 사실은 킬러지? 나 죽이라고 누가 청부살인 시킨 거지?"

아니고서는 이럴 수 없다.

땀을 뻘뻘 흘리면서 이주의 망상 혹은 입방정 혹은 공격이 시작되자 치후는 언제나 그렇듯 이주의 입을 큰 손으로 턱 막았다. 그리고 뒤에서 쿡 찔러 올렸다. 이주는 승천하는 용이라도 되듯 저 하늘로 상체를 밀어 올리며 아래에서 지속되고 있는 통증과 희열 사이에서 왔다 갔다 하고 있었다. 뒤에서 이주를 안은 채 치후가 이주의 가슴을 정신없이 농락했다. 목덜미에 치아를 박고 흡혈귀마냥 빨아들이자 정말로 전신에서 피가 빠져나가는 듯 맥이 쭉 풀렸다.

"맛있다, 너."

하지만 이쪽이 실신을 할 지경이건 말건 치후는 식사의 소감을 말하고 있었다. 다 드시지만 말아주세요, 제발.

"먹지 말아요. 내가 음식이에요?"

치후가 귓가에 헐떡임을 토해내며 등 뒤에서 이주를 꽉 끌어안았다. 헐떡이지 말란 말이야, 이 남자야. 그럼 나도 당신처럼 미쳐 버리고 말아.

침대에서의 치후는 점점 더 솔직해졌다. 물론 애초부터 뻔뻔하고 솔직 작살인 남자였지만 날이 갈수록 반응이 구체적이고 적나라해져 갔다. 무슨 자격증이라도 따려는 건지, 테크닉의 질이 날이 갈수록 상승하는 것이다.

"내가 좀 순진했거든."

언젠가, 도대체 왜 그러느냐고 물었을 때 치후가 말한 대답이었다. 좀 순진해? 누가? 어떤 남자가!

"아웃, 아파…… 꽉…… 차……. 너무 아파……."

이주는 자신의 내벽을 꽉 채운 치후의 뺨을 꼬집으려다 손목만 잡힌 채로 열에 들떠 중얼거렸다. 치후가 이주의 손바닥을 아프지 않게 깨물고는 중얼거렸다.

“정말 먹어버리고 싶군.”

그래. 먹어라! 아예 다 먹어라!

“하웃…….”

시트를 벌벌 기다시피 하며 쾌락인지 통증인지 모를 감각에 몸부림치고 있는 이주를 덜렁 들어 반듯하게 눕힌 치후가 이주의 입술을 진하게 빨아올렸다. 이주는 지쳐 파김치가 된 눈으로 치후를 올려다보았다.

“죽여 버리고…… 싶어.”

치후가 큭 웃었다.

“그래도 좋아.”

턱부터 목덜미, 쇄골에서 가슴까지, 성감대란 성감대는 모조리 건드리고 다니며 그가 키스의 비를 퍼부었다.

“아웃!”

이주는 허벅지 안쪽으로 설설 기어오는 뜨거운 입술을 차단하기 위해 다리를 오므리며 그의 얼굴을 꽉 잡았다. 하지만 그 손을 냉정하게 뿌리친 그가 부드럽게 젖은 숲을 핥고는 연하고 은밀한 여성에 입을 맞췄다. 머리를 찌르는 듯한 쾌감에 이주는 몸부림을 쳤다.

“아앗! 치후 씨…… 그만…….”

“그만?”

하지 말고 해! 하란 말이야! 더 해달라구!

“줘…… 해줘…….”

결국 온몸을 자극하는 쾌감에 쌍수를 들고 환영하다 못해 버선발로 뛰쳐나가는 꼴로 이주는 몽롱한 눈동자를 치후에게 고정시켰다. 드디어 이주의 스위치가 다시 눌렸다는 걸 확인한 치후가 금세 얄미운 표정을 했다. 저 표정을 하면 저 남자가 또 얼마나 짓궂어지는지 알고 있다. 이쪽이 힘들다고 할 땐 죽어라 말을 안 듣고, 이쪽이 간절해지면 살살 놀리는 거다. 아으, 나쁜 남자!

“키스해.”

오만한 표정으로 상체를 세운 채 치후가 말했다. 끄응, 이주는 피죽도 못 먹은 듯 힘이 다 빠진 몸이었지만 몸을 짚어 일어나서 그의 입술에 키스를 했다. 어쩔 수 없다. 요럴 땐 말을 들어줘야 더 좋은 걸 주는 남자다. 사탕 하나 주면 트럭으로 치즈케익을 배달해 주는 남자이니 이 몸이 들어줄밖에.

“날 안아.”

이주는 또 가느다란 팔을 둘러 그의 넓은 등을 끌어안았다. 그다음 말이 깨물어, 정도면 오늘 대박나는 거다. 정말 호되게 깨물어줄 테니. 하지만 변태 아저씨는 웬일인지, 깨무는 것도 꽤나 자극이 센 건데 그게 아니라 다른 걸 시켰다.

억눌린 호흡을 흘려가며.

“만져 봐.”

이주는 그의 매끈한 피부를 만져 내려갔다. 하지만 치후의 손이 이주를 불쑥 잡아서 아래로 곧장 끌어 내렸다. 만지라는 게 피부가 아니라 다른 곳이었나 보다. 좀 더 딱딱하고, 좀 더 색이 짙고, 지방자치단체처럼 자기 혼자 돌아가고 있는 곳.

이주가 보란 듯 그의 남성을 감싸 쥐고서 부드럽게 쓸어내리자 치후의 숨결이 바로 뜨거워졌다. 손을 움직여 이주의 머리카락을 들추더니 드러난 목덜미의 뒤편에 자잘한 입맞춤을 뿌렸다. 뒷목선에서 귀까지 이어지는 거기는 너무도 약한 곳이었다. 조금만 건드려도 전 세포가 웅성거리고 머리 안쪽이 짜릿했다. 결국 이주는 고개를 번쩍 치켜들고서 가쁜 호흡을 흘리며 애원했다.

"해…… 줘요……. 빨리……."

치후의 입술 끝이 만족스럽게 말려 올라갔다.

"뭘?"

이 지경까지 와도 저 여유롭기만 한 표정은 타고난 게 아닐까 싶다. 파쇼!

"안아줘."

이주는 어쩔 수 없이 말로 표현해야 했다. 그랬더니 이 남자, 말 그대로 꼬옥 안아주고 있다. 장난하니? 장난해? 기껏 19금 놀이 열심히 가르쳐 줘놓고, 지금 6—7세 놀이 하자는 것도 아니고.

"당신…… 사랑해 주지 않을 거야."

이주가 째려보자 치후가 고개를 살래살래 저었다.

“그럼 곤란하지.”

“키스해요.”

이주의 말에 치후가 당신의 뜻대로, 라는 듯 입술을 겹쳤다.

“하아…… 만져요, 날.”

손이 움직이며 이주의 몸선을 어루만졌다.

“들어…… 와요, 어서.”

이주의 허리를 덜렁 든 채로 그가 자신의 위로 천천히 끌어내렸다. 내벽을 꽉 채우며 그의 것이 그녀의 안으로 조금씩, 조금씩 파묻혀 갔다.

“아웃!”

이주는 치후의 어깨를 꼬집은 채로 그의 위에 앉아 있었다. 치후도 앉은 채로 잠깐 정지한 채 숨을 몰아쉬었다. 두 사람 다 받아들이기에 벅찰 만큼 흥분해 있는데다 체위가 체위이니만큼 조금의 자극에도 미칠 정도로 민감했다.

“잠깐…… 조금 있다가 다시…….”

어쩔 수 없이 후퇴를 흘리는 이주의 허리를 꽉 잡은 치후가 잠시 멈췄던 자신을 움직여 소름 끼칠 정도로 깊이 들어왔다. 뇌가 쿡 하고 찔리는 느낌.

“아윽!”

불안정한 이주의 두 다리가 꿈틀거리며 경련했다. 치후는 견디지 못하고 고개를 숙여 이주의 젖가슴을 왈칵 깨물었다.

“나가랬더니…… 나가달랠 땐, 좀 나가야 할 거 아냐!”

이주는 원망스러운 눈으로 소리쳤다. 방 빼라고, 이 인간아!

하지만 치후는 전혀 모르겠다는 듯 요럴 때만 순진한 표정으로 검은 유리 같은 눈동자를 빛내며 늘 그렇듯 지 할 말만 지껄였다. 이주의 흠뻑 젖은 머리카락을 빌어먹게도 상냥하게 쓰다듬으며.

"못 들었어. 다음부턴 잘 듣도록 하지."

싱긋 미소를 짓는다. 이 남자는 악귀다.

필요한 건 보청기가 아니라, 퇴마사였다.

한복 할머니는 언제 봐도 적응이 되지 않았다.

이주는 몸을 움직이지 못해 손가락을 꼼지락거리며 거실에 앉아 있었다. 한복 할머니는 뚱한 얼굴로 한눈도 팔지 않고서 이주를 뚫어질 듯 쳐다보고 있었다.

"저기, 제 얼굴에 뭐라도 묻었나요?"

치후가 아직 일이 안 끝나서 혼자 한복 할머니를 상대하고 있어야 했다. 마주 보고 앉아 있는 건 하겠는데 가타부타 아무 말도 없이 사람 얼굴만 뚫어지게 쳐다보니 이런 말이 나오는 것이다.

"알면 떼렴."

하지만 그 대답이 나와서 이주는 화들짝 놀라 자신의 얼굴을 만졌다. 한복 할머니가 피식 웃었다.

"잘 속는구나."

어쩌면…… 이렇게 손자와 판박이일 수 있을까. 이래서 가정교육이 중요한 거다. 강치후 그 남자, 그 어마어마한 말솜씨를 다 할머니한테 내림받았나 보다.

"그래. 두 사람이 결혼을 하겠다?"

이주는 이 화제만은 치후와 함께 있을 때 꺼내고 싶었지만 한복 할머니가 그 잠시를 기다려 줄 리가 없었다. 곧 한 여사가 차와 과일을 쟁반에 받쳐 나왔다. 이주는 벌떡 일어나 쟁반을 받았다.

"그냥 앉아 있으렴. 아직까지는 내 집의 손님이니까."

한 여사는 한사코 쟁반을 사수하며 자신이 차와 과일을 테이블로 옮겼다. 뭐라고 해도 손님을 강조하시는 것 보니 제발 이 모든 일이 사실이 아니기를 바라시는 듯.

하지만 사실이니 참으로 죄송할 일이다.

"치후는 아직 일하는 중이니?"

옷을 여미고 우아하게 앉은 한 여사가 물었다. 이주는 따라 앉으며 고개를 끄덕였다.

"끝나간다고 했으니까 금방 올 거예요."

"내가 물었던 말은 어디로 갔누?"

한복 할머니가 도무지 기다려 주지 않고 보챘다. 이 남자, 이렇게 당하라고 일부러 혼자 보낸 거 아니야? 어제 만나기로 약속을 하고서 피치 못할 사정 때문에 약속을 지키지 못했더니 답지 않게 내내 뚱했던 것이다. 그럼 어떡해. 여진의 웨딩드레스

숍에 같이 가야 했기 때문에 어쩔 수 없었다. 그래서 이렇게 복수를 하는 거다. 자기 할머니가 포진하고 있는 집에 혼자 던지기.

내가 한복 할머니 무서워하는 거 다 알고서. 양장 아줌마도 똑같이 문제였지만. 과연 저분들이 내 시어머니와 시할머님 되실 분들이란다. 이 얼마나 소름 끼치는 일인지.

이주는 더 이상 미룰 일이 아닌 것 같아서 단호한 표정으로 대답했다.

"결혼할 생각입니다."

"누구와."

에고 에고. 기껏 강단지게 대답했더니 이렇게 사람을 놀리신다. 이분을 보고 있으면 갑자기 그 등 뒤에서 강치후 씨가 나비넥타이에 무언가를 말하며 슬쩍 나올 것 같다. 할머니를 조종하는 건 사실 그 남자일지도 모른다. 아니면 어떻게 이렇게 매사가 똑같을까.

"치후 씨랑요."

어디 갈 데까지 가보자.

"왜 꼭 결혼을 해야 하누?"

이주는 말문이 컥 하고 막혔다. 왜 결혼하냐니. 이런 걸 묻는 사람도 있나? 차라리 결혼하지 말라고 직접적으로 악담을 퍼붓는 것보다 더 심하다. 하지만 여기에 질 강이주냐.

"치후 씨가, 절 너무 사랑하는 것 같아서요."

그 말엔 한복 할머니뿐 아니라 한 여사까지도 눈을 휘둥그렇게 떴다. 이주는 속으로 쾌재를 불렀다. 왜 이렇게 제대로 홈런을 날린 것 같은 기분이 드는 걸까.

"하…… 내 손자놈이?"

"네."

"결혼해 달라고 매달리던?"

"반지를 저한테, 집어 던졌습니다."

할머니가 풋 웃음을 터뜨렸다. 웃지 않고는 못 배기는 모양이다. 하지만 정말 그랬다.

"바친 게 아니라 집어 던졌다?"

"네."

"그건 왜?"

"프러포즈를 하는데 제가 생각을 좀 해보자고 했어요."

"그건 또 왜."

"개인적인 사정으로요."

"그 사정을 여기서 풀어놓았으면 한다만."

"그러니까…… 혼수 비용이 아직 마련되지 않아서요."

한복 할머니가 황당하다는 듯 헛웃음을 흘리고, 한 여사는 아예 머리를 내저었다. 하지만 이주는 아무렇지도 않았다. 두 사람은 자주 자신만 보면 혀를 내둘렀던 것이다.

"적금 부은 게 육 개월 지나면 끝나는데 그때까지만 기다려 달라고 했거든요. 부모님한테 손 벌리기는 싫어요. 결혼 비용은

제 스스로 마련해서 할 생각이었거든요. 하지만 치후 씨는 제 나름의 의지를 너무 가볍게 취급했어요.”

“어떻게?”

신기해서 묻는 건지, 기가 차서 묻는 건지, 정말 궁금해서 묻는 건지 전혀 분간이 되지 않았다. 하지만 대답은 해야 할 듯.

“그런 거 필요없으니까 몸만 오라던데요.”

“저런.”

한복 할머니가 혀를 쯧쯧 찼다.

“팔불출 놈.”

옆에서 한 여사의 얼굴이 붉어졌다. 넌 꼭 그런 얘기를 해서 아들의 입장을 난처하게 만들어야겠냐는 듯 곱지 않은 눈으로 이주를 흘겨보는 것도 잊지 않았다. 하지만 물어봐서 대답한 걸 어찌하리오.

신이 강이주를 만들 때 실수한 게 두 가지가 있는데, 하나는 눈치를 만들어주지 않았다는 것. 그리고 또 하나는 시도 때도 없이 입신을 내리게 만든 것. 그래서 입신은 눈치없이도 잘도 내렸다.

“하지만 전 제가 준비해야 할 건 반드시, 꼭 마련해서 결혼할 생각이에요.”

“그건 또 왜. 구박받을까 봐 그러니?”

물론 신문 기사에서 혼수 문제로 박 터지게 싸우는 걸 보긴 했지만.

“그런 건 아니에요.”

“그럼?”

“그냥 제가 하고 싶은 거예요. 그리고 그런 목적으로 열심히 부은 적금이니까 목적을 틀고 싶지도 않고. 그래야 부모님 마음도 편하실 테구요.”

한복 할머니는 쯧쯧 혀를 차면서도 이내 고개를 끄덕였다.

“그렇다면야. 혼수는 제법 풍족하게 준비해 오겠구나.”

“그게 일단은 제 생각이었는데요. 시댁 될 집안이 애초에 예상했던 곳보다 훨씬 더 레벨이 높아져서, 수준에 맞출 때까지 3년 더 적금을 붓고 싶다. 그러니 그때까지 더 기다려 달라고 했습니다.”

“허…… 그랬더니?”

“반지를, 집어 던졌습니다.”

한복 할머니는 아예 고개를 내저었다. 한 여사는 또 이주를 찌릿 째려보았다. 너 계속 내 아들 입장 곤란해질 말을 해야겠니? 하지만 어떡하겠는가. 집어 던져서 집어 던졌다고 한 걸.

“그 녀석이 보기와 달리 다혈질이란 건 알았지만, 프러포즈로 준비한 반지를 집어 던질 정도로 성질이 패악한 줄은 몰랐구나.”

“괜찮아요. 제가 몸을 날려서 제대로 받았습니다.”

그리고 이주는 자신의 손가락에 꼭 맞게 세팅이 되어 끼어진 프러포즈 반지를 할머니에게 보여주었다.

"예뻐요. 너무."

"그렇구나?"

흘끗 고개를 빼서 건네다본 할머니가 심드렁한 어조로 대꾸했다. 한 여사도 궁금한지 슬쩍 넘어다보는 것 같았다.

"그래서. 손자놈이 반지를 집어 던진 걸 보니 일단 결혼을 늦추겠다는 데는 암묵적으로 동의한 모양이구나."

"아니요. 그냥 적금 깨서 그 선에서 적당히 해결할 생각입니다."

한복 할머니가 이마를 꾹 짚었다.

"결국, 그래서 혼수를 박하게 할 거라 선전포고를 할 생각이었구나. 내 말이 틀렸느냐?"

정답이십니다.

"중간에 깨더라도 적금 넣은 금액이 그렇게 박하진 않으니 안심하셔도 될 거예요."

"아파트 한 채 전세 놓을 돈은 되고?"

"여기 들어와 살 생각입니다."

"허, 누가 받아준다든?"

"치후 씨는 형님의 뒤를 자신이 잇고 있다고 생각합니다. 그러니 언젠가는 부모님을 모시는 것도 당연히 본인의 할 일이라고 생각하고 있으리라고, 저 혼자 짐작하고 있어요."

순간 한 여사의 눈동자가 흔들렸다. 한복 할머니도 지긋이 이주를 들여다보고 있고.

“흠······.”

“기특하고 착한 아들 며느리, 그리고 손자, 손부가 되겠습니다.”

“기특하고 착하단 건 우리가 판단할 일이다만.”

죄송합니다.

“증손녀, 증손자도 빨리 안겨 드릴게요. 아주 예쁘고 귀여운 아이들로요.”

이건 자신할 수 있었다. 그 남자의 진도로 봐서는 그리 어려울 일이 절대 아니었다.

“요즘 아가들답지 않게 밖의 일엔 별로 욕심이 없나 보구나. 아이부터 덜컥 가진다는 걸 보니.”

“아니요. 아이들은 할머님께서 봐주셔야죠. 그래야 애들도 예의를 배우면서 큰대요. 제 아이들은 할머니도 계시고, 증조할머니도 계시고 너무 행복할 거예요.”

혼자 잘 놀고 있다, 란 듯 할머니와 한 여사가 동시에 이주를 쳐다보고 있었다. 이 꿈보다 해몽인 천방지축 예비 며느리를 어찌하면 좋을까.

“일은 그만두는 게 좋을 것 같다만. 이 집 사람이 되면 아무리 여자라도 그 밖에도 할 일이 많으니 말이다. 나도 그렇고.”

한 여사가 문득 들고 나온 화제에 이주는 속으로는 쾌재를 불렀지만 별다른 반응을 하지 않았다. 설레발을 친 보람이 있었다. 이상한 소리들로 두 어른들의 혼을 쏙 빼놓은 바람에, 이제는 결혼 자체에 불만이 있던 본인들의 상황을 잊어버리고 결혼한 이후의 일에 관심을 쏟고 있는 상황이었다. 혹시 통할지도 모른다고 계획을 짜서 한 행동이었는데 딱 들어맞았다. 물론 반지를 던진 건 진짜다. 못된 남자.

그때 현관문이 열리면서 치후가 뒤늦게 들어섰다.

"왔니."

한 여사가 일어나서 치후를 맞았다. 치후는 두 어른께 목례를 하고는 이주에게 한 번 시선을 주었다. 이주는 나 잘하고 있었어요, 하는 눈으로 자랑스레 그를 쳐다보았다.

"아버지, 곧 들어오실 겁니다."

보고를 한 치후가 이주의 옆에 앉았다. 그의 손가락엔 이주가 보너스를 받아서 산 얇은 실반지가 끼어 있었다. 그의 손엔 무지막지하게 소박한 것이었지만, 이주가 보기엔 너무 잘 어울리고 볼 때마다 행복했다. 넌 내 거라는 증거니까.

상무와 함께 상무실에 들어선 이주를 보고 놀라던 주리의 표정이란. 물론 소문은 삽시간에 퍼져서 회사 전체가 들썩거리는 바람에 그 이후엔 고생 좀 했지만. 여직원들의 보이지 않는 질시와 입방정들은 보통이 아니었다. 어느 순간 보니 자신이 강 상무의 아이를 가져 결혼식을 서두르게 되었다는, 그 외에도 차마 웃지 못할 신데렐라 스토리가 못해도 백 개 이상은 퍼져 있는 것 같았다.

"뭐 하고 있었지?"

치후가 이주에게 물었다. 이주는 빙긋 웃었다.

"그냥, 이런저런…… 결혼 계획?"

이주가 낮게 말하자 치후가 만족스럽다는 듯 웃었다. 반지를 집어 던질 때와는 비교도 되지 않을 정도로 다정한 미소다. 하지만 워낙 금세 심사가 휙휙 바뀌는 인물이라 안심할 수가 없다.

"진심으로 묻는다만."

한복 할머니가 입을 열어서 치후가 고개를 돌렸다. 자신의 자랑스러운 손자를 바라보며 할머니가 말을 이었다.

"너는, 저 아이의 어디가 그렇게 좋으냐?"

순간 기분 확 상했다. 말투가 꼭, 이해가 안 간다는 투이시다. 할머니가 여자라서 그런 거지, 제가 이래 봬도 남자들한테 치명적인 매력으로 다가가는 사람이거든요?

근데 이 남잔 빨리 대답 안 하고 뭐 하지? 궁금해서 치후를 쳐다보니, 그는 도통 떠오르는 게 없는 듯 이래저래 심각하게 고민하고 있었다. 주먹이 울었다.

이윽고 치후가 고개를 들었다.

"딱히 생각나는 게 없습니다."

데엥. 내가 저럴 줄 알았지. 한복 할머니가 뭐가 그렇게 좋은지 껄껄 웃어댔다. 더불어 고소하다는 눈을 이주에게 보내는 것도 잊지 않았다. 한 여사도 슬그머니 웃는 폼이 비웃는 것 같다. 이 남자를 진짜! 파혼해 버려?

"딱히 생각나는 게 없는데도 한시라도 빨리 결혼해서 붙잡아

두고 싶습니다.”

“…….”

전부 표정이 급침몰되었다.

“할아버님께서 할머님과 결혼하신 이유이기도 한 걸로 아는데요.”

한복 할머니는 더는 이 둘을 비웃고 있을 수 없게 되었다. 치후가 한복 할머니와 이주를 동일화시켰기 때문에. 그렇게 된 이상 한 여사도 뭐라 할 수 없는 입장이 되었고.

강치후 식의 판정승을 이끌어내는 방식이었다. 다 엎드려! 식의.

“잠깐 기다리거라.”

갑자기 고인이 되신 부군이라도 생각나신 걸까. 액자라도 보러 들어가시나 싶어 쳐다보는데 한 여사가 이주 대신 할머니에게 물었다.

“어머니, 어디 가세요?”

“손부 생기면 주려고 보석함 좀 챙겨놨다. 그거 가지러 가지 않니!”

괜스레 역정을 내시며 안방으로 휙 들어가시자 한 여사는 이마를 탁 짚었다. 하지만 이주는 생글생글 웃으며 치후를 몰래 쳐다보았다. 무뚝뚝하게 표정을 굳히고 있는 그를 향해서 엄지손가락을 살짝 치켜 올려 보였다. 치후가 황당해 죽겠다는 눈으로 쳐다보았다. 그러거나 말거나 이주는 즐거웠다. 기뻤다. 이 남자가 무심한 척 강이주를 위해주는 모든 마음이.

솔직하게 얘기해 주면 어디가 덧나서.

"나도 갖고 있는 게 있으니 잠깐 들어갔다 오마."

한 여사도 자리에서 일어났다. 이주는 난데없이 자신에게 퍼부어질 보석의 비에 얼떨떨했다. 이럴 줄 알았으면 적금 깨지 말고 들어오는 보석 중 한 개만 몰래 팔 걸 그랬나? 어차피 내 거라는데.

"딱히 생각나는 거 없다던 말, 할머님 앞이라서 일부러 그런 거죠?"

두 사람만 남은 거실에서 이주는 생글생글 웃으며 치후에게 속삭였다. 하지만 치후의 표정과 마주친 이주의 얼굴에선 생글생글 웃음기가 사악 사라졌다.

"설마 정말이었어요?"

"난 사실대로 말하지 않으면 입에 가시가 돋쳐서."

좀 돋쳐! 돋치라구, 이 남자야!

"기분 나빠."

이주 입술을 내밀고 삐죽거리자 치후가 피식 웃었다. 머리카락을 은근슬쩍 만지면서 그가 툭 말을 던졌다.

"다 사랑스러워서 버릴 데가 없단 말을, 그럼 어떻게 하나."

"안 믿어요. 당신 마음 이제 다 알았으니까."

"억울해하지 마. 장인어른, 내 눈앞에서 문을 닫아버리신 일도 있었는데."

물론 그런 일이 있었다지만 그 일에 대한 복수를 꼭 이렇게 해야 하나? 치사하다.

이주의 아버지는, 치후가 이주의 회사 상무란 걸, 그것도 회장의 아들이란 걸 듣자마자 이 결혼을 무조건 반대했다. 급기야 치후가 인사를 온다는 소리엔 난데없이 온천 여행을 가신다고 가방을 싸드시는 둥 보통 반대가 심한 게 아니었다. 매체 등으로 인해 워낙 재벌가의 며느리에 대한 인상이 좋지 않았으니 당연한 일이었다.

"나는 그냥 이주 니가 평범한 남자와 평범한 결혼을 해서 욕심없이 몸 편하게 마음 편하게 살았으면 좋겠다."

아버지가 바란 것은 그것이었다. 하지만 이주는 그 말이 이상했다. 이 남자와 살아도 평범한 결혼을 해서 욕심없이 몸 편하게 마음 편하게 살 수 있다. 남이 못한다면 자신은 더더욱 해낼 것이다. 그런데도 아버지는 믿어주질 않는 것이다. 그래서 결국, 치후가 인사를 하러 온 날 그의 면전에서 문을 쾅 닫아버렸다. 뿐이랴, 본인도 안방에 들어가서 문을 잠그고 도통 나오시질 않았다.

"내 딸의 행복을 바란다면 자네가 그냥 돌아가 주게!"

안에서 담배를 뻑뻑 피우시며 그렇게 마지막까지 뜻을 굽히지 않았다. 아무리 치후가 문밖에서 무릎을 꿇고 있어도 통하지 않을 일이었다. 그날 이후 한 달 정도를 그렇게 치후는 이주의 집을 오갔지만 결국 소득 없이 돌아가야 하는 일이 다반사였다.

그때마다 이주는 치후에게 미안해 죽을 지경이었지만 그나마 위로인 건 엄마는 치후를 두 손 들고 환영이었다는 것. 과연 여자와 남자의 사고 차이는 뭘까, 하고 심각하게 생각해 보는 이주였다.

치후와 아버지 사이에 극적인 화해가 이루어진 건 어느 날 깊은 밤의 일이었다. 아버지의 도무지 굽힐 줄 모르는 결사반대 때문에 속이 상한 이주는 그날 주방에서 혼자 술을 마시며 치후와 통화를 했다. 걱정 말라고, 사랑한다고 말하는 치후 때문에 이주는 통화를 하면서도 눈물을 훌쩍거렸는데, 우연히 화장실을 가다가 그 모습을 발견한 아버지가 이상하게도 그 장면에 감동을 받아버린 것이다.

사실 납득이 잘 안 갔지만 이주는 그나마 아버지의 찬성이 떨어져서 다행이었다. 그날 밤 아버지는 딸이 더 이상 어린애가 아니라는 걸, 사랑하는 사람과 결혼하고 싶어하고, 또 그 상대를 절실하게 사랑한다는 걸 깨달았다고 한다. 오죽 속이 상했으면 술도 못하는 애가 저렇게 술을 마시고 있을까. 오죽 만나고 싶으면 휴대폰으로라도 목소리를 듣고 싶어서 이 야밤에 저렇게 전화기를 붙들고 있을까.

"강 군이 널 소중하게 지켜준 것 같으니 아비는 더는 두말하지 않겠다."

당장 달려가 만날 수도 있었을 텐데 강 군의 마음이 곧아서 다 큰 처녀를 밤에 만날 수 없어 통화로만 만족하지 않았느냐는 것이다.

여기서 아버지는 참으로 거대한 착각 세 가지를 하셨다. 첫째, 아버지의 퇴근이 워낙 불규칙해서 이주가 술에 취한 모습을 본 적이 몇 번 없다는 것, 그때마다 심하게 술에 취해서 괴로워하는 딸을 보고 딸이 술이 약하구나 잘못된 인식을 가졌다는 것. 그저 이주는 술을 심하게 많이 마셔서 이기지 못한 것일 뿐인데.

두 번째는 휴대폰으로라도 목소리를 듣고 싶었던 게 아니고, 그 전날 너무 심하게 거친 밤을 보내서 그날 밤만은 이주가 겁나서 그 남자 집에 가지 않고 휴대폰으로 일부러 거리를 두었다는 것.

또한 마지막…… 강 군은 마음이 곧기는커녕 심하게 굴절되어 있어서 다 큰 처녀를 밤에 만나는 걸 가장 좋아한다.

하지만 아무튼 본의 아니게 아버지에게 사기를 치게 되었지만, 그 죄송함은 살아가며 잘사는 것으로 보답하면 되지 않겠는가. 지금은 허락이 떨어졌다는 사실만이 중요했다.

"괜찮을지 모르겠군."

문득 치후가 혼잣말인 듯 중얼거려서 이주는 현실로 돌아왔다. 갸웃거리며 치후를 쳐다보았다.

"뭐가요?"

"네가, 이대로 내게 오는 것."

이 남자가 지금 와서 무슨 말이야!

"그러니까 그게 무슨 말……."

"후회하면, 가만 안 둔다."

이게 무슨…… 갑작스러운 공포물이지?

"후회를 왜 해요? 내가 선택한 건데."

이상하긴 했지만 이주는 째려보면서도 강단지게 말했다.

이 남자를 얻고 싶다. 더 무엇을 신경 쓰랴.

"1년에 제사 열 번, 할머님 운영하시는 문화재단 일에 공식적으로 며느리들이 경영에 참여해야 해. 어머니는 사회봉사 활동만 스무 기관 이상, 김장만 스무 번 이상이란 소리지."

이, 이게 무슨 소리야. 이주의 표정이 점점 질려갔다.

"그 밖에도 이 집안 여자들이 해야 할 일이 좀 많은 것 같던데."

자, 잠깐만. 난 그런 얘기 듣지도 못했다구? 아뿔싸! 그럼 아까 전에 시어머니 되실 분이 언뜻 비친 말이 바로 이것……?

"후회하지 않는다고 본인 입으로 말했으니 힘내도록."

뻔뻔하게도 치후가 이주의 어깨를 툭툭, 격려하듯 두드렸다. 그와 동시에 정신이 번쩍 들었다. 위험하다. 시집가는 게 아니라 원더우먼의 길로 접어드는 것과 다르지 않았다. 어쩐지 처음 한복 할머니가 집으로 끌고 온 날부터 수상쩍었다. 날카로운 눈매로, 할머니는 이 아이가 어떻게 상황을 이겨내는지, 그것부터 체크해 본 것이다. 그날 이후 할머니와의 관계가 호전된 것도 일단은 합격이라는 건데, 그건 어떻게 보면 강이주의 원더우먼으로서의 첫발을 환영한 것이었단 말인가.

제사 열 번에, 또 뭐라고 했지? 그걸로도 모자라 밤마다 이 남자한테 침대에서 혹사당해야 한다. 이건 밑지는 장사다. 이럴 수는 없다. 어쩐지, 이 남자 어울리지 않게 자신없는 어조로 의향을 묻는가 싶었더니.

이주는 침을 꼴깍 삼켰다.

"나…… 취소하면 안 되겠죠?"

치후가 인정사정없이 사나운 눈길로 쏘아보았다.

"절대 안 되지."

"절대?"

"결혼해서 붙들어두겠다는 말, 할 때 어디 있었지?"

"그래도 이건 왠지, 심신이 고달파질 것 같은데……."

"날 사랑해?"

그거야.

"……사랑하죠."

"나도 널 사랑해. 네가 없이는 한시도 살 수 없을 정도로."

아아…… 그런 달콤한 말을 흩뿌리지 말란 말이다. 족쇄가 아니고 뭐냔 말이야.

"내 곁에 있어."

"심신의 고달픔을 주렁주렁 달고서…… 요?"

"누구보다 행복한 여자로 만들어줄 테니까."

말은 쉽다. 강이주가 과연 그 많은 일들을 해낼 수 있을까?

"너라면, 할 수 있다."

또 격려해 주고 있다.

"네가 아니라면, 할 수 없어."

그렇게 들어도 기쁘지도 않고.

"너만이 할 수 있는 거다."

"감언이설 흘리지 말아요."

"무엇보다 내 곁엔, 네가 있어야 하니까."

아 글쎄, 난 취소하고 싶다니까?

그때 할머니와 한 여사가 동시에 나와서 이주의 앞에 두 개의 보석함을 놓아주었다. 열리자마자 눈이 부시도록 화려한 보석들이……. 할머님은 손부에게 주려고 모아놓으신 것, 한 여사는 며느리에게 주려고 선대 때부터 귀하게 간직해 온 값비싼 보석들이…….

"내 손부야, 환영한다. 앞으로 잘 부탁하마."

"모쪼록 행복하게 잘살아야 해."

할머님과 어머님이 동시에 덕담을 해주었다. 치후는 옆에서 이제야 됐다는 듯 싱긋 웃고 있었다. 뻔뻔하기 그지없는 얼굴로 태평하게.

화려한 보석들, 누구보다 잘난 남편, 무섭지만 화통한 할머님, 우아하지만 좀 쌀쌀맞은 기미도 있는 어머님, 모든 것을 얻었지만 이주의 심정은 처절하게 반품을 외치고 있었다.

난 그렇게 대단한 여자가 못 된다구요! 그제야 현실이 인식되고 양어깨가 무거워지며 덜컥 두려움이 인 건 당연한 게 아닐까?

그때 문득 치후가 손을 뻗어와 이주의 손가락을, 정확히 말해 자신의 여인으로 못 박아둔 증거인 반지를 만지작거리고 지나갔다.

그래. 어쩌면 잘될지도 몰라. 아니, 반드시 잘될 거야. 왜냐하면 난…… 강이주니까.

스스로에게 자신감을 불어넣었다. 빵빵하게 배가 부를 정도로 이 남자에게 사랑을 받고 있다. 또한 더불어 빵빵하게 배가 부를 정도로 강이주의 능력이 평가가 될 기회를 목전에서 접할지도 모른다.

무엇이 어찌 되었건, 어떤 일이 있건 반드시 굴복시켜 줄 것이다. 가끔은 운의 도움도 받고, 가끔은 남편의 도움도 받고, 그리고 나머지는 자신의 힘과 열정으로 잘해낼 것이다. 이 남자의 사랑스러운 아이들을 낳아서 그 아이들이 행복하게 뛰어노는 그 모습을 아무런 근심 없이 바라보며, 언제까지고 이 남자와 손을 꼭 잡고 걸어가야지.

"기다려요."

"뭘?"

"날 선택한 걸 정말 자랑스럽게 생각할 날을."

속삭이며 이주가 웃었다. 치후는 그 웃음을 깡그리 무시해 주었다.

"과연 올까?"

칫, 끝까지 이러지.

“걱정 말고 나만 믿어요.”

치후가 고개를 설레설레 저었다.

“의욕이 앞서서 일 저지르지만 말도록.”

“삐칠 겁니다?”

“넌 너 자체로, 이미 내겐 너무도 자랑스럽다.”

소중한 나만의 단 한 사람.

치후와 이주는 그 순간 똑같은 마음으로 서로를 바라보며 싱그러운 미소를 머금었다.

사랑하는 거죠?

당연히, 애증이다!

뭐예요!

못 말리는 남자와의 결혼 생활은 이후에도 계속 이렇게 복작거릴 것 같다. 하지만 누구보다도 행복할 것 같은, 너무도 확실한 예감이 든다.

Fin.

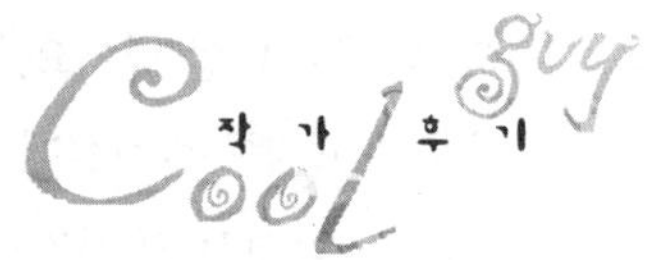

이 글을 수정하고 있는 지금까지 연일 폭염이 이어지고 있네요. 겨울엔 추운 게 제일 싫어, 그러고선 여름엔 더운 게 제일 싫어, 이러는 게 사람들인 것 같습니다. 겨울엔 여름이 그립고, 여름엔 겨울이 그립고.

신파를 쓸 땐 코믹이 쓰고 싶어지고, 코믹을 쓸 땐 진지하고 가슴 아픈 얘기가 쓰고 싶고. 발랄한 여주를 그릴 땐 과묵하고 신중한 여주가 그립고, 무거운 여주를 쓸 땐 쾌활한 여자를 그리고 싶고.

아무튼 만날 혼란의 연속인데, 남주인공만은 언제나 과묵하고 밝히고 조금은 변태 같고 섹시를 가장하고 있는 남자입니다.

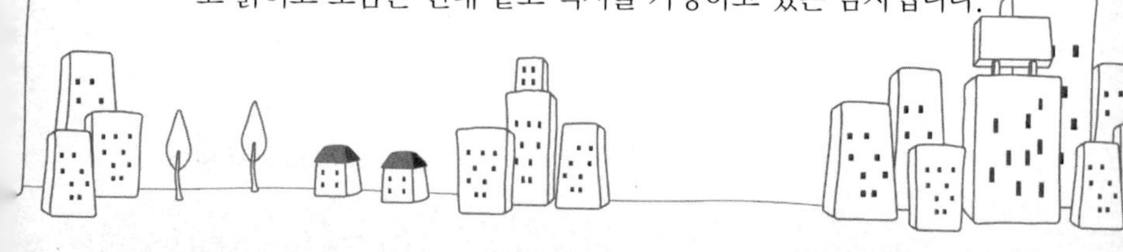

아무래도 제가 그런 사람을 좋아하는 것 같습니다.

쿨가이는 여러 개의 초고를 써보다가, 한 방향으로 낙점 지어 쓰기 시작한 글입니다. 과거의 상처를 지닌 슬픈 남자 주인공 이야기도 써보고, 산중에서 길을 잃어 한 남자에게 구해졌는데 그 남자가 변태였더라, 란 글도 써보고 이런저런 구상을 하며 쓰다 지우다를 반복하다가 너무 더워서, 더울 땐 역시 쿨이라고 생각하며 쓴 글입니다.

글을 쓰면서 이런 식의 운명이란 것에 대해 생각해 봤습니다. 이주가 헌수를 위해 진상을 떨며 준비했던 섹시댄스는 사실은 헌수를 위해서가 아니라 치후라는 새로운 운명을 맞이하기 위한 웰컴 댄스가 아니었을까. 사실은 A를 위한 것이라 믿었는데 B와의 인연이 준비되어 있었다, 라는 식의 운명이요.

사람들은 곧잘 이번 건 꼭 잘해야지, 라고 생각하면 이상하게도 잘 안 되고, 그게 우연히 다른 상황과 연결이 되어 의외의 로또를 맞게 되는 경우도 있더라구요. 꼭 남자와 관계된 이야기는 아니더라도 살다 보니 제게도 몇 번 일어난 일이더군요.

이 글을 읽는 여러분께도 기대하지 않았는데 찾아온 대박이 있어서 인생이 윤택해지기를 바라봅니다. 그렇게 보면 삶은 재미있는 우연의 연속 같기도 합니다.

항상 제게 힘을 주시고 출간할 수 있도록 기회를 주시는 청어람 출판사와 편집팀, 그리고 팀장님께 감사드립니다. 언제나 그렇듯 가족들에게도 감사하고, 무엇보다 제 글을 읽어주시는 독

자님들이 있어서 릴케는 오늘도 세상에 이정숙이라는 이름으로 책을 냅니다.

　언젠가는 감성 짙으면서도 독자님의 마음을 건드릴 수 있는, 야한 연애 얘기를 쓸 수 있기를 바랍니다. 야하지 않아도 좋겠지만, 저는 역시 사랑의 완성은 터치라고 생각하고 있기에.

　이 글이 더운 날, 독자님들의 구미에 맞는 소설이기를 바라며.

이정숙 드림.